ANJA MARSCHALL

Tage voller WEIHNACHTSZAUBER

Fast ein Weihnachtsmärchen

Roman

lübbe

Dieser Titel ist auch als E-Book erschienen

FSC
www.fsc.org
MIX
Papier aus verantwortungsvollen Quellen
FSC® C014496

Originalausgabe

Dieser Roman wurde vermittelt durch die
Literaturagentur Lesen & Hören

Textredaktion: Wortfischen, Sylvia Gredig
Umschlaggestaltung: Maria Seidel, atelier-seidel.de
unter Verwendung von Illustrationen von
© iStockphoto: Ann Mei | Ket4up, iStockphoto/vitalik19111992
Satz: two-up, Düsseldorf
Gesetzt aus der Minion
Druck und Verarbeitung: GGP Media GmbH, Pößneck
Printed in Germany
ISBN 978-3-404-18378-4

5 4

Sie finden uns im Internet unter luebbe.de
Bitte beachten Sie auch: lesejury.de

Kapitel 1

Vor drei Jahren

Es war ein Heiligabend, wie man ihn sich nur erträumen konnte. Den ganzen Tag über hatte es geschneit. Die Stadt kuschelte sich unter ihre weiße Schneedecke in der Gewissheit, dass es ein gutes Jahr gewesen war. In den Fenstern der Häuser sah man all die hell erleuchteten Tannenbäume. Die Familien saßen bei Gänsebraten und Rotkohl am Tisch und plauderten. Kinder probierten ihre neuen Spielsachen aus, und so mancher schaute mit einem Glas Rotwein in der Hand die schönen alten Filme im Fernsehen an. Kirchenglocken läuteten zum Gottesdienst, während über der Stadt die sanfte Ruhe des Weihnachtsfestes lag.

Ein Taxi rollte durch die leeren Straßen. Die festgefahrene Schneedecke unter den Reifen schluckte seinen Lärm. Nur das leise Surren des Motors war zu hören. Der Wagen spiegelte sich in den weihnachtlich geschmückten Schaufenstern des Kaufhauses Kohlstedt, als er vorbeifuhr.

Lukas liebte diese Ruhe in der Stadt. Es schien ihm, als gehörte all das nur ihm. Die sonst so hektische Stadt war in einen zauberhaften Märchenschlaf gefallen. Nur wenige Menschen gingen durch die Nacht. Man grüßte einander und war guter Dinge. All seine Fahrgäste waren bisher bestens gelaunt gewesen, gaben ein ordentliches Trinkgeld und verabschiedeten sich mit einem freundlichen »Schönes Fest noch!«. Eine alte Dame hatte sogar ein russisches Weihnachtslied aus ihrer Heimat für ihn gesungen.

Warum nur konnte nicht jeden Tag Heiligabend sein?

Jetzt, kurz vor Mitternacht, war es besonders ruhig. Seit fast einer Stunde hatte er keine neuen Fahrten von Sylli aus der Zentrale bekommen. Niemand winkte seinem Taxi vom verschneiten Straßenrand aus entgegen, um ihn anzuhalten. Lukas lächelte. Er überlegte, ob er zum Hauptbahnhof fahren solle. Der Zug aus Bern würde zwar erst in einer Stunde ankommen, aber bis dahin könnte er ja noch ein wenig mit den Kollegen plaudern, die mit ihm auf dem Vorplatz warteten.

Da vibrierte sein Handy, das er auf die Zwischenkonsole gelegt hatte. Erst meinte er, es könnte Amid sein, für den er die Schicht übernommen hatte, weil dessen Frau heute Nacht ihr erstes Kind bekommen sollte. Völlig außer sich und am Ende seiner Nerven war Amid am frühen Nachmittag zu ihr ins Krankenhaus gefahren. Die Wehen hatten eingesetzt.

Ohne den Blick von der Straße zu nehmen, drückte Lukas den Knopf für die Freisprechanlage. Es war seine Mutter. »Dein Vater ist sehr enttäuscht, Junge«, sagte sie voll Vorwurf, ohne sich die Mühe einer Begrüßung zu machen. »Warum bist du nicht gekommen? Die ganze Familie hat auf dich gewartet. Wirklich, Lukas, wir hatten …«

»… mehr von dir erwartet, ich weiß«, fiel er ihr ins Wort. »Ich habe euch doch gesagt, dass ich arbeiten muss. Es tut mir leid, aber es ging nicht anders.« Aus dem Lautsprecher über seinem Kopf kam ihr leidendes Seufzen.

»Niemand hat dich je gezwungen, so eine Arbeit zu machen, Junge. Dein Vater hat dir mehr als einmal …«

Lukas legte auf. Für alles Geld der Welt würde er nicht das Weihnachtsfest mit seinen Eltern verbringen, und schon gar nicht würde er seinem Vater erlauben, ihm eine Anstellung in seiner Klinik zu besorgen, die ihn auf ewig in genau jene Abhängigkeit und scheinheilige Dankbarkeit katapultieren würde, aus der er gerade erst geflohen war.

Lukas drehte das Radio an. Der Sprecher meinte, es würde noch weiter schneien, und mit Temperaturen über minus drei Grad bräuchte man in dieser Nacht nicht zu rechnen.

Lukas schaute auf seine Armbanduhr. Noch hatte er von der Zentrale nicht gehört, ob Amid schon Vater war. Das Kleine musste sich beeilen, wenn es ein Christkind werden wollte, denn in einer Viertelstunde würde es Mitternacht sein.

Lukas setzte den Blinker und bog auf die alte Kaiserbrücke ab, die über den Fluss in die Innenstadt führte. Der Schneefall hatte wieder eingesetzt. Flocken tanzten durch den Schein der Straßenlaternen gen Boden. Zufrieden stellte Lukas fest, dass er trotz des Anrufs seiner Mutter noch immer in wundersamer Weihnachtsstimmung war. Er konnte nicht anders, als glücklich zu sein.

Sein Wagen hatte die Mitte der Brücke fast erreicht, als er jemanden auf dem Boden vor dem Brückengeländer sitzen sah. Es ist doch viel zu kalt, schoss es ihm durch den Kopf, und er drosselte die Geschwindigkeit. Tatsächlich, da saß jemand. Er bremste und fuhr den elektrischen Fensterheber herunter.

»Hallo! Alles in Ordnung bei Ihnen?« Der Geruch von Kaminholz zog mit der frischen Schneeluft in seinen Wagen. Lukas überlegte, ob es vielleicht ein Obdachloser sein könnte, der es sich hier bequem gemacht hatte, doch das schien ihm unwahrscheinlich. Wer konnte, hatte sich in dieser Kälte ein warmes Plätzchen gesucht. Lukas kniff die Augen ein wenig zusammen, um die Person in dem blauen Mantel besser erkennen zu können, doch ein Brückenpfeiler versperrte ihm die Sicht. Hin und her gerissen, ob er nicht einfach weiterfahren sollte, fuhr er das Fenster wieder hoch. Kurz zögerte er, dann schaltete er die Warnblinkanlage ein.

Kopfschüttelnd verließ er das Taxi und kletterte über die Leitplanke, die die Fahrbahn vom Fußweg trennte. Sofort erkannte er eine junge Frau, die auf dem Boden saß, sich an das Brückengeländer lehnte und in den Himmel über sich starrte, aus dem immer mehr Flocken fielen.

Vorsichtig ging Lukas zu ihr. »Hallo? Alles okay?«

Schneeflocken hatten sich in ihren dunklen Haaren verirrt, die in üppigen Locken über ihre Schultern fielen.

»Haben Sie sich verletzt?«

Die Fremde trug Pumps, was Lukas bei diesem Wetter für ungewöhnlich hielt, denn es war nicht nur kalt, sondern auch rutschig auf dem Gehweg. Unter ihrem Wollmantel lugte der Stoff eines glitzernden Abendkleides hervor.

Der Schein einer nahen Straßenlaterne tauchte das zum Himmel gerichtete Gesicht der jungen Frau in ein weiches Licht. Als er zu ihr trat, musste er unwillkürlich an einen Engel denken. »Brauchen Sie Hilfe?«

Erst jetzt schien sie ihn zu bemerken. »So viel schöner Schnee. Und bald schon ist er fort. Einfach weg, so wie wir alle«, sagte sie langsam, als müsse sie sich konzentrieren.

Lukas begriff, wo ihr Problem lag. »Na, Sie haben wohl zu tief in den Punschtopf geguckt, was?«, bemerkte er erleichtert und sah sich um, ob außer ihnen noch jemand auf der Brücke war, vielleicht ihre Freunde oder ein Begleiter. Doch da war niemand. Sie waren allein.

»Sie können hier nicht sitzenbleiben. Es ist viel zu kalt. Kommen Sie, ich helfe Ihnen auf.« Umständlich kam sie auf die Füße. Er reichte ihr die Handtasche, die im Schnee lag. »Wohnen Sie in der Nähe?« Doch statt zu antworten, drehte sie sich um und beugte sich weit über das Geländer. »So schön!«

»Halt!«, rief Lukas, griff nach ihrem Arm und zog sie zurück, »das ist der falsche Weg.«

Sie sah ihn überrascht an. »Ja?«

»Ja.«

Sie schüttelte ihren Kopf, und die Schneeflocken in ihren Haaren flogen davon. »Nein, ich muss da lang.« Sie zeigte zum schwarzen Wasser hinunter, das unter ihnen träge dahinfloss. Schon wollte sie wieder zum Geländer zurück.

»Halt.« Sanft schob er sie zum Wagen. Er wusste, dass es ein Fehler war, sie mitzunehmen. Wenn ihr bei der Fahrt übel wurde, musste er die Sauerei in Amids Auto dann für den Rest der Nacht wegmachen. Vielleicht sollte er besser die Polizei rufen.

Plötzlich drehte sie sich aus seinem Griff und stolperte zurück zum Geländer. »Das Wasser ist so schön, so tief!«, rief sie und versuchte, über die Brüstung zu klettern. Mit einem Satz war er bei ihr und zog sie zu sich.

Etwas sagte ihm, dass er genau zur rechten Zeit aufgetaucht war.

»Wo wohnen Sie denn?«, wollte er wissen, während er sie auf die Rückbank des Taxis bugsierte. Sie antwortete nicht, sondern legte ihre Hände unter den Kopf, zog die Beine auf die Bank und schlief ein. Seufzend griff Lukas nach ihrer Handtasche. Kurz zögerte er, aber es ging nicht anders. Er suchte ihren Ausweis oder etwas, das ihm sagte, wo er sie hinbringen könnte.

Den Kollegen gegenüber würde er nicht erwähnen, was er hier für eine Dummheit beging. Kein Fahrer war so bescheuert, jemanden in diesem Zustand mitzunehmen.

Sie hieß Clara Hansen, war Anfang zwanzig und wohnte in der Brennerstraße 17. Das war keine vier Kilometer von hier.

Als er das Taxi bald darauf vor der Hausnummer 17 stoppte, war Lukas erleichtert. Er musste nicht für den Rest der Nacht putzen. Leider aber zerschlug sich auch seine Hoffnung, jemand würde ihm die junge Frau in seinem Wagen abnehmen. Niemand reagierte auf sein Klingeln. Er überlegte, dass sie wahrscheinlich allein lebte. Bei den Nachbarn um diese Zeit klingeln erschien ihm sinnlos. In ihrer Handtasche hatte er einen Hausschlüssel gefunden. Vielleicht sollte er sie einfach in ihre Wohnung bringen, den Schlüssel irgendwo ablegen und dann wieder gehen. Seufzend öffnete er die hintere Tür des Wagens. »Frau Hansen, wir sind da. Sie können jetzt aussteigen.« Ihr Haar hatte das ebenmäßige Gesicht halb verdeckt, und Lukas musste unwillkürlich an die Sixtinische Madonna von Raffael denken. Nur dass diese Schönheit nicht in einem Museum an der Wand hing, sondern in seinem Taxi lag und schlief. Vorsichtig rüttelte er an ihrem Arm. Sie rührte sich nicht. Obwohl er sie atmen sah, stieg plötzlich eine merkwürdige Unruhe in ihm auf. »Frau Hansen? Hören Sie mich?«

Er tätschelte ihre Wange. Sie fühlte sich eigentümlich kalt an. Wahrscheinlich, überlegte er, hatte sie schon länger auf der Brücke gesessen. Dennoch schien sie noch immer zu frieren, obwohl er die Wagenheizung aufgedreht hatte. Dass sie so gar nicht auf seine Worte reagierte, machte Lukas nervös. »Frau Hansen, aufwachen. Wir sind da.« Er fühlte ihren Puls. »Verdammt!«

Kurz wog er ab, wie lange es dauern würde, bis ein Notarzt vor Ort sein mochte. Dann schlug er kurzentschlossen die Tür zu, sprang vorne in den Wagen und gab Gas.

Kapitel 2

Heute

Die Stille eines eiskalten Abends lag über der Stadt. Kerzengerade bahnten sich Rauchsäulen ihren Weg in den sternenklaren Himmel hinauf. Kahle Bäume reckten ihre Äste in die Nacht. Die Bürgersteige waren menschenleer. Niemand verirrte sich in die Fußgängerzone, stand vor den reich dekorierten Fenstern des Kaufhauses Kohlstedt und schaute auf die blinkenden Lichter der Plastiktannenbäume, deren Zweige unter falschem Schnee aus Watte lagen. Seit Tagen umklammerte die Kälte die Stadt, als wolle sie sie nie wieder freilassen. Kaum jemand trat freiwillig vor die Tür, denn das Einatmen schmerzte in der Lunge. Es sah auch dieses Jahr nicht so aus, als würde es ein weißes Weihnachtsfest geben. Die Meteorologen versuchten sich in Optimismus, meinten, das Wetter könne sich bis zum Fest vielleicht doch noch ändern, aber selbst die Kinder glaubten nicht mehr daran.

Es war schon dunkel, als der Wagen in die ruhige Seitenstraße einbog. Er hielt vor dem Tor eines alten Backsteingebäudes, das früher einmal eine Schule gewesen war. Der Fahrer stoppte unter dem Lichtkegel einer Laterne. Er zögerte, schaute zu dem schmiedeeisernen Zaun, hinter dem das Kinderheim St. Emmaus lag. Zwei Reihen hoher Fenster gingen über die ganze Front des Gebäudes, geteilt durch einen doppelflügeligen Eingang im Erdgeschoss, an dem ein geschmückter Tannenkranz hing.

Der Mann stieg aus und trat auf das Tor zu. Als müsse er sich einen Ruck geben, öffnete er die Pforte zum Hof. In der einen Hand trug er einen großen Koffer. In der anderen hielt er das Händchen eines kleinen Mädchens, das schweigend neben ihm ging. Der Blick des Kindes ging zu der einsamen Schaukel hinüber, die im Winterwind geisterhaft vor- und zurückschwang. Es bemerkte einen dunklen Schuppen unter dem hohen Baum, dessen Äste wie dürre Arme aussahen. Arme, die sich nach ihm streckten.

An der Tür mit dem Adventskranz blieb Herr Perlinger stehen. Er kniete sich zu Lena hinunter. »Wenn alles wieder gut ist, hole ich dich ab. Es dauert bestimmt nicht lange. Vielleicht schon nach Silvester.« Er schaute ihr in die Augen und versuchte zu lächeln. »Wir müssen jetzt alle ganz tapfer sein.«

Schniefend nickte Lena.

Kapitel 3

Weit weg vom Kinderheim St. Emmaus, mitten im Industriegebiet-Nord, gab es einen Schrottplatz. Ein mannshoher Maschendrahtzaun, der nur noch vereinzelt an den dafür vorgesehenen verrosteten Pfählen hing, zäunte das Gelände ein. Und während überall in der Stadt Weihnachtslieder zu hören waren und die Kirchenchöre ihr »Vom Himmel hoch« übten, kam von hier ein Wummern und Kreischen, ein Brüllen und Stampfen, das bei näherem Hinhören an einen schweren Rocksong von AC/DC aus den Achtzigern erinnerte. Der Sound donnerte über Berge von Reifen und zerbeulten Autowracks in die sonst so stille Nacht hinaus. Die Quelle des Lärms befand sich im Inneren eines schäbigen Wohnwagens, der in der äußersten Ecke des Platzes stand.

Der Krach drückte die Plastikfenster des Wagens im harten Takt der Beats rhythmisch vor und zurück.

Mitten in dem Lärm, der aus dem Caravan dröhnte, standen zwei alte Männer. Der eine kugelrund, gehüllt in einen dunkelblauen Mantel und mit einem Hut auf dem Kopf, der seine Glatze bedecken sollte. Sein Name war Kurt Albers. Ihm gehörte der Schrottplatz sowie ein paar Immobilien in der Stadt. Der andere war sein bester Freund Manni. Besorgt blickten die beiden Alten auf die Ablage hinter der gepolsterten Eckbank, wo eine zitternde Ratte saß.

»Was hat sie denn da an?«, rief Kurt gegen den Lärm. Er hatte die Mitte siebzig fast erreicht. Steif beugte er sich vor, denn seine

Augen waren nicht mehr so gut wie früher. Als Manni ihn angerufen hatte, war er gleich gekommen. Ein Notfall sei es, hatte Manni gesagt. »Ist das etwa eine Socke?«

Der Sänger im Lautsprecher grölte mit erkältungsverkratzter Stimme irgendetwas Obszönes.

»Was hast du gesagt!«, schrie Manni gegen den Sound zurück. Die Ratte in der Socke zitterte weiter.

»Vielleicht ist es ihr hier zu laut«, brüllte Kurt.

Manni schüttelte sein weißes Haar, das er offen bis zu den Schultern trug. »Nein, bestimmt nicht. Sie heißt ja nicht umsonst Beethoven.«

Kurt seufzte, was Manni wegen des Lärms nicht hören konnte. Seine Ohren begannen von dem Höllenlärm bereits zu schmerzen. Kurzerhand griff Kurt ins Regal neben sich, hob den Tonarm des Plattenspielers von der zerkratzten Langspielplatte und legte ihn in die Halterung. Sofort wurde es still.

»Ich will wissen«, schrie Kurt, denn in seinen Ohren dröhnte es noch immer, »was du dem Vieh angezogen hast?«

»'ne Socke. Hab hinten ein Loch reingemacht, damit der Schwanz Luft kriegt.«

Vorwurfsvoll blickte Beethoven Manni an, der gerade auf der Küchenablage zwischen alten Zeitungen und angetrockneten Kaffeebechern herumwühlte. Es dauerte einen Moment, bis der Bewohner des Wohnwagens fand, was er suchte. Zufrieden zog Manni ein altes Stückchen Käse hervor. Er lehnte sich zu Beethoven hinüber und versuchte, mit spitzen Lippen unter dem üppigen, weißen Vollbart das Tier im Säuselton zu locken. »Komm Kleiner, hab was Leckeres für dich.«

Kurt legte den Kopf schief. »Hast du nicht gesagt, das Vieh sei taub?«

»Ist er ja auch«, grummelte Manni und fügte noch ein »Glaube ich jedenfalls« hinzu. Kurz schnupperte Beethoven an der bereits glänzenden Goudascheibe in Mannis Hand. Dann drehte er sich stolpernd in der Socke herum, den nackten Schwanz den beiden Alten entgegenhaltend.

Nachdenklich betrachteten die Männer das Tier. »Ist sie jetzt beleidigt?«, wollte Kurt wissen, der sich mit Ratten nicht so auskannte. Er war Mannis bester und auch einziger Freund. Sie kannten sich noch aus alten Schultagen. Kurt fröstelte, obwohl er seinen dicken Wintermantel aus feiner Wolle trug. »Weißt du, Manni, ich glaube, es ist ihr einfach nur zu kalt bei dir. – Ist deine Heizung kaputt?« Er zog den Schal enger um seinen Hals. Der Wetterbericht hatte für die Nacht mal wieder Frost angesagt.

»Nee. Propan is alle. Kein Geld für 'ne neue Buddel.« Manni warf dem Freund einen Hundeblick zu. »Ich brauche nur einen Fuffi.« Natürlich hätte Manni seinen Freund lieber um einen Hunni angebettelt, aber er wollte erst einmal mit 'nem Fünfziger anfangen.

Kurt schüttelte energisch den Kopf. »Nein, Manni. Irgendwann ist Schluss. Ich lasse dich auf meinem Platz umsonst wohnen, spendiere dir und deiner Ratte Essen und bezahle dein Telefon, damit du mich jederzeit nerven kannst. Nein, Manni. Es reicht.« Kurt drehte sich um, stieg über leere Pizzaverpackungen und Bierdosen hinweg, hinüber zur Tür. »Geh arbeiten! Verdiene endlich Geld, so wie es alle anderen auch machen!« Dann trat er in die kalte Nacht hinaus.

»Aber ich arbeite doch, Kurti! Ich bin dein Platzwart.«

Kurt ging zu seinem Wagen, einem gut gepflegten, aber alten Mercedes der Marke Der-tut's-doch-noch. »Ein feiner Platzwart bist du! Ständig verschwinden Teile aus den Autos. Gestern erst wieder drei Radios.«

Glücklicherweise ahnte Kurt Albers nicht, dass Manni die Schrottwagen heimlich ausschlachtete, um die Sachen zu versilbern. So ein Scheibenwischermotor hatte ihm erst letzte Woche vierzig Euro gebracht. »Och, Kurti, es ist doch nicht für mich. Ist für Beethoven. Der Ärmste friert!«, rief Manni seinem Freund zu, der gerade in den Wagen stieg und den Motor anwarf. Bevor Kurt allerdings losfuhr, kurbelte er noch einmal das Fenster auf der Beifahrerseite runter.

»Ich fahre übrigens morgen mit dem Zug zu meinen Kindern nach München.«

Überrascht trat Manni barfuß aus dem Wohnwagen heraus. »München? Warum denn das? Die wollten doch all die Jahre nichts von dir wissen.«

»Es ist bald Weihnachten, Manni.«

»Ja und?« Das Fest der Feste hatte Manni, den echten Rocker, noch nie interessiert. Dudelmusik und Familienblabla unter Nadelgehölz und Herzschmerzgetöse, pflegte er zu sagen.

Kurt rollte mit den Augen. »Ich weiß, du hasst Weihnachten. Aber ich nicht. Und ich will nach zehn Jahren endlich meine Kinder und Enkel wiedersehen. – Dieses Mal kommst du übrigens nicht mit, Manni! Ich will nämlich nicht noch einmal zehn Jahre auf eine Einladung warten.« Kurt wies damit auf eine Feier vor vielen Jahren hin, die dank Manni schrecklich danebengegangen war.

»Du kannst mich doch nicht zum Fest alleine lassen, Kurti!«

»Oh, doch! Morgen um zwanzig vor fünf habe ich für drei Wochen Ruhe vor dir! Bin im neuen Jahr zurück.«

Manni sah dem Mercedes nach, der jetzt um den Reifenhaufen rollte, um beim alten Tor auf die Straße zu gelangen.

»Weihnachten! Pah! Wer braucht das schon«, brummte Manni dreifach wütend, denn er hatte nicht nur keine Knete bekommen, nein, seine Bude war zudem eiskalt und sein bester Freund hatte ihn soeben hängen lassen. »Scheiße!«, schimpfte Manni, als er reinging.

Jetzt stand der alte Rocker unschlüssig zwischen einem Haufen Klamotten und seiner Plattensammlung, die er in einem Pappkarton unterm Tisch aufbewahrte. Sein Blick wanderte zu einem eingerissenen Poster an der Wand. Es zeigte eine schnurgerade Landstraße, die durch eine Prärie führte, direkt auf den Sonnenuntergang zu. Zwei Sechsen signierten den lakritzfarbenen Asphalt. Gleich daneben hing eine Straßenkarte von Amerika. Mit den Jahren war der rote Filzstrich, mit dem Manni den Verlauf der Route 66 von Chicago nach Santa Monica nachgemalt hatte, verblichen. Das machte aber nichts, denn er kannte den Weg über die Landkarte auswendig, so oft war er mit dem Finger den Strich entlanggefahren.

»Ist wirklich etwas frisch hier«, sagte Manni zu Beethoven und zog seine Lederkutte über die verschlissene Jeansjacke. Mit den nackten Füßen schlüpfte er in die Bikerstiefel. Morgen würde er wohl in die Stadt fahren müssen, um sich Geld zu beschaffen. Grummelnd nahm Manni einen verbeulten Blechnapf von einem Regal und pustete den Staub daraus fort. Irgendwo musste auch noch das Schild mit den Worten »Habe Hunger« liegen. Er nannte diese Art von Arbeit Napfengehen, weil sein Blechnapf immer dabei war. Klang besser als Betteln. Jetzt, kurz vor Weihnachten, waren die Leute viel spendabler als im Rest des Jahres. Und den Hundeblick beherrschte er noch immer wie kein anderer. Er prüfte ihn sogleich im schmierigen Spiegel an der Wand. Mit dem Ärmel seiner Jacke wischte er den Dreck auf der Oberfläche ab. Dann drehte er sich zu Beethoven und öffnete die Knöpfe seiner Jeansjacke. »Komm her, Kleiner, kannst heut bei mir schlafen.«

Beethoven, der gar nicht so taub war, wie Manni dachte, drehte sich um und stolperte in seiner Socke zu dem alten Rocker mit dem Rauschebart hinüber, der sich auf die Bank gesetzt hatte. Manni hob ihn unter die Jacke, die er dann vorsichtig wieder zuknöpfte. Mit seiner Schrottplatzratte auf dem Bauch und einer kalten Dose Bier in der Hand schlief Manni schon bald ein.

Kapitel 4

Mit ihrer Puppe im Arm stand Lena am Fenster ihres neuen Zimmers. Sie schaute in den dunklen Nachthimmel hinauf, auf der Suche nach dem Weihnachtsstern. Obwohl sie erst vier Jahre alt war, wusste Lena, dass dieser besondere Stern immer im Norden stand und heller als alle anderen Sterne leuchtete. Das hatte ihr die Mama erzählt, als sie noch gesund gewesen war. Und sie hatte Lena auch erzählt, dass im Norden der Weihnachtsmann wohne. Lena kniff die Augen ein wenig zusammen, um den hellen Punkt besser sehen zu können.

»Lena?«, rief eine leise Stimme hinter ihr. »Möchtest du, dass ich noch ein wenig bei dir bleibe?« Es war der Erzieher Lukas. Er hatte ihren Koffer ausgepackt. »Soll ich dir etwas zu essen bringen?«

Stumm schüttelte Lena den Kopf, dass ihre beiden geflochtenen Zöpfe nur so flogen. Sie drückte ihre Puppe fester an den Bauch und legte den Zeigefinger auf die kalte Fensterscheibe. Langsam umkreiste sie den Weihnachtsstern. Von dort würde er kommen. Und er würde ihren einzigen Wunsch erfüllen. Sie wusste, dass nur der Weihnachtsmann ihr jetzt noch helfen konnte.

Seufzend verließ Lukas den Raum und schloss die Tür hinter sich. Für einen Moment blieb er vor der Tür stehen und horchte in sich hinein. Als er das Kind gerade alleine am Fenster hatte stehen sehen, wäre er gerne zu ihr gegangen, um sie zu trösten, doch zwischen ihnen stand noch eine eisige Wand. Das wunderte ihn nicht, denn man hatte ihr alles genommen. Lukas spürte, dass er wütend wurde. Mit Ungerechtigkeiten hatte er von jeher Probleme.

Abendliche Stille ging durch das Haus. Die Kinder hatten gegessen, und die Kleineren schliefen bereits. Da hörte Lukas Schritte auf der Treppe. Er drehte sich um und sah Henriette Jonas in den Gang treten. Mit energischem Schritt ging die Heimleiterin an den Sternen aus Seidenpapier vorbei, die die Kinder alljährlich pünktlich zum ersten Advent in die Fenster hängten. Sie passierte die Holzkrippe auf dem kleinen Tischchen in der Ecke und prüfte mit einem kurzen Blick die Lichterketten über den Türen der Kinderzimmer. Vor Lukas blieb die Endfünfzigerin mit den grauen Haaren stehen.

Schweigend blickten sie aus dem Fenster, während es im Treppenhaus nach Zimt und Nelken roch und in einem der Zimmer ein Kind auf seiner Flöte ein paar hilflose Töne von *O du fröhliche* für die Weihnachtsfeier probte. Unten im Hof sahen Lukas und Henriette Jonas den Pflegevater der Kleinen mit gebeugtem Rücken zu seinem Wagen zurückschlurfen.

»Herr Perlinger will Lena zurückholen, sobald seine Frau aus dem Krankenhaus entlassen wird«, sagte Henriette Jonas leise.

»Wann wird das sein?«, fragte Lukas.

Die Heimleiterin überlegte lange. »Ich weiß es nicht. Frau Perlinger ist seit fast zwei Jahren krank. Die beiden Jungen sind tagsüber bei einer Tante, während der Vater im Krankenhaus ist.« Sie seufzte. »Letzte Woche hat er auch noch seine Arbeit verloren. Herr Perlinger schafft es nicht mit dem Haushalt, den drei Kindern, einer kranken Frau und der Jobsuche.«

»Es könnte also sein, dass Lena nie wieder zurückgehen kann?«

»Damit müssen wir rechnen, Lukas.« Der unmusikalische Flötist hatte mittlerweile sein Instrument zur Seite gelegt.

Sie blickten dem Mann nach, der in seinen Wagen stieg, ohne sich noch einmal umzublicken. Als das Auto nicht mehr zu sehen war, schaute Henriette Jonas Lukas mit ernstem Blick an. »Ich möchte, dass Sie sich um Lena kümmern.« Sie legte ihre Hand auf seinen Oberarm. »Wenn jemand einen Zugang zu dem Kind bekommen kann, dann sind Sie es, Lukas.«

Er lächelte und wusste doch, dass es schwer werden würde.

Gemeinsam gingen sie den Gang entlang. »Und, werden Sie dieses Jahr bei Ihrer Familie Weihnachten feiern, Lukas?«

»Ich würde lieber arbeiten, wenn Sie nichts dagegen haben.« Es gab Familien, die konnte man nicht einmal zu Weihnachten ertragen. Seine gehörte dazu.

Kapitel 5

Der nächste Morgen im Kinderheim St. Emmaus sollte anders sein, als Henriette Jonas erwartet hatte. Eigentlich standen eine Mitarbeiterbesprechung sowie die alljährlichen Berichte für den Stiftungsrat an. Die Kohlstedt-Stiftung hatte vor einigen Jahren die Trägerschaft des kleinen Heims übernommen und legte Wert darauf, dass der Jahresabschluss pünktlich zum 31. vorlag. »Als hätte ich um Weihnachten nicht schon genug zu tun«, grummelte sie und legte den Entwicklungsbericht für Mats Siemers, Oliver Kuhnert, Oskar Billert und Kevin Müller im entsprechenden Ordner auf ihrem PC ab. Die Berichte über die Jungen waren wie immer lang und wenig erfreulich gewesen. Aber Henriette wusste aus vielen Jahren in diesem Job, dass von den gut vierzig Kindern, die ständig im Haus lebten, stets eine Handvoll besonders schwieriger Fälle dabei war. Hinter ihr ratterte der Drucker und spuckte das Titelblatt für den diesjährigen Bericht aus, der als fünfzigseitiges Dossier bereits auf ihrem Schreibtisch lag. Es fehlte nur noch die Akte des Neuzugangs Lena Perlinger.

Lena. Die Kleine hatte eine schwere Zeit hinter sich und wahrscheinlich eine noch schwerere vor sich, denn je älter die Kinder waren, umso schlechter waren ihre Vermittlungschancen. Bald schon würde sie fünf Jahre alt werden. Da man Lenas genaues Geburtsdatum nicht kannte, hatte das Amt ihren Geburtstag auf den 24. Dezember gelegt. Der Tag, an dem sie gefunden wurde. Sagte man Weihnachtskindern nicht besonders viel Glück nach?

Lena würde es brauchen, denn sosehr Henriette sich für die Perlingers auch wünschte, dass alles wieder gut werden würde, so wenig sah es derzeit danach aus. Da trommelte es an die Bürotür. Henriette Jonas schrak zusammen. Ohne auf ein »Ja, bitte« zu warten, stürzten ein paar Kinder herein. »Der Krawutke ist tot!«, brüllten sie alle durcheinander. Auf dem Gang vor ihrem Büro hörte Henriette Jonas weitere aufgeregte Stimmen.

Sie sprang auf. Eilig kam sie um ihren Schreibtisch gelaufen und stürzte in den Flur, wo sie den Kindern Richtung Aula folgte. Als sie in den alten Schulsaal kam, sah sie die Kinder vor der Bühne stehen und auf den stöhnenden Hausmeister blicken, der rücklings in den Resten eines zusammengebrochenen Tisches lag. Unter ihm waren die kläglichen Überbleibsel der in Seidenpapier eingewickelten Weihnachtsbaumkugeln und Fetzen der Pappkartons, in denen sie gelegen hatten. Überall auf dem Boden hatten sich silbrig glänzende Splitter verteilt. Der fast vier Meter hohe Christbaum, der neben der Bühne gestanden hatte, war mitsamt Leiter und Herrn Krawutke umgefallen. Die Zweige des Baumes mitten im Zuschauerraum wippten noch.

Metti, sie war fast dreizehn und trug eine Brille mit dicken Gläsern und eine Zahnspange, kam auf die Heimleiterin zu. »Die goldene Spitze ist heil geblieben, Frau Jonas.« Sie hielt Henriette Jonas eine filigrane Weihnachtsbaumspitze aus Glas, mit kleinen Silberglöckchen daran, hin. »Der Rest ist im Eimer.«

Krawutke stöhnte auf.

Kapitel 6

Gleich nach dem Frühstück war Lena in ihr Zimmer gelaufen, um dem Weihnachtsmann einen Brief zu schreiben. Da sie aber noch nicht schreiben konnte, wollte sie ihm malen, was sie sich wünschte. Plötzlich wurde hinter ihr die Tür aufgestoßen.

»Hey, Winzling!«

Lena schrak auf. Der dicke Buntstift fiel ihr aus der Hand. Schon stürmten vier große Jungen herein, die sie noch nicht kannte.

»Bist die Neue, oder was?!«, quäkte der Dürre und knallte die Tür hinter sich zu.

»Wird Zeit, dass du weißt, wer hier das Sagen hat«, erklärte der Größte der vier. Sie nannten ihn Kevin. Die Jungen stellten sich hinter Lenas Stuhl, was ihr Angst machte. Gerade wollte sie zu Püppi greifen, die vor ihr gesessen hatte und stets auf sie aufpasste, als Kevin auch schon danach griff. Lena sprang auf. Ihr Stuhl kippte scheppernd zu Boden. Die Jungen lachten, während Kevin die Puppe zu einem der anderen Jungen warf. »Fang Olli!«

Der Junge mit dem Namen Olli griff nach Püppis Bein.

»Lasst das!«, rief Lena und versuchte, ihm ihre Freundin aus der Hand zu reißen, doch schon flog diese über ihren Kopf zurück zu Kevin.

»Hier Mats!«, brüllte er. »Reiß dem Ding die Arme aus!« Lena schrie auf, wollte hinrennen, doch sie stolperte über den am Boden liegenden Stuhl und fiel hin. Die Jungen wieherten vor

Lachen. »Du musst ja eine echt dämliche Kröte sein, dass deine Pflegeeltern dich zurückgegeben haben!«, rief Kevin.

»Warst denen wohl nicht gut genug, was?«, mutmaßte Oskar, der einen Schokoriegel in der Hand hielt, in den er jetzt herzhaft hineinbiss.

Tränen traten in Lenas Augen. »Ich habe überhaupt nichts gemacht.« Sie rappelte sich wieder auf, um Kevin davon abzuhalten, Püppi als Fußball zu benutzen, während ihr die Tränen auch schon über das Gesicht liefen.

Mats' Finger krallten sich in Lenas Oberarm. »Du bist hässlich und blöde wie ein Gullideckel«, zischte er ihr ins Gesicht.

Lena schrie vor Wut und Schmerzen auf. Da sah sie, wie Kevin zum Schreibtisch ging. »Was ist denn das für ein Scheißgekritzel?« Kevin griff nach dem Blatt Papier und zerknüllte die Zeichnung, an der Lena fast die ganze Nacht gesessen hatte.

Sie riss sich von Mats los. »Das ist mein Wunschzettel!«, schrie sie. Mit einem Satz war sie bei Kevin und trat mit ihrem Plüschschuh, so fest es ging, gegen sein Schienbein.

Der Junge lachte. »Wunschzettel! Wie bescheuert ist das denn! Es gibt doch gar keinen Weihnachtsmann!«

»Du lügst!«, rief sie gegen ihre Tränen an und trat weiter. Da sprang Mats einen Schritt zurück, und sie fiel zu Boden.

»Schon gehört, Kröte?«, grinste Kevin auf sie herab. »Es gab unten in der Aula einen echten Toten.« Er machte eine gruselige Grimasse, die Lena zurückschrecken ließ. Langsam ging Kevin zur Tür, während er das Bild in seiner Hand zu zerreißen begann. Ritsch, ratsch, und noch einmal ritsch. »Und weißt du, wer das war?« Er griente Lena feist an. »Der Weihnachtsmann!«

Steif blieb Lena mitten im Raum sitzen und starrte Kevin an, der jetzt in der Tür stand. Bevor er die Tür schloss, warf er die Schnipsel in seiner Hand ins Zimmer und brüllte zum Abschied: »Es schneit! Es schneit!« Dann fiel die Tür zu.

Schluchzend sank Lena auf den Boden und wimmerte nach ihrer Mama, während sie Püppi fest an sich drückte.

Sie kauerte eine ganze Zeit lang da, als sie aufgeregte Stimmen auf dem Flur hörte. Lena schluckte die letzten Tränen herunter, rappelte sich auf und öffnete vorsichtig die Tür zum Flur einen Spalt. Draußen liefen Kinder vorbei. Sie schienen recht aufgeregt zu sein. Als Lena sicher war, dass die Fieslinge nicht dabei waren, folgte sie den anderen ins Treppenhaus. Dort hatten sich die Kinder am Geländer versammelt und blickten hinunter ins Foyer. Zögerlich stellte sich Lena zu ihnen. Unten schien etwas passiert zu sein. Neugierig schob sie sich bis nach vorne zum Geländer. Zwischen den Holzstreben konnte sie zwei Männer erkennen, die eine Krankentrage schoben. Auf der Trage lag ein stöhnender Mann unter einer weißen Decke. Man brachte ihn hinaus in den Hof.

Den Sanitätern folgte ein Arzt. »Ihr Weihnachtsmann hat Glück gehabt, Frau Jonas«, sagte er zu der Heimleiterin. »Das hätte böse ausgehen können. Aber dieses Jahr wird Weihnachten wohl ohne ihn stattfinden müssen.«

»Oje«, flüsterte ein großes Mädchen mit einer dicken Brille auf der Nase. »Weihnachten fällt aus.«

»Was meinen Sie damit, es gibt keinen Weihnachtsmann?«, rief Henriette Jonas in den Telefonhörer an ihrem Ohr, kaum dass man Herrn Krawutke fortgebracht hatte. Henriettes Hals zeigte mal wieder diese kleinen roten Flecken, die immer dann auftraten, wenn sie sich zu sehr aufregte. »Natürlich gibt es den Weihnachtsmann! Was reden Sie für einen Unsinn!« Doch der Mann von der Weihnachtsmannverleihagentur stöhnte nur auf und beendete das Gespräch. Stille in der Leitung. »Hallo?« Die Heimleiterin schaute den Hörer in ihrer Hand vorwurfsvoll an. »Hallo, sind Sie noch da?«, versuchte sie es. Als aber keine Antwort kam, knallte sie den Hörer auf die Gabel ihres altmodischen schwarzen Bakelit-Telefons.

»Frechheit«, zischte sie und wusste, dass sie jetzt eigentlich laut schimpfen dürfte. Das Recht dazu hatte sie, denn der Mann von der Verleihagentur war grob unhöflich gewesen. Zumindest am Ende des Gesprächs. Uneinsichtig war er dabei geblieben, dass es keine Weihnachtsmänner vor dem Fest mehr gäbe, erst wieder ab dem 25. Dezember. Dann allerdings auch nur mit Aufpreis. Einen Tag nach Heiligabend aber brauchte die Heimleiterin von St. Emmaus keinen Weihnachtsmann mehr, wie sie dem Mann am Hörer mehrmals versuchte klarzumachen.

»Dummkopf«, schimpfte sie noch einmal und wusste doch, dass sie damit nicht viel ausrichten konnte. Es war zu spät, um noch einen Leih-Weihnachtsmann zu bekommen. Henriette Jonas aber wäre nicht Henriette Jonas gewesen, wenn sie jetzt einfach aufgegeben hätte. Sie hatte noch neun Tage. Wenn es sein musste, würde sie einen der drei Weihnachtsmänner vor dem Kaufhaus Kohlstedt abwerben. Und wenn dieser nicht freiwillig mitkommen wollte, würde sie eben zu drastischeren Maßnahmen greifen.

Sie fragte sich, mit welchem Strafmaß man wohl bei Entführung zu rechnen hatte, und hoffte auf mildernde Umstände, schließlich war sie in heiliger Mission unterwegs.

Henriette seufzte, richtete ihr Haar und nahm ihren Mantel vom Haken. Sie war wild entschlossen, dem Unmöglichen entgegenzutreten. Ohne einen Weihnachtsmann zurückzukehren war für sie keine Option! Egal woher, egal, was er kosten sollte, ein Mann mit Bart musste her! Und das so schnell wie möglich. Ihre Kinder erwarteten ein richtiges Weihnachtsfest, so wie jedes Jahr. Und Henriette Jonas war die Letzte, die wegen eines lächerlichen

Problems die Kleinen enttäuschen würde. Ein Weihnachtsmann zum Fest war im Kinderheim St. Emmaus seit vierundzwanzig Jahren Tradition. Sie würde nicht diejenige sein, die damit brach. Und so warf sie ihren Wintermantel über und marschierte mit festen Schritten aus dem Büro, vorbei an dem reichlich mit Girlanden geschmückten Gang, unter dem Adventskranz hindurch, der an der Decke hing und auf dem bereits zwei Kerzen brannten, vorbei an der Tür zur Aula, wo das Unglück geschehen war.

»Frau Jonas!«, hörte sie hinter sich eine Stimme, gerade in dem Moment, als sie hinauseilen wollte. Die Heimleiterin drehte sich um.

»Lukas, was ist?« Selbst in ihren Ohren klang ihre Stimme energischer als sonst. Sie sah den jungen Mann mit dem gestreiften Strickpulli die Stufen herunterschleichen, während er seine Hand auf die linke Wange drückte. »Ich denke, ich muss zum Arzt. Der Zahn.«

Flehentlich blickte Henriette Jonas zum Himmel. Jetzt bitte nicht auch noch ein kranker Erzieher, dachte sie. »Gut, wenn es sein muss. Aber bitte, lassen Sie sich nicht auch noch krankschreiben. Kommen Sie nach dem Arztbesuch gleich wieder.«

»Wohin gehen Sie?«

»Auf Weihnachtsmannjagd.«

Kapitel 7

Als sich der Mann vom Amtsgericht durch das rostige Tor zwängte, ahnte er bereits, wo er den Schuldner Manfred Semmler finden konnte. Sein Kollege hatte ihn breit grinsend informiert, dass er nur der Rochmusik nachgehen müsse. Und tatsächlich hatte der Gerichtsvollzieher das gleichmäßige Wummern einer überdrehten Musikanlage bereits auf der Straße gehört. Die Mappe unter den Arm geklemmt, ging der Beamte nun auf den dreckigen Wohnwagen zu, der hinter einem hohen Reifenhaufen stand und unter dem stampfenden Beat zu beben schien. Die Melodie kam dem Besucher vage bekannt vor. Irgendetwas aus den Achtzigern. Der Lärm war höllisch. Der Gerichtsvollzieher suchte eine Klingel an dem wippenden Wagen, fand aber keine. Einige leere Bierflaschen auf einem schiefen Campingtisch vor der Behausung klapperten leise im Rhythmus der Musik gegeneinander.

»Herr Semmler?«, rief der Gerichtsvollzieher, wobei er kräftig an die Tür des Wohnwagens klopfte. »Sind Sie da?« Die Frage war eigentlich überflüssig, denn wer hätte sonst diesen Lärm machen sollen? Jetzt war ihm der Name des Songs wieder eingefallen: *Hells Bells.* Der Besucher wartete, ob jemand die Tür öffnen würde. Als das nicht geschah, ging er zum Fenster am Ende des Wagens und stellte sich auf die Zehenspitzen. Deutlich konnte er einen alten Mann sehen, der wild und mit freiem Oberkörper Luftgitarre spielte, wobei er sich eigenartig verrenkte. Der Gerichtsvollzieher klopfte an das Plastikfenster. »Herr Semmler!« Nichts rührte sich.

Der Mann ging zurück zur Tür, entschlossen diese zu öffnen, um sich die nötige Aufmerksamkeit zu verschaffen. Er wollte nicht umsonst in diese trostlose Einöde am Stadtrand gefahren sein. Und schon gar nicht wollte er ein weiteres Mal herkommen. Gerade, als er den kleinen Griff in die Hand nahm, wurde die Tür aufgestoßen. Der Beamte stolperte mehrere Schritte zurück und fiel rücklings über eine herumliegende Stoßstange.

Im Rahmen der Wohnwagentür stand jetzt der Schatten eines Riesen. Aus glühenden Augen blickte er zu dem Besucher hinunter, der sich den Hintern rieb. Auf den wirren weißen Haaren des Riesen saß, verkehrt herum, ein Baseballcap. Sein Oberkörper war tatsächlich nackt, und für einen Moment glaubte der Gerichtsvollzieher, die tätowierte Schlange auf dem Brustkorb des Mannes hätte sich bewegt.

Eilig richtete er sich auf und klopfte seine Hose sauber. »Herr Semmler? Manfred Semmler? – Mein Name ist …«

Überrascht blickte Manni auf den kleinen Mann, der vor seinem Wohnwagen im Dreck saß. Manni kannte diese Typen. »Schon wieder einer von euch?«, brummte er und warf die leere Bierdose in seiner Hand im hohen Bogen mitten in einen Stapel Autoreifen. Schon wollte er die Tür wieder zumachen, als er innehielt. Sein Blick ging zum Himmel hinauf, der gerade eine spätnachmittägliche Färbung von der Natur verpasst bekam. »Scheiße! Wie viel Uhr ist es?«, grölte Manni dem Mann zu, der jetzt umständlich ein paar Zettel aus seiner Aktenmappe zog.

»Wie bitte?«

»Wie viel Uhr, Hohlzwerg!«

»Kurz nach vier, warum?«

»Mist!« Manni knallte die Tür zu. Er trat gegen die Wand seiner Behausung, woraufhin die Nadel seines Plattenspielers mit einem entsetzlichen Kratzen über die LP rutschte. Sofort verstummten die Höllenglocken von AC/DC. Manni warf sein fleckiges T-Shirt über, zog die Lederhose an, schlüpfte in seine Bikerstiefel, die er in den Siebzigern einem anderen Rocker nach einer Prügelei abgenommen hatte, wie er immer gerne behauptete, und warf seine Lederjacke mit den Fransen über. Kurz überlegte er, ob er Napfengehen sollte, aber Beethoven hatte es sich in der Blechschüssel gemütlich gemacht und schlief selig in seinem Sockenpyjama. Manni lächelte milde und deckte die Ratte mit seinem letzten sauberen Papiertaschentuch zu. Dann stürzte er hinaus. Er musste unbedingt Kurti vor diesem Weihnachtswahnsinn retten. Und sich einen Fuffi sichern. Oder einen Hunni.

Bevor der ungebetene Gast vor dem Wohnwagen etwas sagen konnte, war Manni auch schon an ihm vorbeigelaufen, hinter die Reifenhaufen. Dort versteckte er nämlich seit Jahren eine Zündapp vor der Gerichtsbarkeit. Da dies aber ein Notfall war, konnte Manni heute auf das Wahren seines Geheimnisses keine Rücksicht nehmen.

Er brauchte drei Versuche, bis er das Bein über den Sitz geschwungen hatte. Für einen Mann mit neunundsechzig auf der Flucht war das kein schlechter Schnitt.

In diesem Moment trat der Gerichtsvollzieher neben ihn. »Herr Semmler …«, setzte er an. Manni ignorierte den Kerl. Stattdessen zog er den Choke, klappte den Kickstarter mit seinem Stiefel aus und trat energisch drauf. Nichts passierte. Manni versuchte es noch einmal. Schob den Choke rein, zog ihn wieder raus, fluchte und trat wieder und wieder durch. Doch seine alte Zündapp röchelte nur erbärmlich vor sich hin. Wie konnte das sein? Er hatte doch erst vorgestern in der Innenstadt einen Kanister Benzin aus dem Tank eines alten Passats geklaut, um damit sein Bike zu befüllen!

Manni fluchte noch einmal. Die Zeit drängte. Er musste unbedingt rechtzeitig am Bahnhof sein, bevor Kurti abhaute.

»Ist das Ihre?«, wollte der kleine Mann mit der Aktenmappe wissen. Deutlich konnte Manni um die Mundwinkel des Mannes herum ein zufriedenes Lächeln sehen.

»Nee. Die gehört dem Kerl, dem der Schrottplatz gehört. Kurt Albers«, log er. Ein letztes Mal gab Manni sein Bestes, trat den Fußhebel durch, als hänge sein Leben davon ab. Die Zündapp unter ihm röchelte wie ein Sterbender. Manni zwang sich zur Ruhe, wägte seine Möglichkeiten ab. Dann sprang er von der Maschine herunter, wobei ihm ein stechender Schmerz den Rücken hochjagte. Stöhnend presste er die Faust ins Kreuz und humpelte an dem Mann vom Amt vorbei.

»Na ja, das neuste Modell ist das Ding ja nicht mehr«, hörte er seinen ungebetenen Gast die Maschine taxieren.

Abrupt blieb Manni stehen, drehte sich langsam um und kam zurück. Er baute sich direkt vor dem Behördenmännlein auf und funkelte ihn aus schmalen Augen an, einem nordischen Gott nicht ganz unähnlich. Erwartungsgemäß schrumpfte der Herr Gerichtsvollzieher um ein paar Zentimeter. Manni legte noch eine Sekunde Funkeln nach, um keine Missverständnisse aufkommen zu lassen.

»Na, geht doch«, zischte er. Dann fuhr er herum und humpelte, so schnell es sein schmerzender Rücken zuließ, Richtung Tor. Dort musste noch irgendwo das Mofa von diesem, … wie hieß der Bengel noch gleich? Er kam manchmal auf den Schrottplatz, um sich ein paar Euros zu verdienen. Gestern hatte ihn ein Kumpel mit dem Auto abgeholt. Das Mofa musste also noch hier sein. Hinterm Schuppen fand er das Gefährt, welches ihn an einen dieser italienischen Liebesfilme erinnerte. Seinen Abscheu herunterschluckend, machte er sich an die Arbeit. Keine zwei Minuten später knatterte Manni vom Platz. Im Seitenspiegel sah er noch den Gerichtsvollzieher etwas auf die Zündapp kleben. »Mist!«, dachte er und gab röhrend Gas. Während er laut und falsch *Highway to Hell* sang, fuhr er Richtung Norden.

Bald darauf gingen bei der örtlichen Verkehrspolizei mehrere Anrufe ein, die einen offenbar verwirrten Alten auf einer Vespa meldeten, der mit fünfundfünfzig Sachen über die Autobahn juckelte.

Als Manni etwas später am Hauptbahnhof ankam, zeigte die Turmuhr zur Haupthalle, dass ihm nur noch zwei Minuten blieben, bevor der ICE mit Kurti an Bord losfahren würde. Knatternd rollte Manni über den Bahnhofsvorplatz. Die Hupe quäkte leidend, während die Reisenden dem Alten auf dem Mofa schimpfend aus dem Weg sprangen. Vor der Halle bremste er scharf ab und setzte seinen Weg zu Fuß fort. Bei den Menschenmassen war mit der Sandkistenharley kein Durchkommen.

Bei Gleis 13 blieb Manni stehen. Suchend blickte er von der Galerie hinunter zum Bahnsteig, wo der ICE nach München bereitstand. Kurti konnte er nirgendwo entdecken.

Manni rannte so schnell es ging zur Rolltreppe hinüber, die zum Bahnsteig führte. Fast wäre er der Länge nach hinuntergestürzt.

War ja klar, dass das Ding in die falsche Richtung ging! Hoch, nicht runter. Fluchend nahm er die Treppe, während er überlegte, welch rührselige Worte er benutzen würde, um Kurti die

Euros abzuknöpfen oder ihn zumindest von dieser blöden Reise abzubringen.

Manni hatte in seinem Leben gelernt, dass man stets eine mehr oder weniger wahre Geschichte bereithalten musste, um zu bekommen, was man wollte. Dabei, und das war die hohe Kunst des Lügens, musste man immer die verzwickte Psyche des Opfers im Blick behalten. Manni war gut im Lügen, denn er hatte eine Antenne für das, was die Leute sich wünschten. Und er gab es ihnen. Dafür wiederum bekam er dann auf seine Art »ehrlich« verdientes Geld. Ein fairer Deal, wie er fand.

Als Manni von der letzten Stufe sprang, rollte der Zug an.

»Nein! Scheiße! Anhalten!«, rief er dem ICE nach. Sein hektischer Blick versuchte, Kurti in einem der immer schneller vorbeiziehenden Waggons zu entdecken. Doch die Scheiben waren verspiegelt! Kein Kurti. Manni lief dem letzten Waggon hinterher. Schon nach wenigen Schritten blieb er keuchend stehen. Die Lichter des ICEs nach München glitten aus der Halle und verschwanden hinter einer Kurve.

Wütend verpasste Manni einem Papierkorb in seiner Nähe einen mächtigen Tritt. Unbeeindruckt blieb das Ding stehen. Dafür schmerzte nun auch noch sein Fuß.

Kapitel 8

In der Spielzeugabteilung im vierten Stock begann die weihnachtliche Musikschleife zum dritten Mal. Gerade sang Bing Crosby sein *White Christmas*. Ihm würden die Wiener Sängerknaben mit der *Stillen Nacht* folgen und ein weihnachtlicher Schlagermix. Clara rechnete nach, dass sie noch acht Mal Bing hören musste, bevor sie in die Pause gehen konnte, vorausgesetzt, jemand würde in der Zwischenzeit ihren Posten an der Kasse übernehmen. Stine war nämlich mal wieder zu spät, falls sie überhaupt noch zur Arbeit kam. Bis jetzt hatte es keiner gemerkt, aber wenn Claras Freundin sich nicht beeilte, würde es dieses Mal wohl richtig Ärger geben.

»Zahlen Sie mit Karte?«, fragte Clara den Kunden und stellte die überdimensionale Tüte mit dem Geschenk darin auf den Verkaufstresen. Mittlerweile war die Schlange an ihrer Kasse um sieben weitere Kunden angewachsen. Wo blieb Stine?

Da wurde die Seitentür nahe den Kassen aufgerissen, und Stine kam in den Verkaufsraum gelaufen. »'schuldige«, murmelte sie Clara zu, wobei sie ihre stets verwuschelte blonde Mähne mit den Händen zu bändigen versuchte. Eilig bereitete sie die zweite Kasse vor.

Lächelnd reichte Clara dem Kunden das Paket und schickte ihm noch ein »Schöne Weihnachten« hinterher. Bevor die nächste Kundin ihre Ware ablegte, beugte sich Clara zu Stine und klappte ungefragt deren Blusenkragen hoch. »Die Nacht scheint recht leidenschaftlich gewesen zu sein. Du hast da einen Fleck.«

Sofort griff sich Stine an den Hals. »Oh, wie peinlich«, wisperte sie und grinste. Doch es schien ihr alles andere als unangenehm zu sein. »Er heißt Ingo und ist Ingenieur, glaube ich. Wir hatten nicht viel Zeit zum Reden.«

Clara schüttelte den Kopf. Während sie weiter Preisschilder einscannte, Geschenke verpackte und abkassierte, beneidete sie ihre Freundin im Stillen. Manchmal fand sie diese ungehemmte Lebensfreude zwar etwas anstrengend, aber Clara gönnte es ihrer Freundin von Herzen. Wenigstens eine von ihnen sollte Spaß im Leben haben.

Je näher das Fest kam, umso mehr Kunden strömten in das Kaufhaus Kohlstedt. Clara hätte allein anhand der Menschen, die vor ihr standen, sagen können, wie lange es noch bis Weihnachten war. Da gab es die Senioren, die schon im November alle wichtigen Einkäufe für Enkel und Kinder erledigten. Anfang und Mitte Dezember suchten hauptsächlich Mütter und Tanten in der Spielzeugabteilung nach Geschenken. Den Vätern schien erst kurz vor Heiligabend einzufallen, dass da noch was war.

»Du, Clara«, nutzte Stine einige Zeit später den kurzen Moment ohne Kundschaft für ein privates Gespräch. »Könntest du mir für Freitag deinen roten Mantel leihen? Du weißt schon, der mit dem Aufstellkragen und der Glitzerknopfleiste, den du im November genäht hast.« Als Clara nicht gleich reagierte, weil sie einen Karton mit neuen Severin-Puppen auspackte, die seit Jahren der Verkaufsschlager der Abteilung waren, erklärte Stine, dass ihr Neuer sie in eines dieser hippen Restaurants ausführen wolle und Claras Mantel total toll zu ihrem neuen Minikleid passen würde.

»Ja, klar.«

»Super«, meinte Stine begeistert. »Ich finde ja, du könntest mit deinen Entwürfen sogar Geld verdienen.«

»Brotlose Kunst«, murmelte Clara und zupfte die etwas langweiligen Einheitsrüschenkleidchen der Puppen zurecht. »Das mache ich nur für mich.«

»Ich weiß, aber vielleicht …«

»Lass gut sein, Stine.« Clara setzte eine der teuren Puppen zu ihren Schwestern ins Regal hinter den Kassen. »Gib mir einfach den Mantel am Samstag wieder. Dann kannst du mir auch gleich das Kleid von letzter Woche und den schwarzen Rock zurückgeben.«

»Oh, habe ich das noch nicht?«

»Nein.« Clara lächelte sie an. »Das hast du noch nicht.«

Gerade ließ Tschaikowsky seine Zuckerfee aus den Lautsprechern tanzen, als eine Kundin an Claras Kasse trat. Mit dem hektischen Blick einer vorweihnachtlich gestressten Mutter legte sie eine Holzkiste auf den Tresen in dem sich eine Spielesammlung für 39,00 Euro befand. »Eigentlich möchte mein Sohn ja lieber eine von diesen PS-Konsolen haben, aber es soll ja der ganzen Familie gefallen«, nuschelte sie, während sie ihr Portemonnaie mit der Platin Kreditkarte aus ihrer Handtasche herauskramte. Immer mal wieder ging ihr Blick dabei suchend nach links und rechts. »Ben-Luka?«, fragte sie halb nach hinten und legte die Kreditkarte auf den Tisch. Dann drehte sie sich um. »Ben-Luka?« In ihrer Stimme schwang die Sorge einer Mutter, die nicht zum ersten Mal den Sprössling im Kaufhausgewühl verloren hatte. »Eben war er noch da.« Die Frau ging zwei Schritte zurück, um den Hauptgang entlangzuschauen. »Ben?!« Als sie den Sohn nicht entdecken konnte, kam sie zurück und fragte die Kundin an Stines Kasse. »Haben Sie einen Sechsjährigen mit blonden Haaren gesehen? Blaue Kensington-Winterjacke.« Die Angesprochene schüttelte den Kopf.

»Möchten Sie Ihren Sohn erst einmal suchen?«, bot Clara an. »Ich lege die Spielesammlung solange beiseite.«

In diesem Moment drang ein lautes Poltern aus einem der Gänge. Es folgte ein lang gezogener Schmerzensschrei.

»Ben-Luka!«, rief die Mutter und eilte dem nun einsetzenden Geheul entgegen.

Clara warf Stine einen kurzen Blick zu, dann folgte sie der Kundin. Gerade, als sie den Gang für die topaktuellen Technikspiele erreicht hatten, trat daraus humpelnd ein Kind hervor. Es hatte den Kopf tief zwischen die Schultern gezogen und weinte. Sofort beugte sich die Mutter zu dem Kleinen hinunter und begann ihn wortreich zu trösten.

»Ist alles in Ordnung?«, wollte Clara von der Frau wissen, doch die antwortete nicht, sondern prüfte konzentriert die Blessuren ihres Sohnes. Clara schaute in den Gang, aus dem der Junge gekommen war.

Die Bescherung hatte biblisches Ausmaß! Offenbar hatte der Kleine ausgerechnet eine PS5 aus dem obersten Regal an der Wand ziehen wollen, obwohl genügend Konsolen unten aufgestapelt lagen. Dabei musste er auf eine Pyramide aus Chemiebaukästen geklettert sein, die Clara erst heute Morgen arrangiert hatte. Jeder dieser Kästen kostete 139,90 Euro und enthielt unter anderem Chemikalien wie Ammoniumchlorid, Schwefel, Kupfer(II)-sulfat sowie Reagenzgläser, Brennspiritus, 7-prozentige Salzsäure und vieles mehr. Die Pappschachteln hatten Ben-Lukas Gewicht offenbar nicht gehalten und waren mitsamt dem Kind zu Boden gegangen. Von den zwanzig Schachteln schienen nur noch zwei einigermaßen unbeschädigt zu sein. Der Rest lag eingedrückt und zertreten am Boden, während verschiedene Flüssigkeiten unterschiedlichster Färbung aus der Pappe liefen und sich über den Boden ergossen, Glassplitter durch die Folie stachen und ein beißender Geruch in Claras Nase stieg.

Hoffentlich ist dem Kind nichts passiert, dachte sie noch. Sie ging zurück, um nach dem Rechten zu sehen, und wollte danach den Abteilungsleiter holen. Er würde alles Weitere regeln müssen. Als Clara sich jedoch umschaute, waren die Mutter und ihr zerstörungsfreudiger Spross fort. Erst dachte Clara, die Frau hätte sich mit dem Kind irgendwo hingesetzt. Doch sie konnte die beiden nirgends finden.

Clara fragte Stine, ob sie sie gesehen hätte, aber ihre Kollegin schüttelte nur den Kopf. Jetzt eilte Clara zur Rolltreppe hinüber. Nichts! Auch über das Treppenhaus schienen Mutter und Sohn nicht geflüchtet zu sein.

»Das glaube ich nicht!«, rief Clara und stampfte mit dem Fuß auf. Wut stieg in ihr hoch. Wie gewissenlos, sich einfach aus dem Staub zu machen. Das war beileibe kein kleiner Schaden! Und die nächste Stunde würde sie, Clara Hansen, damit verbringen, die Sauerei wieder wegzumachen, neue Ware aus dem Keller zu holen und alles wieder aufzubauen. Warum nur waren Menschen so niederträchtig und rücksichtslos, sogar zu Weihnachten?

Clara seufzte. Dann fügte sie sich in das Unvermeidliche.

Nachdem der Abteilungsleiter alles begutachtet hatte, niemanden finden konnte, dem er die Schuld hätte geben können und darum Clara anmeckerte, holte sie Wischmopp und Eimer. Sie hatte bereits den Großteil des Chaos in Plastiksäcke geworfen und war gerade dabei, die Glassplitter einzusammeln, als sich Stine zu ihr hockte, um ihr zu helfen.

»Er war schon wieder hier«, flötete Stine Clara ins Ohr, wobei sie verschwörerisch lächelte.

»Wer?« Clara entdeckte noch ein triefendes Stück Pappe unter dem Regal und ließ es in den Eimer fallen.

»Na, ER!« Stine schob mit dem Handfeger einige Glassplitter auf die Schaufel in ihrer Hand. »Ich glaube, dieses Mal ist es etwas Süßes. Trüffel, oder so.« Sie wies mit dem Kinn zum Kassentresen, wo eine Klarsichttüte mit roter Schleife lag. »Er muss sich angeschlichen haben, als ich kassierte und du hier warst. Ich verstehe einfach nicht, dass ich nichts gemerkt habe.« Mit wohliger Neugier und geweiteten Augen strahlte sie Clara an. »Los, nun sag schon: Wer ist es?«

Clara wusste, dass Stine und die anderen Kolleginnen vor Neugier schier platzten. Man wollte unbedingt herausfinden, wer der geheimnisvolle Verehrer war, der Clara immer wieder kleine Geschenke machte. »Ich weiß doch auch nicht«, raunte Clara und hoffte, sich bei diesen Aufräumarbeiten nicht die Uniform zu ruinieren. Sie würde die Reinigung aus eigener Tasche bezahlen müssen. »Das habe ich euch doch schon tausendmal gesagt.«

Stine machte eine Schnute. »Warum vertraust du mir denn nicht?«

»Weil ich es doch selber nicht weiß.« Sie hätte Stine auch sagen können, dass sie eine der schlimmsten Seiten der Liebe kennengelernt hatte und ihr Bedarf an Romantik für den Rest ihres Lebens gedeckt war. Sollten andere sich doch die Finger verbrennen!

Umso ärgerlicher war es für Clara, dass ein Unbekannter für sie seit Anfang Dezember immer wieder etwas in der Abteilung hinterlegte. Mal waren es Blumen, mal ein Gedichtband oder ein gerahmtes Foto von Sommerwolken. Die Kolleginnen spekulierten, wer der heimliche Verehrer wohl sein könnte, und beobachteten die wenigen männlichen Kunden in der Spielwarenabteilung genau. Es schien allen unerklärlich, wie jemand unbemerkt die Geschenke ablegen konnte, wo sie doch so wachsam waren. Natürlich wollte keine von ihnen der Geschäftsleitung von dem Vorfall berichten, auch wenn Kameras im Kassenbereich hingen, anhand derer die Frage nach dem Unbekannten schnell geklärt werden könnte. Nein, Claras Kolleginnen wollten sich den detektivischen Spaß von denen da oben nicht ruinieren lassen. Und während sie romantischen Fantasien nachhingen, ob es der attraktive Mittvierziger von gestern gewesen sein könnte, der die Damen sehr an den jungen George Clooney erinnerte, häuften sich die Geschenke in Claras Spind.

Die Süßigkeiten stellte Clara den Kolleginnen auf den Tisch im Pausenraum. Mit dem Rest aber wusste sie nicht recht, wie sie verfahren sollte. Sie war hin und her gerissen. Handelte es sich um etwas Harmloses, oder musste sie sich Sorgen machen? Immer wieder hörte man von verrückten Stalkern.

Für sie war nur eines klar: Die Präsente stammten wohl kaum von jenem Mann, der einmal ihre große Liebe gewesen war, nur um sich später als ihre größte Enttäuschung zu entpuppen. Eine Enttäuschung, an der sie fast zerbrochen wäre. Aber irgendwie hatte sie es geschafft, weiterzuleben. Irgendwie.

Clara nahm den Eimer und brachte ihn weg.

Als sie zurückkam, blickte sie auf ihre Armbanduhr. Noch 405 Minuten bis zum Feierabend. Heute ohne Pause. Sie seufzte und ging zu Stine, die an der Kasse stand. »Ich hole neue Ware aus dem Keller«, sagte sie, und Stine nickte.

Clara ging zum Fahrstuhl hinüber, der gerade seine Türen schließen wollte. Flink trat sie in die Kabine, in der nur ein Mann mit gehäkelter Pudelmütze und einem grünen Mantel stand. Er zuckte zusammen, als er sie sah.

Sie schien ihn erschreckt zu haben. »Entschuldigen Sie«, murmelte sie und stellte sich neben ihn. Dabei bemerkte sie, dass er in der Hand einen leeren Baumwollbeutel trug.

Der Knopf mit dem »E« leuchtete bereits. Als die Türen sich schlossen, drückte Clara auf das »U« darunter. Sie würde durch die Küchenabteilung im Untergeschoss laufen, vorbei an der Wand mit den Weinen, um von dort durch eine diskrete Tür zu den Lagern zu gelangen. Eigentlich sollten die Angestellten die

Waren nicht über den Kundenfahrstuhl transportieren, aber der Weg über den weiter entfernten Lastenaufzug hätte Clara zu viel Zeit gekostet. Sie wollte Stine nicht zu lange alleine lassen.

Sanft sank die Kabine hinunter, während aus einem Lautsprecher in der Decke Fahrstuhlmusik plätscherte. In der nächsten Etage öffneten sich die Türen erneut. Einige ältere Damen, von denen sich eine an einem Rollator festhielt, kamen schnatternd herein. Clara und der junge Mann traten einen Schritt zurück, um Platz zu machen. Als eine der Kundinnen nicht genau wusste, welchen der Knöpfe sie drücken sollte, beugte sich Clara vor.

»Wohin möchten Sie denn?«, wollte sie lächelnd wissen.

Überrascht blickte die alte Frau sie an. Dann schüttelte sie energisch den Kopf. »Das sag ich Ihnen nicht. Ich kenne Sie ja gar nicht.« Wieder betrachtete sie mit krauser Stirn die Knöpfe, als sie den jungen Mann neben Clara bemerkte. »Könnten Sie mir wohl sagen, wo ich BHs finde?«

Überrascht sah Clara ihren Mitreisenden an, der wie selbstverständlich auf den Knopf für die oberste Etage drückte.

»Sie müssten dann aber wieder hochfahren«, sagte er.

Clara fragte sich, warum die alte Frau ihr nicht traute, dem fremden Mann hingegen schon.

»Danke«, strahlte die Kundin ihn an, »das ist wirklich sehr freundlich von Ihnen, junger Mann.«

Der Fahrstuhl setzte sich wieder in Bewegung. Im zweiten Stockwerk wurde Claras Geduld erneut auf die Probe gestellt, als eine Gruppe junger Leute in die Kabine wollte. Mit japanischem Gedränge versuchten sie, sich einen Platz nach unten zu sichern. Clara wurde in die Ecke gedrückt. Dicht an sie heran schob die Menge den jungen Mann. »'tschuldigung«, murmelte er Clara zu, als nur noch wenige Zentimeter sie trennten. Hilflos versuchte er, seinen Blick nicht auf Clara zu richten, die genau vor ihm stand. Auch sie mied seinen Blick.

»Ist schon in Ordnung. Weihnachtsgeschäft«, nuschelte sie und drehte den Kopf, so weit es ging, zur Seite, um ihm nicht ins Gesicht starren zu müssen.

»Können Sie mal weiter nach hinten durchgehen?«, piepte ein junges Mädchen mit Kopfhörern auf den Ohren und drückte gegen die Menge, so dass es für Clara noch enger wurde.

Da informierte eine blecherne Stimme über den Köpfen der Menge, dass der Fahrstuhl überlastet sei. Eine Diskussion unter den Jugendlichen begann, wer nun aussteigen und die Rolltreppe nehmen solle und wer nicht. Die älteren Damen begannen zu zetern, und jene mit dem Rollator, die neben Clara stand, rief, dass sie sofort aussteigen wolle, weil ihr schwindelig sei. Energisch schob sie die Gehhilfe vor und zurück, was zu erregten Kommentaren führte, die sie mit dem Hinweis auf ihren Schwerbehindertenausweis zu entkräften versuchte. Clara durchzuckte ein Schmerz am Bein, als der am Rollator befestigte Gehstock ihr Schienbein erwischte.

Der junge Mann schaute sie besorgt an. »Alles okay?«, fragte er Clara. Seine Stimme war leise und samtweich.

»Geht schon«, presste sie hervor und versuchte ein Lächeln. Während das Gedränge stürmischer wurde, versuchte der junge Mann, Clara vor weiteren Attacken kampferprobter Gehilfen zu schützen, indem er sich ein wenig zwischen sie und die Menge stellte. Die Diskussion zwischen Alt und Jung schien sich zugunsten der älteren Herrschaften zu entscheiden, nachdem die Dame mit dem Rollator auch noch die Hacken zweier Mädchen erwischt hatte. Die Jugendlichen beschlossen kurzerhand, allesamt die Rolltreppe zu nehmen.

Endlich ging die Fahrt weiter.

»Danke«, sagte Clara zu ihrem unauffälligen Retter, wobei sie ihr Schienbein rieb.

»Das gibt einen ordentlichen blauen Fleck, schätze ich«, meinte er nur. Er war nicht viel älter als Clara und hatte braune Augen.

Als er im Erdgeschoss ausstieg, fragte Clara sich, ob sie ihn schon einmal im Kaufhaus gesehen hatte. Sie konnte sich aber nicht erinnern.

Kapitel 9

Was ist nur mit den Männern los?, fragte sich Henriette Jonas, als sie in ihren Opel Corsa stieg. Sie hatte beim Einkaufszentrum einen geeigneten Kandidaten gefunden, ihm dreihundert Euro für zwei Stunden Arbeit am Heiligabend geboten, aber der hatte abgelehnt. Nicht nur einmal, nein, fünf Mal. Dabei hatte sie alle psychologischen Tricks angewandt, die sie kannte. Schmollmund und Alkohol waren auch dabei gewesen. Doch er blieb standhaft. Als sie es mit einer Träne versuchte, hatte er sie einfach stehen lassen.

Okay, sie war nicht mehr die Jüngste. Vielleicht hätte sie eher die mütterlich-energische Schiene fahren sollen. Sie seufzte. Jetzt blieb ihr nur noch die Fußgängerpassage vor dem Kaufhaus Kohlstedt. Denen aber einen Weihnachtsmann auszuspannen war gefährlich, schließlich war das Kaufhaus der alljährliche Sponsor des Tannenbaums für die Kinder im Kinderheim St. Emmaus. Und nicht nur das. Der Vorsitzende eben jener Stiftung, die das Heim finanzierte, war Phillip Lindenberg, der Schwiegersohn vom alten Kohlstedt und wohl auch der künftige Ministerpräsident, wenn man all den Wahlplakaten glauben durfte, die in der Stadt aushingen. Nein, sich mit dem Kohlstedt-Clan anzulegen war eine schlechte Idee. Andererseits aber brauchte Henriette Jonas dringend einen Weihnachtsmann. Nur, woher nehmen und nicht stehlen?

Sie drehte den Zündschlüssel. Tatsächlich knatterte der Motor nach dem dritten Versuch los. Das ist unerwartet und somit vielversprechend, dachte Henriette. Vielleicht sollte sie optimistischer an die Sache herangehen: Im Kaufhaus einfach nachfragen, ob man einen der Weihnachtsmänner am 24. zeitweise entbehren könnte. Das Geschäft war an Heiligabend schließlich nur bis 16 Uhr geöffnet. Solange mussten auch die Weihnachtsmänner bleiben. Aber, wenn man einen, nur einen Einzigen, eine Stunde früher gehen lassen würde, dann könnte man doch …

Henriette Jonas spürte Optimismus in sich aufkeimen, während Bing Crosby im Radio von weißer Weihnacht sang. Sie fädelte sich in den dichten Verkehr Richtung Innenstadt ein, noch schnell ein kurzes Stoßgebet zwecks elysischer Unterstützung gen Himmel sendend.

Als sie eine halbe Stunde später aus dem Kaufhaus Kohlstedt in die Fußgängerzone trat, schnaufte sie verächtlich einer Verkäuferin entgegen, die ihr, mit erschöpft-verkrampfter Lächelmiene, ein frohes Fest wünschte. Soeben hatte die Geschäftsführung Henriette unmissverständlich erklärt, dass kein Weihnachtsmann vor achtzehn Uhr zur Verfügung stünde, da das Kaufhaus in diesem Jahr erstmals längere Öffnungszeiten haben würde. »Auch Last-Minute-Käufer sollen die Chance haben, bei uns ein schönes Geschenk für die Lieben daheim zu finden«, hatte ihr eine Sekretärin mitgeteilt.

Blödsinn, dachte Henriette. Wer es in den vier Wochen vor dem Fest nicht geschafft hat, Geschenke zu besorgen, der wird auch am 24. um kurz vor sechs scheitern. Wütend rauschte sie in die Fußgängerzone hinaus. Im Vorbeigehen knuffte sie noch schnell einen dieser drei lächerlichen Weihnachtsmänner vor dem Kaufhaus.

In diesem Moment kam Henriette ein Mann im dunkelgrünen Parka in die Quere, den sie nicht gesehen hatte. Sie stießen zusammen. Schon wollte sie ihm all ihren Frust über den Kopf schütten, als sie den jungen Mann mit der Strickmütze erkannte. »Lukas? Was machen Sie denn hier? Sagen Sie bloß, Ihr Zahnarzt hat seine Praxis im Kaufhaus Kohlstedt?«

Erwischt.

Mit einem schmalen Lächeln sah Lukas sie an. Seine Wangen trugen einen deutlich roten Schimmer. »Nein, also ich, ähm, … Ich komme gerade von dort. Also, vom Arzt. Der Termin dauerte nicht so lange. Und als ich hier vorbeikam, da dachte ich, ich besorge noch gleich ein Geschenk für meine Mutter«, stammelte er, was dumm war, denn jobbedingt erkannte Henriette Jonas eine Lüge auf hundert Meter Entfernung.

Sie zog ihre linke Augenbraue ein wenig höher und bohrte den Blick, vorbei an ihrer Nasenspitze, direkt in seine Augen hinein. »So, so«, sagte sie nur. Mehr war nicht nötig, denn der Erzieher schien sich der Peinlichkeit der Situation absolut bewusst zu sein. »Lukas, Lukas, was machen Sie nur für Sachen …« Tadelnd schüttelte sie ihren Kopf. »Wir reden später darüber. Jetzt muss ich erst einmal einen Weihnachtsmann finden.«

Gerade wollte sie weitergehen, als sie stockte. Sie musterte den schlanken Mann noch einmal eingehend von oben bis unten. Der absurde Gedanke, dass er vielleicht für Hausmeister Krawutke einspringen könnte, kam ihr in den Sinn. »Sie würden nicht zufällig … nein«, beantwortete sie ihre eigene Frage, »wohl eher nicht.« Henriette seufzte und blickte ihrem Erzieher hinterher, der schnell im Gewimmel der Fußgängerzone verschwand.

Unschlüssig, wo sie jetzt noch einen Weihnachtsmann finden könnte, stand Henriette mitten in der Fußgängerzone. Ihr Atem gefror zu weißen Wölkchen, während ihr Blick über den eisblauen Himmel ging. Es konnte doch nicht so schwer sein, einen geeigneten Mann für zwei Stunden zu finden, dachte sie.

Da hörte sie die Töne einer Trompete. *Vom Himmel hoch, da*

komm ich her … Sie folgte dem weichen Klang, der ihr in all der vorweihnachtlichen Unruhe ein wenig Frieden versprach.

Bald schon hatte sie eine Gruppe von Menschen erreicht, die im Halbkreis vor einigen Musikern standen und lauschten. Auf einem Hocker vor sich hatten die jungen Künstler eine hölzerne Zigarrenkiste gestellt, die schon recht gefüllt aussah.

… Ich bring' euch gute neue Mär,

Der guten Mär bring ich so viel …

Leise summte Henriette mit und spürte bald, wie die Wut in ihr verflog. Vielleicht, überlegte sie, könnte Lukas ja doch den Weihnachtsmann mimen. Ein Kissen vorne und eins hinten rein, dazu Sprechunterricht, weil er manchmal vor Aufregung nuschelte. Ja, das könnte etwas werden. Einzig die Tatsache, dass Lukas die Schüchternheit in Person war, machte die Sache schwierig. Ein Weihnachtsmann, der den Mund auf der Bühne nicht aufbekam, wirkte kaum überzeugend. Als Erzieher aber war Lukas goldrichtig. Die Kinder liebten ihn und vertrauten ihm. Nur auf eine Bühne würde Henriette Jonas ihn niemals bekommen. Selbst wenn er wollte, würde er eher tot umfallen, als sich dort hinzustellen und ein überzeugend sonores »Hohoho« von sich zu geben. Wieder entfuhr ihr ein schwerer Seufzer, als sie auch diese Idee fallen lassen musste.

… Sei mir willkommen, edler Gast!

Den Sünder nicht verschmähet hast …

Da sah sie ihn! Mitten in der Menge!

Der Kerl da drüben war der perfekte Kandidat für einen Weihnachtsmannauftritt im Kinderheim St. Emmaus. Breite Schultern, weißer Bart, stattliches Auftreten, ein wenig rund um die Mitte. Er wusste es noch nicht, aber er würde mit ihr nach Hause kommen.

Kapitel 10

Dieser Tag drohte einer seiner schwärzesten zu werden, die Manni in der letzten Zeit erlebt hatte. Kurti weg. Der Fuß tat wegen des Mülleimers weh. Und weil Beethoven schlafen wollte, musste Napfengehen auch ausfallen. Missmutig humpelte Manni die Fußgängerzone entlang, ohne recht zu wissen, wie es weitergehen sollte. Die Lage war vertrackt, so viel war klar.

Dass Kurti ihn einfach hatte stehen lassen, machte Manni verdammt wütend. Sein bester Freund war stets eine zuverlässige Geldquelle gewesen. Außerdem, mit wem sollte er denn nun am 24. ein Bier schnasseln? Weihnachten ohne Kurti? Das hatte es seit seiner Schulzeit nicht gegeben.

Vor dem Kaufhaus Kohlstedt passierte Manni drei Weihnachtsmänner. Er fragte sich gerade, ob es den Kindern nicht eigenartig vorkommen musste, dass gleich drei von der Sorte hier herumstanden, als der eine auch noch heftig nieste. Manni wollte gerade einen flotten Spruch anbringen, als er eines dieser nordischen Hirschtiere neben dem Mann stehen sah. Ein Rentier mitten in der Stadt. Das war doch mal was Neues. Doch niemand außer Manni schien das Tier zu beachten. Ebenso wie der niesende Santa hatte auch das Rentier eine leuchtend rote Nase. Aus großen braunen Kulleraugen blickte es Manni an.

Plötzlich zwinkerte es mit einem Auge.

Im ersten Moment meinte Manni, er hätte sich geirrt, aber dann blinzelte es noch einmal. Ganz offensichtlich meinte es ihn.

Manni legte den Kopf schief. Dann trat er vorsichtig näher. Neugierig beugte er sich dicht an den Kopf des Tiers. »Mach das noch mal«, murmelte er ihm zu. Und, als hätte es ihn verstanden, klappte das Auge ein weiteres Mal zu und wieder auf. Dabei schien es Manni breit anzugrinsen.

»Wow.« Manni war klar, dass er sich eher auf Ratten als auf Rentiere verstand, aber dennoch schien ihm dieses Zwinkern ungewöhnlich. Entweder hatte das Tier ein Gesundheitsproblem, oder das Kaufhaus Kohlstedt hatte in diesem Jahr neben Weihnachtsmännern auch Viecher aus dem Zirkus gemietet.

Da hörte Manni ein paar Meter vor sich weihnachtliche Klänge.

Vom Himmel hoch, da komm ich her …

Er schüttelte sich. Dieses Gequietsche schmerzte in seinen empfindlichen Gehörgängen. Da fehlte alles! Der Beat, der Sound, der Groove.

Dennoch ging er näher ran. Vielleicht lag ja eine Geldbörse offen in einem Einkaufskorb oder lugte aus der Gesäßtasche einer Jeans heraus. Manni stellte sich in die letzte Reihe. Den Blick auf heilig geknipst, tat er, als lausche er andächtig. Ab und an nickte er wohlgefällig, wie ein weiser alter Mann. Dabei wanderte sein Blick prüfend an den Mänteln und Taschen der Umherstehenden entlang.

Er wechselte seinen Standort, ging ein wenig mehr in die Menge hinein. Neben ihm quengelte ein etwa vierjähriges Mädchen mit Engelslöckchen geübt ihre Mutter an. Die Leute schauten sich schon indigniert nach der Krabbe um. Aufmerksamkeit aber konnte Manni gerade jetzt nicht gebrauchen. Er warf dem Kind einen seiner feurigen Götterblicke zu. Vor Schreck blieb das nächste Jammern im halboffenen Mund der Kleinen kleben, während sie ihn aus großen Augen anstarrte.

»Na, geht doch«, murmelte Manni.

Da bemerkte er die Zigarrenkiste auf dem Hocker vor den Musikern. Keine fünf Meter trennten ihn von dem Zwanzig-Euroschein, der über den Rand lugte. Manni sah, dass die Musiker konzentriert auf ihre Notenblätter sahen, die sie mit Wäscheklammern gegen den Wind am Ständer festgeklemmt hatten. Gemummelt in dicke Jacken und Schals, die Mützen tief ins Gesicht gezogen, konnten sie kaum erkennen, was um sie herum geschah. Die Zigarrenkiste jedenfalls hatten sie nicht im Blick.

Manni grinste. Kurz schickte er ein Dankesgebet gen Himmel. »So viel wäre doch nicht nötig gewesen, Herr«, frohlockte er leise. Dann ging er auf die Musiker zu. Er sang laut und falsch »La, la, la, la«, weil er wusste, dass den Leuten so etwas immer peinlich war. Sie würden wegsehen. Er tat, als hole er mit großer Geste Geld aus seiner Hosentasche. Die Musiker indes würdigten ihn keines Blickes. Mit dem Handrücken nach oben, schob Manni die Faust über die Kiste, um sie kurz aufzumachen. Doch, statt Geld in die Kiste fallen zu lassen, wollte er nach dem Zwanni greifen, der ihn so lasziv angrinste.

In diesem Moment passierte es!

Jemand schubste Manni beiseite. Es war das Mädchen mit den Engelslocken! Es hielt eine Euromünze in der Hand, die sie offenbar zu spenden gedachte. Vielleicht, weil es unerwartet kam, vielleicht, weil er alt war, vielleicht, weil er sich auf etwas anderes konzentriert hatte, warf der drängelnde Stoß der Kleinen ihn um. Manni sah noch den zufriedenen Blick des Mädchens, als er zu Boden ging. Dabei riss Manni versehentlich den Hocker samt Zigarrenkiste mit sich.

»Ey! Das hast du mit Absicht gemacht«, dröhnte er die Kleine an. So schnell es ging, versuchte er, sich aus dieser unwürdigen Position auf dem Boden wieder hochzurappeln.

»Emma, komm!« Die Mutter nahm das Kind energisch bei der Hand und zog es mit sich fort. Da drehte sich die Göre noch einmal zu Manni um und streckte ihm die Zunge heraus. Sprachlos sah Manni dem großen und dem kleinen Ungeheuer nach.

Unterdessen hatten die Musiker aufgehört zu spielen. Der Trompeter sammelte das Geld vom Boden ein und legte es zurück in die Kiste.

Schon wollte Manni enttäuscht fluchen, als er etwas in seiner eben noch leeren Faust spürte. Papier! Ohne hinzusehen wusste er, was es war. Triumph! Im Fallen musste er zugegriffen haben. Sein Kopf fuhr herum. Hatte jemand etwas bemerkt? Der Trompeter wohl nicht, denn der schloss gerade die Zigarrenkiste mit frustriertem Gesicht. Kurz öffnete Manni seine Hand. Tatsächlich, es war der Zwanni. Jetzt nichts wie weg hier, dachte er. Da löste sich aus der Zuschauermenge eine Frau. Sie kam auf ihn zu. »Haben Sie sich verletzt?«, wollte die Frau mit den Perlenohrringen wissen.

Eilig rappelte Manni sich auf. Vor einer Frau zu sitzen war noch schlimmer, als vor einer Frau zu knien. Das hatte er ein einziges Mal in seinem Leben gemacht. Drei Jahre Ehe hatte es ihm eingebracht. Nie wieder würde er so eine Dummheit begehen!

»Alles bestens, gute Frau. Alles bestens.« Er wollte gehen.

»Ich finde es ganz reizend.« Sie lächelte eigentümlich.

»Was?«

Die Frau blickte zu Mannis Faust, mit der er den Geldschein umklammerte. Eine vorwitzige Ecke ragte zwischen Daumen und Zeigefinger vor. Deutlich war die Zahl 20 darauf zu erkennen. »So viel. Das tut nicht jeder heutzutage.« Schnell stopfte Manni den Schein in seine Tasche. »Aber, aber«, protestierte die Frau und legte ihre Hand auf seinen Oberarm. »Ich will Sie doch nicht davon abhalten, den Musikern Gutes zu tun.«

Im selben Moment durchzuckte Manni ein Schmerz im Arm. Die Fremde kniff ihn! Dabei war ihr Mund zu einem Lächeln verzogen, während gleichzeitig Eiszapfen aus ihren Augen schossen.

So ein Mist, dachte Manni, die hat's gemerkt. Er versuchte, sich an ihr vorbeizudrängeln, doch sie gab keinen Zentimeter nach.

»Ich habe einen Job für Sie«, flüsterte die Fremde in sein Ohr. »Wenn Sie den Leuten das Geld wiedergeben, sage ich Ihnen, worum es geht. Auf alle Fälle um mehr als läppische zwanzig Euro.«

Manni horchte auf. Das klang interessant. Aber, sollte er wirklich den Schein zurückgeben? Immerhin hatte er ihn ehrlich gestohlen. Und diese Musiker hatten doch noch all das Kleingeld aus der Zigarrenkiste.

»Nun ja«, druckste er. »Wie heißt es doch so schön: Lieber den Spatz in der Hand als die Taube auf dem Dach.«

Ihr rechter Mundwinkel zuckte kurz, als hätte er etwas Amüsantes gesagt. »Besser eine Taube auf dem Teller und ein Spatz vor dem Fenster als mich am Hals«, konterte sie scharf.

Ungläubig musterte Manni die schmale Person in dem dicken Mantel. Wer wusste schon, was sie noch alles drunterhatte. Vielleicht ein Messer oder Schlimmeres. Mannis Hand umklammerte den Schein fester. Hin und her gerissen, versuchte er, die Worte der Frau abzuschätzen. Meinte die es ernst? Aber, was für ein Job könnte sie ihm schon bieten? Plötzlich riss er die Augen auf, als ihm ein ganz spezieller Job einfiel.

»Nee, meine Gute. So einer bin ich nicht!« Schnell drängelte er sich durch die Menge, auf der Flucht vor einer dieser heiligen Retterinnen, die gescheiterte Existenzen sammelten wie andere Briefmarken, nur um die armen Seelen dann sexuell auszubeuten und nach Gebrauch wieder auf die Straße zu setzen.

Er wollte sich flott verpieseln, als sie plötzlich wieder vor ihm stand. Sie war einen Kopf kleiner als er, aber sie beäugte ihn auf eine gewisse Art, die ihm bekannt vorkam. Er schluckte. Genau! Sie sah ihn an wie seine Mathelehrerin von damals. Die Fellbacher mit dem Damenbart. Gleich nach dem Dreisatz hatte die ihn abgeschrieben. Mit der war auch nicht zu spaßen gewesen. Ein Schauder lief Manni über den Rücken.

»Polizei oder Job«, flüsterte die Fremde. »Ihre Entscheidung.«

Manni dachte an Beethoven, der sich bestimmt sorgen würde, wenn er nicht rechtzeitig nach Hause kam, weil er in einer Zelle saß.

»Okay«, zischte Manni. »Aber wehe, der Job lohnt sich nicht.« Mit zusammengepressten Zähnen ging er zurück zu den Musikern, die gerade ihre Instrumente einpackten. Er drückte einem der Bläser den Zwanziger in die Hand. »Hier, aber versauft nicht gleich alles auf einmal.« Dann ging Manni mit einem unguten Gefühl zu der kleinen Frau zurück.

Sie lotste ihn in eine Seitengasse, wo weniger Menschen umherliefen. »Mein Name ist Henriette Jonas. Und Sie haben etwas, das ich brauche«, begann sie.

Manni warf die Arme gen Himmel. »Wusste ich es doch. Sie wollen nur meinen Körper!« Er drehte sich herum, um zu gehen.

»Sind Sie verrückt? Ich brauche einen Weihnachtsmann. Meiner ist von der Leiter gefallen!«

Manni blieb stehen. Sie brauchte also kein rustikales Kuscheltier? Glück gehabt. Allerdings klang Weihnachtsmann bei nochmaligem Überlegen auch nicht viel besser. Er wollte weitergehen, als er zwei Zauberworte hörte: »Einhundert Euro.«

Etwas in ihrer Stimme klang verzweifelt. »Fünfhundert!«, rief er über seine Schulter zurück.

»Spinnen Sie? Dafür kaufe ich den Kindern einen neuen Schrank und zwei Schreibtische.«

Klar, sie hatte Kinder. Vielleicht ihre Enkel, überlegte Manni.

Die Frau erhöhte ihr Angebot auf einhundert plus einem Festessen. Manni schüttelte den Kopf. »Nee, dreihundert und kein Essen.« Der Gedanke, mit einer Familie an einem gedeckten Weihnachtstisch sitzen zu müssen, war ihm noch unerträglicher als das heilige Getute der Straßenmusiker von eben oder der Dreisatz von der Fellbacher.

Sie kam einen Schritt näher. »Hundertfünfzig.«

Er ging einen Schritt rückwärts. »Zweihundertsiebzig.«

»Hundertsiebzig und ein Bad. Sie müffeln.«

Manni fuhr herum. »Wenn ich Ihnen nicht frisch genug rieche, dann suchen Sie sich doch einen anderen Weihnachtsmann.« Gleichzeitig aber fragte er sich, wann er tatsächlich das letzte Mal ein Vollbad genommen hatte. »Okay, sagen wir zweihundert, aber mit Sicherheit kein Bad.«

Henriette Jonas nickte. Sie hatte nicht erwartet, dass es so einfach und vor allem billig werden würde.

Kapitel 11

Als er auf dem Beifahrersitz ihres viel zu kleinen Autos saß, den Kopf etwas abgeknickt, weil er oben anstieß, kamen Manni Zweifel. »Nee, ich kann das nicht«, brummte er Henriette Jonas zu.

»Aber natürlich können Sie das! Sie haben einen Bart und – auch wenn Sie es nicht wissen – ein gutes Herz. Das alleine reicht schon völlig aus.« Sie ließ den Wagen wieder an, nachdem er zum zweiten Mal an der Kreuzung ausgegangen war.

»Vergaser im Eimer«, murmelte Manni. »Zündkerzen raus, Auspuff hat 'n Loch.«

Sie lachte. »Ich weiß, ich weiß.« Ruckelnd fuhr der Wagen an. »Ich habe nur keine Zeit, ihn in die Werkstatt zu bringen. Nächstes Jahr, vielleicht.« Sie rollten weiter. »Wissen Sie eigentlich, dass Sie ein kleines Wunder sind«, fragte sie ihn.

»Ich?«

»Aber natürlich! Ich hatte schon fast aufgegeben, nach einem Weihnachtsmann zu suchen, als ich Sie sah. Und Arbeit brauchen Sie auch. Es passt alles perfekt.«

Das sah Manni, der Weihnachtshasser, ganz anders. Er starrte aus dem Fenster. Warum musste gerade ihm das passieren? Warum nicht Kurti? Der wäre der perfekte Weihnachtsmann. Kurti liebte Lametta und Braten, Kinder und Geschenke und all dieses Familiengesinge. Manni aber verabscheute das alles zutiefst. Kurti hatte mal gesagt, dass das mit Mannis verkorkster Kindheit zu tun haben müsse. Übelkeit überfiel Manni. Wahrscheinlich wegen dem nervigen Geschaukel dieser Nussschale auf vier Rädern.

Bald darauf stiegen sie vor einem roten Backsteingebäude aus dem Wagen. Manni konnte hinter dem Tor einen asphaltierten Schulhof erkennen, den man aber stellenweise aufgerissen hatte, um dort Blumenbeete anzulegen. Zu dieser Jahreszeit aber wirkte all das ziemlich trostlos. »Sie wohnen in einer alten Schule?«, fragte Manni ungläubig.

Frau Jonas drehte sich zu ihm. »Kommen Sie, wir trinken etwas und lernen uns erstmal kennen …«

Entsetzt schaute der Altrocker sie an. Er wollte sie nicht kennenlernen, sondern nur das Geld einsacken. Schon gar nicht wollte er mit ihr etwas trinken.

Sie schien seine Gedanken lesen zu können. »Nein«, lachte sie. »Ich will Sie nicht betrunken machen. Ich meinte nur eine Tasse Tee.«

Auch nicht besser, dachte Manni.

»Und dann erzähle ich Ihnen, was Sie für das Geld tun müssen.«

»Grmpf«, brummte Manni, was sie als Zustimmung wertete. »Okay, aber das Geld bekomme ich vorher.« Manni plante nicht im Geringsten, an diesem Theater teilzunehmen. Geld ja, alles andere nein. Schließlich können auch Weihnachtsmänner mal krank werden oder den Weg zur Arbeit nicht mehr finden.

Sie lachte auf. »Erst die Arbeit, dann das Vergnügen.«

»Das heißt?«

»Erst bekomme ich meinen Weihnachtsmann, dann bekommen Sie Ihre Bezahlung.«

Sie ging über die Straße. Zögerlich folgte Manni ihr zu dem schmiedeeisernen Tor, als er abrupt stehen blieb. Er starrte auf ein Schild, das an einem der beiden Torpfeiler angebracht worden war. *St. Emmaus, Kinderheim.* »Das hier ist ein Heim?«, krächzte er.

»Ja, hatte ich das nicht gesagt?«

Ihm wurde schwindelig. »Nee«, keuchte er. »Da geh ich nicht rein.«

»Aber, warum denn nicht?« Besorgt schaute sie ihn an.

Doch statt einer Antwort begann Manni zu schimpfen. »Wusste ich es doch! Sie sind eine von diesen falschen Helferinnen. Erst lächeln, Vertrauen schaffen und dann rausschmeißen. Verlogenes Pack! Das hat eure Saubande mehr als einmal mit mir gemacht. Nochmal kommt nicht in Frage!« Manni wurde wieder ganz übel. Seine Hand wedelte vor dem Schild hin und her, als könne er es fortwischen. Aber das Ding blieb, wo es war. »Ich hau ab.« Gerade wollte er sich umdrehen, als er seine Beine nicht mehr spürte. Dann wurde um ihn herum alles schwarz.

»Ich kenne nicht einmal Ihren Namen«, sagte die sanfte Stimme über ihm. Langsam öffnete Manni die Augen. Über ihm war das Gesicht dieser Frau. Jetzt lächelte sie nicht mehr. »Es tut mir unendlich leid, wenn ich Sie erschreckt habe.« Besorgt musterte sie ihn. »Vielleicht ist es das Herz? Schmerzt Ihr linker Arm? Haben Sie ein brennendes Gefühl? Enge im Brustbereich? Können Sie mich klar sehen? Haben Sie Lähmungen? Soll ich einen Arzt rufen?«

Manni sah sich um. Noch immer war er auf der Straße. Nur saß er jetzt auf der Erde, an den Pfeiler mit dem Schild gelehnt. Er versuchte, sich aufzurappeln. Seit diese Frau ihm über den Weg gelaufen war, war er nun schon zum zweiten Mal zu Boden gegangen. Das gefiel ihm ganz und gar nicht. »Mir geht's gut. Lassen Sie mich in Ruhe«, brummte er. »Ich mache Ihren Weihnachtsmann nicht. Nicht mal für fünfhundert.«

Erschreckt blickte sie ihn an. »Oh, aber das geht nicht.«

Mühsam stand er auf, atmete einmal tief durch. »Doch, Lady«, sagte er dann, »und ob das geht.« Mit noch immer wackeligen Beinen machte er sich auf den langen Weg nach Hause. Zu Fuß lagen mindestens zwei Stunden vor ihm. Schwarzfahren würde es auf eine Stunde reduzieren. Er ärgerte sich, dass er mitgekommen war.

Manni war schon einige Meter gegangen, als er ihre Stimme hinter sich hörte.

»Ich will Ihnen etwas zeigen!« Er ging schneller. »Es wird Sie aber interessieren.« Die Frau kam näher. »Sie sind doch ein … ähm, Rocker, oder?« Manni schüttelte sich. So wie die das sagte, klang es, als hätte er Fußpilz oder Flöhe. »Ich habe im Schuppen so ein Ding stehen«, fuhr sie fort. »Wenn Sie wollen, zeige ich es Ihnen.«

Baggerte die Alte ihn etwa an? Das war ihm seit Jahren nicht mehr passiert. Und nüchtern schon gar nicht. Aber sie war nicht sein Typ. Heimleiterinnen gehörten eindeutig nicht in sein Beuteschema. Er eilte weiter, doch sie holte auf. Jetzt tippelte sie neben ihm her. »Das Ding hat meinem seligen Mann gehört. Eigentlich brauche ich es nicht. Es staubt im Schuppen nur vor sich hin. Ich habe vor Jahren zwar mal einen Führerschein dafür gemacht, aber bin seitdem nie gefahren. Es ist mir einfach zu gefährlich.«

Manni blieb stehen. Ein fahrbarer Untersatz? Egal was es war, solange es fahren konnte, würde es ihm einen stundenlangen Marsch von einem Ende der Stadt zum anderen ersparen. »Ich höre.«

»Sehen Sie es sich an. Dann reden wir noch einmal über die Sache mit dem Weihnachtsmann.«

»Glauben Sie ja nicht, dass ich den Weihnachtsmann in einem Kinderheim gebe. Aber das Ding von ihrem Mann gucke ich mir trotzdem an.«

Ein paar Minuten später wartete Manni auf dem Hof vor dem Kinderheim in der Kälte. Zwischen abgedeckten Rosen, strohigem Lavendel und einem blattlosen Busch, unter den sich ein verblasster Plastikfußball verirrt hatte, tippelte er auf der Stelle und klopfte sich fest gegen seine Oberarme. Bei jedem Ausatmen trat eine Wolke aus seinem Mund. Während er so überlegte, welch fahrbarer Untersatz wohl im Schuppen dieser Anstalt auf ihn wartete, bemerkte er das Gesicht eines Kindes am Fenster im ersten Stock. Die Kleine war vier oder fünf Jahre alt und hatte rotes Haar, das sie in zwei geflochtenen Zöpfen über den Schultern trug. Ernst beobachtete sie ihn, wie er da so auf der Stelle lief. Manni fühlte sich unter ihrem Blick irgendwie klein. Darum drehte er ihr und dem Haus seinen Rücken zu und begann zu hüpfen, damit die verdammte Kälte aus seinen Knochen verschwand. Dabei spürte er, wie die Augen der Kleinen ihm unerbittlich folgten. Plötzlich fuhr er herum und streckte ihr die Zunge aus, dann flüchtete er hinter den Schuppen, wo sie ihn nicht mehr sehen konnte.

Glücklicherweise kam die Frau jetzt aus dem Haus. In der Hand hielt sie einen einzelnen Schlüssel, an den ein Stück Holz am Band befestigt war. »Kommen Sie!«, rief sie ihm zu und schob den Schlüssel in ein großes Vorhängeschloss. Sie öffnete die Tür und tastete nach dem Lichtschalter. Die einzelne Glühbirne an der Decke ging an und warf ihr bescheidenes Licht in eine ordentlich aufgeräumte Werkstatt. Manni erkannte eine Hobelbank zu seiner Linken. Darüber hingen allerlei Werkzeuge an Haken. An die gegenüberliegende Wand hatte jemand akkurat aufgereiht Gartenwerkzeuge an Haken gehängt. Alles tipptopp in Schuss.

In der Mitte des Raumes aber stand etwas, das Mannis Aufmerksamkeit magisch anzog. Er schluckte. Abgedeckt mit einer Plane erkannte Manni sofort, dass es ein Motorrad sein musste. Sein Interesse war geweckt, so viel konnte er schon mal sagen.

Mit knapper Geste zog die Frau die Abdeckung fort. Ein Stromschlag ging durch Mannis Körper. Kurz befürchtete er, die Maschine darunter könnte umkippen. Schon sprang er vor, um die 175 Kilo auf zwei Rädern aufzufangen, doch zum Glück blieb das Bike stehen. Er starrte es an. Sein Herz pochte bis zum Hals. Manni vergaß zu atmen. Sprachlos ging sein Blick zwischen dem Bock und der Frau hin und her, unsicher, ob das ein Traum war.

Mit einem Mal hatte er alles um sich herum vergessen. Das Heim, Kurti, das Geld, das verdammte Fest. Alles. Verzückt blickte er auf das Chrom, den runden Scheinwerfer, den elegant geschwungenen Lenker. »Wow!«, hauchte er endlich, als er seine Stimme wiedergefunden hatte. »Das ist ja g…!«

Schnell hob die Heimleiterin die Hand. »*Das* Wort sagen wir hier nicht!«

Langsam näherte Manni sich dem Motorrad. Er schluckte. Ehrfürchtig legte er eine Hand auf den orangefarbenen Tank. »Eine Triumph.«

»Ja?«, fragte Frau Jonas.

»Eine Triumph Thunderbird Hurricane«, flüsterte er.

»Ich weiß nicht. Möglich.«

»740 Kubik, drei Zylinder, Hochlenker … mit so einer Maschine ist Marlon Brando ’53 in *The Wild One* gefahren.« Er schwebte um die Thunderbird herum, berührte zärtlich jedes Teil. »Dreifachauspuff«, hauchte er. Ein glückliches Seufzen entfuhr seinem breiten Brustkorb.

Da kam ihm plötzlich ein entsetzlicher Gedanke! »Fährt sie noch?«, wollte er von Henriette Jonas wissen, als sei sie eine Ärztin, die über Tod und Leben eines Patienten zu entscheiden hätte.

Frau Jonas nickte. »Aber ja. Jedenfalls glaube ich es. Sie steht schon recht lange hier. Wenn Sie aber bei uns als Weihnachtsmann aufgetreten sind … und ich mit Ihnen zufrieden war, dürfen Sie sie fahren. Einen ganzen Tag lang.«

In Mannis Hirn rasten die Gedanken. War das ein Trick? Er zögerte. Jemand bot ihm eine Tour auf seiner Traummaschine an, und dafür musste er nur in einen lächerlichen Anzug steigen und »Hohoho« rufen?

»Ich habe die Papiere in meinem Büro. Kommen Sie mit hinein, und wir können alles besprechen«, säuselte Henriette Jonas.

Verdammt, dachte Manni. Das mit dem Weihnachtsmann kann doch nicht so schwer sein. Vorsichtig nickte er.

Kapitel 12

Schon als er in das Haus eintrat, glaubte Manni, ersticken zu müssen. Selbst Nelken und Zimt konnten diesen typischen Kinderheim-Geruch nicht übertünchen. Er erinnerte ihn an seine Kindheit, die er größtenteils in solchen Anstalten verbracht hatte. Manni atmete flacher als sonst, um die Ausdünstungen des Gebäudes besser ertragen zu können. Sein Blick huschte durch die Halle, von der eine Treppe in den ersten Stock hinaufführte sowie in den Keller hinunter. Was konnte für Kinder schlimmer sein, als in einem Heim zu leben, das aussah wie eine Schule? Es schauderte ihn.

Aber kneifen war nicht drin, denn Manni wollte unbedingt herausfinden, wo die Leiterin die Papiere und den Schuppenschlüssel aufbewahrte. Die ganze Sache musste minutiös geplant werden, denn er plante, auf dem Traumding da draußen nicht nur eine kleine Runde zu drehen. Nein, er würde mit ihr die Route 66 entlangsausen, dem Sonnenaufgang entgegen oder dem -untergang, ihm war es egal. Die Chance, die sich hier für ihn bot, war mehr, als er je für möglich gehalten hatte. Und es war seine allerletzte Chance, da war er sicher. Er wusste nicht warum, aber jemand im Himmel meinte es offensichtlich sehr gut mit ihm.

Prüfend ließ er seinen Blick durch die weihnachtlich geschmückte Eingangshalle schweifen. Er entdeckte zwei Notausgangsschilder, die er sich merkte, sollte eine überstürzte Flucht nötig sein. Rechter Hand war eine hohe doppelflügelige Tür, an der ein mit Schleifen geschmückter Tannenkranz hing. Manni vermutete dahinter die ehemalige Aula der Schule. Da öffnete sich die Tür einen Spalt. »Kruzifixsakramentnochmal!«, fluchte jemand dahinter. Ein kleiner Mann in grauem Kittel humpelte jetzt heraus. Das linke Hosenbein hatte er aufgeschlitzt, um Platz für einen bis zum Knie reichenden Gipsverband zu lassen.

Überrascht blieb Henriette Jonas stehen. »Herr Krawutke, was machen Sie denn hier? Ich dachte, Sie bleiben ein paar Tage im Krankenhaus.«

Auf zwei Krücken kam der Hausmeister aus dem Saal. »Nicht ich, Frau Jonas, nicht ich.« Ungelenk trat er zu der Heimleitung, wobei ihm offenbar noch nicht klar war, in welcher Reihenfolge er die beiden Krücken und das eingegipste Bein zu bewegen hatte. »Seit dreiundzwanzig Jahren bin ich hier und habe nicht einen Tag gefehlt«, keuchte er ein wenig angestrengt. »Und so wird es bleiben. Außerdem brauchen Sie mich … Wer ist das?« Er hatte Manni entdeckt. Sein abschätzender Blick wanderte von den schmutzigen Bikerstiefeln über die speckige Lederhose zur abgewetzten Jacke samt Fransen, bis zum wuscheligen Bart und den stahlblauen Augen. »Und warum trägt er die Mütze verkehrt herum auf dem Kopf?«

Henriette Jonas lächelte ihren Hausmeister an. »Das, lieber Herr Krawutke, ist unser Ersatzweihnachtsmann.«

Krawutkes Augen verengten sich zu Schlitzen. Er schnaufte verächtlich, und Manni wusste sofort, dass dieser Pedell Ärger machen würde.

»Es ist ja nur für dieses eine Mal, Herr Krawutke«, versicherte Henriette Jonas. Eilig zog sie Manni mit sich fort und ließ den Hausmeister stehen. »Herr Krawutke nimmt seine Rolle als Weihnachtsmann sehr ernst«, raunte sie Manni zu, als sie in einen Gang bogen, dessen Wände mit kindlichen Weihnachtsbildern behangen waren. »Vielleicht hätte ich ihn vorwarnen sollen. Aber mit einem gebrochenen Bein kann er nun wirklich nicht … Außerdem ging alles so schnell.«

Manni blickte noch einmal zurück. Krawutke stand auf seine Krücken gestützt und stierte ihnen nach. Der Blick des Hausmeisters erinnerte Manni entfernt an Clint Eastwood in *Für eine Handvoll Dollar*. Irgendwie feurig-eisig und verdammt entschlossen. Es war Manni sofort klar, dass sein Charme bei dieser eifrigen grauen Arbeitsbiene nicht ziehen würde, und er beschloss, diesen humpelnden Vogel im Blick zu behalten.

Manni folgte der Heimleiterin, während diese munter über die Kinder und all die Traditionen im Haus plapperte. Wahrscheinlich hat sie Angst, ich könnte es mir doch noch anders überlegen, vermutete Manni. Aber das gedachte er bestimmt nicht zu tun. Zumindest nicht, solange dort draußen seine Thunderbird auf ihn wartete. Schon sah er sich auf der Route 66 im heißen Wind von New Mexiko durch die karge Landschaft brausen. Nur er und die Freiheit. Sollte das Leben doch mit ihm machen, was es wollte, zuerst würde er die 2.451 Meilen zwischen der Ostküste und Los Angeles hinter sich bringen. Und dann würde er mit einer verdammt guten Flasche Bourbon am Santa Monica Pier stehen und über den Ozean blicken. Danach würde ihm alles egal sein.

Er wusste, dass ihm mit Ende sechzig nicht mehr viel Zeit blieb. Das Alter nagte bereits an seinen Knochen. Dieses himmlische Motorrad dort im Schuppen war seine allerletzte Chance! Und Manni war entschlossen, sich diese nicht nehmen zu lassen.

»Hier entlang, Herr …« Henriette Jonas hielt ihm die Tür auf. »Ich kenne gar nicht Ihren Namen.«

Manni, der aus diesem Haus schnellstmöglich wieder verschwinden wollte, ohne unnötige Hinweise auf seine Person zu hinterlassen, schob sich an der Heimleitung in das Büro hinein.

»Sagen Sie Manni. Das reicht.« Mannis gab es sicherlich viele in der Stadt. Aber einen Manni Semmler nur einmal. Und er war den Bullen bereits bekannt. Nichts Schlimmes, aber dennoch aktenkundig. Manni trat in das Büro der Heimleiterin und schaute sich um. Angewidert verzog er sein Gesicht.

»Habt ihr Heimtanten eigentlich alle denselben Innenarchitekten?«

Sein Blick ging über den einfachen Schreibtisch aus Eichenimitat am Fenster hin zum Beistelltisch, auf dem ein Computerbildschirm älteren Semesters stand und ein Drucker. Eine kleine Sitzgruppe mit beigen Polstern und Kieferngestell, wie Manni sie noch aus den Achtzigern kannte, sollte dem Raum wohl Gemütlichkeit verleihen, scheiterte aber auf ganzer Linie. Einzig eine Pinnwand neben der Tür, die fast bis zur hohen Decke des Raumes reichte und übervoll mit Zeichnungen, Fotos und Briefen war, verlieh dem Büro etwas menschliche Wärme und Lebendigkeit.

»Fehlt nur noch, dass im Schrank der Rohrstock liegt.« Er strich mit den Händen über seinen Hosenboden in Erinnerung an alte, schmerzhafte Zeiten.

Henriette Jonas lachte auf. »Um Himmels willen, so etwas gibt es nicht mehr. – Wir haben heute effizientere Methoden.«

»Dachte ich mir«, murmelte Manni leise.

Unaufgefordert setzte er sich auf den Stuhl hinterm Schreibtisch und legte die Stiefel auf die Tischplatte. Die Lady sollte wissen, dass er sich nicht herumschubsen ließ. Er war Manni Semmler. *Der* Manni Semmler. Bestimmt gab es noch irgendwo Leute in der Stadt, die vor ihm eine Menge Respekt hatten, so wie damals. Zufrieden bemerkte er, dass die Frau ihn erst überrascht und dann verärgert beäugte, jedoch nichts gegen seine Frechheit unternahm. Er grinste. Sie schien wirklich sehr dringend einen Weihnachtsmann zu brauchen, so viel stand fest. Das aber war schlecht für sie, denn Manni gedachte nicht länger zu bleiben als unvermeidlich war, um an die Thunderbird zu kommen. Das nötige Benzin wollte er in der Nähe aus einer geparkten Nuckelpinne abzapfen. Irgendein alter Polo oder rostiger Fiat Bambino ließ sich bestimmt finden. Die neuen Modelle hatten ja diese asozialen Tankdeckelverschlüsse, wo man nicht an das teure Nass herankam. Vorher aber musste Manni noch herausfinden, wo die Frau die Papiere für das Bike aufbewahrte. Der Schuppenschlüssel jedenfalls lag gleich neben seinen Stiefeln.

In diesem Moment klingelte das altmodische Telefon auf dem Schreibtisch. Manni hatte so ein Ding seit Jahren nicht mehr gesehen. Ob es antik war? Für 'nen Zwanni könnte er es bestimmt verschachern.

Henriette Jonas nahm den schwarzen Hörer auf und hielt ihn an ihr linkes Ohr. Nach einem kurzen »Jonas« folgte ein strenger Blick, von dem Manni schon befürchtete, er gelte ihm. Zu seiner Erleichterung aber war dem nicht so. »Bringen Sie sie in mein Büro.« Sie legte den Hörer auf die Gabel und drehte sich zur geschlossenen Bürotür. Ihren künftigen Weihnachtsmann schien sie vergessen zu haben. Die Hände auf den Rücken gelegt, knackte sie mit den Fingern, während sie wartete.

Manni schluckte. Hat sich doch nicht so viel geändert, dachte er. Sein Blick fiel auf den Schlüssel neben seinen Stiefeln auf dem Tisch. Er beugte sich vor, um ihn vorsichtig heranzuziehen, aber irgendwie waren seine Beine länger geworden, denn die Finger kamen nicht heran.

In diesem Moment ging die Tür auf, und vier schuldbewusst dreinblickende Jungen wurden hereingeschoben. Manni schätzte sie auf etwa elf oder zwölf Jahre. Ihnen folgte ein dünner Kerl im Strickpulli, Marke Schlabber, und … zwei uniformierte Polizisten.

Schnell zog Manni die Hand zurück und legte die Hände hinter den Kopf, als die beiden Bullen auch schon im Raum standen. Er kannte sie von einer kleinen Spritztour mit einem geklauten Mercedes vor einigen Jahren. Sicherheitshalber nahm Manni die Stiefel vom Tisch.

»Wir haben die Jungen mal wieder am Busbahnhof aufgegabelt«, sagte der ältere der beiden Beamten. Er trug zwei Silbersterne auf der Schulter. »Und da wir in der Gegend waren, dachten wir, dass Sie sie vielleicht wiederhaben möchten.«

Streng musterte Henriette Jonas die Jungen, die mit eingezogenem Kopf vor ihr standen. »Solltet ihr nicht in der Schule sein?«, wollte sie wissen. Keiner der vier antwortete.

Manni kannte die Haltung der Kinder nur zu gut. Er grinste in sich hinein, denn ihr Blick auf den Boden bedeutete unter seinesgleichen alles andere als Reue. Die Jungen konnten sich vor Lachen kaum noch halten.

»Schulschwänzen. Zum dritten Mal in diesem Monat. Das hat Konsequenzen«, sagte die Heimleiterin, ohne die Stimme zu erheben. »Ich erwarte bis heute Abend eine einseitige schriftliche Erklärung von jedem von euch, warum ihr das getan habt. Außerdem eine Entschuldigung an eure Lehrerin. Der Unterrichtsstoff wird natürlich nachgeholt. Tischdienst für die nächsten vier Wochen. Ihr werdet ab morgen zur Schule gebracht und wieder abgeholt. Ausgangssperre bis nach Weihnachten.« Ein Kopfnicken zu dem Erzieher im Schlabberpulli hinüber, und die Kids wurden wieder aus dem Raum geschoben. Dabei musterten die Bengel Manni neugierig aus den Augenwinkeln, ihn, den schrägen Typen in Rockermontur, der sich hinter dem Schreibtisch der Heimleiterin fläzte und sie wissend angrinste.

»Machen Sie Meldung beim Jugendamt?«, wollte Henriette Jonas von den Beamten wissen. Der Doppelsternmann nickte. Sie seufzte.

Bevor die Beamten das Büro wieder verließen, lächelte der ältere Manni breit an, als würde er ihn erst jetzt bemerken. »Herr Semmler. Was machen Sie denn hier?«

Mist, der Bulle kannte sogar noch seinen Namen.

»Oh, Herr Manni, also, Herr Semmler ist unser diesjähriger Weihnachtsmann«, erklärte Henriette Jonas.

»Weihnachtsmann?«, wiederholte der Polizeioberkommissar ungläubig. »Na, das ist ja mal was ganz Neues.« Er tippte an den Schirm seiner Mütze und verabschiedete sich, wobei er Manni einen warnenden Blick zuwarf.

Die Heimleiterin brachte die Beamten hinaus. Gerade wollte Manni seine Chance nutzen und den Schlüssel einstecken, als er sah, dass dieser verschwunden war. Hektisch flog sein Blick über den Schreibtisch. Er beugte sich hinunter, um auf dem Boden nachzusehen, aber auch da war der Schlüssel nicht. Verflucht, die Frau hatte seine Unaufmerksamkeit genutzt, um ihn wegzulegen. Manni ärgerte sich über sich selber.

Da hörte er vom Flur her ihre Schritte. Betont locker setzte er sich wieder hin. Sie kam herein und reichte ihm die Hand. »Wir sind uns also einig, Herr Semmler.« Ihre Hand lag warm und weich in seiner Pranke. »Einhundertfünfzig Euro und eine Spritztour auf dem Motorrad, das unten im Schuppen steht, sobald Sie Ihre Arbeit zu meiner Zufriedenheit erledigt haben. Kein Bad, kein Weihnachtsessen. Abgemacht.«

»Kann ich das Geld gleich haben?«, fragte er vorsichtig und knipste seinen Hundeblick an.

»Natürlich nicht.« Die Frau schien immun gegen seine Geheimwaffe zu sein. »Aber ich habe ein kleines Geschenk für Sie.«

Geschenk?, dachte Manni. Das klingt gut.

Sie ließ den Erzieher mit dem Schlabberpulli kommen und gab kurz die Anweisung, dass man Manni einen frischen Stollen mitgeben sollte. Dann entließ sie ihren Ersatzweihnachtsmann mit einem glücklichen Lächeln. »Ich erwarte Sie morgen früh pünktlich um elf Uhr in der Aula zur Probe.«

Probe? Manni stockte. So ein Hohoho konnte doch nicht so schwer sein. Was sollte man da denn schon proben müssen? Er folgte dem Erzieher, den die Frau »Lukas« genannt hatte, auf den Gang hinaus. »Was meinte sie mit *Probe?*«, wollte er von dem Schlabberpullimännchen wissen.

Doch dieser Lukas reagierte nicht. Stattdessen schaute er auf ein kleines Mädchen hinunter, dass mitten im Weg stand und eine Puppe vor ihren Bauch hielt. »Hallo Lena, kann ich dir helfen?«

Die Kleine legte den Kopf schief und musterte ausgiebig Mannis Bart. »Ist der echt?«

Überrascht ging Manni mit den Fingern durch seine prächtige Gesichtsbehaarung, die mal wieder einen Schnitt vertragen konnte.

Lukas lachte. »Ich glaube schon.«

Die Kleine wandte sich dem Erzieher zu. »Fällt Weihnachten dieses Jahr aus?« Ihre Stimme zitterte ein wenig.

»Nein, wer sagt denn so etwas?«

»Aber der Weihnachtsmann ist doch von der Leiter gefallen. Das haben die anderen gesagt. Ich habe gesehen, wie die Männer ihn raustrugen.«

Lukas schüttelte den Kopf. »Wir haben einen Ersatz gefunden.« Er blickte zu Manni. Dann legte er den Zeigefinger verschwörerisch auf seine Lippen. »Aber nicht verraten.«

Kritisch musterte das Mädchen noch einmal Manni von oben bis unten. »Der sieht aber gar nicht aus wie der Weihnachtsmann. Hat er sich verkleidet?«

»Nun ja«, überlegte Lukas. »Das ist wohl nötig, damit man ihn nicht erkennt. Sonst wüssten alle, dass er schon da ist, obwohl Weihnachten doch erst in sieben Tagen ist.« Mit dieser Antwort schien sie nicht wirklich zufrieden zu sein, denn sie legte den Kopf schief und die kleine Stirn in Falten.

»Ist er wirklich der Weihnachtsmann?«, fragte sie noch einmal.

Lukas wurde eine Spur unsicher. »Nun, nicht der echte, aber seine Aushilfe.«

»Hm«, murmelte Lena nur und ging.

»Sehen Sie, Herr Semmler«, meinte Lukas, »sogar ohne roten Mantel und schwarze Stiefel hat man Sie erkannt.« Manni schaute der Kleinen nach und hatte ein mulmiges Gefühl im Bauch.

Während Lukas dem neuen Aushilfsweihnachtsmann in der Küche eine Tüte mit frischem Stollen überreichte, ging Henriette Jonas zu Hausmeister Krawutke, der vor der Bühne der Aula stand und das Aufstellen der Stühle durch die großen Kinder beaufsichtigte. Den umgekippten Tannenbaum hatten die Mitarbeiter des Hauses wieder aufgestellt, abgeknickte Äste notdürftig repariert und alles mehrfach gesichert.

»Es geht mich ja nichts an, Frau Jonas, aber wo haben Sie diesen … diesen Pennbruder aufgetrieben?« Einem inspizierenden General nicht ganz unähnlich, humpelte Krawutke jetzt die Stuhlreihen entlang, um die exakte Ausrichtung der Sitzmöbel zur Bühne hin zu überprüfen. Die Kinder schafften weitere Stühle aus dem Keller herbei, die für die große Weihnachtsfeier noch fehlten. Man rechnete am Weihnachtstag mit rund hundert Gästen, darunter ehemalige Kinder des Heims sowie einige Sozialarbeiter, aber auch Vertreter der Kohlstedt-Stiftung.

»Rocker«, murmelte Henriette Jonas hinter dem Hausmeister. »Er ist ein Rocker. Ich habe ihn gefragt.«

»Rocker? Für mich sieht er aus wie ein Krimineller. Was wissen Sie eigentlich von dem? Vielleicht ist er ein Bankräuber oder Frauenschänder.« Krawutke schob einen Stuhl mit seiner Krücke einen halben Zentimeter nach hinten. »Auf alle Fälle ist er kein Weihnachtsmann. Der Mann ist untauglich. Beim Bund hätten wir ihn nie genommen.« Krawutke war seit Jahr und Tag Unteroffizier der Reserve, was er gerne zum Besten gab.

Die Heimleitung nickte verständig. »Ich gebe zu, er wirkt noch etwas ungehobelt. Aber ich bin mir sicher, dass wir das hinbekommen. Sie und ich.« Sie seufzte angesichts dieser großen Aufgabe. »Noch nie ist es vorgekommen, dass unsere Kinder Weihnachten ohne Weihnachtsmann feiern mussten.« Sie blickte auf das Gipsbein des Hausmeisters. »Unerwartete Situationen erfordern nun einmal ungewöhnliche Lösungen, lieber Herr Krawutke.«

»Ich hätte den Weihnachtsmann geben können«, grummelte er. »Auch mit einem Gipsbein.« Etwas harsch wies er einen Jungen mit Silberblick an, ein Kabel auf dem Boden mit einem breiten Streifen Panzerband, wie er es nannte, festzukleben, damit keiner darüber stolperte.

»Es ist wichtig, Herr Krawutke, dass Sie sich schonen. Wir wollen doch nicht riskieren, dass Ihr Bein länger als nötig im Gips sein muss.« Sie lächelte ihn aufmunternd an. Dass sie außerdem noch einen ganz anderen Grund hatte, ihrem Hausmeister in diesem Jahr die Rolle als Weihnachtsmann zu verwehren, verschwieg sie ihm. Er war in ihren Augen einfach nicht die beste Besetzung der Rolle. Stets klangen seine Worte auf der Bühne wie ein Befehl, und vor allem die Kleinen wirkten eher verschreckt als verzaubert. Nein, sie wollte die Gelegenheit beim Schopf packen und sehen, ob es nicht eine Alternative zu Herrn Krawutke gab.

Henriette Jonas bedankte sich für Krawutkes Verständnis, das er überhaupt nicht zu haben schien. »Ich werde diesen falschen

Fuffziger im Blick behalten. Das garantiere ich Ihnen«, grummelte der Hausmeister und humpelte davon.

Henriette sah ihm nach und fragte sich, ob sie das Richtige tat. So stolz sie auch war, einen neuen Weihnachtsmann aufgetrieben zu haben, so unsicher war sie plötzlich, ob dieser Manni Semmler nicht doch ein Missgriff war. Was wusste sie schon von ihm?

Kapitel 13

Die Linie 2 führte von Osten nach Westen durch die ganze Stadt, wie ein Strich mit unsicherer Hand über ein Blatt Papier gezogen. Gelbe Waggons fuhren durch die menschenleeren Straßen, ihre Räder kreischten in den Kurven. Ein Eishauch ging durch das Innere des letzten Wagens. Nur wenige Fahrgäste fuhren um diese Zeit noch mit.

Clara wischte mit ihrer Hand über die beschlagene Scheibe, hinter der die Häuser wie die Kulisse eines Theaters vorbeizogen. In den Wohnzimmerfenstern entdeckte sie die ersten geschmückten Weihnachtsbäume, obwohl es bis zum Fest noch ein paar Tage waren.

In ihrer kleinen Wohnung würde auch dieses Jahr kein Weihnachtsbaum stehen. Nicht einmal eine mickrige Tanne. Sie fand, sie hatte nicht das Recht dazu. Nicht seit damals.

Und so kam es, dass Clara sich alljährlich zum Fest im dritten Stock in der Brennerstraße 17 verkroch, während alle anderen feierten. Die Nachbarn konnten hören, wie Claras Nähmaschine bis tief in die Nacht hinein ratterte.

Andere feierten mit ihrer Familie oder gingen auf die Partys ihrer Freunde, so wie Claras Kollegin Stine. Sie versuchte seit Tagen, Clara dazu zu bewegen, mitzukommen. »Du musst endlich mal raus aus deiner Bude«, hatte sie nicht zum ersten Mal gesagt. »Geh unter Leute, lerne tolle Männer kennen.«

Doch Clara saß lieber zuhause und entwarf Kleider. Dabei

waren es weniger Kleider für sie selbst als aufwändige Modelle für all die Puppen, die auf den unzähligen Regalen in ihrer Wohnung saßen. In vielen einsamen Nächten hatte Clara – die ihre Freundin Stine oft die Coco Chanel der Spielzeugpuppen nannte – sie liebevoll angefertigt.

Clara hatte mit den Puppen angefangen, nachdem er sie verlassen hatte, weil seine Frau hinter die Affäre gekommen war. Affäre. Clara hatte sich lange schwer mit dem Wort getan, denn für sie war die Beziehung damals weit mehr gewesen. Aber bei nüchterner Betrachtung hatte auch sie irgendwann begriffen, dass es für ihn nichts Großes, sondern tatsächlich nur eine alltägliche, unbedeutende Affäre gewesen war.

Sie hatte irgendwo gelesen, dass jede Frau anders trauert. Die eine nimmt zwanzig Kilo ab, die andere zu, wieder eine andere suchte sich schnellstmöglich einen Neuen oder tat alles, um den Geliebten zurückzubekommen. Clara aber hatte sich zurückgezogen und angefangen, Puppen zu basteln und einzukleiden. Erst waren die Figuren aus Stoff gewesen, später dann erhielten sie Porzellangesichter und zarte Hände. Ihr Wohnzimmer mutete zwischenzeitlich mehr wie eine Werkstatt an, aber das war ihr gleichgültig, sie hatte schon lange niemanden mehr zu sich eingeladen. Das Besondere an Claras Puppen war, dass sie jeder eine eigene Persönlichkeit, eigene Züge, ein eigenes Wesen verlieh, was die selbstentworfene Kleidung noch unterstützte. Da war die wilde Marie-Lou mit den verwuschelten Haaren, in denen noch Reste von Laub hingen. Ihre Hose war am Knie zerrissen, und an der schmutzigen Bluse fehlte ein Knopf, dabei lächelte sie stolz, als hätte sie gerade den höchsten Baum im Garten bezwungen. Sie war ganz anders als Emma, die Strebsame mit der Brille auf der Nase und dem Buch im Schoß. Nur zu ihr passte die blaue Schuluniform. Jede Puppe in der Wohnung war ein ganz besonderes Unikat und irgendwie auch ein Teil von Clara.

Es hatte Clara zuerst etwas Überwindung gekostet, ein paar Fotos von ihren Puppen auf einer Internetplattform für Kreatives und Design einzustellen. Sie hatte nicht wirklich damit gerechnet, dass jemand sich daraufhin bei ihr melden würde. Als ihr aber eine Sammlerin vor einigen Monaten zwei der Puppen abgekauft hatte, wusste Clara, was sie mit ihrem ruinierten Leben anfangen wollte. Sie wollte ein eigenes Atelier eröffnen, wo sie Mode für Puppen entwerfen und fertigen konnte. Dafür sparte sie seit Monaten jeden Cent.

Die Straßenbahn bog jetzt in die vornehme Herbertchaussee ein, in der hinter hohen schmiedeeisernen Zäunen kleine Parks mit weißen Jugendstilvillen lagen. Neben immergrünen Büschen versteckten sich Garagen für die teuren Autos der Besitzer. Clara malte sich gerne aus, wie die Menschen in den feinen Häusern wohl lebten. Doch sie bezweifelte, dass man sich dort glücklicher fühlte als anderswo.

An der nächsten Haltestelle stieg ein Pärchen in die Straßenbahn ein. Sie setzten sich zwei Bänke vor Clara und rutschten dicht zueinander. Der Mann legte seinen Arm um die Frau und flüsterte etwas in ihr Ohr. Sie lachte.

Clara wandte ihren Blick ab und schaute hinaus auf die Straße. Sie dachte an den jungen Mann im Fahrstuhl und hätte schwören können, dass er ihr schon einmal begegnet war, doch sie wusste nicht wo oder wann. Außerdem fragte sie sich zum hundertsten Mal, wie es sein konnte, dass die alte Frau lieber ihm als ihr gesagt hatte, wonach sie suchte. Vielleicht, dachte Clara, hatte er sie an ihren Enkel erinnert oder sonst jemanden, den sie mochte. Es gab Menschen, denen man auf den ersten Blick vertraute. Es war eine besondere Gabe, die einige Leute hatten. Vielleicht hatte der Fremde im Fahrstuhl diese Gabe gehabt. Leider hatte sie ihn nicht wirklich angeschaut, um es zu bemerken. Clara dachte an seine warme Stimme. Hatte er einen Ring am Finger gehabt? Sie konnte es nicht sagen. Aber es war egal, denn sie würde ihm wohl nie wieder begegnen. Und sie wollte ihn auch gar nicht wiedersehen, denn sie hatte sich geschworen, von Dingen wie der Liebe die Finger zu lassen. Das letzte Mal hatte in einer Katastrophe geendet, die bis heute andauerte. Wie eine Warnung ging ein Stich durch ihr Herz. Sie wusste, dass es nicht der Geliebte war, dem sie nachtrauerte, sondern dem Licht, dass er ihr genommen hatte. Sie hatte einen großen Fehler gemacht. Einen Fehler, für den sie bis an ihr Lebensende zahlen musste.

Clara wischte mit dem Tränenschimmer in ihren Augen auch das vage Bild des Fremden in ihrem Kopf fort.

Kapitel 14

Kurzentschlossen hatte Henriette Jonas dem neuen Weihnachtsmann angeboten, ihn nach Hause zu fahren. Der hatte erst gezögert, aber das bestärkte die Heimleiterin erst recht darin, ihn zu fahren. Dieser Manni verheimlichte etwas, da war sie sich sicher.

»Hier wohnen Sie?«, fragte sie und suchte durch die Windschutzscheibe ihres Wagens nach einem Wohnhaus in dieser unwirtlichen Gegend, wo es nur Gebrauchtwagenfirmen, Lastwagenabstellplätze, eine Müllsortieranlage und einen Schrottplatz gab.

Manni murmelte etwas von »Abkürzung« und stieg ohne ein Wort des Dankes schnell aus. Er musste unbedingt verhindern, dass diese Frau herausfand, wo er tatsächlich wohnte. Nicht, dass ihm das peinlich gewesen wäre, in einem schäbigen Wohnwagen hausen zu müssen, nein, mitnichten. Sobald er aber seine Thunderbird aus dem Schuppen geholt hatte, würde sie ihrerseits die Bullen holen. Und die würden sich dann wiederum sein Domizil näher anschauen wollen. Das aber gedachte Manni ihnen nicht leichter zu machen als unbedingt nötig.

»Denken Sie daran, Herr Semmler«, hörte er noch ihre Stimme hinter sich, »morgen um elf zur Probe! Soll ich Sie abholen?«

»Nein!«, rief er schnell. Ohne sich umzudrehen, eilte er die Straße entlang. Erst als das Knattern ihres Wagens nicht mehr zu hören war, drehte sich Manni um, lief zurück zum Tor des Schrottplatzes und schlüpfte hindurch.

Kurz darauf saß er bei Beethoven im Wohnwagen und berichtete von seinem Glück. »Eine echte Thunderbird! Ich dachte, ich kippe aus den Latschen.« Er zog den Stollen aus der Tüte. »Schau mal, ich habe dir sogar etwas mitgebracht.«

Sofort kam Beethoven aus einer leeren Cornflakesverpackung herausgeschossen, wo er ab und an vor sich hindöste.

Manni wickelte das Gebäck aus dem Papier. Sogleich zog der Geruch von Weihnachten durch den Wohnwagen wie ein befreiter Flaschengeist. Beethoven stellte die Ohren auf. Seine Barthaare zuckten, als er über die Rückenlehne der Bank auf Mannis Schoß tippelte, an der Jeansjacke hochschoss und sich auf Mannis Schulter setzte. Aus dunklen Knopfaugen betrachtete die Ratte aufmerksam das unerwartete Festmahl, während ihre Barthaare immer aufgeregter zuckten.

»Iss ruhig, Kleiner. Ist nichts aus dem Müll. Kommt von einer echten Frau.« Manni brach ein Stück Stollen ab und hielt es der Ratte hin. Schnell schnappte das Tier mit seinen rosa Pfötchen danach. »Bald sind wir beide drüben in Amerika, Beethoven.« Manni lächelte, während er seinen Kumpel krümelweise fütterte. Er erzählte von der Maschine, mit der Marlon Brando in *The Wild One* fuhr und der Route 66. Eine Beschreibung des Kinderheims St. Emmaus ließ er aus und berichtete stattdessen von dieser Henriette Jonas, die zwar aussah wie seine alte Mathelehrerin, aber keinen Damenbart hatte und auch sonst ganz anders war. »Und dann war da noch dieser Krawutke. Hausmeister nennt der sich.« Er reichte Beethoven noch ein Stückchen. »Den muss ich im Blick behalten. Der könnte mir die Tour vermasseln.« Beethoven schien das alles nicht zu interessieren. Er konzentrierte sich auf Mümmeln und Knabbern.

»Weißt du eigentlich, warum ich nix von dem Stollen esse,

Kumpel?«, fragte Manni ihn, während er seinem Freund zusah. »Nicht, weil ich denke, diese Heimleiterin könnte ihn vergiftet haben. Nee! Es ist, weil ich weiß, dass das ein Trick ist.« Er brach noch einen Krümel für Beethoven ab. »Dir kann das ja egal sein, aber ich habe was zu verlieren. Nämlich meine Freiheit. – Das hier«, er hielt das Stück Stollen hoch, während die Knopfaugen des Tiers der Leckerei folgten. »Das ist ein uralter Trick. Das machen gewisse Frauen immer dann, wenn sie auf der Suche nach einem Mann sind. Erst geben sie dir etwas zu essen. Selbstgekocht oder gebacken. Geht beides.« Unbeeindruckt von der Warnung eilte Beethoven Mannis Arm hinauf, bis zur Hand. Dann schnappte er sich das Kuchenstück. »Als Nächstes laden sie dich auf einen Schnaps oder zwei ein. Meistens sind es Likörchen oder Prosecco, je nach Jahrgang der Frau. Und wenn du dann satt und beduselt bist, dann ...« Er ließ seine Hand auf die Tischplatte fallen. »... schnappt die Falle zu.«

Beethoven fuhr zusammen. Mit dem Backwerk zwischen den Zähnen flüchtete er in die leere Cornflakesschachtel zurück.

»'tschuldige, Kleiner«, murmelte Manni. »Aber isso. Man kann da gar nicht vorsichtig genug sein.« Er warf dem Stollen auf dem Tisch einen langen Blick zu. »Noch einmal lasse ich mich nicht einfangen. Das kannst du mir glauben, Kumpel.« Dann seufzte er und stand auf. Mit einem Griff in das gegenüberliegende Regal holte er seinen alten Wecker herunter, der seit Jahren nicht mehr bimmelte. Dicht hielt er ihn vor sein Gesicht. Seine Augen waren auch nicht mehr die allerbesten. Er zog das alte Ding auf, stellte die Zeiger auf eine Uhrzeit, von der er annahm, dass sie richtig sein könnte, legte den Klöppel um und lächelte.

»Und jetzt, Kleiner, planen wir unseren letzten großen Coup.« Mit einer weiten Armbewegung wischte Manni allen Krimskrams vom Tisch. Den Stollen für Beethoven legte er neben die leere Cornflakesverpackung, falls sein Kumpel noch Hunger hatte. Dann machte er sich in seinem Wohnwagen auf die Suche nach Stift und Papier. Es dauerte eine Zeit, aber er wurde fündig.

Als Deep Purple eine Stunde später mit ihrem Song *Highway Star* über den Schrottplatz dröhnten, hatte Manni seine Liste zur Hälfte fertig. Und je länger sie wurde, umso besser fühlte er sich, denn diese Liste war der Beweis, dass er nicht zur morgigen Probe gehen musste, sondern um elf bereits auf dem Weg nach Westen sein würde.

Kapitel 15

Er hatte sich früh auf den Weg gemacht. Immerhin musste er einmal durch die Stadt, um zu seiner Thunderbird zu gelangen. Das nötige Werkzeug für den Einbruch hatte er in einem Rucksack dabei, Handschuhe auch. Der Kanister Benzin für seine neue Maschine stand, in einem blauen Müllbeutel versteckt, zu seinen Füßen, während die Straßenbahn durch den noch dunklen Morgen rumpelte. Es konnte nichts schiefgehen. Kaum jemand fuhr um diese Uhrzeit in der Linie 2 Richtung Innenstadt. Sogar die Fahrkartenkontrolleure schienen noch zu schlafen. Dieser Tag würde ein guter Tag werden, da war Manni sicher.

Zwei Stationen vor jener, die beim Kinderheim lag, stieg er vorsichtshalber aus und schlich im Dunkeln zum Eingang des Heims.

Wie erwartet, lagen alle Fenster noch im Dunkeln. Bis auf eines. Manni blieb hinter dem Torpfeiler stehen und blinzelte zu dem letzten Fenster im ersten Stock hinauf. Er erinnerte sich, dort gestern die kleine Rothaarige gesehen zu haben. Ob sie schon wach war? Nein, unmöglich, es war ja noch nicht einmal sechs Uhr. Da fiel ihm ein, dass er als Kind auch immer bei Licht hatte schlafen müssen, weil ihn schreckliche Albträume quälten.

Zufrieden mit der Erklärung öffnete Manni das Tor und schlüpfte in den Hof. Der Schein der Straßenlampen reichte nicht ganz bis zum Schuppen. Glück gehabt, dachte Manni und huschte zu der kahlen Eiche hinüber, unter der die Bretterbude stand, die er erst gestern mit der Heimleiterin besucht hatte. Er stellte seinen Rucksack vor der Tür ab. Ein kurzer Blick um die Ecke des Schuppens – und er war sicher, dass man ihn von der Straße aus nicht sehen konnte. Dann holte er den Dietrich heraus. Gerade wollte er das Werkzeug an dem Vorhängeschloss ansetzen, als er die Bescherung sah.

Jemand hatte das Vorhängeschloss gegen ein Sicherheitsschloss ausgewechselt. »Krawutke! Du hinterlistiger Mistkerl!«, zischte Manni. Er trat einen Schritt zurück und betrachtete das neue Schloss. Mit einem Dietrich war da nichts zu machen. Die Scharniere konnte er nicht aufhebeln, weil sie innen lagen. Zudem bestand die Tür aus soliden Brettern, sicherlich mit Querverbindung an der Innenseite. Er könnte versuchen, die Tür einzutreten, aber das würde einen Höllenlärm machen.

Manni ging um den Schuppen herum. Auf der Längsseite entdeckte er ein höher gelegenes breites Klappfenster, das an einer Seite einen kleinen Spalt offen stand. Es musste verzogen sein. Mit etwas Glück kann ich den Riegel innen zur Seite schieben, überlegte er. Dann müsste sich das Fenster öffnen lassen.

Manni holte ein Schweizer Universal-Klappmesser aus dem Rucksack, das er in einem alten Opel auf dem Schrottplatz unter dem Beifahrersitz gefunden hatte. Er schob die Klinge in den Spalt zwischen Fenster und Rahmen, ruckelte ein wenig hin und her, bis sich der Riegel tatsächlich bewegte. Das Fenster ging nach außen auf und musste hochgeklappt werden. Ein mickriges Scharnier hielt es gekippt in Position. So weit, so gut, dachte Manni und überlegte, wie er in den Schuppen gelangen konnte.

Hinaus dürfte kein Problem sein, denn drinnen waren genügend Werkzeuge, um das Schloss zu knacken oder die innenliegenden Scharniere abzuschrauben und die Tür zur Seite zu schieben. Sein Problem war, überhaupt erst einmal hineinzukommen.

Manni griff in den Fensterrahmen und hob das Bein. Doch

das Fenster war zu hoch. Ein weiterer Versuch, dieses Mal mit dem anderen Bein, blieb ebenfalls erfolglos. Er sah sich auf dem Hof nach einer Bank um, aber da war keine. Auch einen Mülleimer konnte er nirgends entdecken. Da kam ihm die rettende Idee. Er holte den mitgebrachten Benzinkanister, stellte ihn an die Bretterwand und trat vorsichtig darauf. Weil der Kanister nicht aus modernem Plastik, sondern aus anständigem Metall war, hielt er Mannis Gewicht ächzend aus. Vorsichtig beugte sich Manni in das Fenster hinein. Schon glaubte er, drinnen die Silhouette seiner Maschine erkennen zu können. Er zog sich ein wenig weiter hinein, griff in den Rahmen, schwang das Bein über den Rand, wähnte sich bereits als Sieger dieser olympischen Einlage … als das Fenster zuklappte!

Es erwischte ihn mit einem ordentlichen Klaps auf den Hintern. Ein kurzer Schrei, ein Fluch – und Manni begriff, dass er festsaß! Das eine Bein drinnen, das andere draußen, die rechte Hand eingeklemmt, krallte er sich mit der Linken irgendwo fest. Erst war da der Schmerz in seiner eingeklemmten Hand und dann das Gefühl aufkeimender Panik. Wie sollte er hier ohne Hilfe wieder herauskommen?

Ich kann mich nur in den Schuppen fallen lassen, überlegte Manni. Dann aber würde das Regal unter dem Fenster mit einem Höllenlärm zusammenbrechen. Das wiederum würde sicherlich die ganze Nachbarschaft und vor allem die Leute im Haus wecken. Von den Verletzungen, die er davontragen würde, ganz zu schweigen.

Ich könnte um Hilfe rufen, überlegte er weiter. Verwarf die Idee aber sofort. Der Gedanke, die Jonas oder dieser Krawutke könnten ihn in dieser misslichen Lage sehen, war mehr, als sein Ego ertragen konnte. Er musste, irgendwie, dieses verdammte Fenster in seinem Rücken hochstemmen.

Schon begann Manni mit seinem Hinterteil nach links und

rechts zu ruckeln, um das Fenster über sich zu bewegen. An der eingeklemmten Hand merkte er, dass es sich tatsächlich löste. Wie beim Ententanz bewegte er sein Gesäß hin und her, wobei er versuchte, das störrische Fenster mit seinem Heck hochzuschieben. Die Angelegenheit begann anstrengend zu werden. So anstrengend, dass Manni nicht einmal wagte zu fluchen.

Endlich hatte er sich befreit. Keuchend ließ er sich rückwärts aus dem Schuppen gleiten, während sein Fuß nach dem Kanister tastete. Doch da war nichts. Er versuchte es etwas weiter links. Nichts. Einer Ballerina nicht ganz unähnlich, machte er den Fuß länger und länger, nur konnte er beim besten Willen den Kanister nicht ertasten.

Am Ende seiner Kraft ließ Manni sich mit einem Stöhnen zu Boden fallen. Auf seinen vier Buchstaben sitzend, rieb er sich die schmerzende Hand. Dieser Klau war ein absoluter Reinfall!

»Was machst du da?«, wollte ein Stimmchen hinter ihm wissen.

Manni fuhr herum.

Da saß doch tatsächlich die Kleine mit den Zöpfen auf seinem Kanister. Die Schleifspuren im Sand sagten Manni, dass sie den Benzinkanister Stück für Stück zur Seite gezogen haben musste. »Wie lange sitzt du schon da?«, fauchte er unfreundlich.

Sie zuckte mit den Achseln. Ihre Stirn lag in Falten, als überlege sie, was ein erwachsener Mann in einem Schuppenfenster zu tun hatte. »Warum benutzt du nicht die Tür?«

Manni schnaufte. »Weil die zugeschlossen ist, du kleine Kröte. Und jetzt geh ins Bett, oder ich sage der Jonas Bescheid.«

»Ich kann nicht schlafen.«

Manni, dem klar wurde, dass er zum zweiten Mal in nur vierundzwanzig Stunden vor einem Weibsbild auf dem Boden saß, rappelte sich auf. »Frierst du nicht?«, versuchte er das Thema zu wechseln. Immerhin trug sie nur Häschenhausschuhe an den

Füßen und ihre Bettdecke um die Schultern. Sie schüttelte den Kopf.

»Du musst noch üben, stimmt's?«, wollte die Kleine wissen.

Manni brauchte einen Moment, bis er begriff. Klar, er war ein Aushilfsweihnachtsmann. Zögerlich nickte er.

Sichtlich mit der Antwort zufrieden, gähnte sie. Dann stand sie auf und schlurfte zurück zum Haus. Die Bettdecke über ihren Schultern schleifte auf dem Boden.

Kapitel 16

Bis zum Heiligen Abend war es keine Woche mehr, und die Kälte wollte die Stadt nicht aus ihren Klauen lassen. Gebeugt schoben sich die Leute gegen den eisigen Wind, der an ihren Mützen und Mänteln zerrte. Auch Lukas umklammerte mit gefühllosen Fingern seine Baumwolltasche, als er mal wieder Richtung Kaufhaus Kohlstedt ging. Aus Lautsprecherboxen über seinem Kopf jubilierten Kinderstimmen und behaupteten, der Heiland sei geboren. Weihnachtsmänner mit Polyesterbärten zitterten in der Fußgängerzone und schnieften krächzend ein halbherziges »Hohoho«. Derweil standen Schlangen ungeduldiger Kunden an den um die Wette bimmelnden Kassen in den Läden. Auch die Verkäuferinnen bei Kohlstedt waren mit ihren Nerven am Ende und zählten die Minuten bis zur nächsten Pause. Das eingemeißelte Lächeln tat ihnen schon seit Tagen im Gesicht weh. Fluch und Segen der Vorweihnachtszeit hatten die Stadt wie jedes Jahr fest in ihrem eisernen Griff.

Zielstrebig fuhr Lukas mit der Rolltreppe in den vierten Stock. Ein kurzer Blick auf die Uhr sagte ihm, dass Clara in genau fünf Minuten in die Pause gehen würde. Ihre Kollegin würde dann alleine an der Kasse stehen und alle Hände voll zu tun haben. Sie würde nicht merken, wenn er das kleine Päckchen mit dem Gedichtband neben die Kasse legte. Bisher hatte es immer prima geklappt. Auch heute blieb er hinter dem Betonpfeiler stehen und wartete, bis die Luft rein war. Dabei tat er, als betrachte er die Damenstrumpfhosen in der Dessousabteilung. Von hier aus konnte ihn keine der Verkäuferinnen sehen. Als es Zeit war, trat er vor.

Gerade wollte er im Schutz eines älteren Ehepaars zur Kasse gehen, als er sah, dass Clara Hansen noch immer dort stand. Lukas schaute auf seine Uhr. Hatte sie die Pause mit einer Kollegin getauscht? Das wäre schlecht, denn dann müsste er noch bleiben und würde es nicht mehr rechtzeitig zur Probe schaffen. Lukas blickte sich um und bemerkte, dass auch Claras Kollegin noch nicht in der Pause war. Mist, vielleicht hatten die beiden ihre Pausen schon gehabt. Schnell zog er sich wieder hinter den Pfeiler zurück. Was sollte er nun tun? Viel Zeit blieb ihm nicht.

Einige Minuten beobachtete er die Situation an der Kasse. Als nach fast zehn Minuten Clara noch immer keine Anstalten machte, in die Pause zu gehen, beschloss er, sein Glück dennoch zu versuchen. Vorsichtig schlurfte er näher. Vielleicht schaffte er es, das Buch unauffällig in ihrer Nähe hinzulegen. Im Vorbeigehen nahm er ein Paar Strümpfe aus einem Regal, so, als wolle er sie kaufen. Er stellte sich an das Ende der Schlange, die von einer Kollegin bedient wurde. Doch je weniger Kunden vor ihm waren, umso unruhiger wurde er. Aus den Augenwinkeln beobachtete er Clara, wie sie flink und charmant scannte, kassierte, lächelte und einen schönen Tag wünschte. Ob sie sich noch an ihr Treffen im Fahrstuhl erinnerte? Er jedenfalls hatte seitdem immer wieder daran denken müssen.

Wahrscheinlich aber hatte sie ihn bereits vergessen, kaum dass er gestern den Fahrstuhl verlassen hatte. So war es immer. Die Leute sahen einfach durch ihn hindurch. Das hatte Vor- und Nachteile. Jetzt, zum Beispiel, war es ein Vorteil, denn die Chancen, das Geschenk unbemerkt in Claras Nähe liegenzulassen, waren gut.

Noch drei Leute standen vor ihm in der Schlange. Jedes Mal

hatte Lukas Angst, man könne ihn entdecken. Das wäre ihm sehr peinlich gewesen, denn er hätte keine Ahnung gehabt, was er auf die Frage nach dem Warum hätte sagen sollen. Er ahnte, wonach es aussehen musste. Aber er tat es nur, weil …

Jetzt war Lukas an der Reihe. Kaum mehr als ein Meter trennte ihn von Clara. Sicherheitshalber drehte er ihr den Rücken zu, als er der anderen Verkäuferin die Socken auf den Tresen legte. Die Strümpfe jedoch entpuppten sich bei näherem Hinsehen als ein quietschroter Tanga. Sofort wurde Lukas' Gesicht heiß.

»Neunundsechzig Euro neunzig«, sagte Claras Kollegin unbeeindruckt und mit ihrem professionellen Verkäuferinnenlächeln.

Lukas zuckte zusammen. »So viel?«, rutschte es ihm heraus. Er warf einen prüfenden Blick auf den grellen Hauch von Garnichts und hatte nicht geringste Ahnung, was er damit machen sollte. Dann kramte er in seiner Tasche nach dem Geld. Dabei fiel ihm der Beutel mit Claras Geschenk aus der Hand. Sofort begriff er, dass sich hier eine Gelegenheit bot.

»Oh«, rief er aus. »Was ist denn das hier?« Flink holte er das Päckchen aus seiner Tüte, als hätte er es gerade auf dem Boden gefunden. »Das hat wohl jemand verloren.« Er reichte es der Verkäuferin über den Tresen.

Die grinste und reichte das Päckchen weiter an Clara. »Für dich. Hat ein Kunde gefunden.«

Nur mäßig überrascht, ging Claras Blick über die Köpfe der Kunden in den Verkaufsraum, auf der Suche nach dem heimlichen Verehrer. Lukas hatte sich bereits abgewendet und wollte sich gerade hinter dem Betonpfeiler verstecken, als er die Stimme der Verkäuferin hinter sich hörte: »Wollen Sie nicht bezahlen?«

Im Weiterlaufen schüttelte er den Kopf. »Ist nicht meine Größe«, rief er über seine Schulter zurück. Nach wenigen Schritten merkte er, dass es die falsche Richtung war. Dort lag die Rolltreppe nicht. Er drehte sich um und hastete zurück. Da trat Clara

Hansen ihm in den Weg. »Dachten Sie, ich erkenne Sie nicht wieder?«

Lukas schwieg.

»Warum?« Ihre Arme hatte sie vor der Brust verschränkt. Ihr Ton war feindselig. Und Lukas konnte sie gut verstehen. Beschämt sah er zu Boden.

»Ich wollte Ihnen eine Freude machen.«

»Stalken Sie mich etwa?«

Sein Kopf fuhr hoch. »Nein! – Es ist nur, weil Sie so traurig dreinschauen, Frau Hansen.«

»Woher kennen Sie meinen Namen?« Ihre Stimme war kalt und schmerzte ihn. Außerdem war ihm die ganze Sache unsagbar peinlich. Stumm zeigt Lukas auf das Schild an ihrer blauen Uniform.

Überrascht sah sie an ihr Revers. »Oh, ja … stimmt.«

Lukas schluckte. Er hatte schon viel mehr gesagt, als er wollte. Sie durfte nicht wissen, dass er sie schon seit drei Jahren kannte. Seit jener Nacht am Heiligabend, als der Student Lukas für seinen Freund Amid die Tour mit dem Taxi übernommen hatte, weil dessen Frau in den Wehen lag. Seit damals war ihm sein schlafender Fahrgast nicht mehr aus dem Kopf gegangen. Der Arzt im Krankenhaus hatte ihm bestätigt, dass Clara Hansen nicht nur betrunken gewesen war, sondern dass auch noch Schlaftabletten eine Rolle gespielt hatten. Noch Wochen später musste er über diese Nacht nachdenken und fragte sich, ob der Engel in seinem Taxi wirklich hatte sterben wollen. Als er dann Clara Hansen vor einigen Wochen im Kaufhaus Kohlstedt über den Weg lief, hatte er sie sofort erkannt. Ihm war gleich ihr trauriger Blick aufgefallen, der auch nicht verschwand, wenn sie lachte.

Er hatte lange darüber nachgedacht, ob er sie auf damals ansprechen sollte, aber etwas sagte ihm, dass das ein Fehler sein würde. In den folgenden Wochen war er immer öfter in den vierten Stock gefahren, einfach nur um zu sehen, ob es ihr gut ging. Dann hatte er begonnen, ihr kleine Geschenke zu hinterlegen. Es waren keine teuren Dinge, nur kleine Aufmerksamkeiten, wie ein Porzellanengel oder ein optimistischer Spruch auf einem Blechschild. Als er dann ihr Lächeln sah, hatte er weitergemacht, denn wer lächelt, nimmt sich nicht das Leben. Doch all das konnte er Clara nicht sagen.

Und jetzt stand sie vor ihm.

»Weihnachten soll man Leuten eine Freude machen«, stotterte er leise.

»Und warum ich?«, fragte sie schon etwas milder. Dabei schob sie sich eine Locke aus dem Gesicht.

Er zuckte mit den Achseln. »Irgendjemand muss es ja sein.«

Jetzt lächelte sie tatsächlich. Es war nicht das Verkäuferinnenlächeln, sondern ihr eigenes. »Danke«, sagte sie, »aber das müssen Sie nicht machen.«

Schade, dachte er und nickte. Und bevor er es sich recht überlegt hatte, ja, noch bevor er das Für und Wider abwägen konnte, hatte er sie schon gefragt, ob sie mit ihm eine Tasse Kaffee trinken gehen würde. Erstaunt über sich selber, hielt er die Luft an.

Clara zögerte. Er bemerkte, wie sie zu ihrer Kollegin schaute, die die Szene offenbar aufs Genaueste beobachtete. Lukas sah, wie die Frau hinter der Kasse energisch nickte. »Ich weiß nicht recht …«

Lukas hob die Hände. »Klar, 'tschuldigung. War mir nur so rausgerutscht. Ist schon in Ordnung. Kann ich total verstehen, dass Sie nicht mit einem Wildfremden … ist okay, kein Problem.« Am liebsten wäre er im Boden versunken. Wenigstens lachte sie ihn nicht aus.

»Heute um halb sieben?«, fragte sie vorsichtig in seinen Redeschwall hinein.

Lukas glaubte, sich verhört zu haben.

»Oben, in der Kantine im fünften Stock. Ich habe um sechs Feierabend.« Sprachlos nickte er, und Clara wandte sich zum Gehen. Dann drehte sie sich aber noch einmal um. »Wie heißen Sie überhaupt?«

»Lukas von Hellbach.«

Sie lächelte. »Aber nur eine Tasse Kaffee, mehr nicht.«

»Klar. Nur einen Kaffee.« Er sah ihr nach, wie sie zurück zur Arbeit eilte, und hätte jubeln können.

»War er das?« Claras Kollegin Stine wickelte gerade ein plüschiges Einhorn in Weihnachtspapier ein. Dann klatschte sie dem Fabeltier einen glitzernden Weihnachtsaufkleber des Kaufhauses Kohlstedt auf den Hintern. »Der ist süß. Hatte auch mal so einen Schüchternen. Ist zwar nicht das, was ich erwartet hatte, aber besser als nix. Wie heißt er?« Sie reichte der Dame auf der anderen Seite des Verkaufstresens das Paket und begrüßte den nächsten Kunden. »Guten Tag, der Herr.«

Clara entsperrte ihre Kasse. »Lukas.«

»Neunzehn Euro neunzig, danke. Trefft ihr euch?«, wollte Stine wissen und musterte ihre Kollegin aus den Augenwinkeln.

Clara nickte. Sie sagte ihr nicht, dass sie diesen Lukas gestern bereits im Fahrstuhl getroffen hatte.

»Na, endlich«, hörte sie Stine erleichtert seufzen. Fragend schaute der Kunde sie an. »Nein, ich meinte nicht Sie«, entschuldigte Stine sich.

Kapitel 17

Mittlerweile war es Viertel nach elf. Nervös ging Henriette Jonas vor der Bühne auf und ab, sah immer wieder zur großen Wanduhr im Saal. »Ich hätte ihn doch abholen sollen«, murmelte sie.

»Das habe ich Ihnen gleich gesagt«, rief Krawutke von der Bühne herunter, wo er im Stall für Maria und Josef mit einer seiner Krücken das Stroh kontrollierte und die Krippe so drehte, dass man sie im Publikum besser sehen würde. Humpelnd überprüfte er den Thron, auf dem sein Konkurrent dieses Jahr die Rolle des Weihnachtsmannes spielen sollte. Grummelnd knipste er das Bühnenlicht an und wieder aus, um danach zum wieder aufgestellten Tannenbaum zu humpeln, wo er zum x-ten Mal energisch an der Halterung ruckelte, als wolle er sie aus der Verankerung reißen.

Henriette Jonas hoffte unterdessen, dass der Hausmeister sich von seiner Abneigung gegen Manni Semmler nicht leiten ließ, Dummheiten anzustellen, wie beispielsweise das Lösen der Sicherung für den Tannenbaum, nur damit dieser auf den Kopf des Aushilfsweihnachtsmannes fiele. Unruhig prüfte sie noch einmal die Noten auf dem Klavier und wies Sabine, die Erzieherin der Peter-Pan-Gruppe an, dieses Mal deutlicher zu singen. Die Frau saß strickend in der ersten Reihe und nickte lustlos. Auch Lukas war noch nicht da, was Henriette noch mehr verärgerte. Bisher war der neue Erzieher immer äußerst zuverlässig gewesen, doch seit einiger Zeit benahm er sich eigenartig. Sie dachte an die Lüge mit dem Zahnarzt, wegen der sie noch mit ihm hatte reden wollen. Ein weiterer Blick auf die große Uhr an der Wand sagte ihr, dass die ersten Kinder bald aus der Schule kommen würden. Sie stellte sich vor, wie die Kinder einem abgehalfterten, flegelhaften Rocker im Weihnachtsmannkostüm begegneten. Und plötzlich grauste ihr. Vielleicht war ihre Idee mit diesem Herrn Semmler doch nicht so gut gewesen.

Bei den Großen war es unproblematisch, die hatten ihren Glauben längst verloren. Aber die Kleinen!

Henriette Jonas hatte sich schon so mancher Herausforderung in ihrem Leben gestellt, doch wie sie diese Weihnachtsfeier bestreiten sollte, war ihr schleierhaft. Vielleicht hatte sie einen Fehler gemacht, als sie diesen wildfremden Mann für so eine große Aufgabe verpflichtet hatte. Von Minute zu Minute wurde sie nervöser. Wenn der Kerl nicht bald kam, würde sie sich doch noch einen Neuen suchen müssen. Wie sie das aber bewerkstelligen sollte, war ihr ein Rätsel. Sie spürte Krawutkes Blick im Rücken. Sicherlich hoffte er, sie würde ihm die Rolle doch noch geben, aber das schien ihr die allerletzte Lösung. Es lag nicht an der Motivation des Hausmeisters, dass sie über seinen Unfall nicht ganz so unglücklich war, wie sie eigentlich sein müsste. Nein, es war einfach sein fehlendes Talent. Wie ein Zinnsoldat stand er jedes Jahr da oben, verbreitete unter den Kindern eine latente Art von Schrecken, was er damit begründete, dass der Weihnachtsmann nun mal nicht nur nett sein dürfe, da sonst seine Autorität flöten ginge. Alles Zureden hatte nichts genutzt: Hausmeister Krawutke schien stets den Kasernenhof mit dem Kinderheim zu verwechseln.

Tief in ihrem Inneren hatte Henriette gehofft, ihre Neuentdeckung könnte die perfekte Lösung für Krawutkes Außerdienststellung sein. Ärgerlich war nur, dass der Neue nicht kam.

Wieder sah sie auf die großen Zeiger an der Wand. Dann drehte sie sich zum Hausmeister. »Wir warten noch zehn Minuten, Herr Krawutke. Wenn Ihr Ersatz dann nicht da ist, dann können Sie …«

Gerade, als sie glaubte, die Probe müsse endgültig abgesagt werden, stürzte jemand in die Aula herein. »Wo, um alles in der Welt, waren Sie!«, rief Henriette Jonas.

Lukas warf seine Jacke auf einen der Stühle in der letzten Reihe. »Hatte noch etwas zu erledigen. Entschuldigen Sie!« Dabei lächelte er, als würde ihn seine Verspätung nicht sonderlich stören. »Wo ist Ihr Weihnachtsmann?«

Wie aufs Stichwort schlurfte er herein. »Okay, bringen wir den Mist hinter uns!«, brüllte er.

Manni hatte sich darauf gefasst gemacht, dass die Frau ihn zurechtweisen würde, doch Henriette Jonas verkniff sich jeglichen Kommentar zu seinem Zuspätkommen. Das war auch gut so, denn eigentlich war er gar nicht zu spät. Statt jedoch zur Probe zu gehen, hatte er unten im Hof fluchend mit einem Hook-Pick an der Schuppentür herumgewerkelt, den er sich bei einem Kumpel aus einschlägigen Kreisen heute Morgen noch geliehen hatte. Dazu aber musste er Kalle aus dem Bett klingeln und ihm ein paar morgendliche Doppelkörner im »Goldenen Eck« ausgeben, wo er eine kurze Einweisung in das Knacken von Schlössern erhielt. Glücklicherweise hatte er noch Kredit beim Wirt. Am Tresen, zwischen Musikbox und Zapfhahn, klangen Kalles Anweisungen ganz einfach. Erst den Spannschlüssel in das Schloss, dann Zylinder ein Stück drehen, wodurch die Stifte im Inneren stecken bleiben und nicht in ihre alte Position zurückfallen. Dann den Haken benutzen, um die Stifte in die richtige Position hinunterzudrücken. Wenn die an Ort und Stelle sind, könne man den Zylinder drehen und das Schloss öffnen.

Schade nur, dass es beim Schuppenschloss nicht funktioniert hatte. Manni hatte eine Stunde in der Kälte gestanden und versucht, die Tür aufzubekommen, während er ständig auf der Hut sein musste, um nicht entdeckt zu werden. Erst, als seine Hände eine bläuliche Färbung angenommen hatten, war Manni bereit gewesen, aufzugeben. Stinkewütend war er zur Probe marschiert, die wenigstens im Warmen stattfinden sollte. Noch wollte er sich nicht geschlagen geben. Er würde eine andere Gelegenheit finden, an die Thunderbird heranzukommen. Solange musste er eben das Weihnachtsmannspiel mitspielen.

Manni sah sich im Saal um. Bühne oben, Stuhlreihen unten, Tannenbaum ohne Lichter, nichts zu essen. Mitten auf der Bühne, direkt unter einem verblichenen Weihnachtsstern, ein goldbemalter Stuhl mit hoher Rückenlehne. Manni marschierte an der Heimleiterin vorbei direkt auf die kleine Treppe an der Seite der Bühne zu. »Okay, was soll ich machen?«

»Stopp!«, schrie Henriette Jonas ihm nach. »Haben Sie etwa getrunken?«

»Logo Lady, anders kann man das ganze heilige Getue ja nicht ertragen.« Er rülpste vernehmlich. Erfreut bemerkte er den angewiderten Blick aller Anwesenden. Die Jonas massierte mit den Fingern ihre Schläfen.

»Belassen wir es dabei«, meinte sie dann.

Manni nahm die Stufen zur Bühne hinauf. Sie trat vor den Rand und schaute zu ihm hoch »Als Erstes werden Sie sich umziehen. Bitte.«

»Warum denn das? Ich denke, wir probieren hier nur aus.« Er lachte, als hätte sie einen Scherz gemacht. »Umziehen? Vielleicht noch vor aller Augen, oder was?« Die Frau verzog keine Miene. Jetzt wurde ihm die Sache aber doch zu persönlich.

»Ich muss wissen«, erklärte sie mit einem mehr oder minder geduldigen Lächeln, »ob der Anzug passt oder noch Änderungen vonnöten sind.«

Während Manni überlegte, was er dagegen einwenden könnte, humpelte bereits Hausmeister Krawutke mit einer Plastiktüte, die er an seine Krücke gehängt hatte, grinsend auf ihn zu. Ein roter Ärmel mit weißem Plüschbesatz lugte daraus hervor.

»Das ziehe ich nicht an!«, rief Manni und trat angewidert einen Schritt zurück. »Ich mache mich doch nicht lächerlich.« Jeder Mann hatte seine Grenzen. Und dieser rote Mottenpelz war seine. Gerade überlegte er, wie er aus dieser Nummer wieder rauskommen konnte, als er aus dem Dunkel des Zuschauerraums ein Wort hörte: Thunderbird.

Grummelnd riss Manni dem Hausmeister die Tüte mit dem Kostüm aus der Hand und verkrümelte sich hinter die Bühne. »Die Flohkappe setze ich aber nicht auf!«, rief er.

»Schon gut, kommen Sie einfach raus, wenn Sie fertig sind. Dann sehen wir weiter.«

Leise fluchend zog Manni sich zwischen gestapelten Stühlen und Putzeimern hinter der Bühne um. Als er seine nackten Füße endlich in den schwarzen Stiefeln hatte, kam er zögerlich zurück. Unten im Zuschauerraum standen die Jonas, ein Schmalhans im Ringelpulli, der Hausmeister und eine strickende Frau. Er fühlte sich wie eine dieser Robben im Zirkus mit Halskrause und einem Hütchen auf dem Kopf.

Kritisch musterte Henriette Jonas ihn, als sei er ein Fisch in der Auslage eines Händlers. Fehlte nur noch, dass sie den Kilopreis verhandeln wollte. Jetzt kam sie zu ihm hoch, umrundete ihn mit auf den Rücken gelegten Händen, als stünde er tatsächlich zum Verkauf. Eine leichte Wolke Parfüm umschwebte sie. Vorsichtig schnupperte Manni ihr nach, während ihr prüfender Blick an ihm rauf und runter ging. Manni bemerkte, dass ihr Haar im Licht des Scheinwerfers wie Lametta silbern glänzte. Ihm wurde klar, dass seit Jahren keine Frau mehr so dicht an ihn herangekommen war. Sie zupfte ein wenig an seinem linken Ärmel und am Rücken. Und an der Hose!

»Hey, Lady!« Manni hüpfte einen Schritt vor. »So weit sind wir noch lange nicht!«

»Der Anzug passt wie angegossen«, sagte sie kopfschüttelnd, denn der bisherige Träger, Krawutke, war eigentlich viel schlanker und vor allem kleiner. »Eigenartig«, murmelte sie, als sie in den Zuschauerraum zurückging.

Es kostete Manni viel Kraft, dort oben alleine zu stehen und zu wissen, dass man ihn ansah. Zu gerne wäre er sofort abgehauen, aber diese Frau und der Auftritt standen zwischen ihm und seiner Thunderbird. Er wusste, er musste Kompromisse machen. So schwer es ihm auch fiel.

»Und jetzt setzen Sie sich bitte auf den Stuhl dort drüben.«

Manni ging zu dem goldbemalten Thron, der ihm nicht sehr stabil vorkam. Vorsichtig setzte er sich. Das Möbel hielt. Wie von Geisterhand erklang jetzt aus den Lautsprechern hinter ihm ein Weihnachtslied. Es kam Manni vage bekannt vor. Und während er in seinem Kopf kramte, hörte er, wie die Heimleitung dem gestreiften Strickpullimann Anweisungen gab.

»Lukas, Sie gehen jetzt zu Herrn Semmler hinauf und spielen ein Kind. Setzen Sie sich auf seinen Schoß!« Herausfordernd schaute Frau Jonas Manni an.

Manni sprang auf. »Wie? Der soll sich hier hinsetzen? – Ich bin doch nicht so einer. Haben Sie keine Puppe oder so was? Wenn es nicht anders geht, nehme ich auch die da.« Er zeigte mit dem ausgestreckten Finger auf die strickende Erzieherin, deren Kopf hochfuhr.

Die Heimleitung fuhr herum. »Wenn Lukas Ihnen nicht passt, kann ich auch Herrn Krawutke nehmen! Setzen!«

Erschrocken ließ Manni sich zurück auf den Stuhl fallen, der unter seinem Gewicht nun doch gefährlich knarzte. Dieser Lukas kam näher. Auch ihm schien das alles mehr als peinlich zu sein.

»Verzeihen Sie, Herr Semmler«, murmelte er, ohne den falschen Weihnachtsmann anzusehen. »Bringen wir es einfach schnell hinter uns.« Umständlich setzte er sich auf Mannis Schoß. »Wir sollten Frau Jonas heute lieber nicht mehr widersprechen. Und natürlich muss sich an Weihnachten kein Kind auf Ihren Schoß setzen, das nicht will.«

»Aha, und wer fragt mich?«, grummelte Manni.

Die Blicke der beiden Männer gingen in entgegengesetzte Richtungen, wobei Mannis Blick eindeutig widerwilliger war.

»Seien Sie ein wenig natürlicher, Herr Semmler«, rief die Jonas von unten. »Sie sind der Weihnachtsmann und müssen dem verängstigten Kind freundlich entgegenkommen. Lächeln Sie doch mal.«

»Warum denn das?«, fragte Manni, während er versuchte, eine Position zu finden, wo die kantigen Knochen von diesem Lukas ihm nicht in die Oberschenkel bohrten. »Der Weihnachtsmann ist ein fieser Kerl, der Ruten verschenkt und so. Wenn der nicht will, kriegste kein Geschenk.« Ihm war das früher mehr als einmal passiert. Manni kannte sich aus. »So einer lächelt doch nicht!«

Wie ein echter Regisseur warf Henriette Jonas die Hände gen Himmel. »Nun diskutieren Sie doch nicht. Tun Sie einfach, was ich sage, damit wir fertig werden.«

Manni verzog keine Miene.

Da meldete sich Lukas, als sei er in der Schule. »Ihr neuer Weihnachtsmann, Frau Jonas, … ich glaube, die Kinder werden es schwer haben, mit ihm warm zu werden.«

Fragend sah Manni ihn an. »Ach, und warum?«

Lukas blickte auf seine Schuhe. »Sie müffeln«, sagte er leise. »Ein Bad wäre ganz schön. 'tschuldigung.«

Manni hob den rechten Arm und schnupperte. Ja, da war was. Doch er sagte: »Unsinn, das ist der Mottenpelz.«

»Stellen Sie sich nicht so an, Lukas«, kam es von unten. »Bis Weihnachten wird er noch gebadet.«

Manni sprang auf, und Lukas fiel zu Boden. »Sind Sie jeck?«, rief er. »Baden? Das habe ich seit Jahren nicht gemacht. Wohl auch noch bei Ihnen zuhause, was?« Er wollte die Bühne verlassen. »Ich bin doch nicht blöd. Den Braten rieche ich zehn Meilen gegen den Wind.«

»Thunderbird!«, schallte es durch den Raum, und Manni blieb stehen. Wie an einem Gummiband zog es ihn zurück zum Stuhl.

»Das wird die Lady bereuen«, schwor er leise, während er sah, wie Lukas Krawutke einen fragenden Blick zuwarf. Das Zauberwort »Thunderbird« kannten sie noch nicht.

»Nun denn«, lenkte die Regisseurin ein, »dann machen wir mit dem Lied weiter. Herr Krawutke, bitte.«

Im Playback erscholl nun *Süßer die Glocken nie klingen* aus den Lautsprechern. Manni lief ein Schauder über den Rücken, während die anderen mehr oder minder zielgenau sangen. Klang ja gar nicht so schlecht, aber der Sound war unter aller Kanone. Kein Bass, kein Groove, kein nichts. Aber Manni hielt den Mund. Etwas sagte ihm, dass er all das schneller hinter sich haben würde, wenn er die Sache wie ein Unwetter über sich ergehen ließ. Während er ungeduldig wartete, dass die erste Strophe endlich zu Ende war, überlegte er, wo diese Frau den Schlüssel zum Schuppen wohl deponiert haben könnte. Wahrscheinlich irgendwo in ihrem Büro. Vielleicht aber hing er auch an dem Bund, das er in diesem Moment am Bühnenrand entdeckte? Es lag da, als warte es auf ihn. Die Jonas musste es dort abgelegt haben. Er zählte mindestens sechs Sicherheitsschlüssel, die alle verdammt gleich aussahen …

»Herr Semmler! Hören Sie zu?«

»Ja, klar, logisch.« Das freudige Jubilieren aus den Lautsprechern hinter ihm war einer beunruhigenden Stille gewichen.

»Jedes Kind wird nun ein Gedicht aufsagen«, erklärte Henriette Jonas. »Sie werden interessiert zuhören, Herr Semmler. Verstanden?«

Manni grummelte etwas in seinen Bart, was mit viel Wohlwollen als Zustimmung verstanden werden konnte. Mit einem Kopfnicken der Regisseurin begann Lukas, ein Gedicht zu rezitieren, zu dem Manni die Verballhornung kannte, die aber nicht ganz stubenrein war. Er grinste.

»Na, geht doch!«, rief die Jonas begeistert. Manni bereute seinen emotionalen Ausrutscher sofort. »Jetzt werden Sie etwas Nettes zu dem Kind sagen.«

»Was denn?« Zu ihm hatte man auch nie etwas Nettes gesagt.

»Irgendetwas.«

Manni hörte Lukas soufflieren »Das hast du fein gemacht.« Als Manni sich weigerte zu reagieren, zischte der Erzieher: »Los, sagen Sie es. Ich habe keine Lust mehr, hier herumzusitzen. Ich habe Besseres zu tun, Sie Sturkopf.«

Hey, dachte Manni. In dem Kleinen steckt ja ein Kerl. Er lächelte. Dann klopfte er dem Erzieher mit der flachen Hand auf den Kopf, als wolle er ihn in den Boden rammen. »Das hast du aber fein gemacht.«

Henriette Jonas seufzte, und Lukas rieb seinen Skalp. »Vielleicht fallen Ihnen ja noch ein paar Varianten bis zum Heiligen Abend ein, Herr Semmler«, meinte sie.

Keiner im Saal bemerkte, dass sich die Tür zur Aula einen Spalt öffnete und ein kleines Mädchen mit einer Puppe im Arm hereinschlüpfte. Sie lief zu einem Tisch, der am Rand stand, und krabbelte darunter. In ihrer Hand hielt sie eine Zeichnung, die mit viel Klebeband repariert worden war. Es war ihr Wunschzettel.

»Jetzt fragen Sie, was der Junge auf Ihrem Schoß sich zu Weihnachten wünscht.«

Manni zögerte. Er wusste genau, was er sich als Kind gewünscht hätte, doch niemand hatte ihn damals je gefragt. »Und, was willste haben?«

»Geht das auch einfühlsamer?«, kam es aus dem Zuschauerraum.

Manni seufzte. Ihn überkam das dringende Bedürfnis nach frischer Luft. Am besten mit Zigarettenrauch gemischt. »Okay, also: Und, mein Kleiner, was wünschst du dir denn so vom lieben Weihnachtsmann?«, fragte er spotttriefend und grinste Lukas an.

»Ein Schaukelpferd«, sagte dieser mit Piepsstimme.

»Echt?«, entfuhr es Manni.

Lukas lachte und knuffte Manni. »Quatsch. Nee, ein Ninjago Donner-Jet und eine Hellrider-Figur.«

»Ist bestimmt scheißteuer, oder?«

»Herr Semmler!«, kam es streng von unten. »Sie sind der untalentierteste Weihnachtsmann, der mir je begegnet ist!«

Manni blickte zu der Frau. »Was soll ich denn sonst sagen?«

»Sie müssen jetzt so etwas fragen, wie … also, ob das Kind auch artig war.«

Die Worte musste Manni erst einmal auf sich wirken lassen.

Dann lachte er los. Es donnerte aus ihm heraus, wie eine Lawine. Erschreckt sprang Lukas auf, während Manni sich den Bauch vor Lachen hielt. Er japste und kollerte. »Artig! Das ist ja genial!«

Die Heimleiterin ließ Manni lachen und winkte den Erzieher sowie Hausmeister Krawutke zu sich. Die strickende Frau sah nicht einmal auf, die Nadeln in ihren Händen klackerten wie bei einer Nähmaschine, während die drei anderen ihre Köpfe zusammensteckten, um zu beraten, was mit der Fehlbesetzung auf der Bühne zu tun sei.

Manni kamen die Tränen. »Kein Kind sagt, es sei unartig gewesen«, rief er in den Zuschauerraum hinunter und japste vor Lachen. »Die wollen nur die Geschenke. Darum machen die kleinen Krabben ja das ganze lächerliche Theater auch mit. Und wenn sie lügen müssen, um an die Pakete zu kommen, dann tun sie es. Würde ich auch so machen.« Keiner dort unten schien ihm zuzuhören. »Im Ernst! Erst bringt ihr ihnen das ganze Jahr über bei: Lügen ist falsch! Und zu Weihnachten sagt ihr den Gören: Lüge, Kind, lüge! Dann bekommst du zur Belohnung auch ein Geschenk.« Wütend schlug seine Hand auf die Armlehne des Stuhls. »Entscheidet euch endlich, was ihr von den Kindern wollt!«, brüllte er. »Ist keinem von euch Heiligen da unten jemals der Gedanke gekommen, dass den Kindern der Weihnachtsmann total egal ist?«

Henriette Jonas fuhr herum. »Egal?« Einer Furie nicht ganz unähnlich, kam sie zu Manni auf die Bühne gestürmt. Erschrocken sprang er auf, als sie sich auch schon dicht vor ihm aufbaute. »Sie …«, keuchte die Heimleiterin zu ihm hoch und pikte ihren Zeigefinger auf seine Brust, »Sie … Sie …«

»Rocker«, half Manni aus.

»Danke!« Kurz überlegte Henriette Jonas, was sie hatte sagen wollen. Dann fiel es ihr wieder ein. »Wissen Sie eigentlich, wer der Weihnachtsmann ist?«

Manni musterte seine rote Aufmachung. »Ein alter Mann mit miesem Geschmack, so viel steht fest.«

»Nein!« Ihre Stimme drohte sich zu überschlagen. Ihre Nerven lagen blank. »Er ist das Sinnbild des Weihnachtsfestes für die Kinder. Er verkörpert für all diese Kinder die Familie, die sie nicht haben. Er ist der Opa, der zu Besuch kommt und ihnen Geschenke bringt. Er ist derjenige, der ganz bestimmt zu ihnen kommt, während die eigenen Eltern sie längst vergessen haben. Wenn der Weihnachtsmann kommt, dann passieren Wunder, Weihnachtswunder. Dann wird alles gut.« Tränen der Wut traten in ihre Augen.

Manni schluckte. So hatte er das noch nie gesehen. Allerdings hatte es im Heim seiner Kindheit für ihn auch keinen Weihnachtsmann gegeben. Die Feste hatte er meistens in der Dunkelkammer verbracht, wie er die Arrestzelle im Keller nannte.

Henriette Jonas kam jetzt noch näher auf ihn zu. Wieder konnte er ihr Parfüm riechen. Wenn sie wütend war, wirkt sie viel jünger, dachte er für einen ganz kurzen Moment. Da störten auch nicht die roten Flecken an ihrem Hals.

»Und von Ihnen, Herr Semmler, lasse ich mir das Fest nicht ruinieren. Sie werden sich gefälligst Mühe geben, oder unser Deal hat sich erledigt«, zischte sie ihm ins Gesicht. Manni wollte protestieren, aber sie unterbrach ihn mit einer knappen Handbewegung. »Ich warne Sie! Wenn auch nur ein Kind Ihretwegen weint, kippe ich das Motorrad von der nächsten Brücke in den Fluss.«

Manni riss die Augen auf. »Das könnse nicht machen!«

»Und ob! Die alte Blechkiste gehört mir.« Zufrieden sah sie, dass ihre Drohung wirkte. »Vielleicht kippe ich auch Benzin drüber und fackle das Ding ab«, setzte sie noch einen drauf.

Manni blieb die Luft weg. Die Frau war komplett irre. Keine Frage.

»Und jetzt machen wir weiter«, fauchte sie. Sie fuhr herum, ließ Manni stehen und sagte etwas, das sie nicht hätte sagen sollen: »Und dann singen Sie mit den Kindern ein Lied und schließen mit einem *Hohoho*. Das machen Weihnachtsmänner so!«

Jetzt reicht's!, dachte Manni. Das war zu viel. Die Maschine, sosehr er sie sich auch wünschte, war all das hier nicht wert. Manni Semmler, der Mann vom Schrottplatz, stand auf und riss die lächerliche rote Mütze von seinem Kopf. »Irre. Ihr seid hier alle irre!«, rief er. »Ich mache mich nicht zum Clown.« Er zog sein Baseballcap aus der Hosentasche des Weihnachtsmanns und setzte es auf. Wütend marschierte er an den überraschten drei Heiligen und der Strickliesel vorbei, Richtung Tür.

»Wenn Sie da jetzt hinausgehen, ist unsere Abmachung geplatzt«, rief die Heimleiterin. »Dann sind Sie entlassen, Herr Semmler! Dann brauchen Sie nie wieder hierherzukommen!«

Er stapfte auf sie zu und blickte zu ihr hinunter. Mit schmalen Lippen hielt sie seinem donnernden Götterblick stand. »Der Weihnachtsmann, Lady, ist eine Verkaufsmasche von irgendeinem Geschäftsmann aus Amerika gewesen. Diese lächerlichen Klamotten …« Er riss seine Jacke auf, so dass ein martialisches Motörhead-T-Shirt zu sehen war. »… stinken! All dieses Weihnachtsgetue ist nichts anderes als eine riesengroße Lüge, damit die Kaufhäuser gute Geschäfte machen. Wünsche, die in Erfüllung gehen, wenn man nur ganz brav ist?« Er lachte trocken auf. »Totale Verarsche! Es gibt keinen alten Mann, der Geschenke bringt! Und darum gibt es auch keine Weihnachtswunder!« Manni redete sich in Rage. Dann stapfte er wütend fort.

Da sah Manni das kleine Mädchen mit den Zöpfen, wie sie wieselflink unter einem Tisch im hinteren Teil des Saals hervorgekrabbelt kam. Sie rannte zur Tür, drückte sie auf und verschwand im Treppenhaus dahinter. Mist, dachte er, als ihm klar wurde, dass die Kleine gehört haben musste, was er gesagt hatte. Keiner der anderen schien das Kind bemerkt zu haben.

»Und noch etwas, gute Frau!«, rief Manni Henriette Jonas zu. »Sagen Sie den Kindern lieber die Wahrheit über den Weihnachtsmann, bevor es zu spät ist.«

Kapitel 18

Wut hat etwas Reinigendes. Sie konzentriert sich auf das Wesentliche, blendet alle Nebensächlichkeiten des Lebens für eine kurze Zeit aus. Als Manni über den Hof marschierte, schimpfte er noch immer über die Heimleitung. »Blöde Kuh! Dumme Ziege! Die braucht das Bike doch gar nicht.« Er eilte zum Tor. »Wenn die auch nur einen Kratzer in den Bock macht, drehe ich durch.« Er riss die Pforte auf, so dass sie mit Schwung zurückflog. »Verkauft. Ich habe mich wie eine Bordsteinschwalbe an die Frau verkauft. Tausend. Ich hätte tausend Tacken verlangen sollen. Und den Ofen noch dazu.« Wütend ging er am Zaun entlang, Richtung Innenstadt, als er plötzlich hinterm Zaun ein Kichern hörte. Abrupt blieb Manni stehen.

»Wer lacht mich aus?«, brüllte er in das Gebüsch hinein. »Los, Hosenscheißer! Zeig dich.« Er horchte, aber wer immer es gewesen sein mochte, schwieg. Manni sah an sich hinunter. Jetzt wusste er, warum im Gebüsch jemand über ihn gelacht hatte. Er hatte noch immer diesen lächerlichen Flohpelz an. Wenigstens saß sein Baseballcap richtig herum auf dem Kopf, nämlich nach hinten gedreht. Die anderen Sachen aber hatte er vor lauter Wut hinter der Bühne vergessen. So konnte er unmöglich herumlaufen. Wenn ihn jemand Bekanntes in diesem Outfit in der Stadt sah, dann war Ende mit Respekt. Man würde über ihn lachen. Er musste sich dringend umziehen. Zurückgehen aber wollte er nicht.

Da nahm seine Nase einen leichten Geruch von Zigaretten wahr, und Manni wusste, was zu tun war. Er machte auf dem Absatz kehrt und stapfte zurück auf den Hof von St. Emmaus.

Hinterm Schuppen fand er sie. Es waren jene Bengel, die die Polizisten ins Büro gebracht hatten und die eigentlich allesamt Hausarrest hatten. Einer versteckte gerade eine brennende Zigarette hinterm Rücken, als der Weihnachtsmann um die Ecke kam.

»Na, ihr kleinen Hosenscheißer, schmecken die Fluppen?«, wollte Manni von ihnen wissen. »Ihr seid doch noch nicht einmal zwölf.«

»Stimmt gar nicht. Kevin ist schon fast dreizehn«, meinte einer und kassierte einen Knuff von dem Jungen, der hinter seinem Rücken die Zigarette versteckte.

»Wieso? Was ist? Wir machen doch gar nichts«, sagte er und spielte den Beleidigten.

Manni grinste ihn an. »Verstehe.« Er legte ihm seine schwere Hand auf die Schulter. »Machen wir einen Deal, Kleiner. Ihr tut mir einen Gefallen, und dafür haue ich euch bei der Jonas nicht in die Pfanne. Windelpupser wie ihr sollten nämlich nicht rauchen.«

Die Jungen wollten gerade widersprechen, als Manni seinen Götterblick anschaltete. Erschrocken traten sie einen Schritt zurück. Dann steckten sie ihre Köpfe zusammen und beratschlagten, was zu tun sei. »Okay, was ist das für ein Gefallen?«, fragte Kevin und ließ den Zigarettenstummel fallen, den er dann mit dem Schuh austrat.

Zehn Minuten später war Manni wieder ein Mensch. Er zog seine Kutte über die Jacke und setzte sein Käppi wieder auf, wackelte mit den Zehen in den eigenen Stiefeln und musste zugeben, dass es ihm schon viel besser ging.

»Und Sie verraten uns echt nicht?«

»Biker-Ehrenwort.« Manni hielt ihm die Ghettofaust hin, und der Junge antwortete mit seiner. »So, und nun rein. Ist arschkalt hier draußen.« Die Jungen nickten und liefen los. »Und denkt an das Kaugummi«, rief er ihnen noch nach. »Sauerampfer geht auch.« Er wollte nicht, dass seine neuen Freunde wegen des Zigarettengestanks Ärger bekamen. Die Glimmstängel hatte er sicherheitshalber einkassiert.

Manni bückte sich, um die roten Klamotten vom Boden einzusammeln und dem Weihnachtsirrsinn in diesem Haus so schnell es ging den Rücken zu kehren, als er ein loses Brett in der Schuppenwand sah. Der Nagel war nur halb darin versenkt, so dass man das Brett problemlos hätte zur Seite schieben können. Eine Erinnerung überfiel ihn. Solche Verstecke gab es früher auch schon. Wahrscheinlich trafen sich da drinnen die coolen Kids, um irgendwelchen Mist auszubrüten. Manni grinste. Das hatten er und seine Kumpels damals auch gemacht. Nur war es bei ihnen kein komfortabler Schuppen gewesen, sondern ein dichtes Gebüsch im hinteren Teil des alten Gartens, in das sie in mühseliger Kleinarbeit mit geklauten Kartoffelschälmessern eine Art Höhle reingeschnitten hatten. Die Erinnerung gefiel Manni. War wohl doch nicht alles schlecht gewesen, damals.

Er richtete sich auf. Kurz zögerte er. Aber der Spalt in der Bretterwand war viel zu eng für ihn. Bevor er diesen schrecklichen Ort verließ, wollte er wenigstens einen letzten Blick auf »seine« Thunderbird werfen. Er würde sie wahrscheinlich niemals wiedersehen. Manni stellte sich auf die Zehenspitzen und lugte durch das Fenster, in dem er erst heute früh steckengeblieben war. Deutlich zeichnete sich unter der Plane die Kontur des Motorrades ab. Ein tiefer Seufzer entfuhr seiner Brust. »Tschüss, Süße«, murmelte er. »Nicht traurig sein. Vielleicht fällt mir noch ein, wie ich dich da rausholen kann. Ich muss nur nachdenken.«

Da hörte er die Stimme von diesem Lukas nach jemandem rufen. Als Manni hinter dem Schuppen vortrat, sah er den Erzieher vor dem Eingang hin und her laufen. »Lena?«, rief er. »Wo bist du?«

Manni ging zu ihm hinüber und drückte ihm die Weihnachtsmannklamotten in die Hand. Doch das schien der junge Mann gar nicht zu bemerken. Mit dem roten Knäuel im Arm stand er da und sah sich besorgt um. »Haben Sie Lena gesehen?«

»Kenn die Frau nicht.« Schon wollte Manni sich auf den Heimweg machen, als Lukas ihm nachrief, es würde sich nicht um eine Frau, sondern um ein kleines Mädchen mit roten Zöpfen handeln.

Manni stockte. »Die Kleine mit der Puppe?«

»Sie kennen sie?«

Manni dachte an die Kleine, die es sich auf seinem Kanister gemütlich gemacht hatte. »Hab sie irgendwo gesehen.«

»Wann?«

Das würde Manni ihm bestimmt nicht sagen. Also log er. »Als ich vorhin gekommen bin. Warum?«

»Sie ist nicht in ihrem Zimmer. Keiner weiß, wo sie ist.«

»Schon mal in der Küche versucht? Hunger ist manchmal eine heftige Sache.« Bei ihm war das damals jedenfalls so gewesen. Und in diesem Moment auch. Er hörte seinen Magen fordernd grummeln.

»Ja, vielleicht«, meinte der Erzieher und lief zurück zum Haus.

Mit einem verdammt mulmigen Gefühl machte sich Manni auf den Weg nach Hause. Etwas sagte ihm, dass der Vorfall in der Aula der Grund für das Verschwinden der Kleinen gewesen sein könnte. Wahrscheinlich saß sie in irgendeiner Ecke und heulte. Das würde wieder vergehen. Außerdem, was konnte er dafür, wenn die Leute nicht auf ihre Kinder aufpassen konnten.

Kapitel 19

Clara stand in ihrem Wohnzimmer und schaute auf ihre Armbanduhr. Ob er noch oben im Selbstbedienungsrestaurant saß und auf sie wartete? Wie lange es wohl dauerte, bevor er begriff, dass sie nicht kommen würde. Sie nahm eine Bordüre vom Tisch und wickelte die Spitze ordentlich auf die dafür vorgesehene Papprolle. Bis spät in die Nacht hatte sie mit der Borte den Saum eines blauen Samtkleides verziert. Die Puppe, die das Kleid bald tragen sollte, lag in Seidenpapier gewickelt in einem Schuhkarton. Sie hatte blonde Locken und lustige kleine Sommersprossen auf der Nase. Clara wusste noch nicht, wie sie sie nennen wollte, aber dass die Kleine Klavier spielen konnte, war ihr gleich klar gewesen, als die Puppe zum ersten Mal ihre Augen klimpern ließ.

Clara schämte sich, wegen Lukas. Sie war so feige. Eigentlich hätte sie ihm gleich sagen müssen, dass sie keinen Kaffee mit ihm trinken wollte. Aber etwas in ihr hatte nicht Nein sagen können. Vielleicht war Stine schuld, die ihr sicherlich tagelang in den Ohren gelegen hätte, weil sie diese Chance auf ein Date nicht ergriffen hatte. Vielleicht aber fühlte sie sich auch nur so schlecht, weil dieser Lukas ehrlich wirkte und nett. Er hatte es nicht verdient, sitzengelassen zu werden.

Aber, was verstand sie schon von solchen Dingen? Die Vergangenheit hatte ihr gezeigt, dass sie sich auf ihren Instinkt nicht verlassen konnte. Es war besser, solche Situationen zu meiden.

Dennoch war sie unsicher, ob sie sich nicht doch mit ihm treffen sollte, und sei es nur, um ihm bei der Gelegenheit all seine Geschenke zurückzugeben. Zumindest jene, die die Kolleginnen noch nicht aufgegessen hatten. Jetzt stand der Beutel mit den unausgepackten Geschenken auf dem Flur ihrer kleinen Wohnung.

Clara erhob sich, ging zum Fenster und schaute in den Himmel hinauf, als könnte er ihr sagen, was sie tun solle. Es war ihr unangenehm gewesen, als dieser Lukas sagte, er hätte in ihren Augen Traurigkeit entdeckt. Sie wusste, dass er recht hatte. Dieser melancholische Blick war ihr selbst schon vor Jahren aufgefallen, sobald sie ihr Gesicht in einem Spiegel oder einem Schaufenster sah. Weil aber niemand unglückliche Menschen um sich haben mag oder gar einstellen würde, hatte sie gelernt zu lächeln. Ja, sie hatte es sogar geübt, jeden Tag, bis sich eine freundlich scheinende Fassade über den Schmerz gelegt hatte. Noch nie hatte jemand ihr Lächeln in Frage gestellt. Nur dieser Lukas. Lag es an ihm, oder begann ihr Lächeln zu bröckeln?

Sie stellte sich vor einen Spiegel, hob die Mundwinkel, spannte die Muskeln in den Wagen, öffnete die Augen ein wenig weiter als sonst, streckte das Kinn leicht vor. Nein, alles war perfekt.

Es war diese Fassade, die Clara schützte und ihr half, nicht aufzugeben, denn sie musste stärker als so manch andere Frau in ihrem Alter sein. Mit dreiundzwanzig Jahren sollte man solche Gedanken nicht haben, dachte Clara.

Schnell schob Clara den Gedanken fort. Es war gut gewesen, nicht hinzugehen. Er würde es überleben. Schließlich kannten sie sich ja gar nicht.

Sie setzte sich zurück an den Tisch und sortierte Knöpfe in einer Schachtel. Immer wieder musste sie dabei an Lukas denken, sah ihn, wie er im Fahrstuhl dicht vor ihr stand und versuchte, sie vor dem Rollator der rabiaten Kundin zu schützen. Ein Lächeln, das sie nicht geplant hatte und das sie auch nicht unterdrücken konnte, huschte über ihr Gesicht.

Kapitel 20

Draußen war es bereits stockfinster, als es an der Bürotür klopfte. Lukas steckte den Kopf durch den Türspalt. »Nichts.« Er trat ein. »Ich weiß nicht, wo ich Lena noch suchen soll.« Seine Nase war rot vor Kälte.

Ein Grad nur noch, hatte der Wetterbericht gesagt. Henriette schauderte bei dem Gedanken, dass die Kleine da draußen war. »Aber das Kind muss doch irgendwo sein.« In der stillen Hoffnung, Herr Perlinger könnte es sich anders überlegt haben, und Lena wieder abgeholt haben, hatte sie den ehemaligen Pflegevater angerufen. Doch auch dort war Lena nicht. Er klang wirklich besorgt, als er seine Hilfe bei der Suche anbot. Nur schwer hatte sie ihn davon abhalten können, sofort loszufahren. Stattdessen hatte sie ihn gebeten, sich zu melden, falls Lena doch noch zu ihm kam.

Jetzt lief Henriette zwischen Schreibtisch und Sitzecke ihres Büros hin und her. »Haben Sie auch im Keller nachgesehen, Lukas? Vielleicht wurde sie versehentlich im Waschkeller oder Lager eingesperrt.«

»Ja. Ich war zwei Mal unten. Nichts.« Lukas rieb seine kalten Hände aneinander, während er an der Heizung stand. »Die Großen haben den Garten durchsucht und sind durch die Nachbarschaft gelaufen. Sie kamen eben zurück.« Er legte seine Hände auf die Rippen der alten Heizung. »Haben Sie die Polizei schon angerufen?«

Henriette nickte. »Warum nur ist sie weggelaufen?«

Lukas wusste keine Antwort auf die Frage.

»Gehen Sie noch einmal hinaus. Sie muss irgendwo sein.«

Der Erzieher zog den Reißverschluss seiner Jacke wieder hoch und verließ das Büro. Henriette trat zurück an ihren Schreibtisch und holte tief Luft. Sie musste den Stiftungsvorstand über Lenas Verschwinden informieren.

Henriette Jonas starrte auf das Telefon vor sich. Den Vorsitzenden der Stiftung, Phillip Lindenberg, anzurufen fiel ihr schwer. Bisher hatte sie ihn mit derartigen Vorfällen nicht belästigen müssen, aber dieses Mal war es anders. Dieses Mal war es ein kleines Mädchen, das verschwunden war, und keines der großen Kinder, die bis zu einem gewissen Grad auf sich selber achten konnten. Und so wie es aussah, hatte die Kleine noch nicht einmal eine Winterjacke an. Während Henriette zudem stets eine Ahnung hatte, wo die Ausreißer hinwollten, war sie bei Lena vollkommen ratlos. Die Polizei hatte versucht, sie zu beruhigen, schließlich tauchten die meisten vermissten Kinder innerhalb der nächsten Stunden wieder auf, dennoch bohrte sich die Angst um Lena von Minute zu Minute tiefer in Henriette hinein.

Sie gab sich einen Ruck und wählte die Privatnummer der Lindenbergs, denn es war schon spät. Es dauerte eine Weile, bis sich eine Frauenstimme meldete. Henriette bat darum, den Hausherrn sprechen zu dürfen,

»Ist es dringend?«, wollte die Person wissen. »Falls nicht, möchte ich Sie bitten, morgen noch einmal durchzurufen. Herr und Frau Lindenberg geben heute eine Gesellschaft.«

Henriette zögerte kurz. Sie wusste, dass Phillip Lindenberg nicht nur der Vorsitzende der Kohlstedt-Stiftung und damit formal ihr Vorgesetzter war, sondern in diesen Wochen auch mitten im Wahlkampf steckte. Es hieß, er habe in der neuen Landesregierung einen Ministerposten bereits sicher in der Tasche, sofern seine Partei es schaffte, über vierzig Prozent zu kommen.

Henriette fragte sich, ob sie dem Verschwinden Lenas zu viel Bedeutung beimaß? Nein, tat sie nicht. »Es ist dringend!«

Während sie wartete, hörte sie im Hintergrund Gelächter, das Klirren von Gläsern, gedämpfte Stimmen und Musik.

Endlich kam Phillip Lindenbergs Stimme aus dem Hörer. »Was kann ich für Sie tun, Frau Jonas?« Er schien ein wenig ungehalten zu sein, was Henriette ihm nicht verübeln konnte.

Knapp berichtete sie von Lena Perlinger. Der Mann hörte ihr bis zum Ende schweigend zu. Für einen Moment meinte sie, die Leitung sei unterbrochen.

»Ich dachte«, sagte er schließlich, »die Kleine sei damals adoptiert worden, das war doch vor fünf Jahren, nicht wahr?«

Henriette war überrascht, dass Phillip Lindenberg sich daran noch erinnern konnte. »Die Perlingers wollten Lena tatsächlich adoptieren, aber dann wurde Frau Perlinger sehr krank. Seitdem ist sie immer wieder im Krankenhaus. Ihr Ehemann versorgt seither die Kinder alleine. Er sagte mir, dass er kürzlich auch noch seine Arbeit verloren hat. Vorgestern brachte er Lena zurück. Er schafft es nicht mehr.« Sie räusperte sich. »Und jetzt scheint es so, dass die Kleine weggelaufen ist. Ich habe bereits die Polizei informiert.«

»War das nötig?«

Henriette fragte sich, ob sie richtig gehört hatte. »Natürlich war das nötig, Herr Lindenberg.«

»Ja, entschuldigen Sie, Sie haben recht. Ich hatte nur gehofft, man könnte die Kleine auch ohne polizeiliche Hilfe finden.«

Erst wollte Henriette protestieren, dann aber begriff sie, warum der Vorsitzende gerne auf die Polizei verzichtet hätte. »Ich verstehe, dass Sie während des Wahlkampfes keine unnötigen … Ich meine, die Polizei wird der Presse sicherlich nichts sagen.«

»Das Wichtigste ist jetzt, dass Sie das Kind wiederfinden, Frau Jonas.«

»Natürlich.«

Wieder war da diese Stille in der Leitung, als müsse Phillip Lindenberg überlegen. Dann sagte er nur kurz: »Melden Sie sich bei mir, wenn Sie etwas Neues wissen«, und legte auf.

Überrascht blickte Henriette den Hörer in ihrer Hand an. Sie wusste nicht, was sie von Lindenberg erwartet hatte. Aber dieser harsche Ton enttäuschte sie.

»Wer war das, Phillip?« Er antwortete nicht, sondern starrte die Wand vor sich an. Seine Frau trat zu ihm und wiederholte die Frage, dieses Mal ein wenig energischer. Lindenberg drehte sich zu ihr um, musterte sie, als wäre er ihr noch nie begegnet. »Ein Kind ist aus dem Heim weggelaufen.«

Seine Frau, eine guterhaltene Endfünfzigerin mit trainierter Figur und perfekt aufgestecktem Haar, seufzte. »Und da muss man dich von deinen Gästen wegholen?« Sie nahm ihn am Oberarm und drängte ihn vor sich her sanft aus der Bibliothek, zurück zu den Parteifreunden und Wirtschaftsvertretern, die sie handverlesen in ihre Villa am Stadtrand gebeten hatte. Ihr enganliegendes Abendkleid raschelte bei jedem Schritt. »Du musst lernen, Prioritäten zu setzen, Phillip. Vater sagt das auch.« Sie drehte ihn zu sich herum und fingerte an seiner Krawatte. »Natürlich sind die Kinder eine gute PR, aber wenn es um den Parteivorsitz geht, brauchst du keine Kinder, sondern treue Verbündete.« Sie wischte einen imaginären Fussel auf seinem Jackett fort. »Und diese Menschen sind heute alle hier.« Sie stellte sich auf die Zehenspitzen und hauchte ihm einen Kuss auf die Wange. »Dein Weg nach oben hat erst begonnen, Schatz. Vermassle es nicht.« Sie wischte den Lippenstift aus seinem Gesicht. Dann setzte sie ein charmantes Lächeln auf. Gemeinsam gingen sie zurück in den Salon.

Kapitel 21

Schneeflocken tanzten im Schein der Straßenlaternen, als Manni die einsame Straße zum Schrottplatz entlangging. Er fluchte, während er die Lederjacke eng um sich schlang. Seine nackten Füße in den Stiefeln waren eiskalt. Sie hatten ihm beim Schwarzfahren erwischt und einfach auf die Straße gesetzt. Darum hatte er den Rest der Strecke zu Fuß gehen müssen.

Mieser Tag, ganz, ganz mieser Tag, dachte Manni, auf dessen Baseballcap sich bereits eine kleine Schneehaube gebildet hatte.

Als er endlich in seinen Wohnwagen trat, warf er die klamme Jacke auf das ungemachte Bett und zog die Schuhe aus. Mit ein wenig Massage versuchte er, wieder Gefühl in die Zehen zu bringen. Die Heizung funktionierte noch immer nicht, weil diese Heimtante ihm das Geld nicht hatte geben wollen. Ein kurzer Blick auf das Thermometer neben der Küchenzeile sagte ihm, dass gerade mal zehn Grad in seiner Behausung waren. Das war selbst Manni zu wenig, und er drehte die Knöpfe für die beiden Herdplatten voll auf. Den Strom dafür saugte er aus Kurtis Büro. Auch Beethoven war nirgends zu sehen. Nicht im Blechnapf und nicht in der Cornflakesschachtel. Wahrscheinlich hatte er sich ein wärmeres Plätzchen gesucht. Wenigstens musste Manni das Bier nicht mehr kühlen. Er griff zum Kasten unter dem Tisch. Der aber war leer. Keine einzige volle Flasche war noch da.

»Scheiße!«, fluchte er. Kein Bike, kein Beethoven, kein Kurti, kein Essen, kein Bier. Hatte der Himmel etwas gegen ihn? Grollend ließ er sich auf sein Bett fallen, schob die Hände unter den Kopf und verfluchte diesen Tag, der mies angefangen hatte, um dann noch viel mieser zu enden. Alles schien sich gegen ihn verschworen zu haben. Weihnachtsmann spielen? Ja, war er denn verrückt gewesen, sich auf einen solchen Deal einzulassen? Damit hatte doch alles angefangen.

Die Wut in seinem Bauch wurde immer größer. Da fiel ihm etwas ein! Vielleicht konnte er den restlichen Tag ja noch retten. Mit einem Satz war er aus dem Bett gesprungen und stand vor einem der Hängeschränke. Er schob den Ärmel hoch und griff in den engen Spalt zwischen Wohnwagendecke und Schrankoberseite. Seine Finger tasteten sich durch die Staubschicht, als er fand, was er suchte. Mit spitzen Fingern fischte er ihn heraus.

»Jeah! Ich wusste doch, dass ich noch einen habe.« Jetzt zückte er sein Feuerzeug und hielt die Flamme an den recht trockenen Joint. Tief inhalierte er den süßlichen Rauch, während er es sich wieder auf dem Bett bequem machte. Wer brauchte schon Freunde oder Essen oder eine warme Bude oder Bier?

Er musste eingeschlafen sein, denn ein eigenartiges Geräusch schreckte ihn auf. Es war eine Mischung aus Kratzen und Poltern. Jemand stand eindeutig vor seiner Wohnwagentür. Erst dachte Manni, der Gerichtsvollzieher sei zurückgekommen und klopfe an die Tür. Doch dieses Mal klang es anders. Er horchte. Ein Scharren war zu hören und ein Laut, der klang, als würde sich ein Riese übergeben. Dazu bimmelten Glöckchen, hell und klar.

Neugierig erhob Manni sich. Barfuß tapste er zum Fenster und schob die speckige Gardine zur Seite. »Das gibt's nicht!«, entfuhr es ihm. Er rieb sich die Augen. Dann schaute er anerkennend auf den Rest des Joints in seiner Hand. »Respekt«, murmelte er und versuchte sich zu erinnern, bei welchem Dealer er das Zeug gekauft hatte.

Zögerlich trat er in die Nacht hinaus. Tatsächlich! Vor seinem Wohnwagen stand ein Schlitten. Nicht so eine klapprige Nuckelpinne, wie er als Kind hatte, sondern ein richtiger Schlitten. Das Ding sah ein wenig wie ein Fuhrwerk mit Kufen aus, dazu gab es eine Menge Schnörkel und einen Kutschbock, auf dem rote Kissen mit Bommeln lagen. Vor den Schlitten waren sieben, nein, neun Rentiere gespannt. Die Viecher waren so groß wie dieser Minihirsch in der Fußgängerzone, der ihn angeblinzelt hatte.

Manni fragte sich, was die hier wollten. Er blickte sich nach einem Fahrer um. Doch nirgends konnte er jemanden entdecken. Kurz kam es ihm noch in den Sinn, dass erst eine hauchzarte Schneedecke auf dem Boden lag. Viel zu wenig, um mit dem Riesending durch die Straßen zu rutschen.

Da drehte das vorderste Rentier seinen Kopf zu ihm. »Steig endlich auf, Manni, oder wartest du auf den Weihnachtsmann?«, fragte es mit verschnupfter Stimme.

Überrascht starrte Manni das Tier an, wollte schon fragen, woher es seinen Namen kannte. Dann aber sah er, dass das sprechende Rentier ihm zuzwinkerte. »Kennen wir uns?«, fragte er zögerlich.

»Aber natürlich.« Wieder kniff es ein Auge zusammen. »Und nun steig endlich auf.«

Manni grinste. Dieser Joint war echt Spitzenklasse. Kichernd kletterte er vorne auf den Schlitten und wunderte sich noch, dass nirgends Zügel zu sehen waren.

»Wusste gar nicht, dass ihr Jungs sprechen könnt«, sagte er, als er eine Frauenstimme vor sich hörte.

»Ach Gottchen! Noch so einer!«

Manni erschrak. Eine Frau auf seinem Schrottplatz?

Mannis Kopf fuhr herum. »Wer ist da?«

Das zweite Rentier von links drehte seinen Kopf nach hinten. »Ich, Blödmann! Wir sind keine Jungs. Wir sind Mädchen.«

Jetzt ging es Manni mit dem Joint aber doch ein wenig zu weit. »Ihr seid was?«

Die Rentierdamen lachten. Ohne eine Antwort zu geben, rannten sie los. Die Wucht drückte Manni gegen die Lehne der Sitzbank. Mit beiden Händen packte er den schmalen Griff rechts von sich. Er schrie auf, weil er meinte, der Schlitten würde genau in den Reifenhaufen mit den leeren Bierdosen darin donnern. Plötzlich erhob sich das erste Rentier in die Luft, ihm folgten die anderen. Jetzt flog der Schlitten keine fünf Zentimeter über den Reifenberg hinweg. Manni kniff die Augen zu. Er glaubte, sich selbst schreien zu hören. Wind sauste in seinen Ohren. Seine Handinnenflächen wurden nass und drohten vom Griff abzurutschen. Als er vorsichtig ein Auge öffnete, sah er weit unter sich seinen Wohnwagen. Jetzt flogen sie über die Straße, die er vorhin noch entlanggegangen war, schossen über die Getreidespeicher von Pein & Söhne, überflogen den Bahnhof und das Rathaus. Weiter und weiter ging es nach oben.

»Lasst mich runter! Ich habe Höhenangst!«, kreischte er.

Eines der Tiere rief zuckersüß zurück: »Wissen wir, Mannilein!« Dann wies es den Rocker auf der Bank in die Sicherheitsvorrichtungen an Bord ein: »Herzlich willkommen an Bord unseres Nevercomeback Airline Flug 0815. Die Flugzeit wird etwa eine Ewigkeit und fünfzehn Minuten betragen. Aus Sicherheitsgründen empfehlen wir Ihnen, während des gesamten Fluges angeschnallt zu bleiben.«

»Angeschnallt?« Hektisch sah sich Manni nach einem Sicherheitsgurt um. »Hier ist kein Gurt!«, brüllte er.

Die Mädels grölten vor Lachen. Das zweite von rechts bekam sogar einen Schluckauf. »Ach Gottchen, ist der niedlich«, schwärmte es.

Plötzlich ging es bergab! Gefährlich kam die Erde näher und näher. Manni erkannte ein verschlafenes Dorf. Mitten auf dem Platz stand ein hoher Tannenbaum, geschmückt mit hunderten kleiner Lichter, die ihn erstrahlen ließen. Die Ladys hielten direkt darauf zu.

»Neiiin!«, schrie Manni noch, als der Schlitten auch schon haarscharf an der Spitze des Baumes vorbeidonnerte.

Manni fuhr herum und blickte nach hinten. Dort sah er den Weihnachtsbaum wie gefällt auf dem Platz liegen. Die Lichter waren erloschen.

Jetzt ging es wieder hinauf. Höher und höher flog der Schlitten in den Himmel. Manni schrie, er wolle wieder runter. So laut er konnte, brüllte er gen Erde um Hilfe. Doch niemand hörte ihn in dieser Nacht, wo alles im tiefen Schlaf lag. Und selbst wenn jemand den fliegenden Schlitten mit dem schreienden Irren darauf gesehen hätte, hätte er wohl eher an ein verdorbenes Abendbrot gedacht als an … Ja, an was eigentlich?

Manni mahnte sich zur Ruhe. Das war jedoch nicht ganz einfach, denn nun geriet der Schlitten auf seinem Weg in ein himmlisches Schneegestöber. Frostklirrender Wind ließ Mannis Haut schneidend kalt werden. Schon bald hatte er kleine Eiszapfen in seinem Bart. Längst waren seine Hände taub. Hätte er doch wenigstens seine Jacke angezogen! Oder die Stiefel.

»Ey, scheiße! Das träume ich doch nur!«, versuchte er sich zu beruhigen. Der Fahrtwind jedoch ließ ihn daran zweifeln. So etwas konnte man doch nicht träumen!

Jetzt flogen die Biester eine weite Kurve. Unter ihnen meinte Manni für einen kurzen Moment das Aufblitzen eines Leuchtturms zu sehen. Sie hatten das Meer erreicht! So schnell?

»Bringt mich nach Hause!« Keines der Tiere reagierte. »Ihr kommt in den Topf, wenn ihr nicht sofort tut, was ich euch sage! Ich mache Wildgulasch aus euch, wenn ich wieder unten bin!«

Nun, das hätte er besser nicht gesagt, denn jetzt ging es erst richtig los. Die Rentiere ritten höher und höher. In wenigen Sekunden waren sie mitten in den Wolken. Manni fiel bereits das Atmen schwer. Stockfinster war es hier. Und das Schneegestöber wandelte sich zu einem ausgewachsenen Sturm. Langsam gingen Manni all die Flüche aus, mit denen sich in den vergangenen sechzig Jahren so trefflich alle Emotionen hatten beschreiben lassen.

Als die Viecher eine weitere, dieses Mal verdammt enge Kurve flogen, rutschte Manni von der einen Seite der Bank auf die andere. Seine eisigen Finger konnten ihn nicht mehr halten! Erbarmungslos drohte ihn die Fliehkraft über den Rand des Schlittens zu befördern, als das Gefährt die Wolken durchstieß. Er würde über Bord gehen! Manni kreischte um sein Leben, krallte sich irgendwo fest.

Da ließ das mörderische Tempo nach. Der Fahrtwind nahm ab. Er bekam wieder Luft. Keuchend zog Manni sich zurück auf die Sitzbank. Sein Herz raste. Die Beine zitterten. Gerade wollte er diese Schmalspurkühe anpöbeln, als ihm das Wort im Hals stecken blieb.

Er sah nach oben. »Wow«, hauchte er nur.

Vor ihm, ganz nah, schien voll und schön der Mond. Weiß leuchtete er über ein endloses Wolkenmeer hinweg, das unter dem Schlitten erstrahlte. Millionen Sterne glitzerten über Mannis Kopf. So viele hatte er in seinem ganzen Leben zusammengenommen noch nicht gesehen. Ruhe, wundersame Ruhe umgab den alten Mann auf dem Schlitten. Der Wind säuselte in seinen Haaren. Die Kälte war verschwunden. Hier oben war es ganz still. Staunend blickte Manni sich um, ja, er vergaß sogar, sich festzuhalten. Tief atmete er die klare Luft ein und schloss für einen Moment des Friedens die Augen. Aber nur sehr kurz, denn er traute den Biestern da vorne noch immer nicht. Schließlich waren es Frauen.

Nach einiger Zeit, und für Manni hätte sie endlos so weitergehen können, meinte das Cheftier nur: »Ready for landing, Manni?« Ohne eine weitere Vorwarnung ging es im Steilflug zurück in die Wolken, hinein in den Schneesturm, hinunter auf die Welt, die Manni für einen Moment ganz und gar nicht vermisst hatte.

Mannis Beine waren weich wie Pudding, als die Vierbeiner ihn auf dem Schrottplatz vor seinem Wohnwagen absetzten. »Himmel! Was für ein Trip«, keuchte er und stieg vorsichtig vom Schlitten. Seine Knie knickten ein. Schnell hielt er sich fest.

»Hat es dir gefallen?«, wollte die verschnupfte Chefin mit der roten Nase wissen.

Manni schüttelte automatisch den Kopf, um reflexartig zu widersprechen. Aber aus seinem Mund kam nur ein glückliches »Wahnsinn!«. Und er meinte es ernst.

Einige Rentiere kicherten.

»Seid ihr echt alles Mädchen?«, fragte Manni vorsichtig, während er mit weichen Knien die drei Schritte zur Wohnwagentür wagte, vor der ein klappriger Gartenklappstuhl stand. Manni ließ sich darauf fallen.

»Ja«, sagte die mit der roten Nase und nieste.

»Ich glaube euch kein Wort.«

»Oje«, seufzte eine der Rentierdamen. »Immer diese Zweifler.«

»Hast du jemals ein Rentier mit Glatze gesehen?«, wollte die Chefin wissen. Manni schüttelte den Kopf. »Siehst du! Das ist der Beweis. Männliche Rentiere werfen jeden Herbst ihre Geweihe ab.« Die anderen Damen nickten zustimmend. »Wir Frauen aber erst im Frühling. Darum, Manni, sind die Rentiere des Weihnachtsmanns immer weiblich. Und all diese blöden Namen wie Rudolph, Comet und Cupid, Dasher und Dancer sind somit kompletter Unsinn. Ich heiße übrigens Renate!«

»Hört, hört«, riefen die anderen Rentierdamen.

Manni sagte kein Wort. Was hätte er auch dazu sagen sollen, wenn sich in einer kalten Winternacht Männer als Frauen outeten. Das kam im Fernsehen doch ständig vor. Nur irgendwie anders. Und während Manni noch versuchte, all das zu begreifen, begannen die Damen zu tuscheln. Man schien sich uneins über eine gewisse Sache zu sein. Immer wieder schaute eines von ihnen zu Manni herüber, der mit gerunzelter Stirn die Szene beobachtete.

»Is was?«, wollte er wissen.

Renate hob den Kopf. »Sie glauben nicht, dass du es schaffst.«

So wackelig, wie er auf den Beinen war, hätte Manni ihnen zugestimmt. Egal, wovon sie redeten. Dennoch fragte er eine Spur aggressiver als nötig: »Was schaffe ich nicht?« Die Ladys schwiegen. »Was, Himmel nochmal?« Er hatte dieses vorwurfsvolle Damenschweigen schon immer gehasst.

»Eine Mission.«

»Was für eine Mission?«

»Du wirst es wissen, wenn es so weit ist, Manni.« Mit diesen Worten erhob sich der Schlitten und sauste gen Himmel davon.

»Wow«, murmelte Manni, als er kurz darauf wieder in seinem Wohnwagen war. »Was für ein Trip!« Er ließ sich zurück auf sein Bett fallen und nahm sich vor, den Dealer zu wechseln. Das Zeug war echt gut gewesen, aber für einen alten Mann wie ihn dann wohl doch zu stark.

Kapitel 22

Es war stockdunkel, als Manni wach wurde. Er fuhr hoch, sein Herz pochte laut. Es schmerzte. In der Dunkelheit hörte er sein eigenes Keuchen. Erst dachte er, er sei tot, weil es um ihn herum absolut schwarz und beängstigend still war. Zitternd tastete er nach dem Lichtschalter und stellte erleichtert fest, dass er noch lebte. Er lag in seinem Bett. Alles war da, wo es hingehörte.

Manni fragte sich, was er geträumt haben mochte, dass er so von der Rolle war. Es war nicht wieder der Traum von der Spritztour mit den Rentierladys gewesen, da war er sicher. Etwas anderes hatte ihn so erschreckt.

Er hatte Hunger, das musste es sein.

Manni rollte sich aus dem Bett und schaute nach, ob noch etwas zu essen zu finden war. Er dachte an das Angebot von Henriette Jonas, dass er beim Weihnachtsessen dabei sein dürfte, wenn er wollte. Na ja, das hatte sich ja wohl nach seinem Auftritt in der Aula erledigt. Vernehmlich knurrte sein Magen. Während er nach Essbarem suchte, blinzelte Beethoven ihn aus seinem Blechnapf verschlafen zu. Dann drehte er sich um und schlief weiter. Immerhin hatte die Ratte sich nicht auch noch verdünnisiert.

Manni ärgerte sich, dass Kurti ihn hatte hängenlassen. So etwas tat man unter Freunden nicht. Außerdem hätte er Kurti einen Döner aus den Rippen leiern können. Aber der haute sich ja lieber bei seinen Kindern in München den Bauch mit Braten und Keksen voll.

Den Stollen hatte Beethoven verdrückt. Manni fand noch eine offene Tüte Chips. Alleine knabberte er die letzten Krümel und dachte nach. Da fiel ihm wieder ein, was es war, das ihn aufgeweckt hatte! Er sprang auf und schlüpfte in seine Klamotten. Dann stolperte er aus seiner Behausung.

Vielleicht hatte er soeben die letzte Chance gefunden, alles noch hinzubiegen, endlich mal etwas richtig zu machen. Ja!

Die Rentiere hatten es gesagt: Er hatte eine Mission.

Und jetzt wusste er auch, was sie damit gemeint hatten. Seine Mission war die Thunderbird! Sie wollten, dass er nicht aufgab. Er sollte dranbleiben, die Sache durchstehen. Nicht so, wie sonst immer, wo er sich verkrümelte, wenn es schwierig wurde. Nein, dieses Mal würde er nicht aufgeben, sondern weiterkämpfen. Er war so dicht vor dem Ziel gewesen. Nein, er würde nicht aufgeben. Und das lose Brett am Schuppen war seine Fahrkarte Richtung Route 66.

Er stieß die Tür auf. Das Licht aus dem Wohnwagen fiel auf den Schnee. Gerade wollte er hinaus, als er auf den Boden starrte.

Schlittenspuren und Köttel.

Manni schluckte. Er hatte es also gar nicht geträumt. Wieder drohten ihn seine Beine im Stich zu lassen. Doch dieses Mal riss er sich zusammen. Er musste in die Stadt, ein Motorrad klauen. Schlittenspuren hin oder her.

Auf wundersame Weise hatte er Glück, denn ein einsamer Autofahrer sah den ebenso einsamen alten Mann durch die leeren Straßen eilen und fragte, ob er Manni mitnehmen solle. Das, so musste Manni zugeben, war ihm noch nie passiert. Vielleicht hatte der Fahrer im Schummerlicht der Straßenlampen nicht den Rocker erkannt, sondern nur einen Alten mit grauen Haaren gesehen. Egal. Er war eingestiegen und hatte sich am Ende der Fahrt sogar bei dem Fahrer bedankt.

Keine halbe Stunde später stand Manni vor dem Kinderheim.

Der Joint war eindeutig zu stark gewesen, dachte er noch, als er dem Fahrer des Wagens nachgewunken hatte. Anders war sein eigentümliches Verhalten nicht zu erklären.

Natürlich war das Tor verschlossen. Mist. Manni blickte die Straße auf und ab. Da entdeckte er einige Häuser weiter ein paar Mülltonnen am Straßenrand, die man wohl für den nächsten Tag schon rausgestellt hatte. Er flitzte hin, zog eine der Tonnen zum Tor, schätzte sein Gewicht und die Belastbarkeit des Plastikdeckels ab. Wenn er darauf achtete, nicht in die Mitte des Deckels, sondern nur am verstärkten Rand zu bleiben, könnte es klappen. Umständlich kletterte er hinauf. Stöhnend und fluchend und alles andere als elegant hangelte er sich über den Zaun. Ein stechender Schmerz durchfuhr seinen linken Knöchel, als er auf der anderen Seite landete.

Humpelnd erreichte er den im Dunkel liegenden Schuppen. Er wusste, er würde von vorne nicht hineinkommen, aber es gab ja das lose Brett in der Rückwand. Er musste versuchen, dort irgendwie hineinzukommen Und so tastete er sich um den Schuppen herum, bis er die Stelle gefunden hatte. Hinter dieser Bretterwand stand unter einer Plane seine Mission. Er war so aufgeregt, als hätte er ein echtes Rendezvous. Jetzt zog er das Brecheisen unter seiner Jacke hervor und hebelte das lose Brett knackend aus dem Verbund. Ganz geräuschlos war die Angelegenheit zwar nicht abgegangen, aber nur drei Minuten später konnte er in die Dunkelheit des Schuppens treten. Er zückte das Feuerzeug. Aufgeregt blickte er im Licht der Flamme auf das Bike. Sein Bike!

Vorsichtig trat er näher, strich mit der Hand über den abgedeckten Sitz, fuhr mit den Fingern über das Lenkrad. Jetzt und hier, so ganz alleine mit ihr, war er dem Glück verdammt nah. Langsam zog er die Plane von der Thunderbird, fast so, als ziehe er eine schöne Frau aus. Da sah er sie.

Eingerollt, wie ein schlafendes Häschen, lag die Kleine mit

den roten Zöpfen neben der Maschine. Im Arm hielt sie ihre Puppe fest umklammert.

»Oh, Shit«, murmelte Manni und wollte sich schon verkrümeln. Er zögerte. Vielleicht sollte er mit einem anonymen Anruf auf seinen Fund bei der Polizei hinweisen? Doch etwas ließ ihn stehenbleiben. Er starrte das Kind an. Ob es noch lebte? Es war doch viel zu kalt hier draußen! Vorsichtig beugte er sich zu ihm hinunter. »Hey, du da, schläfst du?«

Als es nicht reagierte, nahm er seine Hand. Die Fingerchen waren eiskalt. Er sank auf die Knie. »Hallo, kleine Kröte, wach doch mal auf.« Das Feuerzeug in seiner Hand wurde jetzt schmerzhaft heiß, und er musste es fallen lassen. Sofort legte sich Dunkelheit um ihn und das Kind. Manni tastete nach der Kleinen, während er mit einer Hand seine Lederjacke öffnete. Dann nahm er sie hoch und zog sie zu sich heran.

»Mensch, was machst du denn nur für dumme Sachen«, flüsterte er, während er versuchte, Lena mit seiner warmen Jacke zu umwickeln. Ihre Eiseskälte kroch unter sein Shirt. Umständlich rappelte er sich auf. Ihr Köpfchen lag auf seiner Schulter, und Manni glaubte, ihren eisigen Atem an seinem Hals zu spüren.

So schnell er konnte, rannte er hinaus. Dabei fielen scheppernd einige Gartengeräte um. Die Kleine aber wachte nicht auf, ja, sie zuckte nicht einmal. Manni begriff, dass er nicht mehr viel Zeit hatte. So eilte zum Eingang von St. Emmaus hinüber, während er laut um Hilfe rief.

Schon gingen die ersten Lichter in den Fenstern an.

Kapitel 23

Lukas drückte sein Kreuz durch, stemmte die Hände in den Rücken und stöhnte. Er musste auf dem Stuhl neben Lenas Krankenbett eingeschlafen sein. Er schaute auf seine Uhr. Immerhin hatte er in der letzten Nacht doch noch drei Stunden schlafen können. Das war mehr, als er nach der ganzen Aufregung erwartet hatte. Jetzt war es acht. Draußen wurde das Frühstück verteilt. Das Klappern auf dem Flur hatte ihn geweckt. Ein leichter Hauch von Kaffeegeruch stieg in seine Nase. Er schaute zu Lena hinüber, die in dem viel zu großen Bett unter der weißen Decke so unendlich verloren wirkte. Seit Stunden schlief das Kind, was Lukas als gutes Zeichen wertete. Der Notarzt hatte von einer mittelschweren Unterkühlung gesprochen.

Es war nach Mitternacht gewesen, als er oben in seiner Wohnung im Dachgeschoss des Kinderheims Hilferufe gehört hatte. Ohne zu zögern, war er hinuntergerannt und hatte die Haustür aufgerissen, wo Manni mit Lena auf dem Arm stand und ihn bestürzt angesehen hatte. »Hab sie im Schuppen gefunden.«

Sofort hatte Lukas Lenas bläulichgraue Gesichtshaut bemerkt. Ihr Atem ging unendlich langsam. Sie schien zu schlafen. Gemeinsam hatten sie die Kleine auf das Sofa in Henriette Jonas' Büro gelegt. Lukas hatte die Heizung aufgedreht und Manni angewiesen, Lenas Hände um Himmels willen nicht warm zu reiben, weil das mehr schaden als nützen würde. Dann hatte er telefoniert.

Nur wenige Minuten später stand der Notarztwagen vor dem Tor. Man brachte Lena ins Krankenhaus. Lukas fuhr mit seinem alten Citroën 2CV hinterher. Er kannte den Weg, denn es war jene Klinik, in die er vor drei Jahren die fremde Frau gebracht hatte. Kurz nach ihm kam auch Henriette Jonas auf der Station an, die bis dahin durch die Straßen der Stadt gelaufen war, um Lena zu suchen.

Der Stationsarzt konnte beide kurz darauf beruhigen. Lenas Werte seien stabil, und es würde ihr bald besser gehen. Er wolle sie nur für ein oder zwei Tage zur Beobachtung in der Klinik behalten. Henriette hatte Lukas dennoch gebeten, bis zum nächsten Tag an Lenas Seite zu bleiben und sie sofort anzurufen, wenn das Kind wach würde.

Er stand auf, massierte seine Schläfen, reckte sich und ging zum Fenster hinüber. Draußen schienen der eisgraue Morgenhimmel und die Stadt ineinanderzufließen. Kein Horizont war zu sehen. Alles war in hundert unterschiedlichen Grautönen eingefärbt, als sei dem göttlichen Maler die Farbe ausgegangen. Nur auf dem Parkplatz vor dem Krankenhaus standen vereinzelt rote, silberne und dunkelblaue Wagen. Der rostige grüne war seiner. Es sah nicht danach aus, als würde es heute noch schneien. Von den wenigen Flocken am Vorabend war kaum etwas übriggeblieben. Nackte Laubbäume säumten die Straße, auf der sich eine Autokolonne Richtung Zentrum schob.

Er dachte an Clara, die er versetzt hatte, denn die Suche nach Lena war eindeutig wichtiger gewesen. Jetzt aber, da Lena wieder da war, machte Lukas sich Sorgen um Clara. Es war nicht nur, weil die Umstände vielleicht seine einzige Chance auf ein Date mit ihr ruiniert hatten. Nein, er fragte sich, wie sie sich wohl fühlen mochte. Würde sie wütend auf ihn sein? Hatte es sie sehr verletzt? Er musste ihr unbedingt alles erklären. Sie hatte ein Recht darauf.

In diesem Moment ging die Tür des Krankenzimmers auf. Lukas drehte sich um, als eine Krankenschwester hereinkam. »Schläft die Kleine noch?«, wollte sie wissen.

Lukas nickte. »Tief und fest«, sagte er leise.

Die Schwester war eine üppige Mittvierzigerin mit weichen Zügen um den Mund. Vorsichtig trat sie an Lenas Bett und fühlte den Puls des Kindes. Dann trug sie die Daten in eine Tabelle ein, die an einem Klemmbrett am Fußende des Bettes hing, und wollte schon gehen, als Lukas auf sie zutrat. »Meinen Sie, ich könnte für eine halbe Stunde weg?«, flüsterte er, um Lena nicht aufzuwecken.

»Natürlich. Wir melden uns bei Frau Jonas, wenn die Kleine aufwacht.«

Lukas schüttelte den Kopf und griff nach einer Papierserviette, auf die er in der Nacht seinen Pappbecher mit dem Automatenkaffee gestellt hatte. Dann nahm er der überraschten Schwester den Schreiber aus der Hand und kritzelte seine Mobilnummer drauf. »Rufen Sie bitte mich an, wenn Lena wach wird und ich noch nicht zurück bin.« Wie sollte er Frau Jonas erklären, warum er Lena gegen ihre Anweisung hin dennoch allein ließ? Frau Jonas, ich habe wahrscheinlich vor drei Jahren einer Frau das Leben gerettet, und jetzt befürchte ich, dass ihr wieder etwas passiert. Und ich glaube, der Grund bin ich … Das klang zu kitschig, als dass es wahr sein könnte. Frau Jonas würde es für eine schlechte Ausrede halten. Obwohl es das nicht war, denn er machte sich wirklich Sorgen um Clara.

Mit einem letzten Blick zu dem schlafenden Kind machte Lukas sich auf den Weg.

Auf dem Parkplatz angekommen, rannte Lukas zu seinem Auto. Er schätzte, dass er bis zum Kaufhaus Kohlstedt und zurück nicht mehr als zwanzig Minuten benötigen würde. Blieben zehn, um

Clara alles zu erklären. Er war sich nicht sicher, ob sie heute Morgen Dienst hatte. Er musste es einfach versuchen. Dummerweise hatte er sie noch nicht nach ihrer Telefonnummer gefragt. Ein echter Anfängerfehler, dachte er, als er sich in den Verkehr Richtung Innenstadt einfädelte.

Dass sein Zeitplan nicht einzuhalten war, wurde ihm klar, als es kurz darauf nur noch im Schneckentempo voranging. An jeder Ampel trommelten seine Finger auf das Lenkrad. Er fluchte. Dennoch ließ er eine alte Frau mit ihrem Hund über den Zebrastreifen schlurfen, während hinter ihm jemand hupte. Lukas bestand auch nicht auf sein Vorfahrtsrecht, als ein SUV von links angeschossen kam und sich vordrängelte. Und trotz seiner Ungeduld wartete er, bis ein junges Mädchen ihren viel zu großen Volvo, auf dessen Kofferraumklappe ein Anfängerschild klebte, endlich eingeparkt hatte.

Dann gab Lukas Gas. Trotzdem brauchte er allein eine halbe Stunde bis zum Kaufhaus Kohlstedt, und dann noch einmal zehn Minuten, bis er endlich einen Parkplatz gefunden hatte, der weder im Halteverbot noch auf dem Radweg lag. Fast hätte er eine alte Dame umgerissen, als er in den Haupteingang rannte. »'tschuldigung«, keuchte er der schimpfenden Kundin noch zu und rannte weiter zur Rolltreppe. Zwei Stufen auf einmal nehmend, erreichte er keuchend das vierte Stockwerk. Doch weder an der Kasse noch in den Gängen der Abteilung konnte er Clara entdecken. Er lief zu ihrer Kollegin hinüber, auf deren Namensschild am Revers »Stine Beimer« stand. »Ist Frau Hansen heute nicht da?«

Neugierig musterte sie ihn von oben bis unten. »Hat sich krankgemeldet. Soll ich ihr etwas ausrichten?«, wollte sie noch wissen, als Lukas schon wieder zur Rolltreppe eilte. Er überlegte, ob er zurück ins Krankenhaus fahren sollte. Wahrscheinlich war Lena bereits aufgewacht. Er warf einen Blick auf sein Handy.

Nein, noch hatte niemand angerufen. Im Erdgeschoss rannte er durch die Parfümerieabteilung zum Ausgang. Vielleicht hatte die Stationsschwester aber auch schon Frau Jonas angerufen. Oje, das würde ein unglaubliches Donnerwetter geben, sobald er zurück war.

Als er in seinen Wagen sprang, stand sein Entschluss fest: Da der Ärger mit Frau Jonas so oder so nicht mehr zu verhindern war, könnte er noch schnell in die Brennerstraße 17 fahren. Wenn Clara krank war, würde sie sicherlich dort sein. Ein schlechtes Gewissen machte sich in Lukas breit, denn er befürchtete, dass das geplatzte Date der Grund für die Krankmeldung sein könnte.

Normalerweise hätte die Strecke in die Brennerstraße gerade einmal fünfzehn Minuten gedauert. Jetzt aber zog sie sich ins Unendliche. In unsäglicher Gemächlichkeit rollte die Kolonne von einer roten Ampel zur nächsten. Einzig die Tatsache, dass er zu Fuß noch langsamer vorankommen würde als mit seiner alten Ente, hinderte Lukas daran, hinauszuspringen.

Endlich hatte er das Haus erreicht, wo er vor drei Jahren versucht hatte, die Fremde zu wecken. Zögerlich stieg er aus, denn er war sich plötzlich nicht mehr sicher, ob er das Richtige tat.

Lukas sah sich um. Er konnte sich nicht erinnern, dass das Gebäude damals auch schon so abweisend auf ihn gewirkt hatte. Allerdings war es mitten in der Nacht gewesen, und anders als jetzt lag Schnee. Heute stand vor dem Haus ein übervoller Müllcontainer. Das Graffito an den Wänden war ihm beim letzten Mal nicht aufgefallen. Er ging auf die Haustür zu und fragte sich, wie viel eine Verkäuferin wohl im Monat verdiente. Konnte Clara Hansen sich wirklich nur diese Gegend leisten? Oder war es ihr egal?

Auf den Schildern neben den Klingeln suchte er ihren Namen. Gerade wollte er den Klingelknopf drücken, als er innehielt. Sicherlich würde sie ihn fragen, woher er ihre Adresse kannte. Was sollte er ihr dann sagen? Sollte er ihr von der Nacht erzählen, als er sie hilflos auf der Brücke gefunden hatte? Vielleicht war Clara ihrem Retter alles andere als dankbar, immerhin hatte der Arzt damals gesagt, dass auch Schlaftabletten im Spiel gewesen seien.

Unschlüssig trat er ein paar Schritte zurück und sah sich die Reihe der Fenster genauer an. Eines war anders als alle anderen. Jemand hatte es mit Tüll und einem Stapel Bücher ausgestattet, auf dem eine Puppe mit wuscheligen Haaren und einem Piratenhut auf dem Kopf neben einer rot weiß gestreiften Leuchtturmlampe saß. Etwas sagte Lukas, dass dieses Fenster zu Clara gehören musste. Wieder rang er mit sich, ob er nicht doch klingeln sollte. Schließlich war er ja genau deswegen gekommen. Er musste ihr einfach erklären, warum er sie hatte in dem Café sitzenlassen.

Er drückte den Klingelknopf und wartete. Nichts passierte. Er versuchte es noch einmal, doch auch jetzt drückte niemand den Summer. Vielleicht ist sie beim Arzt, überlegte Lukas.

Langsam ging er zu seinem Wagen zurück und setzte sich hinein. Er starrte auf die mit Graffiti beschmierte Wand einer Betongarage vor seinem Auto, als sein Blick auf die Uhr am Armaturenbrett fiel. Es war wirklich höchste Zeit, zum Krankenhaus zurückzufahren. Gerade ließ er den Motor an und legte den Gang ein, als eine dunkelblaue Limousine direkt hinter ihm zum Stehen kam. Im letzten Moment konnte Lukas noch bremsen, sonst hätte er die Seite des BMW gerammt.

Der Fahrer musste ihn doch gesehen haben! Sprachlos schaute Lukas in seinen Rückspiegel. Der Fahrer stieg aus und würdigte Lukas' alten Citroën 2CV keines Blickes.

Lukas überlegte, ob er aus dem Auto springen sollte, um dem dreisten Kerl seine Meinung zu sagen. Als er aber die Größe und auch die Sportlichkeit des Mannes abschätzte, entschied er sich spontan dagegen, denn obwohl der Mann bereits erste graue

Haare hatte, schien er eindeutig athletischer zu sein als er. Ein Handgemenge oder gar eine Prügelei mit ihm konnte für Lukas nur schlecht ausgehen. In dieser Gegend konnte man nie wissen, wer einem gegenüberstand. Obwohl der Mann nicht den Eindruck machte, als käme er von hier. Der Mantel war bestimmt aus Kaschmir und die Schuhe blankpoliert. Einer dieser Macher-Typen, dachte Lukas und fühlte sich an seinen Vater, den Herrn Professor, erinnert.

Er beobachtete den Mann und wartete. Der Kerl schien genau zu wissen, wo er klingeln musste, denn er drückte den Knopf ohne Zögern. Als niemand öffnete, trat er ein paar Schritte zurück und blickte die Fassade hinauf, so wie Lukas es vorhin auch getan hatte.

»Clara!«

Lukas fuhr herum. Hatte er richtig gehört? Schnell kurbelte Lukas das Seitenfenster hinunter und justierte den Seitenspiegel so, dass er die Hausfassade besser sehen konnte. Da sah er Clara ans Fenster treten. Die Arme vor der Brust verschränkt, schaute sie hinunter auf die Straße. Dann verschwand sie wieder. Kurz darauf ging offenbar der Türsummer, denn der Mann eilte ins Treppenhaus.

»Na, super«, stöhnte Lukas auf. Offenbar hatte sie bereits jemanden, der sie tröstete. Dass Clara einen Freund haben könnte, war ihm nicht ein einziges Mal in den Kopf gekommen. Lukas kam sich unendlich dumm vor. Auch seine fixe Idee, es könne ihr seinetwegen schlecht gehen, schien ihm jetzt absolut lächerlich. Und dass sie das Leben schwerer nahm als andere, machte plötzlich auch keinen Sinn mehr. Vielleicht guckte sie einfach von Natur aus so traurig.

»Gott! Was bin ich nur für ein Idiot!«

Am liebsten wäre Lukas mit Vollgas davongefahren. Leider nur hatte der Typ ihn zugeparkt. Lukas starrte auf das Garagengraffito und überlegte, was er tun könnte. Ob er klingeln sollte, damit der Kerl den Wagen wegfuhr? Nein, bloß nicht! Clara würde annehmen, dass er die ganze Zeit hier herumgelungert hatte. Was ja nicht ganz falsch war.

Lukas wünschte sich ein tiefes Loch im Erdboden, in dem er verschwinden könnte. Doch das Schicksal war erbarmungslos. Es hielt ihn in seinem Auto gefangen. Gerade fragte er sich, wie lange der Mann wohl bei Clara bleiben würde, als der Fremde wieder aus dem Haus trat.

»Na, das war aber ein kurzer Besuch«, stellte Lukas mit Genugtuung fest. Noch einmal überlegte er, dem Typen doch zu sagen, was er von dessen Parkkünsten hielt, als der Mittvierziger sich mitten auf der Straße noch einmal umdrehte und zum Haus zurückwinkte. Dann ging er auf seinen Wagen zu und stieg ein. Lukas rutschte tiefer in seinen Sitz und justierte den Rückspiegel so, dass er den Fahrer genauer sehen konnte. Der Mann warf die Fahrertür zu und startete den Motor.

Überrascht setzte Lukas sich wieder auf. Das Profil des Fahrers kam ihm bekannt vor. Sehr bekannt sogar, denn es prangte seit Wochen auf unzähligen Plakaten überall in der Stadt: Phillip Lindenberg.

Der BMW des Politikers rollte an und war kurz darauf verschwunden. Das war's dann, dachte Lukas. Gegen einen Typen wie den hatte er absolut keine Chancen.

Kapitel 24

Das Unbehagen im Haus war für Henriette Jonas fast schon körperlich spürbar. Kein Strohstern und keine Kerze konnten darüber hinwegtäuschen, dass die Seele der kommenden Weihnacht in diesem Jahr das Kinderheim St. Emmaus mied. Erst Krawutkes Unfall und dann dieser renitente Rocker, den sie auch noch selber ins Haus geholt hatte. Der Mann hatte sich als weitaus größere Herausforderung herausgestellt, als Henriette vermutet hatte. Mit seiner Flucht von der Probe war er seinem Rausschmiss nur zuvorgekommen. Und dann die Sache mit Lena. Glücklicherweise hatte Manni Semmler sie wiedergefunden. Henriette mochte sich gar nicht ausmalen, wie all das hätte enden können. Dass sie mit Fragen vom Jugendamt und ihrem Arbeitgeber zu rechnen hatte, war der Heimleiterin klar. Vielleicht hatten die letzten Tage bereits ihre Entlassung eingeläutet. Der Gedanke ließ sie schaudern. Ein Leben ohne ihre Kinder?

Noch verbissener als sonst stürzte sich Henriette in die Vorbereitungen der diesjährigen Weihnachtsfeier. Vielleicht ihrer letzten in St. Emmaus. Darum musste es in diesem Jahr etwas ganz Besonderes werden.

Unterdessen versah Hausmeister Krawutke mit stoischer Miene seine Arbeit. Er schien nicht anders zu können, als Henriette jedes Mal diesen Hab-ich-doch-gleich-gesagt-Blick zuzuwerfen, wenn sie an ihm vorbeiging. Henriette ahnte, dass

Krawutke noch immer hoffte, den Weihnachtsmann doch noch geben zu dürfen. Das aber wäre für sie das unverzeihliche Eingeständnis eines Fehlers gewesen, der Manni Semmler hieß. Etwas sagte Henriette, dass der Rocker kein Missgriff gewesen war, ganz anders als der Dauerweihnachtsmann Krawutke, den sie von ihrer Vorgängerin geerbt hatte.

Sie dachte an ihren vollkommen untalentierten Weihnachtsmann. Dieser Manni hatte in dem Kostüm einfach umwerfend ausgesehen. Groß, breite Schultern und ein selbstbewusstes Auftreten. Hinzu kam der Schalk in seinen Augen, der den Kindern bestimmt auch auffallen würde. Es war nicht einmal nötig, ihm einen Bart anzukleben. Manni Semmler war der perfekte Weihnachtsmann! Einzig seine Einstellung machte Henriette Sorgen. Wie konnte der Mann nur so stur sein!

Nun hatte Henriette aber genügend Erfahrung mit Menschen wie Manni Semmler, deren Leben alles andere als eine gemütliche Schlittenfahrt gewesen war. Und sie hatte gelernt, dass Aufgeben niemals zum Ziel führt. Beides zusammen hatte sie in der vergangenen Nacht zu einer Entscheidung gebracht, die Herrn Krawutke sicherlich nicht gefallen würde. So leid es Henriette für den Hausmeister auch tat, sie wollte ihren dickköpfigen Weihnachtshasser zurückhaben.

Er sollte inmitten all der Kinder auf der Bühne stehen, wenn sie um den Baum versammelt gemeinsam sangen. Der Stiftungsrat und die Vertreter vom Amt unten in den Reihen sollten sehen, dass ihre zweiundvierzig, nein, seit Kurzem dreiundvierzig Kinder in St. Emmaus gern gesehene Wesen waren. Gottes Geschöpfe, die hier eine bescheidene Zuflucht gefunden hatten. Ein Zuhause, dem sie, Henriette Jonas, noch viele Jahre vorstehen wollte.

Lena war auf dem Weg der Besserung. Übermorgen würde sie aus dem Krankenhaus entlassen werden. Henriette hatte lange mit dem Kind gesprochen und einiges erfahren, dass Lenas Weglaufen in einem neuen Licht erscheinen ließ.

Es klopfte an der Bürotür, und Lukas steckte den Kopf durch den Türspalt. Henriette schaute vom Jahresbericht für den Stiftungsvorstand auf, wo sie den Abschnitt über Lena Perlinger um den aktuellen glücklichen Ausgang ergänzt hatte.

»Sie wollten mich sprechen, Frau Jonas?«

»Und ob ich das wollte.« Henriette legte einen strengen Blick auf, als Lukas eintrat. »Sie wissen, warum ich Sie hergebeten habe, Lukas?«

Sein Blick klebte am Boden. »Ich habe da so eine Ahnung.«

Sie schwieg, damit er noch ein wenig im eigenen Bratensaft schmoren konnte, denn ihre Erfahrung sagte ihr, dass hier jemand etwas verheimlichte. Tatsächlich wurde der Erzieher zusehends unruhiger.

»Das Krankenhaus, richtig? Sie haben erfahren, dass ich gestern kurz weg war, nehme ich an.«

Oh, von der Sache hatte sie gar nichts gewusst.

»Oder ist es der falsche Zahnarzttermin?«, fragte er weiter. »Sie haben erfahren, dass ich gar nicht beim Zahnarzt war.«

Sie verkniff sich ein Lächeln. Das hatte sie schon gewusst, als sie mit ihm vor dem Kaufhaus zusammengestoßen war.

Ihr strenger Blick ließ ihn nicht los. Als Lukas offenbar nichts weiter zu beichten hatte, kam sie mit ihrem eigentlichen Anliegen heraus. »Ich will, dass Sie mir diesen widerspenstigen Alten zurückholen.«

Lukas' Kopf schoss hoch. »Manni Semmler?«

»Ja, obwohl er der Grund zu sein scheint, warum Lena weggelaufen ist.« Henriette sah auf ihre Hände, die auf dem Schreibtisch lagen. »Lena erzählte mir, dass sie sich während der Probe in die Aula geschlichen hätte, um dem Weihnachtsmann ihren Wunschzettel persönlich zu überreichen.«

Lukas begriff. »Himmel! Und als dieser Manni sagte, es gäbe gar keinen Weihnachtsmann ...«

»Seitdem glaubt Lena, dass ihr größter Wunsch nicht mehr erfüllt werden kann. Sie lief weg, um sich ihren Wunsch selber zu erfüllen.«

Lukas blickte sie fragend an. »Was für ein Wunsch ist es denn? Vielleicht können wir ihn doch erfüllen?«

»Sie wollte mir nicht sagen, was sie sich wünscht. Leider. Ich hatte gehofft, dass Sie es wüssten.« Lukas schüttelte den Kopf, und Henriette seufzte. »Wir hätten alle besser auf sie aufpassen müssen. Und darum trägt Herr Semmler nur bedingt eine Schuld an allem.«

Verwirrt sah Lukas sie an. »Das klingt, als wollten Sie ihm verzeihen.«

Henriette wiegte den Kopf hin und her. »Nun ja.«

»Aber, Frau Jonas, er wollte Ihnen das Motorrad aus dem Schuppen stehlen, erzählte mir Herr Krawutke.«

»Richtig, darum ist an der Tür ja auch ein neues Schloss und auf der Rückseite das Holz geflickt.«

Entrüstet stemmte sich Lukas mit beiden Händen auf die Schreibtischplatte und beugte sich zu ihr hinüber. »Er redet wie ein ... Er riecht wie ... Frau Jonas, was haben Sie vor?«

»Wie ich schon sagte, Lukas: Ich will, dass der Mann zurückkommt. Jeder braucht eine zweite Chance.«

»Aber er will doch gar nicht zurückkommen.«

Henriette lächelte. »Er will. Er weiß es nur noch nicht. Und Sie werden ihn für mich holen.« – »Er wird nicht auf mich hören.«

Henriette stand von ihrem Stuhl auf und kam um den Tisch herum. Mit einem milden Lächeln stellte sie sich vor den Erzieher. »Doch, Lukas. Wenn es einer kann, dann Sie. Seit Sie bei uns sind, haben Sie bei so manchem Kind Wunder vollbracht. Mit etwas mehr Zeit werden Sie auch einen Zugang zu Lena finden. Und zu Manni Semmler. «

»Herr Semmler ist aber kein Kind mehr, Frau Jonas. Warum fragen Sie ihn nicht selber?«

»Aber das tue ich doch. Sie werden mein Bote sein.«

Lukas schüttelte den Kopf, und Henriette begriff, dass sie ihr letztes Ass ausspielen musste. Sie legte ihre Hand auf seinen Arm. »Lieber Lukas, wir beide wissen, dass Sie für den Posten als Erzieher in St. Emmaus eindeutig überqualifiziert sind, auch wenn Sie ihr Medizinstudium abgebrochen haben.« Er zuckte zusammen. »Ich denke, Ihre Eltern haben recht: Sie würden einen wunderbaren Arzt abgeben. Kinderarzt, das wäre Ihre Bestimmung.«

Lukas schluckte. »Ich verstehe, Sie wollen mich entlassen. Stecken meine Eltern dahinter?«

»Aber nein, davon kann keine Rede sein.« Sie lächelte und trat zu ihm. »Lukas, bitte, ich brauche einen Weihnachtsmann auf unserer Feier. Wir mögen von diesem Herrn Semmler halten, was wir wollen: Er ist der ideale Kandidat. Ich wäre bereit, es mit diesem renitenten Alten noch einmal zu versuchen.« Sie seufzte. »Vielleicht muss ich den Ablauf der Feier ein wenig … auf seine Fähigkeiten hin umstellen.«

Lukas sah nicht sehr glücklich aus. »Und wenn ich ihn nicht zurückbringe, dann schmeißen Sie mich raus, richtig?«

»Nein, das würde ich nicht tun. Das wäre Erpressung. Nein, ich denke, ich würde Ihre Eltern zur Weihnachtsfeier einladen.« Zufrieden sah sie Lukas' entsetzten Blick. »Professor von Hellbach wird bestimmt gerne mit seiner Gattin vorbeischauen. Ist Ihre Mutter nicht die berühmte Cellistin Sophie Kaiser? Vielleicht mag sie unser kleines Orchester bei einem Lied auf der Bühne begleiten.« Sie hatte ihre Hausaufgaben gemacht.

»Nein!«, rief Lukas.

Henriette schrak zusammen. So energisch hatte sie den jungen Mann noch nie erlebt. Offenbar hatte sie eine Grenze überschritten. Sogleich tat es ihr leid, dass sie sich zu derart gemeiner Überredungskunst hatte hinreißen lassen.

»Wenn Sie meine Eltern einladen, kündige ich, Frau Jonas.«

Ja, sie hatte eindeutig den Bogen überspannt. »Verzeihen Sie, Lukas, aber wir brauchen Herrn Semmler wirklich.«

Der Erzieher verließ das Büro. In der Tür drehte er sich noch einmal zu seiner Chefin um. »Ich werde sehen, was ich tun kann. Aber das tue ich für die Kinder, nicht wegen meiner Eltern oder Ihnen.« Dann fiel die Tür ins Schloss.

Henriette fühlte sich mies. Jedoch hatte sie erreicht, was sie wollte. Heißt es nicht, dass der Zweck die Mittel heiligt?

Nein, dachte sie. Das tat er nicht.

Kapitel 25

Er hätte nicht sagen können, wie lange er wie ein Irrer herumgehüpft war und Gitarre in der Luft gespielt hatte, als plötzlich Lukas vor ihm stand. Vor Schreck fiel Manni rückwärts auf sein ungemachtes Bett. Er starrte den jungen Mann an, dessen Mund auf und zu ging, während er offenbar etwas sagte. Manni verstand kein Wort. Er fragte sich, wo der Kerl hergekommen sein mochte.

Da stoppte plötzlich das Grölen aus dem Lautsprecher. Lemmy Kilmisters Song war zu Ende. Tumbe Stille, taube Ohren. Schnell warf Manni sich sein T-Shirt über, das er sich irgendwann zwischen Black Sabbath und Judas Priest vom Leib gerissen hatte. Mit einem schnellen Blick an dem Erzieher vorbei versicherte er sich, dass Henriette Jonas nicht auch noch hereinkam. Halbnackt wollte er ihr nicht gegenübertreten. Wegen der verkorksten Probe war sie bestimmt noch stinkesauer auf ihn.

»Herr Semmler!«, rief Lukas. »Ich wollte mich bedanken, dass Sie Lena gefunden haben.« Der junge Mann würdigte das Chaos in Mannis Behausung keines Blickes. »Die Ärzte sagen, sie kann übermorgen entlassen werden.« Er hielt Manni zwei Stoffbeutel hin. »Hier. Ich dachte mir, Sie könnten das brauchen. Kalter Braten, Kaugummi, Zigaretten, Bier … Keine Weihnachtskekse und auch kein Glühwein, versprochen.«

»Woher weißt du, wo ich wohne, Kleiner?«, fragte Manni misstrauisch. Er warf einen Blick in die Taschen und entdeckte zwischen Brot und Käse auch ein Stück Seife. Dann brummte er etwas vor sich hin, das man mit viel Wohlwollen als ein »Danke« hätte interpretieren können. Als Manni aufsah, bemerkte er an der Tür ein weiteres Geschenk. Eine neue Propangasflasche. Schon besser, dachte er.

»Frau Jonas sagte mir, wo sie Sie abgesetzt hatte. Ich brauchte nur dem Lärm … also der Musik zu folgen. Ich war vorhin schon einmal hier. Sie haben es nicht bemerkt. Mir fiel auf, wie kalt es hier ist. Und da bin ich schnell zur nächsten Tankstelle gefahren. Dachte mir, Wärme ist um diese Jahreszeit fast noch wichtiger als Essen.«

Manni wusste nicht, was er sagen sollte. Mit dem Danke sagen hatte er es nicht so.

»Sollen wir sie anschließen, Herr Semmler?«

Vorsichtig nickte Manni und wies zu dem Schrank neben der vollgestellten Spüle hinüber. Keuchend schleppte Lukas die graue Flasche herein.

»Ist Frau Jonas sehr sauer auf mich?«, wollte Manni wissen, während er Lukas dabei zuschaute, wie der sich mit der Gasflasche abmühte. »Ich meine, nicht dass es mich wirklich interessiert, Kleiner, aber man kann ja mal fragen.«

»Nun ja, ich denke schon, dass sie enttäuscht ist. Frau Jonas hat jetzt keinen Weihnachtsmann mehr.« Lukas' Kopf verschwand im Schrank, wo er geschickt die alte gegen die neue Flasche austauschte.

»Da ist sie selber schuld«, verteidigte sich Manni. »Mit ihrem Weihnachtsgetue kann sie einem verdammt auf den Zeiger gehen. Klar, dass ich da abgehauen bin. Außerdem mag ich nicht, wenn Frauen mit mir so reden, als seien sie die Männer. Das geht doch nicht.«

Lukas rappelte sich wieder auf. »Fertig. – Woher wussten Sie eigentlich, dass Lena in dem Schuppen war?«

»Ach«, sagte Manni und machte eine wegwerfende Handbewegung. »Das war nur so eine Ahnung, Kleiner.«

Lukas drehte den Heizungsregler auf. »Herr Semmler«, murmelte er dabei, »ich wäre Ihnen wirklich sehr dankbar, wenn Sie nicht immer Kleiner zu mir sagten. Ich bin 1,81 groß.«

»Alles klar, dann sagst du aber auch Manni zu mir.«

Lukas nickte zögerlich.

»Sollst du mich in ihrem Namen zurückholen? Oder warum bist du hier?«

»Nun ja, also …« In diesem Moment entdeckte Lukas die Kiste mit den Schallplatten unter dem Tisch. »Sind die echt?« Er ging hin und nahm vorsichtig ein Album heraus.

»Wie echt?«

»Na, ich meine von damals.«

»Damals?«

»Na, damals halt.«

Der Typ redete, als hätte er etwas aus dem Mittelalter gefunden. Manni sah sich den Jüngling zum ersten Mal genauer an. Er schätzte ihn auf Mitte zwanzig. Somit war dieser Lukas kurz vor der Jahrtausendwende geboren worden. Klar, dass er alles, was es davor gegeben hatte, nur aus dem Geschichtsunterricht kannte. Manni aber hatte schon viel erlebt. Für ihn war Geschichte nicht nur eine Seite im Schulbuch. Zum Beispiel den Mauerfall, den hatte er live miterlebt. Wie viele andere war er damals im November ’89 dabei gewesen. Er hatte sich einfach auf seine Maschine gesetzt, als er davon im Fernsehen erfahren hatte. Und dann war er Richtung Westberlin gebrettert. Mit all den anderen hatte er die Leute jubelnd am Checkpoint Charlie begrüßt, die sich getraut hatten, für ein paar Stunden oder Tage *rüberzumachen*. Zusammen hatten sie oben auf der Mauer gestanden, trunken vor lauter Euphorie. Gesungen und getanzt hatten sie und später mit Wagenhebern und Brecheisen versucht, Stücke aus dem Beton der Mauer zu kloppen. Er hatte wildfremde Leute umarmt und Weiber geküsst, die nach Freiheit schmeckten. Der Rausch hatte drei Tage und Nächte gedauert. Alles schien damals möglich. Manni sah Lukas, den armen Unwissenden, an. So gerne hätte er ihm davon erzählt, wie er die Plattensammlung einem besoffenen Wessi geklaut hatte, der ihn fälschlicherweise für einen Ossi gehalten hatte und der ihn mit einer Lebensversicherung übers Ohr hauen wollte.

»Ja, sind echt«, sagte Manni nur.

»Schallplatten.« Ehrfürchtig nahm Lukas einen der Tonträger in die Hand. »Heute gibt es wieder Läden für Vinylplatten. Ist total in.«

»Ach.« Manni wusste nicht, was er sagen sollte, also nahm er eine Buddel Bier aus der Tasche und öffnete sie an der Tischkante. Er spürte Lukas' Blick im Nacken. »Willst du auch eins, Kleiner?«

»Ich muss noch fahren.«

»Willste oder nicht?«

Lukas zögerte, dann sagte er: »Ja.«

Manni öffnete noch eine Flasche und reichte sie dem Kleinen, der in Wahrheit genauso groß war wie er selbst. Dann setzte sich Manni an den Tisch. »Also, was willst du von mir? Niemand verschenkt etwas, ohne dafür etwas zu wollen.«

Der Erzieher nahm ihm gegenüber Platz. Unentschlossen schaute er in die Flasche in seiner Hand. Er lächelte entschuldigend. »Wissen Sie, Herr Semmler, Lena ist ein kleiner Engel. Nicht die Art von Engel, die man um diese Jahreszeit in jedem Kaufhaus antrifft. Eher von der Sorte, die einen zum Denken anregt, allein durch ihren Blick.«

Oder ihre bohrenden Fragen, hätte Manni gerne ergänzt. Dass sie ihn in der misslichen Lage im Schuppenfenster gesehen hatte, hatte seine Ehre doch arg angeknackst.

»Lena macht eine sehr schwere Zeit durch. Und ich möchte nicht, dass es noch schwerer für sie wird. Verstehen Sie mich, Manni?« Er blickte ihm direkt in die Augen.

Und plötzlich schmeckte Manni das Bier nicht mehr. Er hatte da so eine Ahnung, was der Erzieher meinte. Er nahm einen tiefen Schluck, um sich hinter der Flasche zu verstecken. Dann stellte er die Flasche wieder vor sich ab. »Nö, keine Ahnung, wovon du redest, Kleiner.«

Lukas schien nach den richtigen Worten zu suchen. »Nun ja, Frau Jonas fragte Lena, warum sie weggelaufen sei.«

Oje, dachte Manni und hob die Flasche schnell noch einmal an den Mund.

»Lena war wohl in der Aula, als Sie Ihre … Weisheiten über den Weihnachtsmann von sich gaben.«

Mist, dachte Manni. Also wissen sie es doch. Halbherzig murmelte er, dass er doch recht hätte, oder nicht?

»Wie ich bereits sagte, Lena …«

»Ich weiß, ich weiß«, unterbrach Manni ihn und knallte die Flasche auf den Tisch. »Sie hat eine schwere Zeit. Aber jeder Mensch hat irgendwann mal eine schwere Zeit. Einige früher, andere später.«

Lukas schwieg, so dass Manni sich noch mulmiger fühlte.

»Wissen Sie, Herr Semmler, es könnte helfen, wenn Sie sich bei Frau Jonas entschuldigen«, schlug Lukas nach einigem Schweigen vor.

Manni schüttelte den Kopf. »Ich? Mich entschuldigen? Sehe ich aus, als würde ich mich bei irgendjemandem entschuldigen?« Er lachte laut auf. »Das Wort gibt es nicht einmal in meinem Wortschatz! So etwas habe ich noch nie gemacht und ich werde es garantiert auch jetzt nicht tun.«

»Dann bekommen Sie Ihren Job nicht zurück.«

»Wer sagt, dass ich das will?«, wollte Manni wissen.

Wieder schwiegen sie, während die Heizung eine wohlige Wärme im Wagen verströmte wie seit Tagen nicht mehr. Dieses wiederum lockte Beethoven aus seiner Socke hervor, in der er bis eben auf der Ablage hinter Manni geschlafen hatte. Die Ratte reckte und streckte sich.

»Himmel!« Lukas sprang auf, drückte seinen Rücken gegen die Spüle, während seine Finger die Flasche umklammerten und er die Ratte anstarrte. »Was ist das?«

»Das? Oh, das ist Beethoven.« Manni wandte seinen Kopf zu dem Tier. »Du, Kumpel, ich glaube, der Kleine hat Angst vor dir.«

Das Tier legte den Kopf ein wenig schief und schaute Lukas an, als müsse es lachen. Dann kugelte es sich im Napf wieder zusammen und setzte sein Nickerchen fort.

»Beethoven tut nichts«, versicherte Manni. »Der hat schon gegessen.« Amüsiert beobachtete er, wie sein Gast einen Schritt zur Tür hin machte, als wolle er gehen, es sich dann aber anders überlegte.

Langsam zwängte sich Lukas zurück auf die Bank, ohne die Augen von der Blechschüssel mit dem Tier darin zu lassen. »Ihr Haustier?«

Manni schüttelte den Kopf. »Nee, mein bester Freund.« Kurti hatte er nach der Sache mit München auf Platz zwei heruntergestuft, was dem letzten Platz in seiner Freundesliste entsprach.

»Wissen Sie, Manni«, kam Lukas auf das leidige Thema zurück. »Vor fünf Jahren hatte jemand Lena um die Weihnachtszeit vor die Tür des Kinderheims gelegt. Das Kind war erst wenige Tage alt. Glücklicherweise fragte eine Familie nur einen Tag später nach einem Pflegekind. Die Perlingers schienen perfekt zu passen. Das Amt gab dem Kind den Namen Lena und brachte sie zu den Perlingers. Sie sollte so bald wie möglich adoptiert werden. Alles sah gut aus, bis die Pflegemutter sehr krank wurde. Vor ein paar Tagen brachte Herr Perlinger Lena zurück ins Heim.«

Mich haben sie auch weggeworfen, hätte Manni am liebsten gesagt. Zwar war es im April, und er war schon sieben Jahre alt gewesen, aber weg ist weg. Allerdings musste er zugeben, dass ein Neugeborenes eine viel miesere Nummer war. Er hatte immerhin ein paar Jahre lang Eltern gehabt, oder was man landläufig darunter verstand.

»Frau Jonas und ich sind Ihnen sehr dankbar, dass Sie Lena gefunden haben, Herr Semmler.« Manni spürte den bedeutungsschweren Blick des Erziehers auf seiner Haut. Er war es nicht gewohnt, dass man ihn für irgendetwas lobte.

Manni zeigte auf die volle Flasche in Lukas' Hand. »Wartest du darauf, dass das Bier von alleine in deinen Hals hüpft?«, wechselte er schnell das Thema.

»Entschuldigung.« Lukas hob die Flasche an seinen Mund und nahm einen ordentlichen Schluck. Das aber schien für ihn ein ungeübtes Unterfangen zu sein, denn er verschluckte sich heftig. Kopfschüttelnd beugte sich Manni über den Tisch und schlug dem hustenden Erzieher ein paar Mal kräftig auf den Rücken. »Langsam, Kleiner, Bier muss man genießen.«

»Ich habe das Gefühl, Herr Semmler, dass …«

»Manni, Kleiner. Ich heiße Manni.«

»Ähm, ja, also Manni. … Ich habe das Gefühl …«

Manni unterbrach ihn erneut, dieses Mal mit einem Grinsen. »Gefühle hast du? Also, so ein Weltfühler bist du? Einer, der Bäume umarmt und auf zehn verschiedene Arten Ooooohhhhmmm sagen kann? Lass mich raten: Du hast früher auf dem Schulhof immer eins auf die Zwölf bekommen und bist noch Jungfrau.«

»Nein, Wassermann.«

»Ist okay, wenn du nicht drüber reden willst.«

Schweigend tranken die beiden Männer ihre Biere, wobei Lukas dies jetzt in kleinen Schlucken tat. Sein erstes Bier war noch nicht ausgetrunken, als Manni schon das vierte aufmachte.

»Also, wie ich schon sagte, Lena kam zurück zu uns ins Heim …«

»Los sag schon, hast du nun … oder nicht?« Manni wollte unbedingt wissen, ob er seiner Menschenkenntnis noch vertrauen konnte. Zumindest aber wollte er das Thema Lena wechseln. Die Sache mit der Kleinen war ihm eindeutig zu düster und bereitete ihm irgendwie ein schlechtes Gewissen.

»Was meinen Sie?«

»Mädchen, Ladys, Frauen, Zuckerschnuten, Weiber, Schnallen, Grazien, Gnädige …. Herrgott, nun sei doch nicht so dämlich. Hast du schon mal?«

Lukas' Wangen liefen rot an. »Das geht Sie absolut nichts an.«

»Nee! Is nicht wahr!«, griente Manni. »Echt! Noch nie?«

Hastig trank Lukas den Rest aus der Flasche. Manni bemerkte erste Anzeichen eines Schwipses bei seinem Gast. »Ich hätte fast eine neue Freundin gehabt, wenn es das ist, was Sie wissen wollen. Also, jedenfalls ein bisschen.«

»Aha!« Manni beugte sich vor. »Und wer ist sie?«

»Ich weiß nicht, ob ich es sagen will.«

»Name«, bellte Manni.

Lukas zuckte zusammen. »Sie arbeitet im Kaufhaus Kohlstedt in der Spielwarenabteilung.«

»Seit wann seid ihr ein Paar?«

Bei dieser Frage schien Lukas endgültig in sich zusammenzufallen. »Gar nicht. Sagte ich doch eben«, flüsterte er. »Es ist schwierig.«

»Warum?«

Lukas nahm noch einen Schluck. »Sie ist vergeben.«

»Ah, verstehe, verheiratet.«

»Nein. Er ist verheiratet, soweit ich weiß. Sie aber nicht.«

»Geliebte?«

Lukas zuckte mit den Achseln. »Wird wohl so sein. Ich habe gesehen, wie er sie besuchte.«

»Du stalkst die Frau?«

Lukas fuhr auf. »Nein! Wir hatten auch schon fast ein Date.« Seine leere Bierflasche fiel um und rollte zu Boden. »Ich habe es aber vermasselt. Bin nicht hingegangen.« Umständlich hob er die Flasche auf und stellte sie wieder auf den Tisch.

Kopfschüttelnd sah Manni ihn an. Konnte es wirklich sein, dass Liebe heutzutage noch immer so kompliziert war? Er dachte an all diese coolen Kids mit ihren Wischi-Waschi-Telefonen und den Computern, den Hosen, die hinten mehr zeigten als verdeckten, die Mädchenpubertiere, die aussahen, als seien sie ihre eigenen Mütter. Erstaunlich. Es gab Dinge, die änderten sich wohl nie. Manni griff in den Stoffbeutel und holte eine neue Buddel für den jungen Mann raus. Mit einem Zisch öffnete er sie an der Tischkante. »Und weil da ein Verheirateter ist, gibst du auf?«

»Mann!«, fuhr Lukas auf. »Ich schaffe es schon so nicht, eine Frau anzusprechen! Wie soll ich es da gegen den Lindenberg aufnehmen.« Er ließ sich wieder auf die Bank plumpsen. »Gegen den habe ich null Chance. Der macht mich platt, wenn ich ihr zu nahekomme. Gegen den bin ich ein Hänfling, ein Nichts.«

Nachdenklich betrachtete Manni das Häufchen Elend auf der anderen Seite des Tisches. Seit ein paar Minuten schob sich ihm ein Gedanke durch den Kopf, den er nicht festhalten konnte. Je länger er aber den jungen Mann in seinem Wohnwagen anschaute, desto deutlicher wurden die Puzzleteile vor seinem geistigen Auge. St. Emmaus, der Schuppen, die Jonas, der Kleine, seine Schnalle und … Lena.

»Du brauchst Hilfe, Kleiner«, sagte Manni unerwartet. »Und zwar dringend. Da ist keiner besser geeignet als dein Manni Semmler. Ich bin der Ladykiller in der Stadt, wenn du verstehst, was ich meine. Wenn ich wollte, würde ich sogar deine Chefin rumkriegen.«

Lukas giggelte wie ein albernes junges Mädchen. »Glaube ich nicht.« Er nahm einen großen Schluck, ohne ihn dieses Mal in die falsche Kehle zu bekommen.

Na, dachte Manni, geht doch. »Komm, wir machen einen Deal, Kleiner«, bot er an. »Ich helfe dir, an die Lady ranzukommen. Im Gegenzug tust du mir einen Gefallen.«

Wieder lachte Lukas. »Sie? Ihnen traue ich nicht so weit, wie ich … wie ich … einen vollen Kasten Bier werfen kann.«

Manni musterte ihn aus schmalen Augen. Sein berüchtigter Götterblick war bereits im Anmarsch, als der gänzlich unbeeindruckte Lukas fragte: »Welchen Gefallen? – Weil … dies Motorrad im Schuppen …« Seine Grammatik drohte ihn im Stich zu lassen. »Dieses Ding, das klaue ich nicht. Das kostet mich die An… Anstellung.« Er kippte noch mehr Bier die Kehle hinunter. Anerkennend nickte er die leere Flasche an. »Lecker.«

Manni merkte, dass er aufpassen musste, sonst war der Junge schneller hin, als ihm lieb war. Aber er brauchte den Erzieher für seinen neuen Plan, der ihm gerade eingefallen war. Seinen ersten Thunderbird-Befreiungs-Plan konnte er seit der ruinierten Probe endgültig in den Müll werfen. Außerdem schien jeder im Heim von seiner Absicht zu wissen, dass er die Maschine hatte klauen wollen. Nein, er würde seine Strategie ändern. Sie sollten ihm die Maschine freiwillig geben! Für eine derartige Mission aber bedurfte es eines verbesserten Plans. Und die Lösung dazu hieß: Lena. Dabei war der Dreh- und Angelpunkt für den Erfolg sein selbstloser Einsatz bei der Rettung der Kleinen. Noch hatte keiner ernstlich wissen wollen, warum er eigentlich in dem Schuppen gewesen war. Vielleicht hatten sie eins und eins zusammengezählt und bei sich gedacht, dass nur wichtig sei, dass er Lena zurückgebracht hatte. Das reichte Manni fürs Erste.

Und je mehr er darüber nachdachte, umso besser gefiel ihm sein Plan. Die Rettungsaktion hatte ihm schon jetzt zwei Tüten Essen samt Bier und einen warmen Wohnwagen eingebracht. Was wäre es der Jonas erst wert, wenn er sich gegenüber Lena reuig zeigte und sie ihm seine unbedachten Worte vergab? Alle schienen die Kleine zu lieben. Wenn *sie* ihn mochte, dann würden es alle anderen auch tun. Mit Hundeblick Stufe 2 und ein wenig seines betörenden Charmes würde er die Jonas dann garantiert dazu bringen, dass sie ihm eine Runde auf der Thunderbird erlaubte. Tja, und dann wäre er weg, mitsamt der Maschine.

Vorher aber musste er an das Kind herankommen, mit ihm reden. Er brauchte sein Vertrauen. Das jedoch würde die Jonas garantiert zu verhindern wissen. Also brauchte er einen anderen Helfer. Er grinste Lukas an.

»Okay, Kleiner, ich werde mich bei Lena entschuldigen.«

Lukas sah Manni an, wobei er Probleme zu haben schien, ihn zu fixieren. Dann schüttelte der Erzieher den Kopf. »Nee, bei der Jonas solln Sie … also du …«

»Ich werde mich nur bei der Kleinen entschuldigen. Sie oder niemand.«

»Schlechte Idee. Nee, ganz schlechte Idee.« Lukas winkte mit seiner jetzt leeren Flasche vor Manni. »Issa noch eine?«

Manni holte die letzte Bierbuddel aus der Tasche. Sie war lauwarm, weil die Heizung ihr Bestes gab. »Da.« Er schob die Flasche zu Lukas hinüber, der fragend vom Kronkorken zur Tischkante und zurückschaute.

»Hör zu, Kleiner, ähm, also Lukas: Ich weiß, ich habe die Sache mit dem Weihnachtsmannding vergeigt.« Fast hätte er gesagt, dass es ihm leidtäte, doch er konnte es im letzten Moment noch herunterschlucken. Er knipste seinen Hundeblick an. Dann legte er so viel Überzeugung in seine Stimme wie möglich. »Wenn die Kleine mir verzeiht, dann ist doch alles wieder gut. Die Jonas wäre happy, die Kleine auch und, wer weiß, vielleicht bekomme ich den Job ja sogar zurück.«

Einen Job, den er noch immer um alles in der Welt nicht haben wollte. Das musste er seinem Gast aber nicht auf die Nase binden. Er mimte den verlorenen, reumütigen Sohn.

»Ich dachte, den Job willst du gar nicht«, sagte Lukas, wobei seine Worte ineinanderflossen.

»Na ja, ich kann es ja noch einmal versuchen. Hatte halt einen schlechten Start.« Zufrieden stellte Manni fest, dass Lukas ihm bald zustimmen würde.

Eine Viertelstunde später lag Lukas schnarchend auf der Sitzbank, während Manni, mit seiner Ratte auf der Schulter, zu ihm rübersah.

»Operation Thunderbird 2.0 beginnt, alter Freund.«

Kapitel 26

Bisschen früh, oder?«, meinte der Pförtner in seiner Loge, als er den Weihnachtsmann vor sich sah. »Ihr kommt doch sonst erst am 23sten.«

»Es war nur noch dieser Termin frei«, sagte Manni durch die Scheibe. »Der Job wird von Jahr zu Jahr stressiger. Wo finde ich die Kinderstation?« Er traute sich nicht, direkt nach der Kleinen zu fragen. Besser schien es ihm, man hielt ihn für einen vom Krankenhaus gemieteten Weihnachtsmann als für einen verkleideten Irren, der heimlich kranke Kinder stalkte.

»Dritter Stock. Geh gleich zum Schwesternzimmer. Die sagen dir dann, wo die Show laufen soll.«

Manni ging zum Fahrstuhl hinüber und drückte auf den Knopf. Bis hierhin lief alles wie am Schnürchen. Während er wartete, drehte er sich noch einmal um. Durch die große Fensterscheibe sah er Lukas vor dem Eingang des Krankenhauses im Fluchtauto sitzen. Der Kleine hatte sich geweigert, mit hereinzukommen, weil er Angst hatte, seine Chefin könnte noch im Haus sein oder sonstwie von der Aktion erfahren. Er hatte wohl gerade keine guten Karten bei ihr.

»Meinen Job wäre ich dann los«, hatte Lukas auf der Fahrt im Auto gesagt, während Manni sich auf dem Beifahrersitz an einer roten Ampel nahe dem Hauptbahnhof umgezogen hatte. »Ich habe getan, was Sie wollten, Herr Semmler. Halten Sie sich auch an Ihr Versprechen?«

»Klar, Kleiner«, hatte Mani irgendwo aus den Tiefen des Mottenpelzes gesagt, den er sich grade über den Kopf zog. »Du hast mir die Klamotten besorgt, und ich sorge dafür, dass du an deine Flamme kommst.«

»Sie brauchen mir nur zu zeigen, wie so ein Date geht«, hatte Lukas gesagt. »Den Rest schaffe ich dann schon alleine.«

»Ich denke, du willst es nicht vermasseln?«

»Genau darum will ich ja, dass Sie sich da raushalten«, hatte Lukas gesagt und nicht gewusst, dass für Manni ein Versprechen ein Versprechen war. Kein halbes Versprechen, sondern ein ganzes.

Jetzt trat Manni in den Fahrstuhl und drückte auf die Drei.

Er musste nur noch Lenas Zimmer finden, ihr ein Lächeln entlocken, geknickt bei der Jonas auftauchen und dann die Maschine klauen. Ganz einfach.

Der Gang der Kinderstation war lang. Auf beiden Seiten gingen unzählige Zimmer ab. Manni beschloss, mit der ersten Tür auf der rechten Seite anzufangen. Dann würde er sich von Zimmer zu Zimmer vorarbeiten, bis er Lena gefunden hatte. Vorsichtig öffnete er die Tür zum ersten Zimmer. Dabei warf er einen schnellen Blick über die Schulter, ob eine der Schwestern in der Nähe war. Glück gehabt, noch hatte ihn niemand entdeckt. Er war sicher, dass man ihn rauswerfen würde, sobald jemand bemerkte, dass für heute kein Weihnachtsmann bestellt worden war.

Manni lugte in den Raum. Drei Betten standen dort, aber nur jenes am Fenster war besetzt. Dort saß ein Junge mit einem Gipsbein. »Hey, du da, wohnt hier eine Lena?«

Der Junge sah auf und legte den Kopf schief. »Und wenn?«

Manni hörte im Gang eine Tür aufgehen, Stimmen kamen näher. Schnell schlüpfte er in das Zimmer. »Na ja, ich bin der Weihnachtsmann. Ich wollte sie besuchen.«

»Der Weihnachtsmann? Ach, nee.«

Manni trat an das Bett des Kindes. Es war übervoll mit Spielfiguren und Elektrokram, deren Sinn Manni nicht verstand. »Glaubst du nicht mehr an den Weihnachtsmann? Bist doch bestimmt erst so sechs, oder so.«

»Fast sieben«, stellte der Kleine empört fest. »Und: Nee, ich glaube nicht an den Alten.«

»Ach, und warum nicht?«

»Wie heiße ich?«, wollte der Junge wissen und verschränkte die Arme vor der Brust.

»Woher soll ich das denn wissen?«

»Siehst du! Wenn du der echte Weihnachtsmann wärst, wüsstest du, dass ich Ben-Luka heiße.«

»Cleveres Kerlchen.« Beeindruckt nickte Manni. »Und seit wann glaubst du nicht mehr an den Weihnachtsmann?«

Der Junge widmete sich wieder dem Handy in seinen Händen, wo gerade ein übel piependes Spiel lief. »Seit Opa mir das erklärt hat. Er hat gesagt, wenn der Weihnachtsmann mir ein Geschenk bringt, bräuchten mir Mama und Papa nichts mehr zu schenken – und Oma Sabine auch nicht – und Tante Uschi erst recht nicht.«

»Verstehe. Da hast du dir gedacht, lieber zehn Geschenke von der Familie als eines vom Weihnachtsmann.« Wirklich, ein cleveres Bürschchen.

Der Junge grinste. »Und weil ich runtergefallen bin, bekomme ich jetzt von Mama eine PS5. Cool, oder?«

Manni wusste nicht, was eine PS5 war. Er sah auf das Gipsbein des Jungen. »Wie ist das denn passiert?«

Ohne aufzusehen, erklärte Ben-Luka, er hätte versucht, eine kleine Katze von einem Baum zu retten. Die aber hätte ihn gekratzt und darum sei er hinuntergefallen.

»Ach, is nich wahr«, kommentierte Manni grinsend. »Ein Typ wie du rettet eine kleine Katze? Mann, verarsch mich nicht.«

Ben-Lukas Kopf fuhr hoch. »So was sagt man nicht.«

Manni grinste. Der Junge würde es weit bringen. Vielleicht Rechtsanwalt, Banker oder Politiker. »Hör zu, Kleiner, ich suche diese Lena. Sie ist fast fünf Jahre alt, hat rotes Haar und ist etwa so groß.« Er nahm die Hände nach vorne, wie es Angler taten, wenn sie von ihrem Fang erzählten. »Oder etwas größer.« Die Hände gingen weiter auseinander.

Ben-Luka zuckte mit den Achseln. »Ich kann ja mal Schwester Jenny fragen«, überlegte er. »Sie hat heute Dienst. Die weiß es bestimmt.« Bevor Manni protestieren konnte, hatte der Junge auch schon den Klingelknopf an seinem Bett gedrückt.

»Nee, ähm, lass gut sein, Kleiner. Ich finde die Kleine auch so.«

Schnell schlüpfte Manni wieder auf den Gang hinaus.

Da hörte er die Stimme von Henriette Jonas. Er fuhr herum und entdeckte die Heimleiterin am anderen Ende des Flures, wo sie sich mit einem Arzt unterhielt. Glücklicherweise stand sie mit dem Rücken zu Manni, so dass sie ihn noch nicht bemerkt hatte.

Schnell eilte er in die entgegengesetzte Richtung. Bei den Fahrstühlen blieb er stehen und drückte hektisch die Knöpfe. Doch die Dinger waren alle unterwegs. Mist! Er sah sich nach der Treppenhaustür um, fand sie aber nicht so schnell. Ein Versteck musste her. Sofort. Doch weder die Yuccapalme noch der enge Spalt hinter dem schwarzen Kunstledersofa schienen ihm geeignet. Da beschloss er, auf der gegenüberliegenden Station zu warten, bis die Heimleiterin weg war.

Manni zog an dem Band, das die automatische Tür öffnete. Summend gingen die beiden Flügel wie von Zauberhand auseinander, und er schlüpfte hinein. Gleich hinter der Glastür fand er eine offene Tür. Dahinter lag die Teeküche. Er eilte hinein, lugte noch einmal in den Gang zurück, ob man ihn gesehen hatte. Nein, wunderbar. Von hier aus hatte er die Tür der anderen Station und den Fahrstuhl prima im Blick. Beruhigt drehte er sich um.

Da sah er ihn. Einen Servierwagen, voll mit Leckereien, die gegen seinen Hunger helfen konnten, der ihn soeben mit aller Gewalt überfiel. Manni trat näher, begutachtete alles genau und nahm dann eines der Brötchen aus dem Korb. Genüsslich biss er hinein. Käse und Wurst stopfte er zu gleichen Teilen ebenfalls in den Mund. Während er so kaute, ließ er aus dem silbernen Kaffeespender zu seiner Rechten das aromatische Braun in einen bereitstehenden Becher laufen. Drei Würfel Zucker und viel Milch dazu. Zufrieden nahm Manni einen Schluck.

»Ah«, seufzte er.

Manni hatte den Eindruck, dass der Kumpel da oben im Himmel heute gut auf ihn zu sprechen war. Vielleicht wollte er ihm auch nur sagen, dass er auf dem richtigen Weg war. Und da Manni nicht wusste, wie lang seine Glückssträhne noch andauern würde, aß er sicherheitshalber noch ein Brötchen und steckte ein drittes für Beethoven in die Tasche und ein viertes in die andere. Man konnte ja nie wissen.

Gerade wollte er checken, ob Henriette Jonas schon am Fahrstuhl stand, als er mit einem Schrei zurückfuhr. Die ganze Zeit hatte hinter ihm ein blasser Mann in der Ecke gesessen. Der knetete seine Hände und starrte auf den Boden. Er schien nicht bemerkt zu haben, dass der Weihnachtsmann Brötchen klaute.

»Alles okay?«, fragte Manni ihn besorgt. Er überlegte, ob er hier vielleicht in der Psychiatrie gelandet sein könnte.

»Es ist mein Erstes, wissen Sie«, stammelte der Mann.

»Erstes was?«

»Kind. Mein erstes Kind. Es braucht so schrecklich lange.« Der werdende Vater blickte zu Manni hoch. »Ist das normal? Acht Stunden Wehen. Das ist doch nicht normal. Die Ärzte sagen einem ja nichts.«

Erst wollte Manni fragen, woher *er* das denn wissen solle, aber er riss sich zusammen. »Schon bei den Schwestern versucht?«

Wie aufs Stichwort trat eine Vertreterin dieser Zunft in weißer Schwesterntracht in die Teeküche. Kurz und knapp musterte sie Manni. »Sie haben sich verlaufen, oder?« Die hatte den Braten offenbar sofort gerochen.

Er sah sie mit Hundeblick Stufe 1 an. »Ich besuche ein Kind drüben auf der Station 3A.« Wahrheit fühlte sich eigenartig an. So, als säße einem eine Gurke quer im Hals.

»Dies ist die Entbindungsstation«, klärte die Frau ihn auf.

Es folgte Hundeblick Stufe 2. »Ich akquiriere schon mal meine nächsten Kunden.«

»Verstehe.« Sie lächelte. »Na, dann viel Glück.«

Die Schwester verließ die Teeküche, kam dann aber noch einmal zurück. »Lassen Sie aber bitte noch ein paar Brötchen für die jungen Väter übrig. Die brauchen dringender eine Stärkung als Sie.« Dabei blickte sie frech grinsend auf Mannis ausladenden Bauch und zwinkerte ihm zu.

Interessant, dachte Manni, ich wusste gar nicht, dass man mit Wahrheit und einem roten Mottenpelz Ladys aufreißen kann. Das würde er sich unbedingt merken müssen.

Als Manni sicher war, dass die Luft rein war, tippelte er zurück zur Kinderstation. Ohne Klopfen trat er in das Krankenzimmer am Ende des Ganges ein, vor dem eben noch die Jonas gestanden hatte.

Hier stand nur ein einziges Bett. Darin lag die Kleine. Er blickte in das blasse Gesichtchen. Gestern noch hatte es eiskalt auf seiner Schulter gelegen, als er sie aus dem Schuppen getragen hatte. Ihr kleiner Körper, eingehüllt in seine Lederjacke, hatte eisige Kälte ausgeströmt. Noch immer konnte er ihren kalten Hauch an seinem Hals spüren, und er fühlte wieder die Angst, die er um sie gehabt hatte.

Unter der Bettdecke hob und senkte sich der Brustkorb ruhig. Manni spürte so etwas wie Erleichterung in sich, ohne zu wissen, warum.

Sie schlief. Er wollte sie nicht stören. Schon überlegte er, sich wieder zu verkrümeln, denn die Idee mit der Entschuldigung erschien ihm gar nicht mehr so gut. Was war, wenn sie ihn bemerkte und zu schreien anfing. Außerdem juckte das Weihnachtsmannkostüm am Rücken. Und am Po. Und unter den Armen. Und die Mütze war auch viel zu heiß.

Doch dann hörte er Renates Stimme in seinem Kopf: Manni Semmler, du bist ein Feigling! Hast Angst vor einem kleinen Mädchen. Schäm dich! Gerne hätte er widersprochen, aber da war niemand, den er herzhaft hätte anpöbeln können.

Zögerlich trat er an Lenas Bett. Ein Stuhl stand in der Nähe, und er zog ihn leise heran. Manni setzte sich und wartete darauf, dass ihm wieder einfiel, was er sagen wollte, sobald sie die Augen öffnete. Doch sein Kopf war leer.

Irgendwann begann er, das schmale Händchen auf der weißen Bettdecke vorsichtig zu streicheln. »Hallo, Kleine«, flüsterte er ganz leise. »Ich bin's, der Weihnachtsmann.« Sie reagierte nicht.

Manni schluckte. Noch war Zeit abzuhauen.

»Ich will mich nur kurz entschuldigen.« So etwas hatte er noch nie gesagt. Entschuldigen, das machten doch nur Weicheier, Schmachtlappen, Jämmerlinge und Warmduscher, Frauenversteher und Sozialpädagogen, nicht aber ein Manni Semmler. Gott sei Dank, hatte niemand etwas gehört.

Sein Innerstes schrie laut und deutlich: »Hau endlich ab!«

Gerade wollte er sich erheben, als Lena die Augen öffnete.

»Hi«, sagte er.

Boah ey, das klang sogar in Mannis Ohren bescheuert. Er lehnte sich zurück, bereit aufzuspringen, sollte sie zu weinen anfangen, immerhin war er der wilde Alte an ihrem Bett, der ihr vor kurzem mächtig Angst eingejagt hatte.

Doch Lena schrie nicht, obwohl sie ihn erkannt hatte.

Erleichtert stellte Manni fest, dass die kleine Kröte wohl doch keine Angst vor ihm hatte. Begeistert aber sah sie auch nicht aus. Irgendwie erinnerte ihn der strenge Blick des Kindes an Henriette Jonas.

Die Uhr über der Tür zum Gang tickte die Sekunden fort. Manni wusste noch immer nicht, was er sagen sollte. Er fühlte sich unter dem fragenden Blick des Kindes bedeutungslos.

»Weißt du, Lena«, begann er vorsichtig, »ich bin hierhergekommen, weil ich dir etwas sagen wollte.« Er wischte seine nassen Hände an der Hose ab. »Also, die Sache ist so … Das, was ich da gesagt habe, das musst du nicht so ernst nehmen.« Er plapperte seine Geschichte herunter, ohne dem Kind dabei in die Augen zu sehen. Noch während er davon erzählte, dass er den Schlitten des Weihnachtsmannes versehentlich im Halteverbot abgestellt hatte und ein Polizist ihm nicht nur ein Knöllchen, also einen Strafzettel, verpasst hatte, sondern auch den Schlitten hatte abschleppen lassen, wurde Manni bewusst, dass die Ausrede vollkommen dämlich klang. »Weihnachtsmänner haben auch nicht immer nur gute Tage, weißt du?«

Sie schwieg. Er hasste es, wenn Frauen das taten. Seufzend fuhr er fort. »Außerdem bin ich ja nur ein Aushilfsweihnachtsmann.«

»Aber Sie haben gesagt, es gibt keinen Weihnachtsmann. Wie können Sie dann sein Aushelfer sein?«

Touché, dachte Manni. Die Kleine ist nicht auf den Kopf gefallen. Schnell änderte er seine Taktik. »Wusstest du eigentlich, dass die Rentiere vor dem Schlitten des Weihnachtsmannes Mädchen sind?«

Ungläubig sah sie ihn an.

»Ehrlich, ich schwöre.« Er machte mit der linken Hand ein Zeichen, das einem Schwur recht ähnlich sah. »Rudolf heißt in Wahrheit Renate. Ganz bestimmt. Ich lüge nicht.« Er hielt die Hand weiter hoch und zeigte drei Finger. »Das hängt mit den Geweihen zusammen. Die Jungs tragen im Winter eine Glatze.« Er fuhr sich durch den Bart. »Bestimmt traut sich keiner von denen raus. Darum haben die Ladys den Job übernommen. Das hat mir Renate alles genau erklärt.«

Wieder fiel er in ein längeres Schweigen, während sie den Blick nicht von ihm ließ. »Es tut mir leid, Lena, dass ich so grob gewesen bin«, sagte er leise. »Es hatte nichts mit dir zu tun. Ich war nur stinkesauer auf den Polizisten.« Er konnte nicht anders, er musste noch einmal zu der Lügengeschichte greifen. Manni beugte sich ein wenig vor, als wolle er ihr ein Geheimnis verraten. »Und eines sage ich dir: Der Mann bekommt dieses Jahr kein Geschenk! Weder von mir noch vom echten Weihnachtsmann. Da sieht er, was er davon hat, mich wütend zu machen.« Zustimmend nickte Lena. Das beflügelte Manni. »Schließlich muss ich doch all die Geschenke für die vielen Kinder rechtzeitig ausliefern. Wäre ja ein starkes Stück, wenn die Geschenke zu spät ankommen, nur weil ein Bul... Polizist den Schlitten abschleppt, oder?« Jetzt nickte die Kleine noch energischer. »Na ja, und dass es keinen Weihnachtsmann gibt, das ist natürlich Quatsch. Das siehst du ja.« Er stand auf und drehte sich im Raum. »Den Mottenpelz hat mir der Weihnachtsmann geliehen.« Er glaubte, ein ganz kleines Lächeln in ihrem Gesicht gesehen zu haben. Voll Zuversicht, auf dem richtigen Weg zu sein, machte Manni in diesem Moment einen großen Fehler!

»Und, Prinzesschen«, fragte er Lena, »was soll ich dir dieses Jahr schenken?«

Sie überlegte. Schon dachte Manni, sie wolle ihm die Frage nicht beantworten, als sie sich aufsetzte.

»Kannst du alles, was der Weihnachtsmann auch kann?«, wollte sie skeptisch wissen.

»Klar. Hat er mir gezeigt.«

Jetzt strahlte das Kind übers ganze Gesicht. Manni hätte am liebsten gejubelt. So einfach! Es war so einfach gewesen. Sie hatte ihm verziehen. Zufrieden strubbelte er sich mit der Hand durch seinen Bart.

»Und, was willst du haben? Eine neue Puppe?«

Sie schüttelte den Kopf.

»Einen Teddy?«

Nein, auch nicht.

»Ein Buch? … Ein Handy?«

Ihr Blick begann sich zu verändern, und ihm wurde klar, dass sie von ihm enttäuscht war. Er war doch der Weihnachtsmann, wenn auch nur zur Aushilfe. Und, hatte er nicht gerade gesagt, er könne alles, was der Weihnachtsmann auch kann? Manni begriff, dass sie von ihm erwartete, er müsse ihren größten Wunsch kennen. Ängstlich sah sie ihn an. Ihr Lächeln war wie fortgewischt, und Manni kam ins Schwitzen. Fieberhaft überlegte er, was Kinder in dem Alter sich wohl wünschten.

»Ein Baumhaus?«

Tränen traten in ihre Augen.

»Warte, warte, nicht weinen, ich komme gleich drauf …« Er dachte an Ben-Luka im ersten Zimmer. »Dieses PS-Ding. Nummer 4 oder 5 oder so.«

Da ging die Tür auf. Manni sprang zurück, weil er schon befürchtete, Henriette Jonas könne zurückgekommen sein oder die Schwestern hätten ihn bemerkt und den Sicherheitsdienst alarmiert. Doch in der Tür stand, wie aufs Stichwort, Ben-Luka im Spiderman-Pyjama. Er trottete herein, als sei es sein Zimmer.

»Ist sie das?«

Manni nickte. Ihm kam eine Idee. »Ich will ihr zu Weihnachten ein Geschenk bringen, aber ich weiß nicht, was sie sich wünscht. Sie sagt nichts.«

Ben-Luka kam näher. Mit dem Blick eines Arztes, der eine schwierige Diagnose stellen musste, trat er an Lenas Bett. »Bist du die aus dem Heim?« Lena nickte. Der Junge überlegte. »Heim, das ist, wenn man keine Eltern mehr hat, oder?«

Manni hätte dazu eine Menge sagen können, aber er schwieg.

»Und sie will nicht sagen, was sie sich wünscht?«

Manni schüttelte den Kopf. »Sie denkt wohl, ich müsste das wissen.«

Ben-Luka hob die Augenbrauen, als wolle er sagen: »Hab ich es nicht gleich gesagt?« Stattdessen meinte er nur: »Den Job machst du wohl noch nicht so lange, oder? Denk mal nach: Sie lebt im Heim. Was will man da schon?«

Manni zuckte mit den Achseln.

»Na, sie will ein Zuhause haben, mit richtigen Eltern.«

Entsetzt sah Manni, wie Lena eifrig nickte. Dabei schaute sie ihn aus großen Augen an, die ihn an Renate erinnerten.

»Ich will aber nicht irgendeine Mama. Ich will *meine* Mama«, sagte Lena endlich und kramte unter ihrem Kissen ein Blatt Papier hervor. Sie reichte es Manni. Es war eine Zeichnung, die aus unzähligen Schnipseln bestand, die jemand mit Tesafilm mehr schlecht als recht wieder zusammengeklebt hatte. Dennoch konnte Manni in der Mitte zwei Figuren erkennen, die sich an den dünnen Händen hielten. Die eine Figur war klein und hatte rote Zöpfe, die andere Figur war größer und trug einen Rock. Über ihnen flog der Weihnachtsmann im roten Mottenpelz und mit langem Bart.

Auffordernd sah Lena zu Manni hoch.

»Du bist die mit den Zöpfen?« Sie nickte, und Manni wurde mulmig. »Aber Kleine, wie soll ich das denn machen? Ich kenne deine echten Eltern doch gar nicht.« Fast hätte Manni noch gesagt, dass er doch gar nicht der Weihnachtsmann sei und Weihnachtswunder nur im Fernsehen passieren.

Schon verschwand das Leuchten in Lenas Augen wieder. Ihre Mundwinkel zuckten, als sie die Decke über den Kopf zog und sich darunter zusammenkauerte. Er hörte sie weinen.

Da traten Manni, dem coolen Rocker, dem Exknasti, dem wahren Easy Rider, der früher auch so gerne Eltern gehabt hätte, Tränen in die Augen. Scheiße!

Schnell drehte er sich zur Seite, damit dieser Bengel, der alles genau beobachtete, nicht sehen konnte, wie Manni mit dem Ärmel über sein Gesicht wischte.

Ben-Luka zupfte an Lenas Bettdecke, während er Manni einen strengen Blick zuwarf. »Hör mal, der ist doch nur eine Aushilfe. Der kennt ja nicht einmal das erste Weihnachtsmanngesetz.«

Manni legte den Kopf schief. Was hatte die kleine Kröte vor?

»Was ist denn ... das erste Dings«, kam es schniefend unter der Decke hervor.

»Gesetz. Das ist etwas, das man machen muss, sonst kommt man ins Gefängnis«, erklärte der Junge. »Also, die Sache ist so: Der Weihnachtsmann oder seine Helfer dürfen den Wunsch eines Kindes gar nicht ablehnen. Nur bei unartigen Kindern dürfen sie sich die Finger in die Ohren stecken und nicht zuhören, wenn die sich was wünschen.«

»Ach«, entfuhr es Manni. »Das erklärt einiges.« Er selber hatte früher nie das bekommen, was er sich gewünscht hatte.

Lena zog ihre Decke ein wenig herunter, so dass ihr Kopf ein Stückchen herausschaute. »Ehrlich?«

Ben-Luka hielt die Hand zum Schwur hoch. »Ehrlich. Wenn du einen pinken Plüschelefanten haben willst, der pupsen kann und beim Fliegen *Alle meine Entchen* pfeifen soll, dann muss der da«, er nickte mit dem Kinn zu Manni hinüber, der ihn kritisch beäugte, »ihn dir von irgendwoher beschaffen. Das besagt das erste Weihnachtsmanngesetz. Du musst es dir nur wünschen.«

Lena setzte sich auf. »Davon habe ich noch nie gehört.«

»Ich auch nicht«, murmelte Manni mit einem unguten Gefühl im Bauch.

Ben-Luka grinste Manni breit an. »Ist aber so. Das hat mir mein Opa erklärt.« Er wandte sich an Lena. »So, und nun wünsche es dir noch einmal richtig.«

Lena schaute zu dem Aushilfsweihnachtsmann, der vorsichtig seinen Kopf schüttelte, als wolle er nicht, dass sie ihren Wunsch aussprach. Sag es nicht, Kleine!, dachte Manni. Sag es nicht!

Und dann tat sie es doch. »Ich wünsche mir meine Mama. Meine echte Mama.«

Kapitel 27

Mit dem untrüglichen Gefühl, von diesem Ben-Luka mächtig ausgetrickst worden zu sein, verließ Manni das Krankenhaus. Tief in Gedanken versunken, hatte er drei Fahrstühle an sich vorbeifahren lassen, bevor er in den nächsten einstieg. Einerseits war er froh, dass Lena nicht mehr sauer auf ihn war, weil er all die Dinge über den Weihnachtsmann gesagt hatte. Aber andererseits hatte er etwas Ungewohntes gefühlt, als sie ihn so enttäuscht angesehen hatte. Es war ein Gefühl, das er seit seiner Kindheit im Heim nicht mehr gehabt hatte. Es war der Schmerz der Einsamkeit im Herzen, den Manni als Kind jede Nacht gefühlt hatte, während die anderen schliefen. Und ihm fiel wieder ein, wie weh Einsamkeit tat.

Langsam ging er durch die Eingangshalle, an der Pförtnerloge vorbei, hinaus in die Winterkälte.

Ein Motorrad zu klauen war eine einfache Sache, verglichen mit dem, was sich Lena wünschte. Manni fielen wieder Renate und ihre Ladys ein. Er würde die Mission vermasseln, hatten diese gehörnten Steaks auf Beinen gesagt. Manni fragte sich, ob sie damit Lenas Wunsch gemeint hatten und nicht die Thunderbird?

Das würde alles ändern.

Aber selbst wenn er sich auf die Suche nach Lenas Mutter machte, wo sollte er denn damit beginnen? Und wer sagte ihm, dass die Frau ihre Tochter überhaupt haben wollte? Vielleicht lebte sie auch gar nicht in der Stadt oder war schon tot. Manni wurde schwindelig.

»Was, in drei Teufels Namen, machen Sie hier?«

Er fuhr herum, als er die Stimme von Henriette Jonas hinter sich hörte.

»Und warum tragen Sie das Kostüm? Haben Sie es etwa gestohlen? Ziehen Sie es sofort aus!«

Manni fuhr herum. Sprachlos sah er die Heimleiterin auf sich zukommen.

»Ich verstehe, Herr Semmler«, sie funkelte ihn an. »Sie wollten wohl ein wenig dazu verdienen.« Dann bohrte sie ihren Wagenschlüssel in seine Brust. »Aber nicht in unserem Kostüm! Ausziehen!«

»Habe nur die Kleine besucht.« Er wies mit dem ausgestreckten Finger zum Krankenhaus hinter sich, aus dem er gerade herausgekommen war.

»Sie haben was?« Ihre Stimme überschlug sich.

Beleidigt erwiderte Manni ihren wütenden Blick. »Warum nicht? Denken Sie etwa, ich kann das mit dem Weihnachtsmannding nicht? – Hier, hören Sie mal: Hohoho!«

Die Heimleiterin pikte ihn noch einmal mit dem Schlüssel. »Sie sind doch der Grund, warum Lena weggelaufen ist.«

»Na ja, so würde ich das jetzt nicht sagen. Schließlich hatten Sie mich provoziert.«

»Ich? Sie?«

»Aber es ist alles wieder in Ordnung. Die Kleine und ich, wir haben uns sozusagen wieder vertragen. Ich habe ihr die Sache erklärt. Sie hat sogar gelächelt.«

»Reicht es Ihnen nicht, was Sie angerichtet haben? Wie können Sie nur ohne Erlaubnis das Kind aufsuchen. Sie hatte Angst vor Ihnen!«

Manni beugte sich trotz des Schlüssels vor. »Unsinn! Sie vertraut mir. Und wissen Sie was, Frau Heimleiterin? Die Kleine hat mir sogar gesagt, was sie sich zu Weihnachten wünscht.« Zufrieden trat er zurück, als er den überraschten Blick der Jonas sah. »Mir, dem untalentiertesten Weihnachtsmann, den Sie je angeheuert haben, hat sie es gesagt.« Er zog die ein wenig rutschende Hose hoch. »Und der Wunsch hat es in sich. Das ist nix für Anfänger. Da muss ein Profi ran.« Jetzt richtete er sich zu seiner vollen Größe auf und steckte die Daumen in den breiten schwarzen Gürtel.

»Was will sie haben?«, wollte die Heimleiterin leise wissen.

»Nun, Lenas Geschenk kann man nicht kaufen. Ja, man kann es nicht einmal einwickeln. Dieses Geschenk gibt es nämlich bisher überhaupt nicht.« Zufrieden, dass er etwas wusste, das die Heimleiterin ebenfalls gerne gewusst hätte, lächelte er sie breit an.

»Ich verbiete Ihnen, sich einzumischen«, zischte Henriette ihm ins Gesicht.

»Zu spät. Ich werde Lenas Mutter suchen. Das ist nämlich der Wunsch. Sie will ihre Mama zu Weihnachten haben. Nicht irgendeine Adoptivmutter, sondern ihre!« Manni holte die Zeichnung heraus und zeigte sie Henriette. »Ich habe ab sofort eine Mission.«

Bei diesen Worten wurde ihm wieder etwas mulmig, denn er ahnte, in was er sich da hineingeritten hatte. Aber für einen Rückzug war es zu spät. Außerdem machte es ihn wütend, dass Henriette Jonas ihm offenbar nichts zutraute. »Wie heißt Lenas Mutter eigentlich?«

Mit großen Augen starrte Henriette Jonas ihn an. »Das ist nicht Ihr Ernst, oder?«

»Und ob, Lady.«

Mittlerweile hatten die beiden die Aufmerksamkeit einiger Patienten und ihrer Besucher auf sich gezogen. Als Henriette das bemerkte, fasste sie Manni am Arm und zog ihn zu ihrem Auto, das nur wenige Meter entfernt auf dem Parkplatz stand. Manni überlegte, dass er jetzt ein wenig Hilfe gebrauchen könnte. Doch nirgends konnte er Lukas' grünen Wagen entdecken. War der Kleine etwa geflüchtet, als er seine Chefin gesehen hatte? Feigling.

»Reinsetzen«, schnaufte die Heimleiterin.

Der Befehl war eindeutig. Manni gedachte natürlich nicht, ihn zu befolgen.

Sie setzte sich auf die Fahrerseite und knallte die Wagentür zu.

Manni bewegte sich keinen Millimeter. Die Situation in der Fußgängerzone kam ihm wieder in den Sinn, als sie ihn bei den Musikern erwischt hatte und er sie für eine Verrückte hielt, die vielleicht ein Messer unterm Mantel versteckte. Andererseits war es im Auto bestimmt wärmer als hier draußen. Und da Lukas sich offenbar vom Acker gemacht hatte, als er den Wagen seiner Chefin sah, brauchte Manni dringend eine Fahrgelegenheit.

Er beschloss, Lukas für seine Feigheit vor dem Feind ordentlich den Kopf zu waschen!

Verächtlich schnaufend ließ Manni sich auf den Beifahrersitz fallen. Henriette Jonas hatte ihre Hände auf das Lenkrad gelegt und starrte hinaus. »Hören Sie zu, Herr Semmler«, presste sie zwischen den Zähnen hervor. »Sie können die Mutter von Lena nicht finden.«

»Klar kann ich das.«

Sie fuhr herum. »Nein! Können Sie nicht! Lena ist ein Findelkind.«

»Ich weiß.« Überrascht sah die Heimleiterin ihn an. »Hatte die Kleine etwas bei sich?«, wollte er wissen. »Einen Brief vielleicht, oder eine Kette mit Initialen drauf, oder sonst etwas?« Manni hatte das mal in einem Film gesehen. Leute machten so etwas.

»Nein, nichts.«

»Ein Muttermal? Sie wissen schon. So etwas, woran man erkennen kann, dass …«

»Nein, nichts. Denken Sie wirklich, wir hätten nicht alles unternommen, um die Mutter zu finden? Die Polizei und auch die Presse versuchten damals, die leiblichen Eltern zu finden. Nichts.«

Manni überlegte weiter. So schnell wollte er nicht aufgeben.

»Hören Sie auf, Herr Semmler. Sie werden die leibliche Mutter nicht finden, weil sie nicht gefunden werden will. Vielleicht lebt sie nicht mehr oder hat schon zu viele Kinder.«

»Das ist doch kein Grund!«, fuhr er sie an. »Wir waren zuhause acht, bis man mich ins Heim brachte.« Er stockte. Das hatte er ihr nicht sagen wollen, denn diese Dinge wusste keiner. Nur Kurti. Die herausgerutschten Worte hallten in dem alten Opel noch nach. Glücklicherweise schien die Frau neben ihm nichts mitbekommen zu haben.

»Hören Sie, Herr Semmler, Sie machen es für die Kleine nur schlimmer, wenn Sie ihr so etwas versprechen. Die Eltern der Kleinen hatten ihre Chance. Sie haben Lena nicht gewollt. Jetzt werden wir für sie eine neue Pflegefamilie finden müssen. Gleich im nächsten Jahr.«

»Und dann? Was ist, wenn die sie auch wieder abschieben, sobald es ein wenig ungemütlich im Leben wird. Nee, glauben Sie mir. Eine echte Familie ist besser, selbst wenn sie nicht so richtig gut ist.«

Henriette Jonas drehte sich zu ihm um. Er hatte bisher nicht bemerkt, dass sie blaue Augen mit einem tiefdunklen Rand um die Pupille hatte. Wieder roch er ihr Parfüm.

»Glauben Sie mir, wenn Sie die Mutter suchen, machen Sie die Büchse der Pandora auf.«

»Was für eine Dose?«

»Wer immer die Eltern sein mögen, sie wollen Lena nicht,

sonst wären sie längst zu uns gekommen.« Henriette fixierte ihn mit ihren hübschen Augen. »Sie werden die Kleine sehr, sehr unglücklich machen. Wollen Sie das wirklich?«

Nein, das wollte Manni nicht. Er stieg aus dem Wagen, bevor das Parfüm der Frau dafür sorgte, dass er noch etwas Nettes sagte. Dann beugte er sich ein letztes Mal in den Wagen hinein. »Ich habe der Kleinen mein Bikerehrenwort gegeben, gute Frau. Das zählt. Tut mir leid.« Er warf die Beifahrertür zu und ging über den Parkplatz, wobei er möglichst energisch auftrat, um klarzumachen, dass sein Entschluss feststand.

Er fragte sich noch, warum die Frau ihm nicht helfen wollte. Sie und das Amt, die hatten doch Möglichkeiten, nach den Eltern zu suchen. Warum sträubte sie sich?

Kapitel 28

Ohne sich umzudrehen, marschierte Manni Richtung Straße. Es war ihm noch nicht ganz klar, wie er die Sache mit Lenas Mama angehen wollte, aber er würde einen Weg finden. Da war er sicher. Plötzlich hupte jemand hinter ihm. Manni sprang zur Seite. Wütend fuhr er herum, um wem auch immer, die Leviten zu lesen. Schon wollte er gepflegt lospöbeln, als er Lukas' Stimme aus dem geöffneten Seitenfenster hörte. »Steigen Sie ein!«

Der Kleine war also doch nicht abgehauen. Erleichtert setzte sich Manni neben ihn. »War das Gehupe nötig? Ich wäre fast aus meinen Stiefeln gehüpft.«

Lukas grinste. »Ihr Gesicht war es wert.«

Jemand hinter ihnen hupte. »Fahr schon los.«

»Erst anschnallen.«

Da Manni sich nicht streiten wollte, griff er nach dem Gurt hinter sich. »Ich dachte schon, du hast mich hängengelassen.«

Lukas fuhr an. »Als ich Frau Jonas sah, bin ich mit dem Wagen schnell auf die Feuerwehrauffahrt gefahren.«

»Darf man das denn?«, fragte Manni halb im Scherz.

»Ich denke nicht. Ich hatte auch Angst, man könnte mich erwischen«, murmelte Lukas. Stöhnend schüttelte Manni den Kopf.

Lukas kannte den bärbeißigen Alten auf dem Beifahrersitz neben sich zwar erst kurz, hatte aber das Gefühl, ihn immer besser einschätzen zu können. Typ harte Schale – weicher Kern.

»Was hat Frau Jonas im Auto zu Ihnen gesagt? Ich sollte es wissen, immerhin hängt mein Job davon ab.« Zwar hatte seine Chefin ihn nicht bemerkt, als sie auf dem Parkplatz keine drei Wagen neben ihm gehalten hatte, aber ihm war klar, dass es Ärger geben würde, wenn sie herausfand, dass er Manni beim Besorgen des roten Anzugs geholfen hatte.

Der Mann auf dem Beifahrersitz antwortete nicht.

»Wie geht es Lena?«, fragte Lukas einige Ampeln später. Manni sah nur aus dem Fenster und schwieg weiter. »Hallo! Erde an Manni. Jemand da?«

»Lass mich mal nachdenken, Kleiner.«

»Hören Sie bitte auf, mich immer Kleiner zu nennen.«

»Nur, wenn du aufhörst, mich zu siezen. Da fühle ich mich steinalt, das kann ich dir sagen. Außerdem sind wir schon mal zusammen versackt.« Das allerdings stimmte nur zur Hälfte, denn als Lukas nach der gemeinsamen durchzechten halben Stunde mit höllischen Kopfschmerzen aufgewacht war, hatte sein unfreiwilliger Gastgeber nicht im Geringsten verkatert gewirkt. Somit waren sie nicht gemeinsam versackt, sondern nur er.

»Okay. Also, Manni: Woran denkst du?« Die Ampel vor ihnen sprang auf Grün. Lukas fuhr an.

»Ich denke an Rentiere. Und an Renate.«

»Renate?« Lukas vermutete, dass es sich bei Letzterem um eine alte Flamme von Manni handeln könnte. Zu Weihnachten wurden viele ältere Herrschaften schwermütig. Lukas legte den Blinker ein, schaute über seine rechte Schulter nach dem Verkehr, warf einen weiteren Blick in den Seitenspiegel und bog dann in eine Seitenstraße, um den Verkehrsstau am Bahnhof zu umfahren. »Wer ist Renate?«

»Ein Rentier, hab ich doch gesagt. Sie heißt nicht Rudolf, sondern Renate, und sie hatte verdammt nochmal recht!«

Jetzt wurde Lukas der Mann auf dem Beifahrersitz ein wenig unheimlich. Vielleicht lag es an all dem Alkohol der letzten Jahre, den Manni als echter Rocker sicherlich in Massen genossen hatte. So etwas kann unmöglich ohne Folgen bleiben. Wobei Lukas sicher war, dass in Mannis Vergangenheit nicht nur Alkohol eine Rolle gespielt haben mochte.

»Ich habe eine Mission. Also, nicht die alte Mission, sondern eine ganz neue.«

Auch diese Worte waren nicht dazu geeignet, Lukas' plötzliche Bedenken zu zerstreuen. Im Gegenteil.

»Und du, Kleiner«, Manni zeigte mit dem Finger auf ihn. »Du wirst mir dabei helfen.«

»Ich habe Ihnen schon geholfen, Herr Semmler.«

»Du.«

»Ich? Ja, klar.«

»Nein, *Du.* Du sollst *du* zu mir sagen. Wir sind nämlich ab sofort Kumpel. Zwar keine Freunde, aber Kumpel.«

Lukas war noch nie der Kumpel von irgendjemandem gewesen. Nicht in der Schule und nicht im Studium, auch nicht beim Hockey oder im Tennisclub seiner Eltern. Kumpel sind cool. Er war nicht cool. Zudem klang Mannis Angebot eher wie ein Befehl als wie eine Freundschaftsanfrage. »Was bedeutet Kumpelsein bei Ihnen, ähm, bei dir? Kumpel im Sinne von Biertrinken oder Kumpel im Sinne von …«

»Komplize, Kleiner. Du hilfst mir, und ich helfe dir. Das machen Kumpel nämlich so.«

Lukas fuhr an den Straßenrand und bremste. »Ich habe dir schon geholfen!« Zornig blickte er auf das Kostüm. »Du trägst den Gefallen gerade am Leib.«

Manni sah an sich hinunter. »Stimmt. Aber die Sache muss

fair bleiben. Und einen Nerd wie dich an eine tolle Frau zu verkuppeln ist eindeutig eine größere Herausforderung, als mir einen roten Mottenpelz zu besorgen.«

»Zu stehlen!«, unterbrach Lukas ihn. »Ich habe für dich gestohlen!«

»Du gibst ihn doch zurück! Wenn die Jonas dich fragt …«

»Was sie zweifellos tun wird, denn sie hat dich ja eben in dem Outfit aus dem Krankenhaus kommen sehen!«, unterbrach Lukas ihn.

»… also, dann sagst du einfach, du kamst gerade mit dem Anzug von der Reinigung, als ich ihn mir ausgeliehen habe.«

Lukas rollte mit den Augen. »Und zurück kommt der Anzug stinkiger als vorher?«

»Ist halt keine Reinigung, die du empfehlen würdest.«

Dieser Manni hatte für jedes Problem eine einfache Lösung. Das machte Lukas wütend.

»Hör zu, Kleiner. Du besorgst mir die Akte von Lena. Ich muss wissen, wer ihre Eltern sind. Deine Chefin wollte es mir nicht sagen.«

Lukas, der gerade wieder anfahren wollte, würgte den Wagen ab. »Sind Sie wahnsinnig?«

»*Du*. Wir sind doch jetzt Kumpel.« Manni schlug ihm die Faust gegen die Schulter. »Nochmal, Kleiner. Ich bekomme die Akte, und du bekommst, was immer du brauchst, um die Lady zu bekommen. Ich denke mir etwas aus, wogegen dieser Lindenzwerg keine Chancen hat.«

»Akte? Wofür brauchst du Lenas Akte?«

»Ich habe ihr ein Versprechen gegeben. Nämlich, dass ich ihre Mutter finde.«

Lukas war sprachlos. »Das ist Irrsinn.«

»Nein, ein Wunsch. Hab mein Bikerehrenwort gegeben. Außerdem bin ich der Weihnachtsmann.«

»Wo willst du die Frau denn suchen?«

Manni grinste ihn an. »Das wird mir diese Akte sagen.«

Lukas seufzte. »Das gefällt mir nicht, Manni. Ganz und gar nicht. Frau Jonas wird …«

»Ja, ja, ich weiß, sie wird dich entlassen. Hast du schon gesagt. Aber wird sie es denn merken, wenn ich nur einen klitzekleinen Blick riskiere? Nein, wird sie nicht, denn wir werden es ihr nicht sagen.« Manni musterte Lukas so intensiv, dass Lukas Schweißperlen auf die Stirn traten. »Ehrlich, Kleiner, es ist meine Mission. Aus der Nummer komme ich nicht mehr raus. Selbst in die Hölle würde mich die Sache noch verfolgen, wenn ich versage.« Er hielt ihm die Hand auffordernd hin. »Los, schlag ein. Und danach helfe ich dir mit deiner Flamme. Abgemacht?«

Lukas schüttelte den Kopf, während er Mannis Hand anglotzte. »Ich habe gegen den Lindenberg keine Chancen.«

Manni lachte. »Klar, hast du Chancen. Wenn überhaupt, dann ist sie nur seine Geliebte. Das aber reicht für niemanden zum Glücklichwerden. Und dieser Lindenzwerg ist doch mit der Tochter von dem alten Kohlstedt verheiratet, richtig? Das bedeutet Geld, Kleiner. Viel Geld. Dieser Lindenzwerg wird sich von seiner Alten nicht scheiden lassen, nur wegen einer kleinen Verkäuferin. Das kannst du mir glauben. Und dann denke mal an dieses Politikerding. Da muss man eine saubere Weste haben. Scheidungen aber machen Dreck.« Er kam näher zu Lukas heran. »Und wenn deine Flamme auch nur einen Funken intelligent ist, dann weiß sie all das. Warum denkst du, hat sie sich auf einen Kaffee mit dir eingelassen? Prinz Charming bist du nämlich nicht. Eher so Typ Einstein.«

»Du kennst Einstein?«

»Klar, war auch ein Kumpel von mir.« Manni grinste. »Genau wie Beethoven.«

Lukas schluckte eine Bemerkung herunter. Er überlegte, dass

dieser Aushilfsweihnachtsmann mit seinen Argumenten ja gewissermaßen recht hatte. Vielleicht waren seine Chancen doch nicht *so* schlecht.

Noch immer hielt Manni ihm die Hand hin.

»Ich weiß nicht …« Unschlüssig wägte Lukas ab, drehte und wendete das Für und Wider, prüfte und analysierte noch einmal. Er könnte wirklich Hilfe gebrauchen. Immer fehlten ihm die Worte, wenn er eine Frau ansprechen wollte. Und wenn die Worte endlich aus seinem Mund herauspurzelten, war es oft nur peinlich. Seine letzten Dates waren schneller zu Ende gewesen, als sie angefangen hatten. Dieser Manni hingegen hatte einen gewissen herben Charme, der ihm selber fehlte. Und wenn Manni so erzählte, dann klang alles total einfach.

»Was hältst du davon, Kleiner, wenn du mir deine Flamme mal zeigst?«

Lukas fuhr herum. »Ich gehe doch nicht mit einem halb irren Weihnachtsmann zu Clara! Ruinieren kann ich meinen Ruf alleine. Dazu brauche ich keine Hilfe.«

Er sah, wie Manni die rote Jacke öffnete. »Fahr zu, Kleiner. Bis wir beim Kaufhaus sind, sehe ich wieder aus wie ein Mensch.«

Kapitel 29

Die Fahrt zum Kaufhaus Kohlstedt hatte keine Viertelstunde gedauert. Das Überreden des jungen Mannes, ihm besagte Clara zu zeigen, jedoch drei Mal so lange.

»Bitte, Manni, ich kann das nicht.« Lukas' Worte waren so flehentlich, dass Manni fast nachgegeben hätte. Doch so schnell wollte er Lukas nicht von der Leine lassen. Immerhin brauchte er die Gegenleistung des Erziehers: Lenas Akte.

Ohne auf Lukas' Flehen einzugehen, hatte Manni hinter einem Ständer mit Rüschen-BHs ab Größe 54 Stellung bezogen. Dieser Platz war der einzige Ausguck, von dem aus er Lukas' Flamme an der Kasse der Spielwarenabteilung gut im Blick hatte, sie ihn aber nicht sehen konnte.

Die Frau war nicht unbedingt sein Typ. Er stand eher auf die etwas kurvigen mit den helleren Haaren, die auch mal einen Scherz verstehen konnten. Lukas' Schwarm hingegen schien ihm eher der zurückhaltende Typ zu sein. Der Kleine hatte recht gehabt, diese Clara wirkte irgendwie traurig. Sie war eine Schönheit des zweiten Blicks, das hatte Manni sofort erkannt. Ihre langen dunkelbraunen Haare fielen in weichen Locken über die Schultern und erinnerten ihn an die junge Cher aus den Achtzigern. Allerdings hatte Clara Hansen strahlend blaue Augen, die ihn an den Himmel über Kalifornien erinnerten, wohin er bald schon reisen würde. Aus der Entfernung glaubte Manni, auf der zarten Nase der Verkäuferin Sommersprossen erkennen zu können.

Nervös fuhr Lukas mit der Hand durch sein Haar. »Ich kann sie nicht fragen, ob sie mit mir essen geht. Das schaffe ich nicht.«

»Wir haben es doch eben im Auto geprobt, oder?«

Lukas nickte.

»Hast du den Zettel mit den Stichworten in der Tasche?« Lukas zog ein zusammengefaltetes Papier aus seiner Tasche. »Gut.« Manni schlug ihm mit der Hand auf die Schulter und sah ihm scharf in die Augen. »Tief durchatmen. Lächeln. Und dann hin. – Brauchst keine Angst zu haben. Ich bleibe in deiner Nähe.«

»Das ist es ja, was mich so nervös macht«, murmelte Lukas.

»Also, hau die Hacken in Teer.«

»Hacken in was?«

Manni drehte sich zu dem Erzieher. »Komm in die Hufe, Kleiner. Geh hin!«

Lukas holte tief Luft. Unsicher spähte er an den Dessous in Übergröße vorbei. Schweiß stand auf seiner Stirn. »Ich werde es bestimmt ruinieren. Sie wird mich auslachen.«

»Warum sollte sie das denn?«

»Weil es nicht das erste Mal wäre, dass mir so etwas passiert.«

In diesem Moment forderte etwas Mannis Aufmerksamkeit ein. Ein Mann mit einer Kamera auf der Schulter kam die Rolltreppe herauf, drehte sich um und richtete das Gerät auf etwas, das hochfuhr. Die ersten Leute drehten sich um.

»Was ist denn da los?«

Lukas folgte Mannis Blick. »Keine Ahnung. Die sind von TV 3. Das hat vielleicht etwas mit Lindenbergs Wahlkampf zu tun. Der ist ja ständig im Fernsehen.«

»So, so«, murmelte Manni. Es gefiel ihm gar nicht, dass Lukas' Konkurrent gerade jetzt auftauchte, denn es machte die Sache eindeutig komplizierter.

Der Kameramann ging in die Totale, während Lindenberg und die Reporterin an seiner Seite ihm von unten entgegenfuhren.

»Hier also begann Ihre Karriere, Herr Lindenberg«, sagte die Frau mit dem Mikrofon in der Hand. Man würde später einen Schwenk durch das Kaufhaus hineinschneiden und die Bilder mit seiner Antwort unterlegen.

»Ja, ich habe hier den Handel von der Pike auf gelernt.« Er lächelte und ließ der Reporterin galant den Vortritt, als die Rolltreppe zu Ende war.

»In die Geschäftsleitung kamen Sie aber erst, als Sie die Tochter von Alfons Kohlstedt, dem Besitzer des Kaufhauses, heirateten«, stichelte die junge Frau.

Lindenberg lächelte nachsichtig. »Glauben Sie ja nicht, dass mein Schwiegervater seine Tochter einem Mann gegeben hätte, der das Geschäft nicht versteht.« Lindenberg lachte.

»Und dennoch haben Sie sich vor vier Jahren der Politik verschrieben und können auch dort mittlerweile eine beachtliche Karriere vorweisen.«

Lindenberg lächelte bescheiden.

»Ja, man spricht schon von Ihnen als künftigem Ministerpräsidenten.«

»Lassen Sie uns erst einmal das Wahlergebnis abwarten. Dann sehen wir weiter.«

Sie schlenderten den Hauptgang entlang, der die Dessousabteilung von den Kinderspielzeugen trennte. Der Kameramann ging rückwärts vor ihnen her, wobei er die beiden nicht aus seinem Objektiv ließ.

Lindenberg fuhr ab und an mit den Fingern durch sein volles Haar, was bei ihm eindeutig lässiger aussah als bei Lukas, dachte

Manni. Der Junge könnte recht haben. Wenn dieser geschniegelte Typ mit den Wallehaaren es auf die Kleine an der Kasse abgesehen hatte, musste Manni die ganz harte Tour fahren. Das war mit einem Besuch beim Italiener um die Ecke nicht getan.

Immer wieder ging Lukas' Blick zu Clara hinüber, die unermüdlich lächelnd Kreditkarten durch ein Gerät schob, Geschenke einwickelte und Tüten über den Tresen reichte. Auch sie beobachtete aus den Augenwinkeln das Geschehen an der Rolltreppe.

»Wissen Sie«, Lindenberg strahlte in die Kamera, »es war mir schon immer wichtig, nicht nur Politiker, sondern vor allem ein Mensch zu sein, der mit seiner Hände Arbeit etwas schafft. Dabei stehen die traditionellen Werte des Hauses Kohlstedt auch für meine Arbeit als Politiker: aufrecht, ehrlich und mutig. Der Preis des Erfolgs ist Hingabe, harte Arbeit und unablässiger Einsatz für das, was man erreichen will.«

Lukas schnaufte verächtlich. »Das hat er von Thomas Alva Edison geklaut.«

»Echt?« Manni wusste gar nicht, dass man auch Worte klauen konnte. Ihm fiel auf, dass Lindenberg sich stets so stellte, dass die Kamera nur die Spielwarenabteilung im Bild hatte, nie die Damenunterwäsche in Übergröße. Das war Manni auch ganz recht so, denn ins Fernsehen wollte er nun wirklich nicht. Dafür gab es gewisse Gründe, die in seiner bewegten Vergangenheit lagen.

Langsam ging Lindenberg auf den Kassenbereich zu. Hier und da schüttelte er die Hand einer Mitarbeiterin, erwähnte die neusten Wirtschaftszahlen des Landes und natürlich seine hervorragenden internationalen politischen Kontakte. Gefolgt von vielen Blicken, ja, eine Kundin verlangte sogar ein Autogramm, erreichte Lindenberg den Kassenbereich. Jovial stellte er sich neben die überraschte Clara, die wegen der Kundenschlange nicht hatte fliehen können. »Und dies ist unsere Frau Hansen.«

Der Kameramann hielt auf die beiden.

»Sie ist seit sechs Jahren bei uns. Mein Schwiegervater sagte mir, dass ohne Mitarbeiterinnen wie sie das Kaufhaus Kohlstedt nur halb so erfolgreich wäre. Es ist Zeit, dass Unternehmer den Wert ihres Personals nicht nur mit warmen Worten, sondern auch mit Taten würdigen.« Er reichte ihr seine Hand, die sie ganz automatisch nahm. »Ich freue mich, Ihnen und Ihren Kolleginnen im Namen der Geschäftsleitung und meines Schwiegervaters mitteilen zu dürfen, dass Sie eine besondere Gratifikation in diesem Jahr erhalten werden.«

Die Umstehenden begannen zu klatschen. Nur Clara Hansen musterte den Politiker argwöhnisch. Da ging Lindenberg auf sie zu und umarmte sie herzlich.

»Das war's«, sagte Lukas und erhob sich aus der Deckung. »Ich bin raus.« Er knüllte seinen Spickzettel zusammen und warf ihn Manni vor die Füße. »Wir vergessen die Sache, Herr Semmler.«

Autsch, dachte Manni. Jetzt war er wieder *Herr Semmler* für den Kleinen.

»Danke, dass Sie mir helfen wollten, aber es ist nur eine verrückte Idee gewesen. Übrigens, genauso verrückt wie die Sache mit Lenas Akte. Vergessen wir einfach beides.« Ohne ein weiteres Wort marschierte Lukas zur Rolltreppe hinüber. Kurz darauf war sein Kopf verschwunden.

Ja, die Sache war tatsächlich schwieriger, als Manni anfangs gedacht hatte. Und dennoch war ihm etwas an Clara Hansens überraschtem Blick aufgefallen, als Lindenberg sie umarmt hatte. Etwas, das nur ein Profi bemerken konnte. Und Manni war ein Profi.

Lächelnd kam er hinter dem Wäscheständer hervor und hielt

direkt auf eine der Verkäuferinnen zu, die ein wenig abseits ein Regal mit Spielekonsolen hatte füllen wollen, als das Spektakel losging. Auf dem Schild an ihrem Revers las er den Namen »Stine Beimer«.

Kapitel 30

Seit der Sache im Kaufhaus Kohlstedt war Lukas bockig wie ein Esel. Nein, er würde Manni nicht helfen, an die Akte zu kommen. Und, nein, er bräuchte auch keine Hilfe mehr in der Angelegenheit Clara Hansen. Das hätte er sich abgeschminkt. Seither ging Lukas nicht mehr ans Telefon.

Aus diesem Grund hatte Manni sich zu einem Alleingang entschlossen. Er war so oder so eher der Einzelgänger. Wenn man sich auf andere verließ, so wusste er, dann war man verlassen. Selbst ist der Mann.

Es waren gerade die vielen Erfahrungen, die er in seinem wilden Leben schon gemacht hatte, die ihm in dieser Nacht enorm helfen würden. Da war Manni sicher. Wichtig war nur, dass er keine Fingerabdrücke hinterließ. Dafür trug er, in Ermangelung professionellen Equipments, die pinken Gummihandschuhe aus Kurtis Schrottplatzbaracke, die er unter der Spüle gefunden hatte.

Soeben hatte er mit dem Glasschneider eines der Kellerfenster von St. Emmaus eingeritzt und das Glas mit einem Pümpel herausgeholt, den er ebenfalls unter der Spüle gefunden hatte. Dann hatte er das Fenster von innen geöffnet und war hineingeklettert. Da es tief genug war, blieb ihm eine ähnlich peinliche Erfahrung wie kürzlich beim Schuppen erspart. Das Fenster lag im unteren Teil des Treppenhauses, so dass Manni sich auch nicht mit verschlossenen Kellertüren abquälen musste.

Zufrieden grinste er, als er leise die Treppe ins Erdgeschoss hochschlich. Es hatte sich damals gelohnt, bei seinem ersten Besuch im Kinderheim aufmerksam die Lokalität zu prüfen.

Kaum hatte Manni das dunkle Foyer erreicht, als er einen intensiven Lebkuchengeruch bemerkte, der zuvor nicht da gewesen war. Der Lichtkegel seiner Taschenlampe huschte über Tannengirlanden und Strohsterne, vorbei an der üppig für das Weihnachtsfest geschmückten Aulatür – schnell drängte er das Bild der verkorksten Probe aus seinem Kopf –, als das Licht an einem überdimensionalen Pfefferkuchenhaus gegenüber dem Hauseingang hängenblieb. Das Ding hatte bei seinem letzten Besuch definitiv noch nicht hier gestanden. Neugierig trat Manni näher. Ein Stall mitsamt Krippe, Jesuskind, Heiligen und allem Pipapo stand auf einem Tisch. So etwas hatte es auch in seinem alten Kinderheim gegeben. Nur viel kleiner.

Manni lauschte. Als er kein verdächtiges Geräusch im Haus hörte, brach er eine Ecke des Stalldaches ab, auf der mindestens fünf Smarties in einem dicken Zuckergussbett klebten und schob sie in seinen Mund. Genüsslich kaute er, während er sich nun dem dunklen Gang zuwandte, in dem das Büro der Heimleiterin lag. Dort würde er Lenas Akte finden und die eine Antwort auf seine Frage bekommen: Wie hieß Lenas wahre Mama?

Dann aber passierte etwas, womit er nicht gerechnet hatte. Als er den nächsten Schritt machte, gingen sämtliche Wandlampen im Gang an. Wie angewurzelt blieb Manni stehen.

»Okay, Sie haben mich erwischt!«, rief er über die Schulter und hob die pink behandschuhten Hände. Er wartete auf die erboste Stimme Henriette Jonas'. Doch die kam nicht. »Sie brauchen nicht zu schießen. Ich bin's, der Manni.« Er horchte, aber noch immer sagte niemand etwas. Vielleicht waren es die vier Bengel, die ihn erwischt hatten. Sogleich ging es ihm besser. Vorsichtig drehte er sich um. Überrascht stellte er fest, dass außer ihm niemand im Treppenhaus war.

Schnaufend nahm er die Hände wieder herunter. »Och nö, diese Bewegungsmelder«, schimpfte er leise. Obwohl ihn das im ersten Moment beruhigte, war die Sache bei näherem Überlegen doch nicht so gut, denn jetzt stand er mitten in der Nacht im gleißenden Flurlicht, direkt vor einer Reihe Fenster. Jeder konnte ihn nun von der Straße oder dem Hof aus sehen. Ein kurzer Blick sagte ihm, dass es im Gang keinen Schalter gab, um die verdammten Lampen wieder auszuschalten.

»Mist!« Schnell lief er zu der Tür, hinter der das Büro der Heimleitung lag. Natürlich war es abgeschlossen, doch Manni war vorbereitet. Allerdings nicht darauf, dass er das Schloss in Windeseile öffnen musste. Er hatte heimlich an Kurtis Bürotür auf dem Schrottplatz geübt und brauchte mittlerweile keine zehn Minuten für das Knacken eines einfachen Zylinderschlosses. Das war für einen Anfänger gar nicht so übel. Hier aber war jede Sekunde im erleuchteten Flur eine zu viel. Prompt fiel ihm das Lockpick-Set aus den Fingern, das er sich von Kalle geliehen hatte. Die einzelnen dünnen Haken verteilten sich zu seinen Füßen. Manni unterdrückte einen lauten Fluch.

Mit spitzen Gummifingern sammelte er Stift für Stift wieder ein. Das alles kostete Zeit, und Manni merkte, wie er immer nervöser wurde.

Als alle wieder in dem Kunstlederetui waren, musterte er das Zylinderschloss in der Tür eingehender. Es war glücklicherweise keines der hochwertigen Sorte, und er entschied sich für das Harken. Sollte das nicht beim ersten Versuch funktionieren, würde er eine Kombination aus Harken und Raken versuchen. Jetzt aber setzte er den Spanner an. Dann schob er den dünnen Hook-Pick, so weit es ging, in das Schloss und zog es Stück für Stück wieder nach vorne. Er fühlte, wie die Stifte im Schloss in ihre Position fielen. Vorsichtig drehte er die Picks.

Ein zufriedenes Lächeln huschte über sein Gesicht, als er die

Tür öffnete. Im Büro roch es nach Henriette Jonas. Fast schon erwartete er, dass sie hinter dem Schreibtisch sitzen würde. Doch ihr Stuhl war leer.

Schnell schloss er die Tür hinter sich und knipste die Taschenlampe an. Er erinnerte sich, dass es in dem Raum zwei Bücherregale gab und eine riesige Pinnwand mit Fotos und Briefen daran. Das alles aber interessierte ihn nicht. Ihn interessierte nur die Akte von Lena Perlinger.

Er warf dem Computer, der unter dem Fenster auf einem Extratisch stand, einen bösen Blick zu. Hoffentlich waren die Unterlagen nicht in der grauen Kiste. Mit diesen Dingern kannte er sich absolut nicht aus. Er wusste, dass sich die Zeiten geändert hatten und die altehrwürdigen Aktenschränke mit den metallenen Auszügen nur noch in antiken Detektivfilmen zu sehen waren, die das Fernsehen schon lange nicht mehr brachte. Nein, Aktenschränke waren out. Stattdessen gab es heute diese Elektrohirne. Jeder konnte heutzutage mit so einem Dingenskirchen umgehen, nur Manni eben nicht. Er wusste nicht einmal, wo man die Kiste anmachte.

In der vagen Hoffnung, doch noch einen Hinweis auf Lena außerhalb des Computers finden zu können, ging Manni zum Schreibtisch, auf den er kürzlich noch seine Stiefel gelegt hatte. Eine nach der anderen Schublade zog er auf und durchsuchte sie. In der obersten fand er Schreiber, Radiergummis, Anspitzer, Lineale und verschiedene Vordrucke. In der nächsten waren ein Kamm, zwei Lippenstifte und ein Spiegel sowie ein Glasfläschchen Parfüm mit einer 5 darauf. Als er jedoch die unterste Lade öffnete, fiel ihm ein zugeklebter Umschlag in die Hand, der schon älter zu sein schien. Die Ecken waren geknickt, und das Papier war schon ein wenig angelaufen. Der Umschlag musste schon älter sein.

Manni befühlte den Inhalt. Viel schien in dem Umschlag nicht zu sein, irgendetwas aus Pappe und ein Schlüssel. Manni riss das Kuvert auf und holte ein altes Papier heraus. Er stöhnte auf, als ihm klar wurde, was er gefunden hatte. Es waren die Papiere des Motorrades, wegen dem er eigentlich hier war.

»Nimm es«, flüsterte eine Stimme in seinem Inneren. Er wusste, er könnte jetzt einfach hinausgehen, seine Thunderbird starten und abhauen.

Doch da rief eine andere Stimme: »Denke an dein Versprechen, Manni. Darum bist du doch hier.«

Mit der Hand ging er durch seinen Bart. Sollte er? Oder sollte er nicht?

»Los Manni! Sei nicht dumm! So eine Gelegenheit kommt niemals wieder.«

Manni sah die Kleine vor sich, wie sie ihn angesehen hatte, als er ihr sein Bikerehrenwort gegeben hatte.

»Ja«, meinte die Stimme, »nur wirst du dieses dumme Versprechen niemals halten können.« Die Jonas hat recht: Wenn die Mutter ihre Tochter hätte zurückhaben wollen, hätte sie sich längst gemeldet. »Außerdem«, lockte die Stimme weiter, »ist das Wetter in Kalifornien viel besser als hier.«

Hin- und hergerissen schaute Manni auf den Umschlag.

Bevor er sich aber entscheiden konnte, wurde die Bürotür aufgestoßen. »Was machen Sie hier?«

Manni riss den Kopf hoch. Ein Schatten stand im Licht der Tür. Das Gefühl, erwischt zu werden, hatte er noch nie gemocht.

Schlabberpulli-Lukas knipste das Licht an und starrte auf den Umschlag in Mannis Händen. »Sie wollen das Motorrad klauen?« Es klang enttäuscht. »Herr Krawutke hatte also recht.«

Manni ließ den Umschlag in die Schublade zurückfallen und knallte sie zu. »Nein, hat der Laubbesenschubser überhaupt nicht! Ich bin nämlich wegen der anderen Sache hier. Die Sache, bei der du mir nicht helfen willst.«

Lukas trat ein. »Das hatten wir bereits besprochen. Beides waren Schnapsideen.« Er ging zum Telefon und nahm den Hörer von der Gabel. »Vielleicht reden Sie besser mit Frau Jonas.«

Ohne recht zu überlegen, sprang Manni vor. Lukas fuhr zusammen, als Manni seine Hand auf die Gabel knallen ließ. »Hör zu, Kleiner. Diese Sache geht die Frau nix an.« Er nahm Lukas den Hörer aus der Hand und legte ihn zurück, denn er war sich sicher, dass Henriette Jonas ihn von seinem Vorhaben abbringen wollen würde. Wahrscheinlich sogar mit Hilfe der Polizei. »Sieh mal, Kleiner, ich will doch nur mein Versprechen halten.«

Lukas schob Mannis Hand von der Gabel fort und nahm Manni den Hörer wieder aus der Hand. Sein Finger fuhr zur Wählscheibe.

»Das mit deiner Clara …«, unternahm Manni einen Versuch, ihn zu beruhigen.

»Sie ist nicht meine Clara«, unterbrach Lukas ihn. Aus dem Hörer kam jetzt ein Freizeichen.

Manni begann zu schwitzen. »Das mit ihr ist noch nicht zu Ende. Du darfst nicht so schnell aufgeben. Frauen wollen, dass man um sie kämpft.«

Tuuut-tuuut.

»Ich prügle mich aber nicht. Das überlasse ich Leuten wie Ihnen.«

Tuuut-Tuuut.

»Keiner sagt, dass du dich mit diesem Lindenbaum prügeln sollst. Es reicht, wenn er glaubt, dass du es tun würdest.« Tuuut. »Es geht um Selbstvertrauen. Es reicht völlig, wenn du weißt, wie es geht, seinen Gegner auszuknocken. Das gibt Aura.« Er versuchte, Lukas den Hörer aus der Hand zu nehmen, doch der drehte sich einfach von ihm fort.

»Ich werde mich nicht mit Ihnen oder mit sonst wem schlagen.«

»Du!«, rief Manni genervt. »Wir sind per du. Und es heißt nicht schlagen, sondern prügeln. Von welcher Schweizer Mädchenschule für Krösuskinder bist du eigentlich?«

Eigentlich hatte Manni nur seinem Ärger Luft machen wollen. Doch Lukas' überraschter Blick sagte ihm, dass er offenbar unbeabsichtigt ins Schwarze getroffen hatte. »Echt? Du warst auf einer dieser piekfeinen Reichenanstalten?« Manni musterte den jungen Mann mitleidig. »Na, das erklärt einiges.«

»Ich denke, ich bin nicht der typische Vertreter meiner Kaste.«

»Soll heißen?« Manni wurde neugierig.

Bevor Lukas antworten konnte, hörten sie eine verschlafene Frauenstimme im Telefonhörer. Henriette Jonas. Die beiden Männer sahen sich an. Manni, weil er befürchtete, Lukas würde ihn verpfeifen. Lukas, weil … ja, warum zögerte er eigentlich? Die Sekunden vergingen, während die Stimme im Hörer immer ungeduldiger wurde. »Hallo? Wer ist denn da?«

Es war offensichtlich, wie sehr Lukas mit sich und seinem Pflichtgefühl kämpfte. Vorsichtig schüttelte Manni den Kopf. »Tu's nicht«, sagten seine Lippen lautlos.

Endlich legte Lukas den Hörer zurück auf die Gabel. Erleichtert stöhnte Manni auf. Dann schlug er dem Kleinen auf die Schulter, dass Lukas nach hinten stolperte. »Hast bei mir was gut. Und ich weiß auch schon was.«

Mit einem plötzlichen Ausfallschritt stellte er sich vor dem Erzieher auf, riss seine rechte Hand herunter, um sie sofort wieder schwungvoll hochschnellen zu lassen. Lukas schrie auf, als Mannis Faust sein Kinn berührte. Er drohte nach hinten zu kippen, doch Manni hielt ihn mit der anderen Hand am Pulli fest. Seine Faust hatte Lukas' Kinn kaum berührt. »Nicht so schnell, Kleiner.«

»Was sollte das denn?«, japste Lukas. »Du hättest mich verletzen können!«

Manni grinste. »Das war ein Uppercut. Anfänger nennen ihn auch Kinnhaken.« Er ließ Lukas' Pulli wieder los. »Das nächste Mal, wenn du einen Einbrecher überraschst, greifst du nicht zum Telefon, um Mutti anzurufen, sondern knockst ihn aus. Und ich zeige dir jetzt, wie das geht.«

»Hast du etwa geduscht?«, wollte Lukas plötzlich wissen und schnüffelte in Mannis Richtung.

»Was?«

Lukas' Nase kam noch näher. »Du riechst nach Seife.« Er grinste.

»Unsinn, tue ich nicht!«, widersprach Manni eilig. »Lenke nicht vom Thema ab. Ich versuche gerade, dir etwas Wichtiges beizubringen.« Er stellte sich in Position. »Beine auseinander, leicht in die Knie, damit du mehr Schwung hast. Faust bis zum Magen herunterziehen, nicht zu weit vom Gegner entfernst stehen, sonst ballerst du vorbei. Dann ...« Wie in Zeitlupe ging Mannis Faust ein weiteres Mal hoch. »... fixierst du den einen Punkt am Kinn ...« Seine Faust kam näher und näher. »Und Bäm! Genau da muss sie hin.« Er legte seine Faust an Lukas' Unterkiefer.

»Ein plötzlicher Druck auf den Sinus caroticus unter dem Kiefergelenk löst den Karotissinusreflex aus«, dozierte Lukas. »Dadurch kommt es ex abrupto zu einem Blutdruckabfall im Gehirn, was unter anderem zu Sauerstoffmangel führt.« Lukas schob Mannis Faust vor dem Gesicht zur Seite. »Die Folge sind Ohnmacht und Bewusstlosigkeit.«

Erstaunt trat Manni einen Schritt zurück. »Ach, nee.« Er legte den Kopf schief. »Du kennst dich mit Medizin aus?«

»Das geht Sie gar nichts an.«

»So, so, wir sind also wieder per Sie.« Manni wusste, er hatte den Kleinen mit seiner Frage härter getroffen, als ein Kinnhaken es je hätte tun können. Irgendwie hatte wohl jeder in seiner Vergangenheit ein paar Dinge, die er vergessen wollte. Vielleicht waren sie sich doch ähnlicher, als Manni bisher angenommen hatte.

Wohlwollend klopfte er Lukas auf die Schulter. »Okay, Auge um Auge, Zahn um Zahn«, sagte er, ohne recht zu wissen, was er damit meinte. »Ich kenne jetzt dein Geheimnis. Dann sollst du auch meins wissen.«

Lukas wollte widersprechen, doch Manni hob die Hand. Er ging um den Tisch und ließ sich auf den Stuhl der Heimleitung fallen. Dann legte er die Stiefel auf den Tisch. »Also, die Sache ist so …«, begann er, während er die Gummihandschuhe ausziehen wollte, in denen seine Hände schrecklich schwitzten. Er zog am Mittelfinger der rechten Hand. Das Gummi wurde länger und länger, aber der rosa Handschuh ließ sich nicht abziehen. »Du hast ein Date.«

Er versuchte es beim Zeigefinger, an dem er zog und zog, bis das Gummi zurückschnalzte. »Au!« Beim Daumen ging es nicht besser, außer dass da plötzlich ein Loch drinnen war. »Himmel noch mal! Wie bekommt man die Dinger wieder runter?«, rief er wütend und versuchte es an der anderen Hand, jedoch ohne Erfolg.

»Ein Date? Mit wem?« Lukas kam um den Tisch, um ihm zu helfen. »Ihre Hände sind viel zu groß.« Er rollte den Handschuh vom Handgelenk her ab.

»Sind halt Männerhände.«

»Mit wem habe ich ein Date?« Lukas warf die Handschuhe in den Papierkorb.

Manni rieb sich den jetzt nackten, aber schmerzenden Zeigefinger. »Morgen um acht, mit … deiner Flamme.«

Lukas starrte ihn sprachlos an, womit Manni überaus zufrieden war.

»Wie hast du das gemacht?« Lukas ließ sich auf den Besucherstuhl auf der anderen Seite des Schreibtisches fallen, sprang jedoch gleich wieder auf. »Ich dachte, sie ist nicht an mir ... Da ist doch der Lindenberg.«

»Frauen sind so eine Sache, Kleiner. Die tun das Eine und meinen etwas ganz Anderes. Das war schon immer so.« Hoffentlich fragte Lukas nicht, wie das Date zustande gekommen war. Das könnte verdammt peinlich werden. Manni erhob sich. Dann reichte er dem Erzieher seine Hand. »Sind wir wieder im Geschäft?«

Lukas verstand erst nicht. »Geschäft?«

Manni blickte zu dem grauen Kasten hinüber. »Na, da ist ja wohl die Akte von Lena drin versteckt, nehme ich an.« Er warf dem schwarzen Computerbildschirm einen feindseligen Blick zu, der Götterdimensionen hatte, jedoch die Maschine nicht im Geringsten beeindruckte.

»Du willst, dass ich den Computer hacke?«

»Nee, du sollst da nur reingucken und mir sagen, wie Lenas Eltern heißen.«

»Sie ist ein ...«

»Findelkind, ich weiß. Aber irgendeinen Anhaltspunkt muss es doch geben. Die Kleine fiel doch nicht einfach vom Himmel.« Sein heimlicher Besuch im Büro heute Nacht war die einzige Idee, die Manni hatte, um der Mutter auf die Spur zu kommen. Wenn das nicht funktionierte, wusste er nicht weiter. Dann müsste er Lena gestehen, dass er sein Versprechen nicht halten konnte. Kurz dachte er an den Umschlag, den er eben gefunden hatte und der jetzt wieder in der Schublade lag. Vielleicht sollte er sich endlich auf den Weg machen. Amerika war weit weg. Bestimmt würde ihn dort niemand wegen eines alten Motorrades suchen.

»Das geht nicht, Manni. Der PC ist mit einem Passwort geschützt. Ich kenne es nicht.«

»Aber, du bist doch ein Nerd. Siehst jedenfalls so aus. Solche Leute können so ein Ding knacken. Also, mach!«

Kopfschüttelnd ging Lukas zum Schreibtisch und beugte sich über die Tastatur. Dann hielt er inne. »Zwanzig Uhr? Morgen? Mit Clara Hansen?«

»Ja.«

»Und sie kommt wirklich? Das ist kein mieser Trick, bei dem nachher alle lachen und nur ich der Doofe bin?«

»Nee. Da lacht keiner, versprochen. Und nun mach den Fernseher an und hol die Akte raus.« Manni wurde zusehends unruhiger. Irgendwie dauerte sein Bruch viel zu lange.

Lukas drehte sich um. »Okay.« Er griff nach einer Mappe, die direkt vor ihm auf dem Tisch gelegen hatte. »Das ist der Jahresbericht für den Stiftungsvorstand.«

Manni sah den Pappdeckel mit dem Wort *Jahresbericht* darauf an. Den hatte er vorhin gar nicht bemerkt.

»Da steht drin, was im vergangenen Jahr alles vorfiel, welche Kinder sich wie gemacht haben und welche Kinder neu ins Heim gekommen sind und warum. Die wichtigsten Informationen über Lena findest du hier. Mehr ist nicht nötig.«

In diesem Moment zogen die Lichter von zwei Autoscheinwerfern über die Wände des Büros. Manni duckte sich. »Runter!«, zischte er.

Lukas beugte sich zu ihm. »Du solltest dich jetzt besser zurückziehen.«

Manni sah zu ihm hoch. »Du nicht?«

Lukas schüttelte den Kopf. »Ich wohne oben, unterm Dach.«

»Du Ärmster«, raunte Manni noch und huschte hinaus.

»Morgen um acht!«, rief Lukas ihm noch nach.

»Ja.«

»Und wo?«

»Automuseum.« Dann eilte Manni, so schnell es ging, die Treppe in den Keller hinunter, als oben die Haustür aufgeschlossen wurde.

Kapitel 31

Henriette schaute aus dem Fenster ihres Büros, das sie seit über zwanzig Jahren jeden Morgen betrat und nach einem erfüllten Tag wieder verließ. Dieser Ort war über die Jahre mehr zu ihrem Zuhause geworden als die kleine Zweizimmerwohnung am Stadtrand.

Sie fragte sich, wie lange sie wohl noch Leiterin von St. Emmaus sein würde. Der Gedanke, nicht mehr hierherkommen zu dürfen, war ihr unerträglich. Doch nach dem Einbruch von letzter Nacht sah es nicht gut für sie aus. Zwar hatten die Einbrecher nichts gestohlen, aber der eigentümliche Anruf mitten in der Nacht schien ihr etwas zu bedeuten. Sie hatte den Beamten davon erzählt. Jetzt prüfte man, woher der Anruf gekommen sein mochte. Bisher hatte man nur ein Paar rosafarbene Gummihandschuhe in ihrem Büro gefunden, die zuvor nicht dort gewesen waren.

Nachdem die Beamten gegangen waren, wusste Henriette, dass die Angelegenheit ein Nachspiel haben und sie diejenige sein würde, die dafür bezahlt.

Unten vor dem Tor hielt in diesem Moment Lukas' Wagen. Zu Henriettes Überraschung stieg aus der Beifahrertür des klapprigen 2CV Manni Semmler. Offenbar hatten er und Lukas gemeinsam Lena aus dem Krankenhaus abgeholt. Erst wollte Henriette sich darüber ärgern, dass Lukas eigenmächtig diesen Rocker mitgenommen hatte, dann aber sah sie, wie Manni formvollendet und mit einer tiefen Verbeugung Lena aussteigen ließ. Die Kleine lächelte.

Zudem konnte sie Lukas auch nicht böse sein, denn er hatte nur getan, was sie ihm auftrug: den Aushilfsweihnachtsmann zurückzuholen. Ob Manni Semmler allerdings bereit war, aufzutreten, stand auf einem anderen Blatt.

Henriette fragte sich auch, ob diese Weihnachtsfeier noch unter ihrer Leitung stattfinden würde, denn neben ihr stand der Vorsitzende der Kohlstedt-Stiftung, Phillip Lindenberg. Gerade als sie Lena hatte abholen wollen, kam er in ihr Büro und bat um ein klärendes Gespräch. Diese Bitte aber klang in ihren Ohren eher wie eine Forderung, selbst wenn der Mann seine Worte mit einem Lächeln formuliert hatte.

»Und Sie sind sicher, dass nichts gestohlen wurde, Frau Jonas? Kein Geld, keine Akten?«

»Soweit ich es bisher überblicken kann, fehlt nichts«, log sie. Ihr war aufgefallen, dass Lindenberg bereits zum dritten Mal diese Frage gestellt hatte. Den verschwundenen Stiftungsbericht, der heute eigentlich in die Post hatte gehen sollen, wollte Henriette vorerst nicht erwähnen. Vielleicht hatte sie ihn nur falsch abgelegt oder mit nach Hause genommen. Sie würde später noch einmal genauer nachsehen müssen.

Es schien ihr, als gerieten die Dinge in letzter Zeit immer mehr außer Kontrolle. Der Unfall, die ruinierte Probe, das verschwundene Kind und nun auch noch ein Einbruch!

»Hm, wenn nichts abhandengekommen ist und auch kein Vandalismus vorliegt«, meinte Lindenberg endlich, »dann war das Einschalten der Polizei wohl überflüssig.« Und wieder klangen seine weichen Worte wie ein Vorwurf.

Henriette überlegte. »Möchten Sie, dass ich die Anzeige zurückziehe?«

»Tun Sie das. Vielleicht waren es ein paar Ihrer Kinder. Dann könnten Sie die Angelegenheit hausintern klären. Das wäre für alle Beteiligten am besten.«

Henriette war klar, warum er ungehalten war. Der Einbruch, wie auch das Verschwinden von Lena, warfen ein schlechtes Licht auf die Stiftung und damit auch auf den Vorsitzenden. Sollte die Presse sich darauf stürzen, würde es seinem bisher sehr erfolgreichen Wahlkampf einen Dämpfer verpassen. Die Journalisten wie auch seine Gegner könnten fragen, ob er das ihm unterstellte Heim nicht im Griff habe. Negative PR aber würde Lindenberg sicherlich Wählerstimmen kosten.

»Wer ist eigentlich der Mann bei der Kleinen?«, fragte Lindenberg, der neben Henriette stand, unvermittelt.

»Herr Semmler. Er soll beim Fest unseren Weihnachtsmann geben, weil Hausmeister Krawutke sich das Bein gebrochen hat und dieses Jahr nicht auftreten kann.« Dass sie sich alles andere als sicher war, dass der Rocker noch einmal in den Mottenpelz steigen würde, verschwieg sie. Sie hatte schon Ärger genug.

»Er kommt mir bekannt vor«, murmelte Lindenberg, dessen manikürte Hände auf dem Rücken lagen, wie man es bei strengen Lehrern in alten Filmen immer sah.

Henriette lächelte. »Das kann ich mir kaum vorstellen. Sein Umfeld und das Ihre dürften kaum irgendwelche Überschneidungen …«

Lindenberg ging zum Schreibtisch zurück und setzte sich lässig auf die Kante. Er atmete tief ein, als laste eine schwere Bürde auf seinen Schultern.

Jetzt ist es so weit, schoss es Henriette durch den Kopf. Jetzt wird er mich entlassen. »Lenas Verschwinden …«, kam sie ihm zuvor. »Es war meine Schuld, und ich übernehme dafür die Verantwortung.«

»Sicherlich verstehen Sie, Frau Jonas, dass der Stiftungsrat Erklärungen wünscht.«

Sie nickte. »Natürlich.«

»Warum ist diese Lena Perlinger eigentlich wieder hier? Und wie konnte es sein, dass sie weglief, ohne dass Sie es bemerkt haben?«

Gerne hätte Henriette ihn gefragt, warum Lenas Verschwinden so ungemein wichtig für ihn war. Niemals war Lindenberg wegen solch einer Angelegenheit persönlich in ihrem Büro aufgetaucht. Und schon gar nicht hatte er sich den Namen eines Kindes gemerkt.

»Nun, sie ist nicht weggelaufen. Sie war ja noch auf unserem Gelände. Im Schuppen. Herr Semmler fand sie dort.« Wobei Henriette ahnte, warum der Rocker sich in der Nacht dort herumgetrieben hatte. Dieses Hühnchen aber würde sie später mit ihm rupfen.

Lindenberg betrachtete seine Hände. »Ich dachte, man hätte damals das Kind adoptiert.«

Eilig nahm Henriette den letzten Schluck Kaffee aus ihrer Tasse, die auf dem Tisch stand. Er war kalt. Lindenberg hatte seinen Kaffee und auch die Kekse auf dem Teller daneben nicht angerührt.

»Wie ich Ihnen ja bereits am Telefon gesagt habe, die Pflegefamilie ist in eine schwere Krise geraten. Herr Perlinger schafft es nicht mehr, die eigenen Kinder und Lena sowie seine kranke Frau zu versorgen.«

»Dafür gibt es Kindergärten, Krankenhäuser und auch das Jugendamt.«

»Er verlor letzten Monat seine Arbeit.«

Lindenberg schüttelte verständnislos den Kopf. »Himmel, dann soll er sich eine neue Arbeit besorgen! Buchhalter ist nun wirklich kein exotischer Job.« Er erhob sich und warf seinen Mantel über. »Was sagt Lenas Vormund vom Jugendamt? Gibt es Kandidaten für eine Adoption?«

»Nein, derzeit haben wir keine Kandidaten. Es ist ja auch Weihnachten.«

Lindenberg zog seine Lederhandschuhe aus der Manteltasche. Dann kam er auf Henriette zu. »Ich erwarte von Ihnen, Frau Jonas, dass Sie für die Kleine bis Ende des Jahres eine endgültige Lösung gefunden haben.«

Henriette schaute ihn fragend an. »Was meinen Sie damit?«

»Besorgen Sie eine neue Familie für Lena. Sie wissen selber, je älter die Kinder werden, umso unwahrscheinlicher wird eine Adoption. Außerdem kann es für die Kleine nicht gut sein, hier im Heim zu leben.«

»Darf ich wissen, Herr Lindenberg, ob Ihr Interesse an Lena mit Ihrem Wahlkampf zu tun hat? Versuchen Sie etwa, mit einer erfolgreichen Adoption der Kleinen Pluspunkte zu sammeln?« Die Frage war ihr einfach so herausgerutscht. Er lächelte süßlich, sagte aber kein Wort. Wäre der Mann nicht ihr Vorgesetzter gewesen, dann hätte sie ihn im hohen Bogen aus ihrem Büro geworfen. So aber sagte sie nur: »Verstehe.«

Lindenberg reichte ihr die Hand. »Vielleicht sollte ich Sie noch informieren, Frau Jonas, dass mir über unser Heim in Wysoka bei Prag mitgeteilt wurde, dass es eine deutsche Diplomatenfamilie gibt, die ein Adoptionsinteresse an einem Mädchen in Lenas Alter geäußert hat. Die Familie ist mir persönlich bekannt, und ich kann sie nur empfehlen.«

»Prag?«

Er öffnete die Tür zum Flur. »Ja. Sie wissen doch, dass die Kohlstedt-Stiftung mittlerweile Träger von acht Kinderheimen in Deutschland und Tschechien ist. Wir sollten unsere Ressourcen bündeln und über den Tellerrand hinausschauen.«

»Sie meinen, wir vermitteln die Kinder auch ins Ausland? Ist das denn überhaupt erlaubt? Lena spricht doch gar kein Tschechisch.«

Er setzte seinen Hut auf. »Sie ist intelligent. Sie wird es lernen.« Lindenberg trat in den Flur hinaus. »Wenn Sie nicht bald eine Lösung finden, werde ich es tun. Guten Tag.«

Sprachlos sah Henriette ihm nach.

Kapitel 32

Zurück in ihrem Zimmer im Kinderheim setzte Lena Püppi auf den Schreibtisch, der mit all den Zeichnungen und Geschenken übersät war, die ihr die anderen Kinder eben im Hof überreicht hatten. Ein großes Mädchen mit einer Brille auf der Nase hatte ihr sogar Kekse gebacken. Lena nahm einen aus der Pergamenttüte und schob ihn in den Mund. Pina, ein anderes Mädchen mit großen Kulleraugen, hatte sie umarmt und gefragt, ob sie vielleicht noch eine Freundin bräuchte.

Lena fühlte sich heute ganz anders als noch vor ein paar Tagen. So nett wie eben war schon lange keiner mehr zu ihr gewesen. Da fiel ihr Blick auf einen Schoko-Adventskalender auf der Fensterbank, der bisher nicht dort gewesen war. Auf dem Bild flog der Weihnachtsmann in seinem Schlitten über eine verschneite Stadt. Die Sterne über seinem Kopf glitzerten. Noch waren alle Türchen zu.

Lena trat vor den Kalender und suchte das erste Türchen mit der Eins. Sie fummelte es auf und schob den kleinen Schoko-Engel in den Mund. Dann suchte sie die zweite Tür. Dabei freute sie sich, denn heute war kurz vor Weihnachten, was bedeutete, sie durfte noch viele weitere Türen öffnen.

Plötzlich wurde ihre Zimmertür aufgestoßen. »Ey, Gnom!«, brüllte Kevin und stürmte herein. »Das ist ab sofort mein Weihnachtskalender, verstanden!« Ihm folgten Olli, Oskar und Mats. Die Jungen bauten sich grinsend vor Lena auf.

»Nein«, piepste sie. »Das ist mein Weihnachtskalender! Den habe ich vom Weihnachtsmann bekommen!« Sie flüchtete vor Schreck auf ihr Bett.

Die Jungen lachten. »Das glaubst du ja selber nicht.«

Plötzlich ließ eine tiefe Stimme die vier Jungen zusammenzucken.

»Wenn meine kleine Freundin sagt, dass es ihr Kalender ist, dann ist es ihr Kalender!« Manni trat hinter der offenen Tür vor, wo er gerade Lenas Tasche in den Schrank gestellt hatte. Langsam schloss er die Zimmertür. Die Jungen wurden blass.

»Das dürfen Sie nicht«, rief Kevin. »Das sag ich Frau Jonas!«

Manni kam langsam näher. Seine Augen sprühten Funken. »Was sagst du, kleiner Wicht?«

»Dass … dass Sie uns bedrohen.«

Manni grinste in sich hinein. Mut hatte dieser Kevin ja, aber leider für die falsche Sache. Einer seiner Kumpel sammelte bereits Tränen in den Augen. So viel zum Thema Coolsein, dachte Manni bei sich.

»Bedrohen?«, wiederholte er und kam noch einen Schritt näher. »Ja, du hast recht, Zwergnase«, er schnipste jedem der Krakeeler kurz auf die Nasenspitze. Die Jungs stolperten ängstlich zurück. »Genau das ist es, was ich gerade tue. Ich warne euch.«

Kevin, Olli, Oskar und Mats drängten sich mit dem Rücken an Lenas Schreibtisch, während die Kleine mit den Stiefeln auf ihrem Bett stand und alles genau beobachtete.

»Dieses Mal drohe ich nur. Nächstes Mal wird es ernst, ihr kleinen Hosenscheißer! Solltet ihr meiner Freundin noch einmal zu nahe kommen, dann reden wir mal wie Männer. Und glaubt mir, das wird euch nicht gefallen. Und die Sache mit den Fluppen behalte ich dann auch nicht mehr für mich. Verstanden?« Manni warf jedem einen großzügigen Götterblick entgegen. Als er sicher war, dass die Burschen es begriffen hatten, ging er zur Tür und wollte sie gerade öffnen. Da rief Lena: »Und Püppi dürft ihr auch nichts mehr tun.« Energisch warf sie das dritte Stück Schokolade aus ihrem Kalender in den Mund.

»So ist es«, ergänzte Manni. »Püppi ist tabu, klar?« Kaum hatte er die Zimmertür geöffnet, waren die vier Brüllaffen auch schon hinausgerannt. Er grinste und schloss die Tür. »Na, geht doch.«

»Ich glaube, Püppi ist ganz dolle müde«, meinte Lena und begann zu gähnen. Sie rieb ihre Fäuste gegen die Augen.

»Du auch?«, wollte Manni vorsichtig wissen. Er kannte sich mit Kindern nicht aus. Erleichtert sah er Lena nicken.

Hah, dachte er zufrieden, das habe ich also richtig gedeutet.

Lena ließ sich auf ihr Bett fallen.

»Wie? Jetzt? Also, sofort?« Mannis Blick ging zur Tür. »Ähm, willst du nicht warten, bis Lukas kommt oder sonst jemand?«

Sie drehte sich auf die Seite, zog die Beine an und legte die Hände unter den Kopf. Manni überlegte, ob man Kinder nicht für das Schlafen umziehen müsse. Bei ihm war das früher jedenfalls so gewesen. Aber er wusste nicht, wie man das bei kleinen Mädchen machte. Zumindest die Schuhe sollte man ausziehen, hatte er gelernt. Also zog er der Kleinen die Stiefel von den Füßen und stellte diese ordentlich vor das Bett. Und weil Lena auf ihrer Bettdecke lag, zog Manni seine Lederjacke aus und legte sie dem Kind über. »Damit du nicht frierst«, erklärte er.

Sie rollte sich darunter zusammen wie ein kleines Kätzchen. »Erzählst du mir eine Geschichte, Weihnachtsmann?«, hörte er sie murmeln.

Manni ging mit der Hand durch seinen Bart. »Ähm, ich kenne irgendwie keine, glaube ich.«

»Nur eine! Bitte.«

So etwas hatte Manni noch nie gemacht. Und er fand es für einen Mann seiner Art auch irgendwie unpassend.

»Erzähl mir von Renate«, murmelte Lena. »Und vom Himmel. Und von meiner Mama.«

Manni schluckte. »Also, das mit Renate kriege ich hin. Aber deine Mama, die kenne ich doch noch gar nicht.«

Lena drehte sich unter der großen Jacke zu ihm um und schaute ihn aus großen blauen Augen an. Kurz ging es Manni durch den Kopf, dass er noch nie jemanden mit roten Zöpfen und blauen Augen gesehen hatte. »Aber ich habe dir doch das Bild gegeben.«

»Oh, ja, klar. Warte, ich hab's hier irgendwo.« Manni suchte Lenas zusammengeklebte Zeichnung in seinen Hosentaschen. Doch da war nichts. Mist.

»Hast du mein Bild verloren?«

Schon glaubte er, dass sich Tränen in ihren Augen sammelten. »Nein, natürlich nicht.« Jetzt suchte er in den Taschen seiner Jacke.

Da! Gott sei Dank. »Hier ist es.« Erleichtert faltete er die Zeichnung auseinander. Dann setzte er sich auf die Bettkante und schaute das Bild zum ersten Mal genau an. In der Mitte standen zwei einfache Figuren mit dünnen Armen und Beinen. Die eine war größer als die andere, und beide hielten sich an den Händen fest. »Deine Mama hat rote Haare, so wie du, ja?«

Lena kuschelte sich an Manni. »Ja. Und Zöpfe, wie ich. Und sie ist der liebste Mensch der Welt.«

Manni fragte sich, wie Lena da so sicher sein konnte, immerhin hatte die Frau ihr Kind ausgesetzt.

»Hast du meine Mama gesehen?« Lena hatte ihre Augen wieder geschlossen. Sie sprach so leise, dass Manni sie kaum verstehen konnte.

»Wo?«

»Im Himmel.«

Er dachte an seinen Trip mit den Mädels über den Nachthimmel mit all den Millionen Sternen und dieser unsäglich wunderbaren Stille.

»Nein«, sagte er leise und streichelte Lenas Rücken, weil er glaubte, sie könne darüber traurig sein. »Ich habe sie nicht gesehen.«

»Das ist gut. Dann ist Mama auch nicht tot.«

Manni holte tief Luft. »Worüber du dir so Gedanken machst, Kleine.« Er zog die Jacke ein wenig höher, damit Lena nicht frieren musste. Dann erzählte er von Renate und den Sternen, vom Himmel und vom Schnee.

Kapitel 33

Als er sicher war, dass die Kleine tief schlief, schlich Manni hinaus auf den Flur. Die Jacke über ihren Schultern hatte er gegen die Bettdecke eingetauscht, ohne dass Lena wach geworden war. Vorsichtig schloss er die Tür, um sich zu verkrümeln.

Als er sich aber umdrehte, fuhr ihm der Schreck in die Glieder. Direkt hinter ihm standen diese vier Sandkistenmachos, die er vorhin aus Lenas Zimmer gejagt hatte. »Was wollt ihr?«, rüffelte er sie an.

»Sie will Sie sehen.« Mehr sagte Kevin nicht. Dann liefen die Jungen weg.

»Wer will mich sehen?«, rief Manni ihnen nach.

»Frau Jonas. Im Schuppen!«, kam es aus dem Treppenhaus.

Manni überlegte, was das zu bedeuten hatte. Er erinnerte sich, dass die Frau auf der Probe gedroht hatte, seine schöne Thunderbird in den Fluss zu schmeißen, wenn er nicht parierte. Nun, er hatte nicht pariert. Und die Sache mit Lena war auch noch nicht aus der Welt. Ob Lukas das mit dem Einbruch gepetzt hatte? Das Zeug zum Komplizen schien er jedenfalls nicht zu haben. Der Junge war eindeutig zu ehrlich.

»Oje, oje«, murmelte Manni nur, als er sich auf den Weg in den Hof machte.

Unten, an der Haustür, begegnete ihm dieser Krawutke. Wie eine vierbeinige Spinne humpelte der Pedell auf Krücken zur

Aula hinüber. Aus einem Beutel um seinen Hals lugten einige Werkzeuge.

»Hey, Laubbesenschubser!«, rief Manni ihm zu.

»Was wollen Sie?« Krawutke blieb stehen.

»Wie lange arbeitest du schon hier?« Manni hängte die Daumen in die Schlaufen seiner Jeans.

»Warum? Was geht Sie das an?«

Himmel, dachte Manni, was ist das für ein störrischer Hund. Im ersten Moment wollte er dem Hausmeister seine Meinung sagen, doch er riss sich zusammen. Er brauchte Informationen, die unter Umständen nur diese graue Maus vor ihm hatte. Also setzte er einen etwas gemäßigteren Ton auf.

»Du bist doch bestimmt schon lange hier. So wie du aussiehst.«

Krawutkes Schultern spannten sich.

Himmel, dachte Manni, das mit dem Freundlichsein ist wirklich nicht einfach. »Da kennst du doch bestimmt alle Kinder. Vor allem auch die, die vor fünf Jahren hierherkamen.«

»Ich kenne sie alle. Jedes Einzelne. Und ich weiß, was aus ihnen wird, wenn sie erst einmal wieder raus sind.« Krawutke blickte Manni lauernd an. »Warum?«

»Also, die Kleine da oben«, Manni wies mit dem Finger gen Himmel, etwa dorthin, wo Lenas Zimmer lag, »die ist doch ein Findelkind. Warst du …«

»Sie!«, unterbrach ihn Krawutke. »Sagen Sie gefälligst Sie zu mir. Wir sind keine Freunde. Hat man Ihnen kein Benehmen beigebracht?«

Manni spürte, wie sich ein gehöriges Maß Wut in seinem Bauch bemerkbar machte. Langsam, brodelnder Lava nicht ganz unähnlich, schob sie sich seine Kehle hinauf. Der Ausbruch stand kurz bevor. Schon wurde Mannis Gesicht rot.

»Waren Sie dabei, als Lena gefunden wurde?«, presste Manni

hervor. Die Frage war kaum mehr als ein gequältes Flüstern. »Haben Sie gesehen, wer die Kleine vor die Tür gelegt hat?«

»Was hat Sie das zu interessieren?«

Jetzt reichte es! Manni schoss einen Schritt vor. Die Hände hatte er hochgerissen, um den Kerl am Schlafittchen zu packen. Da bohrte sich das Ende einer Krücke in Mannis Brust.

»Vorsicht. Überlegen Sie gut, was Sie tun.«

Wie ein Feuerwerk sprühten Götterfunken aus Mannis Augen. Doch schienen sie an diesem selbstherrlich grinsenden Hausmeister abzuperlen wie Wasser.

Schnaufend drehte Manni sich um. »Dann eben nicht, du Hausmeister.« In das letzte Wort legte er so viel Verachtung wie nur möglich. Manni riss gerade die Haustür auf, als er noch einmal Krawutkes Stimme hinter sich hörte: »Seien Sie vorsichtig, Herr Semmler. Frau Jonas können Sie vielleicht täuschen, aber mich nicht. Ich erkenne einen Kriminellen, wenn er vor mir steht.«

Wütend warf Manni die Tür hinter sich zu. Ein eisiger Wind pfiff. Die Kälte draußen tat ihm gut. Mit geschlossenen Augen blieb er auf der Stufe vor der Haustür stehen, bis sich sein Zorn auf ein erträgliches Maß gelegt hatte. Schon begann er zu frösteln.

Der Schuppen unter der Eiche war in der hereinbrechenden Dunkelheit fast nicht zu sehen. Nur ein vager Schatten, den der Winterabend in wenigen Minuten in tiefe Schwärze getränkt haben würde. Die Lichter der Straßenlaternen erreichten den Schatten kaum, genauso wie an dem Morgen, als er seinen ersten Versuch unternommen hatte, die Maschine zu klauen.

Dieses Mal aber war etwas anders. Im Oberlicht des Schuppens, das Manni in allzu schlechter Erinnerung hatte – er rieb sich sein Hinterteil und dachte an den peinlichen Moment, als Lena ihn erwischt hatte –, sah er ein Licht brennen. Es war eindeutig nicht die Neonlampe, die ihn bei seinem ersten Besuch in der Bretterbude geblendet hatte. Dieses Licht war warm und gelb, eher wie bei einer Kerze, nur dass es nicht flackerte. Manni schwante Unangenehmes.

Zögerlich ging er auf den Schuppen zu, während er sich fragte, ob die Frau ihre Drohung wahr gemacht haben könnte, seine Maschine im Fluss zu versenken. Vielleicht hatte sie auch nur einen Vorschlaghammer genommen und seinen Traum von der Route 66 in tausend Stücke gekloppt. Ihm wurde übel. Vorbereitet auf die Apokalypse, schloss er mit seinem irdischen Dasein ab, beerdigte die Reste seines Traums und öffnete die Tür zum Hades. Jeder Gang zum Zahnarzt war besser als das hier.

»Kommen Sie rein, Herr Semmler.« Henriette Jonas' Stimme war so fröhlich, dass Manni aufstöhnte. Auf der Werkbank stand eine alte Petroleumlampe. Das Tuch hatte sie von der Thunderbird heruntergezogen. Erleichtert stellte er fest, dass es seiner Maschine *noch* gut ging. Was, um Himmels willen, plante die Frau nur?

»Schließen Sie die Tür. Es zieht.«

Das wiederum widerstrebte Manni zutiefst. Alleine mit Henriette Jonas, einer einsamen Frau in den besten Jahren, hier im Schuppen?

»Oje, oje«, murmelte er leise.

Sie hatte Stühle herbeigeschafft, und auf der Werkbank standen zwei Becher mit dampfendem Glühwein.

»Oje, oje.« Schritt für Schritt trat er näher.

Sie setzte sich auf einen der beiden Stühle. »Kommen Sie, nehmen Sie Platz. Es wird Zeit, dass wir beide uns besser kennenlernen.«

Er wollte umdrehen, aber sie hielt ihn an der Jacke fest.

Dann zog sie ihn auf den Stuhl neben sich und reichte ihm einen der Trinkbecher. »Nehmen Sie einen Schluck. Das beruhigt.«

Widerstandslos nahm er den Becher aus ihrer Hand. Er beobachtete sie, wie sie ihm über den Rand der Tasse zulächelte, während sie pustete. Vorsichtig hob auch er den Becher an die Lippen. »Ist da irgendwas drin?«

»Sie meinen Rum? Nein, natürlich nicht.«

Das war es nicht, was er gemeint hatte. Er dachte eher K.o.-Tropfen oder Ähnliches. Der erste Schluck war göttlich! Fast hätte er »lecker« gesagt, konnte sich aber gerade noch zusammenreißen. Natürlich bemerkte sie, dass es ihm schmeckte, obwohl er sich nichts hatte anmerken lassen wollen.

»Selbstgemacht«, sagte sie nicht ohne Stolz.

Vorsichtig nahm er einen weiteren Schluck und dann noch einen.

»Wir beide hatten einen unglücklichen Start, würde ich sagen«, begann sie.

Schon wollte Manni wieder Oje sagen, aber er nahm dann doch lieber noch einen Schluck Glühwein. Der heiße Becher wärmte seine Hände.

»Ich weiß, dass Sie mehrmals versucht haben, das Ding da zu stehlen.« Sie nickte zu der Thunderbird hinüber, die mitten im Raum stand.

Hatte sie *Ding* gesagt? Das tat Manni weh.

Das Licht der Petroleumlampe spiegelte sich im Chrom des Auspuffrohrs. Jedenfalls an den Stellen, die noch nicht stumpf waren.

»Können Sie mir sagen, was Sie an dem alten Etwas finden?« Ratlos blickte sie zu dem betagten Motorrad. »Das Glas des Scheinwerfers ist kaputt, das Schutzblech vorne verbeult, Kratzer über Kratzer, und das Leder vom Sitz hat einen Riss von vorne bis nach hinten. Das Ding ist doch Schrott. Ich hatte es längst auf den Müll bringen wollen.«

Manni erschrak. Dann sah er die Thunderbird genauer an. Ja,

es stimmte, da waren hier und da einige Macken, Kratzer und Beulen. Aber Schrott? Niemals. Mit einem Putzlappen und Politur, ein oder zwei Ersatzteilen und etwas Liebe würde er sie aufhübschen. Ja, ihr die Schönheit von damals wiedergeben.

»Also, was ist daran so besonders?«

Manni überlegte lange. Die Frage war wichtig, das wusste er. Die Frage musste er so gut beantworten, dass die Frau neben ihm es auch verstand. Sie, die Unwissende.

»Das da«, er nickte zu der Maschine hinüber, »das bin ich. Und Sie sind das auch.« Die Worte schwebten über der Thunderbird und mischten sich mit dem würzigen Geruch des Glühweins.

Manni hatte von der Frau eigentlich Protest erwartet oder etwas Herablassendes wie ein Lachen, doch Henriette Jonas hörte aufmerksam zu und sagte kein Wort. Sie dachte offenbar über seine Worte nach, während sie an ihrem Becher nippte. Manni beschlich das Gefühl, dass er etwas verdammt Wichtiges gesagt hatte.

»Wir sind alle nicht mehr so frisch wie damals«, sinnierte sie irgendwann. Dabei griff sie unter ihren Stuhl und holte eine Thermoskanne hervor. Sie füllte die Becher nach. »Aber etwas von damals ist in uns geblieben. Selbst, wenn wir Beulen und Kratzer drinnen wie draußen haben.«

Manni nickte. Ja, so ungefähr hatte er es gemeint.

»Wo wollen Sie denn damit fahren?«

»Route 66«, hauchte er in den Dampf seines Getränks. »Mein großer Traum. Einmal von der Ost- zur Westküste rüber.«

»Verstehe, die eine große Fahrt.«

Manni bemerkte, dass ihr Blick ganz romantisch wurde. Kurz zog er in Erwägung, fluchtartig den Schuppen zu verlassen. Aber er verzichtete und nahm lieber noch einen Schluck.

»Ich habe auch einen Traum«, sagte Henriette in die Stille hinein. »Ich möchte meinen Kindern, so gut es geht, die Familie ersetzen. Sie sollen ein klein wenig Glück in ihrer sonst so unglücklichen Kindheit haben. Etwas, woran es sich lohnt, in späteren Jahren zurückzudenken.«

Manni dachte an seine Zeit im Heim. Er hatte es gehasst. In den letzten Tagen aber, da waren ihm wieder Dinge eingefallen, die damals vielleicht gar nicht so schlecht gewesen waren. Da war der Vanillepudding, den es einmal in der Woche gegeben hatte. Und sein erster Kuss von Marion, hinterm Waschhaus. Die selbstgeschnitzte Höhle im Gebüsch. Und das Fräulein Renner hatte ihn immer getröstet, wenn er nachts geweint hatte. Ja, es hatte auch in seiner Kindheit ein paar gute Momente gegeben. Er hatte sie nur fast vergessen.

Henriette stellte ihren Becher zur Seite und drehte sich zu Manni. »So schrecklich es klingt, aber die meisten Kinder hier müssen wir vor ihren eigenen Eltern schützen.«

Manni dachte an seinen Vater, der ihn wahrscheinlich irgendwann totgeprügelt hätte. Nie hatte er darüber nachgedacht, dass das Heim seine Rettung gewesen sein könnte. Immer hatte er den Ort als seinen Feind empfunden. »Ich war auch ein Heimkind«, nuschelte Manni leise. »Ich weiß, wie die Kinder sich fühlen, warum sie so sind, wie sie sind.« Er leerte seinen Becher. »Und ich weiß, dass jedes von ihnen irgendwann dankbar sein wird, dass es hier war. Nicht heute. Nicht morgen. Aber irgendwann. Dann werden sie sich an das Pfefferkuchenhaus im Treppenhaus erinnern und an die Weihnachtsfeier in der Aula. Vielleicht auch an den Weihnachtsmann und Sie, Frau Jonas.«

Sie lächelte. Plötzlich nahm sie seine Hand. Im ersten Moment wollte er sie fortziehen, doch dann ließ er es bleiben. Einfach so. Ihre Hand war weich und warm.

Eine kreischende Stimme in seinem Kopf brüllte, er solle verschwinden! Jetzt! Noch wäre es nicht zu spät.

Ihre Lippen auf seiner Wange waren noch weicher als ihre Hand. Und wieder war da dieser Geruch von Frühling.

»Danke, Manni«, hörte er sie durch das panische Kreischen in seinem Kopf sagen.

Als er wieder zu sich kam, hatte Henriette den Schuppen bereits verlassen. Durch das Fenster sah er sie zum Haus hinübergehen, in der Hand einen Einkaufskorb, aus dem eine Thermoskanne lugte. Die Becher auf der Werkbank waren fort. Es war tatsächlich passiert. Er hatte sich das eben nicht alles eingebildet.

Er stürmte aus dem Schuppen. »Darf ich die Maschine jetzt fahren?«, rief er ihr hinterher.

Sie drehte sich zu ihm. Im Schein der Lampe über dem Eingang konnte er sich lächeln sehen. »Nein, natürlich nicht. Erst wenn ich mit Ihnen als Weihnachtsmann zufrieden bin. Aber anschauen ist erlaubt.« Sie winkte ihm zu und schloss die Tür.

Anschauen? Manni blickte in seine Hand. Darin lag der Schlüssel für die Schuppentür.

Kapitel 34

Eine gewundene schmale Straße führte hinauf zur Lindenberg-Villa. Sie stand in allerbester Lage am Hang und bot jedem Besucher einen atemberaubenden Blick über die Lichter der Stadt. Eigentlich gehörte der langgezogene Bungalow mit seinen bodentiefen Fenstern, den modernen Skulpturen im Park und der breiten Auffahrt der Familie Kohlstedt. Seine Frau hatte das Haus mit in die Ehe gebracht. Darum hieß es seither auch Lindenberg-Villa, selbst wenn seine Gattin bei der Hochzeit nicht auf ihren Namen hatte verzichten wollen: Eva Kohlstedt-Lindenberg. Er hatte damals nicht nur diesen Kompromiss machen müssen. Doch alles in allem war die Ehe mit Eva ein gutes Geschäft gewesen. Anfänglich hatte man sich sogar geliebt.

Er parkte seinen BMW neben ihrem neuen Sportwagen, ein Geschenk von ihrem Vater, wie sie behauptete. Er war sich schon länger nicht mehr sicher, ob sie ihm gegenüber ehrlich war.

»Da bist du ja endlich. Warum hast du so lange im Auto gesessen und bist nicht hereingekommen? Wir haben es eilig «, begrüßte Eva ihn, als er noch nicht einmal die Haustür hinter sich geschlossen hatte. Sie kam ihm entgegengelaufen, während sie links einen diamantenen Ohrring festmachte, der zu dem Collier um ihren Hals gehörte. »Die Vorstellung beginnt um acht, und du bist noch nicht umgezogen.« Sie drückte ihm einen flüchtigen Kuss auf die Lippen, so wie sie es immer tat.

Lindenberg legte seinen Mantel ab und ging ins Wohnzimmer. Drei weiße Ledersofas und der gemauerte Kamin dominierten den Raum, der eher an das Foyer eines stylischen 5-Sterne-Hotels erinnerte. Die Schwärze hinter den riesigen Fensterscheiben spiegelte die teuren Möbel wieder, zwischen denen der Hausherr nun ging, um sich ein Glas Whisky einzuschenken. Eva hatte die abstrakten Bilder an den Wänden selbst ausgewählt. Ebenso die einhundertzwölf in Leder gebundenen Werke bedeutender Schriftsteller sowie Biografien all jener Größen der Geschichte, die ihr Mann in seinen Reden immer gerne zitierte. Die Bücher waren absichtlich weder nach Farbe noch nach Alphabet sortiert. Das gäbe ein natürlicheres Bild, hatte sie ihm erklärt. Natürlich hatte Phillip Lindenberg niemals all diese Bücher gelesen. Dafür fehlte ihm einfach die Zeit. Nein, die Zitate hatte er anfänglich aus dem Netz geholt, später dann einen Redenschreiber engagiert. Auch das war eine Idee seiner Frau gewesen. Heute beschäftigte er eine Büroleiterin und eine hübsche Assistentin.

»Zieh dich bitte um. Ich möchte nicht, dass dieser halbseidene Härtling vor die Kamera tritt, ohne dass du neben ihm stehst.« Eva eilte an Lindenberg vorbei, hinüber in ihr Ankleidezimmer. Er nahm sich einen doppelten Whisky.

»Härtling ist der Ministerpräsident, Eva.«

»Aber nicht mehr lange«, kam es zurück.

Lindenberg lächelte zufrieden und nahm einen Schluck. Die Prognosen sahen gut für ihn aus. Einzig die Vorgänge im Kinderheim St. Emmaus machten ihm Kopfschmerzen. Der Einbruch passte nicht in seine Planung, auch wenn die Jonas behauptete, dass nichts gestohlen worden war. Wer brach in ein Kinderheim ein, wenn er nicht etwas ganz Bestimmtes suchte? Geld jedenfalls kann es nicht gewesen sein. Lindenberg nahm noch einen Schluck. Sollte ihn die Vergangenheit tatsächlich einholen? Gerade jetzt, wo alles so gut lief?

»Du sollst nicht trinken, bevor du deine Interviews gegeben hast, Phillip«, rief Eva von nebenan, als könne sie durch Wände sehen. »Was soll die Odens von TV3 denken, wenn du wie ein Penner stinkst. Die Pfefferminzbonbons liegen im Flur. Vergiss sie nicht schon wieder.«

Er trank das Glas in einem Schluck leer. Wahrscheinlich machte er sich ganz ohne Grund Sorgen. Er hatte alles bestens im Griff. Auch Clara.

Jetzt trat seine Frau ins Wohnzimmer, nein, sie schwebte, ihre Eleganz war alterslos. Und sie lächelte so, wie es sich für die künftige Gattin des Ministerpräsidenten gehörte. Lindenberg wusste, wie wichtig die richtige Frau an seiner Seite im Wahlkampf und auch danach war.

»Der Anzug liegt auf deinem Bett.«

Er stellte das Glas auf die Anrichte und ging in sein eigenes Ankleidezimmer. »Der Blaue?«

»Natürlich. Er passt am besten zu meinem Kleid.«

Während er sich kurz duschte und anzog, berichtete Eva von den kleinen und großen Gerüchten in der Partei, die ihr beim Vorstandstreffen des Deutschen Kulturverbandes zu Ohren gekommen waren. Dabei beschränkte sie sich auf jene Geschichten, die direkt oder indirekt etwas mit dem politischen Fortkommen ihres Mannes zu tun haben könnten.

»Professor Freisinger wird Dekan der wirtschaftswissenschaftlichen Fakultät«, hörte er, während er sich abtrocknete. »Wir sollten ihn zum Essen einladen. Er könnte deine Ideen für den Parteitag untermauern. Als Gegenleistung möchte seine Frau in den Beirat der Kohlstedt-Stiftung.« Sie trat in sein Badezimmer und betrachtete ihn im Spiegel. Ihre Blicke trafen sich. Eva war seine Geheimwaffe. Gerade wollte er sich zu ihr umdrehen und ihr im Vorbeigehen einen Kuss auf das sorgfältig frisierte Haar setzen, als sie sich mit den Worten »Du wirst dick« umdrehte und ging.

Im Flur band sie seine Fliege noch einmal, prüfte den Sitz seines Smokings und ließ sich von ihm in den Opernmantel helfen.

»Du siehst bezaubernd aus«, sagte er, als sie hinausgingen. Vor dem Eingang wartete schon der Wagen des alten Kohlstedt, um sie zum Festspielhaus zu bringen. Eva legte größten Wert auf einen perfekten Auftritt. Er reichte ihr seinen Arm. Dann schritten sie die Stufen zu der Limousine hinunter, wo der Fahrer bereits mit offener Tür wartete.

In diesem Moment klingelte Lindenbergs Handy in der Manteltasche.

»Entschuldige, Schatz«, murmelte er und holte das Smartphone heraus. »Geh schon vor. Ich komme gleich. – Lindenberg?«

Als er zwei Minuten später auflegte, wusste Phillip Lindenberg, dass er ein Problem hatte. Während er neben seiner Gattin hinten im Wagen saß, kreisten seine Gedanken um den Anruf. Er hatte offenbar einige Dinge unterschätzt. Das durfte ihm nicht noch einmal passieren.

»Wer war es? Wieder einer von deinen … weiblichen Fans?« Sie spuckte das letzte Wort förmlich aus.

»Nein.« Dieses Mal war es ausnahmsweise keine Lüge. Er lächelte sie an. »Eva, hältst du mich für so dumm, dass ich meine Karriere für eine Affäre aufs Spiel setze?« Er streichelte ihre Wange. »Oder dich?«

Eva schnaubte verächtlich. »Ich warne dich, Phillip, wenn du diese Chance auf ein Amt wegen irgendwelcher Frauen vertust, verlierst du alles. Mein Geld, mein Erbe, meine Kontakte. Es wird eine sehr schmutzige Scheidung geben, und meine Anwälte und ich werden dich durch die Hölle jagen. Ruiniere es also nicht.«

Wieder legte er sein Lächeln auf. »Ich weiß, Liebste. Du wirst niemals müde, es mir zu sagen.«

Kapitel 35

Draußen war es längst dunkel, als Clara mit der Teetasse zum Stubentisch ging, auf dem allerlei Stoffe und Nähgarn, Knöpfe und Bordüren lagen. Bei den Nachbarn lief ein Weihnachtsfilm. Deutlich konnte Clara durch die Wand den Engel Clarence sagen hören, dass eines Menschen Leben mit so vielen anderen Leben zusammenhänge und dass eine große Lücke entstünde, wenn nur eines davon fehle.

Sie kannte den Film. Der Schutzengel versuchte, James Stuart davon abzuhalten, von einer Brücke zu springen, indem er ihm zeigte, wie das Leben geworden wäre, wenn es ihn nicht gegeben hätte. Clara hatte diesen Film früher geliebt. Früher, in einem anderen Leben.

Heute fragte sie sich, wie ihr Leben wohl aussähe, wenn sie das, was das Schicksal ihr genommen hatte, nicht hätte fortgehen lassen. Clara stellte den Becher zur Seite, um endlich die letzten Flicken auf den Umhang für ihre Piratenpuppe zu nähen. Das Püppchen saß in halblanger Hose und gestreiftem Shirt bereits auf dem Sessel und schien darauf zu warten, dass es endlich fertig würde.

»Wie wollen wir dich eigentlich nennen?«, fragte Clara die Puppe, während sie einen Faden durch das Nadelöhr schob. »Lilly Brezelzopf? Rotbart-Anna? Oder lieber Mary Read? Die gab es nämlich wirklich.« Sie knotete das Ende des Fadens. Dann stach sie die Nadel durch den Stoff. »Pippi-Lotta ist bedauerlicherweise schon vergeben, tut mir leid.«

Sie zwinkerte einer anderen Puppe zu, die auf der Lehne ihres Sofas saß. Sie hatte rote Zöpfe und blaue Augen, und Clara fand, diese Puppe war ihr besonders gut gelungen. Darum hatte sie sie auch nicht verkaufen wollen, als eine Kundin für Pippi-Lotta eine Menge Geld geboten hatte. Dabei hätte sie das Geld gut gebrauchen können, denn es fehlte noch weit mehr als die Hälfte, bis sie sich ihren Traum erfüllen konnte: ein Atelier in der Innenstadt. »Puppenhimmel« wollte sie es nennen. Ein Ort, wo jedes Püppchen seinen einen Menschen finden konnte, der gut auf es aufpassen würde. Im »Puppenhimmel« sollten sie sich begegnen.

Das Telefon auf dem Tisch klingelte. Clara sah von der Näharbeit auf und hoffte, das Bimmeln würde wieder aufhören. Doch das tat es leider nicht. Nach dem fünften Läuten nahm sie den Apparat zur Hand. »Ja, bitte?«

»Was machst du noch zuhause?«, fragte Stine entrüstet.

»Wie bitte?«

»Hast du den Zettel nicht gefunden, den ich in deine Manteltasche gesteckt habe?«

Clara schaute zu ihrem Mantel, der an der Garderobe im Flur hing. »Nein. Was ist denn los?«

»Los, lies den Zettel!« Schnell schickte Stine noch ein »Bitte« hinterher.

Kopfschüttelnd erhob Clara sich und ging zum Mantel hinüber. »Was ist denn passiert?«

»Kann ich dir nicht sagen.«

In der linken Manteltasche entdeckte Clara einen zweimal zusammengefalteten Zettel. »Was ist das?« – »Lies!«

Sie klappte die Seite auf und flog über die drei Zeilen in Stines Handschrift. »Spinnst du?«

»Gehst du hin?«

»Nein, natürlich nicht.« Clara zerknüllte den Zettel und warf ihn in die Ecke. »Was fällt dir ein, für mich ein Date mit einem fremden Mann zu machen?«

»Habe ich ja gar nicht. Ich bin nur der Postbote.«

»Ich kann doch keine Einladung von einem Mann annehmen, den ich kurz vorher versetzt habe.«

»Warum nicht?«

»Weil … das nicht geht«, insistierte Clara.

»Hör mal gut zu«, mischte sich Stine im oberlehrerhaften Ton ein. »Du bist zu jung, um so zu leben, wie du lebst. Seit Jahren hast du kein Date mehr gehabt. Von Sex ganz zu schweigen. Komm Clara, ich rede doch nur von einem einzigen Abend, an dem du mal nicht zuhause vergammeln sollst.«

»Ich vergammle nicht! Und außerdem hatte ich erst kürzlich ein Date.«

Stine lachte auf »Dates, zu denen man nicht geht, zählen nicht.«

»Das ist meine Sache.« Sie hörte Stines Seufzen.

»Okay, dann folgender Vorschlag: Wenn du zu dem Essen gehst, verspreche ich dir, dass ich nie wieder versuchen werde, dich mit irgendwelchen Typen aus der Herrenabteilung zu verkuppeln. Ich werde nie wieder auch nur ein Wort darüber verlieren, dass du die jüngste alte Jungfer bist, die ich kenne.«

Diese Diskussion hatten sie schon öfter geführt. Und mehr als einmal hatte Clara sich vorgenommen, nicht mehr mit Stine zu reden, weil jedes Gespräch so endete. Doch sie wusste, dass ihre Kollegin es nur gut meinte. Manchmal aber war das eindeutig zu anstrengend für Clara. »Warum hat er dich gefragt und nicht mich?«, wollte sie von Stine wissen.

»Das musst du ihn selber fragen.«

»Und wann hat er es dir gesagt?«

Stine zögerte, dann gab sie zu, dass die Sache mit dem Essen an dem Tag beschlossen wurde, als Phillip Lindenberg in die

Abteilung kam. »Der Tag, an dem er uns allen einen Bonus versprach. Meinst du, der hält sein Wort?«

Clara wusste es nicht. »Wechsel nicht das Thema: Wie kommst du dazu, für mich ein Abendessen zu arrangieren?«

»Ich bin deine Freundin, auch wenn du es nicht begreifst. Also, gehst du nun zu diesem Essen im Automuseum oder nicht? Wo ist das eigentlich? Habe davon noch nie gehört.«

Clara ging zu dem zerknüllten Papier und faltete es auseinander. Sie las die Adresse, die irgendwo im Norden der Stadt lag. Von einem Automuseum aber hatte auch sie noch nie etwas gehört. »Muss neu sein.«

»Nimm ein Taxi«, riet Stine.

»Unsinn, zu teuer. Wenn überhaupt, dann fahre ich mit dem Bus.« Erst als sie es ausgesprochen hatte, wurde Clara bewusst, dass sie damit fast Ja gesagt hatte. Sie hörte Stine jubeln und dann auflegen.

Kopfschüttelnd ging Clara zurück zum Tisch und nahm das Nähzeug wieder zur Hand. Stine war eindeutig der spontane Typ. Ganz anders als sie selber.

Clara nahm einen Schluck Tee und überlegte, was sie tun sollte. Nachdem sie diesen Lukas versetzt hatte, ohne sich bei ihm zu entschuldigen, wäre es eigentlich nur fair, ihn nicht schon wieder sitzenzulassen. Andererseits wollte sie ihm keine Hoffnungen machen. Sie hatte von diesen Dingen einfach genug.

Da klopfte es an ihrer Haustür.

Clara sah auf. Vielleicht war es die Nachbarin, die sich mal wieder eine Tasse Zucker leihen wollte. Sie ging und öffnete die Tür. »Phillip?«

»Hallo Kleines.« Lindenberg drängte sich eilig in ihre Wohnung, wohl aus Angst, jemand könnte ihn sehen.

»Ist etwas passiert?«

»Aber nein, was sollte passiert sein?«

Clara verschränkte ihre Arme vor der Brust. »Darf ich dann fragen, was du hier willst?«

»Wir müssen reden.«

Sie blickte an ihm herunter. »Oper?«, fragte sie ein wenig schnippisch.

»Ja, Rigoletto. Premiere.«

»Gut, dann will ich dich nicht aufhalten.« Sie öffnete die Haustür und wies ihn hinaus.

Er drückte die Tür wieder zu. »Habe mich hinausgeschlichen.« Er lächelte. »Ich musste dich einfach wiedersehen.« Jetzt trat er dichter an sie heran.

»Deine Frau ist noch dort, nehme ich an.«

»Ja. Ich habe ihr gesagt, ich muss noch ein wichtiges Telefonat führen.« Er schien sich für sehr clever zu halten.

Clara stellte sich vor, wie seine Frau und er im Blitzlichtgewitter der Presse die marmornen Stufen zum großen Saal des Opernhauses hinaufschritten. So etwas hatte er mit ihr nie gemacht. Mit seiner blutjungen Geliebten war er nur in verschwiegene Hotels gefahren, während seine Gattin glaubte, er sei auf einem Kongress. Die Affäre war so klassisch gewesen und seine Liebesschwüre so abgedroschen, dass es hier heute nur noch peinlich war.

»Was willst du?«, fragte sie noch einmal.

Phillip Lindenberg trat einen weiteren Schritt auf Clara zu. »Ich habe dir etwas versprochen. Und ich halte meine Versprechen.«

Seit Monaten hatte Clara nichts mehr von ihm gehört. Und jetzt kam er plötzlich zum zweiten Mal in nur einer Woche zu ihr. Wellen unterschiedlichster Gefühle überfielen sie in diesem Moment.

Clara schob ihn von sich. »Wovon redest du? Geht es um Charlotte?«

»Nein, der Kleinen geht es gut.« Er lächelte sie an, als hätte er eine große Überraschung für sie, ein Geschenk, das sie sich schon immer gewünscht hatte. »Clara, als ich dir gestern etwas ankündigte …«

»Du meinst, als du mich vor laufender Kamera einfach umarmt hast, ohne mich zu fragen, was ich davon halte?«

Er nickte. »Ich habe für dich einen gut bezahlten Posten im KaDeWe in Berlin arrangiert. Als stellvertretende Leiterin der Spielwarenabteilung.« Stolz lächelte er auf sie herab. »Na, ist das was?«

»Willst du mich loswerden?«

Er stellte sich erneut dicht vor sie. »Kleines, das Kaufhaus Kohlstedt bietet jemandem wie dir keine Zukunft. Du brauchst mehr als das.« Zart streichelte er ihre Wange, so wie er es früher getan hatte. Clara wollte nicht, dass es sich gut anfühlte. »Und dein neues Gehalt kann sich sehen lassen.« Seine Lippen hatten ihre schon fast erreicht, als Clara ihn fortschubste.

Erstaunt blickte er sie an. »Was ist? Reicht dir das alles etwa nicht?« Er trat zurück und starrte sie an. Das Lächeln war verschwunden, und eine Härte hatte sich um seine Mundwinkel gelegt. »Dass das klar ist: Ich lasse mich von dir nicht erpressen.«

»Erpressen?«

»Genau. Oder denkst du, ich weiß nicht, was da läuft. Ich habe meine Leute, die mir regelmäßig berichten.«

Clara verstand kein Wort.

»Ich warne dich, wenn du der Presse von damals erzählst, mache ich dir das Leben schwer.«

»Wovon redest du?« Ihr wurde schwindelig.

»Davon, dass jemand Fragen stellt, die er nicht stellen sollte.«

Clara überlegte. »Presse?«

»Das müsstest du doch wissen. Wer ist der Kerl, der herumschnüffelt?« Schon wollte er gehen, hatte bereits den Türgriff in der Hand, als Clara ihn festhielt.

»Geht es um Charlotte?«

Er riss sich los. »Wir haben eine Vereinbarung, Clara. Ich werde dich auf dem Laufenden halten, aber nur, wenn du mir nicht in den Rücken fällst.« Er legte seine Hand auf ihren Hinterkopf und zog sie zu sich. Dicht vor ihrem Gesicht zischte er eine Warnung. »Wenn du unsere Abmachung nicht einhältst, war es das. Dann hast du das letzte Mal etwas von deiner Tochter gehört.«

Sie riss sich von ihm los. »Raus!«

Er stand in der Tür und lächelte. »Also, fängst du am nächsten Ersten in Berlin an oder nicht?«

»Ich denke darüber nach«, fauchte sie.

»Denke nicht zu lange. Dieses Angebot steht nur bis Heiligabend.« Gerade wollte sie die Tür zuschlagen, als er sie noch einmal aufdrückte. »Ich vergaß zu erwähnen. Mit dem Angebot ist noch eine besondere Gratifikation verbunden.« Lindenberg sah sie siegessicher an. »Wenn du ja sagst, werde ich dafür sorgen, dass du regelmäßig von ihr hörst. Sagen wir, alle zwei Monate.«

Ihre Knie wurden weich. Doch sie würde ihm den Sieg nicht gönnen. »Wie gesagt, ich denke darüber nach«, sagte sie fest. Dann schloss sie die Haustür.

Als seine Schritte auf der Treppe verklungen waren, sackte sie zu Boden. Den Rücken an die Tür gelehnt, ihre Arme um die Beine geschlungen, saß sie da und weinte.

Kapitel 36

Sie kommt nicht mehr.« Lukas ging um den gedeckten Tisch herum, während Manni einen großzügigen Schluck Sekt aus einem zarten Kelch seine Kehle hinunterkippte.

»Abwarten, Kleiner.«

»Es ist schon halb neun.«

Manni schenkte nach. Er wedelte mit der Flasche. »Du auch?« Als Lukas den Kopf schüttelte, sinnierte er: »Eigentlich mag ich Diplomatenwasser ja nicht.«

»Und warum trinkst du es dann?« Nervös ging Lukas auf und ab.

Manni schaute die Flasche fragend an. »Wäre doch zu schade, wenn was übrigbleibt.«

Lukas trat zu dem festlich geschmückten Tisch, der zwischen dem schäbigen Wohnwagen und einem Haufen Reifen stand. Der Boden war mit Holzschnitzel übersät, so dass der zugefrorene Matsch gnädig überdeckt wurde und ein weicher, wohlriechender Teppich entstand. Vier Heizpilze verströmten in einiger Entfernung griechische Sommersonnenwärme. Das Licht mehrerer Lampionketten spiegelte sich im silbernen Besteck auf dem schneeweiß eingedeckten Tisch wider. Er wusste nicht, wie Manni all das organisiert hatte, aber so wie es aussah, war all die Mühe umsonst gewesen. Clara hatte ihn versetzt.

»Vielleicht ist es gut, dass sie nicht kommt«, murmelte Lukas. Er ließ sich auf einen der beiden rot gepolsterten Stühle fallen, stützte die Ellbogen links und rechts neben dem Porzellanteller auf und legte seinen Kopf in die Hände. »Ich hätte so oder so nicht gewusst, was ich sagen soll.«

Unterdessen schlürfte Manni genüsslich den Sekt.

»Wetten«, fuhr Lukas betrübt fort, »dass sie vorhin am Tor stand und begriff, dass das hier eine Fakenummer ist. Als sie sah, dass dieses angebliche Automuseum in Wahrheit ein dämlicher Schrottplatz ist, hat sie auf dem Absatz kehrtgemacht. Mann, Clara muss sich völlig veralbert gefühlt haben.« Er schlug sich mit der flachen Hand gegen die Stirn. »Candle-Light-Dinner auf einem Schrottplatz. Was für eine bescheuerte Idee.«

»Na, na, na, du willst mich wohl beleidigen?« Manni marschierte zu der improvisierten Küche hinüber, die der Partyservice vor seinem Wohnwagen aufgebaut hatte. Dort stand auf zwei Beistelltischen alles, was er als Kellner brauchte. Einige Flaschen Terlaner Nova Domus von 2017 sowie zwei Flaschen edlen Rotweins für die Ente à la Bartolomeo Scappi. Zum Nachtisch würde es Orangen-Panna-Cotta geben, zu dem Manni eine Beerenauslese von 2014 servieren wollte. Er hatte sich von dem Jüngelchen aus der Eventagentur alles genau erklären lassen, während eine Horde Fremder Tisch und Stühle, Lampen und Heizpilze aufgestellt hatte. Im Preis inbegriffen war sogar eine lächerliche Schürze, die Manni Lukas zuliebe umgebunden hatte. Einzig die Frau fehlte, für die der ganz Aufwand betrieben worden war.

Lukas hob seinen Kopf. »Wer bezahlt das hier eigentlich?« Er sah zu Manni hinüber, der gerade den Deckel eines der beiden Chafing-Dishes aus Edelstahl anhob, unter denen aus kleinen Spirituspfannen bläuliche Flammen das herrlich duftende Essen warmhielten. Es sollte Nudeln in würziger Gorgonzolasauce mit Walnüssen geben. Manni schnupperte ausgiebig, bevor er den Deckel mit einem wohligen Seufzer wieder zurücklegte.

»Habe ich doch schon gesagt. Dieser Lindenberg.«

Lukas dachte an den teuer gekleideten Mann, den er im Rückspiegel vor Claras Haus gesehen hatte. »Unsinn, warum sollte er das tun?«

Manni grinste. »Er weiß es ja noch gar nicht.«

Entsetzt starrte Lukas ihn an. »Soll das etwa heißen, du hast …?« Er sprang auf. »Bist du wahnsinnig?«

»Locker bleiben, Kleiner. Bis der das merkt, dass ich in seinem Namen das alles bestellt habe, seid du und diese Clara satt und verliebt.«

Lukas kam zu Manni, der gerade einen hungrigen Blick auf die Orangen-Panna-Cotta in den Glasschälchen warf. »Der bringt uns ins Gefängnis, Manni. Das nennt man Betrug.«

»Möglich, aber bis dahin schmeckt's.«

»Warum tust du das nur?«, wollte Lukas verzweifelt wissen.

»Du hast mir den Bericht gegeben, Kleiner, und darum schulde ich dir ein Date mit deiner Flamme. So ist unser Deal.«

Gerade als Lukas widersprechen wollte, musterte Manni ihn kritisch, wobei er missbilligend die Stirn kräuselte.

Lukas schaute an sich hinunter. »Was ist?« Er fand sich eigentlich angemessen gekleidet. Saubere Jeans, Hemd, Jackett. Nicht zu viel und nicht zu wenig. Nirgends ein Fleck.

»So schlampig, wie du aussiehst …«

»Schlampig? Das sind meine besten Sachen.«

»Keine Fliege.« Manni deutete auf Lukas' Hals. »Da fehlt eine Fliege.«

»Ich bin doch kein Pinguin. Du hast ja auch keine um.«

In diesem Moment hörten sie jemanden rufen.

Je unwirtlicher die Gegend wurde, umso mehr zweifelte Clara daran, dass die Einladung in ihrer Manteltasche echt gewesen war. Höchstwahrscheinlich erlaubte sich Stine einen derben Scherz mit ihr. Seit Monaten schon versuchte sie, Clara aus dem Haus zu locken. Mal waren es Spieleabende mit ihren Freunden, wo garantiert ein frisch Geschiedener mit am Tisch saß. Mal war es die Geburtstagsfeier eines Bruders, der gerade ledig war, oder das Konzert eines Exfreundes, der als Bassist auftrat. Natürlich war auch der Musiker Single.

Das hier aber war die Krönung.

Eigentlich müsste sich Stine am Montag auf ein Gewitter gefasst machen, doch ohne es zu wissen, hatte der zerknüllte Zettel für Clara den Grund geliefert, nach Phillips Besuch ihre Wohnung fluchtartig zu verlassen. Sie hatte einfach hinausgemusst. Und ehe sie es recht begriff, hatte sie sich in den Bus gesetzt, der sie hierhergebracht hatte.

Jetzt sah sie den Rücklichtern der Linie 18 nach und ärgerte sich, in einem finsteren Gewerbegebiet gelandet zu sein. Vielleicht hatte Stine die Adresse falsch aufgeschrieben? Clara suchte in ihren Manteltaschen nach dem Handy. Kein Empfang. Mist. Sie ging auf die andere Straßenseite, um zu prüfen, wann der nächste Bus zurück in die Stadt fuhr. Der Abend war eindeutig ruiniert, keine Frage. Ein Blick auf den Fahrplan sagte ihr, dass sie fast eine Stunde auf den Bus würde warten müssen. Und das in dieser Kälte!

Noch einmal nahm sie den Zettel aus ihrer Manteltasche. Die gekritzelte Zeichnung auf der Rückseite zeigte ihr, dass dieses ominöse Automuseum noch ein Stück weiter die Straße hinunter liegen sollte. Sofern es das überhaupt gab, hoffte Clara dort vielleicht eine weniger windige Ecke finden zu können als hier an der Bushaltestelle. Außerdem half gegen Kälte nur Bewegung. Also ging sie los.

Bald schon sah sie in einiger Entfernung Fackeln am Straßenrand brennen. Neugierig ging sie näher, bis sie ein offenes

Tor erreichte, neben dem zwei geschmückte Tannenbäume standen.

Sie sah sich um. Jetzt war sie sicher, dass die ganze Sache ein Scherz sein musste, denn hinter dem Zaun lag kein Automuseum, sondern ein Schrottplatz. Verwirrend war nur, dass bei den Fackeln ein mit Holzschnitzeln ausgelegter Weg begann, der auf das Gelände des Platzes führte. Links und rechts am Wegesrand hingen über halbhohen Tannenbäumen Lampions, die Clara an einen chinesischen Garten erinnerten. Auch glaubte sie in einiger Entfernung leise Musik zu hören.

Nun, vielleicht handelt es sich ja doch nicht um einen Scherz, überlegte sie. Misstrauisch folgte sie dem gewundenen Pfad, der an einem Container vorbeiführte, an dessen Tür ein Schild mit dem Wort »Büro« hing. Sie hörte Stimmen. Es war also jemand hier.

Welch ungewöhnlicher Ort für ein Restaurant, dachte Clara. Sie hatte vor einiger Zeit im Fernsehen von Hinterhofrestaurants in London, Hongkong und Paris gehört, die total in sein sollten. Aber hier?

»Hallo?«, rief sie vorsichtig.

Die Stimmen verstummten. Sie bog um einen dunkelblauen Volvo, dem ein Kotflügel fehlte. Auf der Motorhaube lagen rote Rosen. Skeptisch ging sie weiter.

Dann verschlug es ihr die Sprache. Jemand hatte vor einem alten Wohnwagen tatsächlich so etwas wie ein Restaurant aufgebaut. Eigenartig war jedoch, dass es nur einen einzigen Tisch gab und keine weiteren Gäste. Zu ihrer Erleichterung entdeckte sie Lukas, der neben einem alten Mann mit Bart und Schürze stand.

Der Alte kam ihr irgendwie bekannt vor. Sie überlegte, ob sie ihn schon einmal im Kaufhaus gesehen haben könnte.

»Guten Abend, Gnädigste!«, rief der Mann mit der Schürze eifrig, als er auch schon auf sie zukam und einen Diener machte.

»Sie werden bereits erwartet.« Mit der Hand wies er zu Lukas hinüber. »Ihre Garderobe, bitte.«

Verwirrt ließ Clara sich den Mantel abnehmen und spürte sofort die Kälte der Nacht.

»Bitte, treten Sie näher. Hier drüben ist es warm.« Sanft schob der Alte sie zum Tisch, der in der Mitte des kleinen Platzes zwischen Heizpilzen stand. Tatsächlich wurde ihr sofort wärmer.

Lukas kam zu ihr. »Hi«, krächzte er.

Clara sah sich um. »Die Einladung war also wirklich von dir.«

»Von mir? Nein, ähm, eigentlich nicht so direkt.« Er drehte seinen Kopf zu dem Alten, der gerade Claras Mantel über die Wohnwagentür warf. Eine Garderobe gab es hier wohl nicht.

»Aber, meine Kollegin sagte mir, du hättest mich zum Essen eingeladen.«

»Ich? Nein, ich war es nicht. Er war es.« Lukas zeigte zu dem Mann mit der Schürze. »Mich hat er auch unter einem Vorwand hierhergelockt. Er meinte, du würdest dich mit mir treffen wollen.«

Jetzt sahen beide fragend zum Wohnwagen, aus dem der Alte mit einem sauberen Tuch über dem Arm herauskam, begleitet von leisen italienischen Klängen.

»Nehmen Sie Platz, meine Herrschaften«, sagte er und rückte für Clara den Stuhl zurecht. »Die Vorspeise wird gleich serviert.« Dabei legte er den Kopf ein wenig zur Seite, wie Clara es bei dem Butler in *Dinner for One* jedes Jahr zu Silvester sah. Als er zurück zum Wohnwagen eilte, um eine Flasche zu öffnen, beugte sich Clara über den Tisch. »Das ist ein wenig schräg, oder?«

Lukas nickte. »Aber glaub mir: Das ist noch harmlos.«

»Wer ist der Mann? Ist er ein Freund von dir? Ich glaube, ich kenne ihn irgendwoher.«

Lukas zögerte. Dann beugte auch er sich über den Tisch. »Er heißt Manni und ist Aushilfsweihnachtsmann im Kinderheim St.

Emmaus. Wir kennen uns erst seit ein paar Tagen. Ich habe ihm bei einer Sache geholfen, und nun möchte er sich bei mir revanchieren. Er wohnt hier.«

»Hier?« Clara sah sich um.

»Ja. Er ist gelinde gesagt etwas eigenartig, aber er hat ein gutes Herz.« Betreten schaute Lukas auf die weiße Serviette vor sich. »Es tut mir leid. Ich wusste nicht, was er vorhatte.«

Sie lächelte. »Das ist in Ordnung.« Jede Ablenkung von dem ungebetenen Gast in ihrer Wohnung war ihr heute Abend lieb. »Machen wir das Beste draus. Er scheint sich ja viel Mühe gegeben zu haben.«

Lukas Gesicht verfinsterte sich. »Sieht ganz so aus.«

»Wobei hast du ihm geholfen?«, fragte sie beiläufig.

Lukas seufzte. »Das willst du gar nicht wissen.«

»Nein?«

Er schüttelte den Kopf. Schon wurde der erste Gang serviert, und Clara merkte, dass sie Hunger bekam. Auch wenn ihre Zweifel an dem Abend noch nicht ganz zerstreut waren, so genoss sie doch den sizilianischen Fenchelsalat mit Orangenfilets und frischem Hummer. Dazu servierte der lustige Alte mit dem Namen Manni einen wunderbaren Weißwein.

Sie erfuhr, dass Lukas als Erzieher in dem Kinderheim arbeitete, in dem Manni als Aushilfsweihnachtsmann gerade alles durcheinanderbrachte, und dass Lukas noch nie so etwas Verrücktes gemacht hatte, wie eine Frau zu einem Candle-Light-Dinner auf einen Schrottplatz einzuladen. Dieser Lukas war so aufgeregt, dass er die ganze Zeit redete und redete. Dankbar hörte Clara ihm zu.

Sie lachte, als Lukas ihr von vier Jungen im Heim erzählte, die es faustdick hinter den Ohren hatten. »Du magst Kinder, oder?«, wollte sie wissen.

»Ja. Ich möchte später mindestens zwei haben. Und du?«

Sie antwortete nicht, schnitt nur ein Stückchen von der Ente auf ihrem Teller ab. »Dafür brauchst du eine Frau, die das auch möchte.« Die Ente war köstlich.

»Mein Vater sagt, ich werde es nicht mehr schaffen. Er nennt mich einen bevölkerungspolitischen Versager.«

Clara hob den Kopf. »Wow, wie charmant ist das denn?«

»Man gewöhnt sich dran.«

Sie schwiegen ein wenig, aber es fühlte sich nicht unangenehm an. Hinter ihnen klapperte Manni mit den Weinflaschen, und Clara hätte schwören können, dass er jede Flasche höchstpersönlich ausgiebig probierte, bevor er servierte.

»Hast du Kinder?«, fragte Lukas plötzlich.

»Nein«, sagte sie ein wenig zu schnell. Die Frage schien ihr doch sehr persönlich für ein erstes Date.

»Entschuldige. Ich bin italienische Abendessen mit schönen Frauen nicht gewöhnt. Du hast recht, es geht mich nichts an.«

Clara legte das Besteck auf den Teller. Dieser Lukas wirkte so tapsig wie ein kleiner Hund. »Nun ja«, sagte sie schließlich, »irgendwie habe ich wohl schon ein Kind.«

Er sah sie an. »Das verstehe ich nicht.«

Sie schluckte. »Ich habe es zur Adoption freigegeben.« Sie lächelte tapfer. »Es war damals richtig so.« Das Lächeln misslang. Sie nahm einen Schluck Wein.

»Hast du denn keine Familie, die dir hätte helfen können?«, wollte Lukas leise wissen.

Clara zögerte. Vielleicht war es der Wein, der sie weiterreden ließ. »Meine Mutter lebt im Ausland. Und selbst wenn sie in der Stadt wohnen würde, wäre sie keine große Hilfe. Glaub mir.«

»Das klingt sehr traurig.«

»Ja, aber ich habe es geschafft. Ich bin meinen Weg gegangen und heute stolz darauf, trotz aller Steine im Weg da zu stehen, wo ich stehe.« Sie war ihm dankbar, dass er sie nicht unterbrach, ihr nicht versicherte, dass die Entscheidung von damals richtig gewesen sei, denn es fühlte sich für Clara nicht so an. »Ich spare für meinen Traum.« Sie lächelte ihn an. »Willst du wissen, welcher?«

Er nickte.

»Ich möchte ein Atelier in der Innenstadt aufmachen. Vielleicht sogar mit einem Laden. *Puppenhimmel* soll es heißen.«

»Puppen?«

»Ja, ich modelliere individuelle Puppen, entwerfe und schneidere ihre Kleider. Seit einiger Zeit verkaufe ich sie auch.« Stolz schwang in ihrer Stimme. »Wenn alles gut geht, werde ich irgendwann genug Geld zusammen haben.«

»Das ist großartig!« Er legte seine Hand auf ihre. Sie hielt die Luft an. Sofort zog er seine Finger zurück. »Entschuldige.«

Eilig griff Clara über den Tisch und nahm seine Hand. »Warum sollte ich?«

Zufrieden beobachtete Manni die beiden Turteltäubchen am Tisch. Das lief bestens, fand er. Zwar war so etwas Schnulziges nichts für ihn, aber den beiden zuzuschauen ließ ihm warm ums Herz werden. Einzig die Sache mit dem Lindenberg musste noch geklärt werden. Diese Clara musste sich entscheiden. Am besten noch heute.

Umständlich öffnete Manni die Beerenauslese mit dem Kellnermesser, das ihm der Jüngling vom Partyservice grinsend dagelassen hatte. Der Bengel hatte gemeint, dass man den Korken nicht mit Hilfe einer Tischkante aus der Flasche bekommen würde. Als ob Manni das nicht wüsste.

Mit ein wenig Ruckeln und Fluchen bugsierte er den Stöpsel raus. »Na, geht doch«, murmelte er und testete sogleich den süßen Wein. Nach dem ersten süßen Schluck kräuselte sich sein

Gesicht in hundert Falten. Als sich sein Konterfei wieder entspannt hatte, schaute er noch einmal auf das Etikett.

»Französisch«, meinte er kopfschüttelnd, »na, dann gehört es wohl so.«

Er füllte zwei Gläser, veredelte die Orangen-Panna-Cotta noch mit einem großzügigen Schuss Cointreau und servierte alles auf einem Tablett an den Tisch.

Als er Lukas das Schälchen in bester Manier vorsetzte, raunte er dem jungen Mann ins Ohr. »Frag sie nach Lindenberg.« Lukas schüttelte den Kopf. »Doch, frag sie.«

»Was soll er mich fragen?« Clara schaute Manni an.

»Öhm, das soll der Lukas lieber selber erklären.«

Claras Stirn legte sich in Falten. »Was ist los?«

Resigniert schloss Lukas die Augen. »Danke, Manni, dass du alles ruinierst.«

»Was sollst du mich fragen?«, insistierte Clara.

Als Lukas nicht antwortete, übernahm Manni das für ihn. »Er glaubt, dass du Lindenbergs Geliebte bist.«

»Seid ihr verrückt? Und selbst wenn, was geht euch das an?«, rief sie. »Wie kommt ihr überhaupt darauf?«

Manni nickte in Lukas' Richtung. »Er hat den Lindenzwerg vor deiner Wohnung gesehen. Da hat er sich so seine Gedanken gemacht.«

Beschwichtigend hob Lukas die Hände. »Nein! Das hat Manni völlig falsch verstanden.«

»Du verfolgst mich?«, fragte die Frau entsetzt. Dann sprang sie auf, wobei der Stuhl zu Boden fiel, und lief zum Wohnwagen, wo sie ihren Mantel von der Tür riss. »Die Geschenke, die Einladung! Das klang alles zu perfekt.« Sie warf den Mantel über. »Also bist du doch nur ein Stalker! Das ist widerlich!«

Lukas lief zu ihr. »Nein! Ich verfolge dich überhaupt nicht.«

»Ach, und woher weißt du, wo ich wohne?« Sie stemmte ihre

Hände in die Hüften. »Und was hattest du vor meiner Haustür überhaupt zu suchen? Wie lange geht das schon?«

Mit einem leisen »Oje« verkrümelte sich Manni, wobei er im Vorbeigehen noch die beiden Schälchen mit dem Nachtisch einsammelte. Es sollte ja nichts verkommen.

»Also?«, fauchte Clara. »Ich warte.« Ihr inquisitorischer Blick durchbohrte Lukas.

Er starrte auf die Holzschnitzel am Boden, fühlte sich dumm und klein, denn er hatte es mal wieder vermasselt. Nein, schoss es ihm durch den Kopf. Nicht er hatte das Date ruiniert, sondern Manni. Wütend drehte er sich nach dem Alten um, der die Sache gefälligst wieder geradebiegen sollte. Doch Manni war nirgends zu sehen.

»Ich höre«, zischte Clara ein weiteres Mal.

Lukas wusste, sie würde nicht locker lassen. »Ich kenne dich seit drei Jahren.«

Sie riss die Augen auf. »Du bist irre!« Schon wollte sie gehen, doch Lukas hielt sie am Arm fest. Als er ihren wütenden Blick sah, ließ er sie schnell wieder los.

»Nein, es ist nicht so, wie du denkst. Wir sind uns nur schon einmal begegnet. Vor drei Jahren. Dann habe ich nichts mehr von dir gehört. Erst vor ein paar Wochen bin ich dir zufällig im Kaufhaus begegnet.«

»Wo haben wir uns vor drei Jahren gesehen?« Sie glaubte ihm offensichtlich kein Wort.

»Es war Heiligabend.« Lukas sah, wie die Erinnerung an jene Nacht sie unerwartet traf. »Ich habe dich damals ins Krankenhaus gebracht.«

Clara warf die Hände vor ihren Mund. »Du bist der Taxifahrer?«, flüsterte sie.

Lukas nickte. »Ich habe dich auf der Brücke sitzen sehen. Es war kalt. Zu kalt.« Sie schwankte. Er wollte sie stützen, doch Clara wehrte ihn ab, als müsse sie einen Schwarm Fliegen vor sich fortjagen. Sie drehte sich um und schlug die Hände vor ihr Gesicht.

»Ist alles okay?«

»Nein!«, rief sie. »Ist es nicht.«

Hilflos suchte Lukas Manni. Der trat in diesem Moment aus dem Wohnwagen und blickte zerknirscht zu ihnen herüber. Die Blicke der Männer trafen sich. Keiner wusste, was in Clara gefahren war.

Da drehte sie sich um. Tränen liefen über ihr Gesicht. »Schade«, murmelte sie und wischte ihr Gesicht mit dem Ärmel des Mantels trocken. »Aus uns wird wohl doch nichts.« Dann drehte sie sich um und lief davon.

Wie versteinert sah Lukas ihr nach.

Da trat Manni neben ihn, in der Hand eines der beiden Dessertschälchen, aus dem er gerade die Reste löffelte.

»Na, Kleiner, das hast du ja gründlich vergeigt.«

»Ich?«

Kapitel 37

Er hätte sie nicht fortlaufen lassen sollen. Leider wurde ihm das zu spät klar. Anfangs war es nur Enttäuschung gewesen, dass der Abend so enden musste. Dann aber kam ihm die Idee, dass es bei all dem überhaupt nicht um ihn gegangen war. Es war egal, ob sie ihn anfänglich für einen Stalker gehalten hatte. Am Ende ging es in ihrem Streit um etwas ganz anderes: Er hatte sie an die Nacht auf der Brücke erinnert.

Lukas ärgerte sich, als er begriff, dass er sie nicht hätte gehen lassen sollen. Ja, Manni hatte recht gehabt: Er hatte es vergeigt.

Jetzt fuhr Lukas mit seiner rostigen Ente durch die nächtlichen Straßen der Stadt und suchte Clara, denn er machte sich Sorgen um sie. Alte Wunden aufzureißen war gefährlich, selbst wenn man es ohne Absicht getan hatte. Als Erstes war Lukas die Strecke vom Schrottplatz in die Stadt abgefahren. Da der letzte Bus längst durch war, hätte sie zu Fuß gehen müssen. Doch die Gehsteige waren leer. Lukas hoffte inständig, sie möge in keinen fremden Wagen gestiegen sein. Dann war er zu ihr nach Hause gefahren, aber dort hatte niemand auf sein Klingeln reagiert. Auch brannte im Fenster kein Licht. Seine letzte Chance war die Brücke.

Lukas setzte den Blinker, wie er es bereits einmal vor drei Jahren getan hatte. Langsam rollte sein Wagen über den Fluss, als er eine dunkle Silhouette am Brückengeländer stehen sah. Er hätte jubeln mögen. Im Schritttempo fuhr er näher. Ja, es war Clara.

Sie schaute ins schwarze Wasser hinunter, und Lukas fragte sich, ob sie heute Nacht vollbringen wollte, was er damals verhindert hatte.

Er spürte Panik in sich aufsteigen, als er den Wagen stoppte, die Warnblinkanlage einschaltete und ausstieg.

Alles war wie vor drei Jahren.

Vorsichtig näherte er sich Clara, die ihn noch nicht bemerkt hatte. Er stellte sich neben sie. Schweigend blickten beide ins schwarze Wasser hinunter, das mit trägem Rauschen an den Brückenpfeilern Strudel bildete und weiterfloss.

Lukas bemerkte eine Schneeflocke, die in den Strom fiel. Ihr folgte eine zweite und eine dritte. Bald schon standen Clara und er in einem zarten Gestöber weißer Flocken. »So weit waren wir schon mal«, flüsterte er, ohne sie anzusehen.

Sie nickte.

Irgendwo bellte ein Hund. Ansonsten war es still in dieser Nacht. Der Schnee tanzte um sie herum. Die Zeit verging, ohne zu vergehen.

»Im Krankenhaus wollte man mir nicht glauben, dass es ein Versehen gewesen war«, sagte sie endlich. »Mein Freund hatte sich an dem Abend von mir getrennt.«

»Aber das ist doch kein Grund …«

Sie fuhr zu ihm herum. »Ich sagte doch schon, dass es ein Versehen war.«

Er hob die Hände, wie zur Abwehr. »Okay, okay.«

»Entschuldige«, sagte sie leise. »Es war damals eine harte Zeit für mich. Trotzdem hatte ich nie die Absicht, mir etwas anzutun, das musst du mir glauben.«

Er schwieg.

»Die Beziehung war so oder so nur eine Farce. Ich war zu jung, um es zu begreifen. Vielleicht, wenn ich eine Mutter hätte, die mir rechtzeitig den Kopf gewaschen hätte, weil ich mich mit einem viel älteren und verheirateten Mann eingelassen hatte … Aber wer weiß, ob es geholfen hätte.«

»Das Problem mit der Liebe ist, dass auch die Herzlosen mitspielen«, sagte er leise.

Ein Auto fuhr über die Brücke. Lukas hörte, wie der Fahrer das Tempo verringerte, dann aber weiterfuhr.

»War das damals Lindenberg?«

Sie nickte. »Angeblich hatte seine Frau etwas bemerkt. Ich denke aber, er hatte mich schon längst loswerden wollen. Er ist einer der Männer, die Abwechslung brauchen.« Wieder schwiegen sie eine ganze Weile, bevor Clara weitersprach. »Er wollte mich an dem Abend ganz fein ausführen, hatte er gesagt. Aber als er kam, meinte er nur, seine Frau sei ihm auf die Schliche gekommen und wir könnten uns nicht mehr sehen. Dann verschwand er, und ich trank zwei Flaschen Wein. Ich versuchte zu schlafen, aber es ging nicht, obwohl ich Schlaftabletten genommen hatte. Keine Ahnung wie viele es waren. Zwei, vielleicht auch drei. Ich weiß es nicht mehr. Es könnten auch fünf oder mehr gewesen sein.« Sie seufzte. »Ich weiß noch, dass ich hinausging, weil ich unter Menschen wollte. Ich wollte nicht alleine sein. Irgendwann wirkten die Tabletten dann wohl doch.« Sie zuckte mit den Achseln. »Ich wusste nicht, was ich machen sollte. Phillip ist die einzige Verbindung, die ich zu meiner Tochter habe.« Clara drehte sich zu ihm. »Charlotte ist der Grund, warum ich mich niemals umbringen würde.«

»Du hast Kontakt zu deiner Tochter?«, fragte er überrascht. »Ich dachte, du hast sie zur Adoption gegeben?«

»Ja, gleich nach der Geburt. Ich hab sie nicht wieder gesehen.« Wieder traten Tränen in Claras Augen. »Es war der größte Fehler meines Lebens. Leider nur habe ich es zu spät begriffen.«

Fragen über Fragen rasten durch Lukas' Kopf, doch er schwieg. Vorsichtig legte er seine Hand auf ihren Arm. Als sie ihn nicht fortschubste, zog er Clara zu sich. Still weinte sie in seinen Armen, während der Schnee lautlos immer dichter um sie herum auf die schlafende Stadt fiel. Als Clara sich ein wenig beruhigt hatte, erfuhr Lukas, dass sie noch während der Ausbildung eine dieser schrecklich banalen Affären hatte, die sie für ihre große Liebe gehalten hatte. Als sie dann schwanger wurde, drängte Phillip Lindenberg sie, das Kind fortzugeben.

»Freunde von ihm suchten damals ein Baby. Er meinte, meine Kleine würde es dort besser haben als bei mir. Er versprach mir, gut auf mein Kind aufzupassen. Ich war doch noch so jung! Und es war niemand da, der mir hätte helfen können.« Ihre Schultern zitterten unter ihrem Schluchzen. Lukas drückte Clara fester an sich. »Sie ist in Südfrankreich bei einer wunderbaren Familie und wird zu ihrem Geburtstag sogar einen Hund bekommen. Charlotte heißt sie.« Clara wischte die Tränen aus dem Gesicht und lächelte matt. »Im Sommer hat sie mit dem Reiten begonnen. Dabei wird sie erst fünf.«

Lukas legte die Stirn in Falten. »Das hat er dir alles gesagt?«

Sie nickte und suchte in ihrer Manteltasche nach einem Taschentuch.

»Und sie wurde wirklich adoptiert?« Dass eine Adoption ins Ausland so problemlos möglich war, wunderte ihn. Wahrscheinlich hatte dieser Lindenberg gute Kontakte. Anders konnte Lukas sich das nicht erklären.

»Fast wäre sie ein Christkind geworden.«

»Und Lindenberg kennt die Adoptiveltern?«

»Ja, es sind Freunde der Familie, hat er mir gesagt. Und weil er durch die Stiftung weiß, wie man die Dinge mit den Adoptionen beschleunigen kann, konnte Charlotte gleich nach Frankreich.« Sie versuchte ein tapferes Lächeln. »Aber ich darf sie nicht sehen. Die neuen Eltern wollen es nicht.«

Lukas wusste, dass es eigentlich die leiblichen Eltern waren, die über die Form der Adoption entschieden; wenn sie ihr Kind weiterhin sehen wollten, ginge das schon. Aber vermutlich hatte Lindenberg das anders geregelt.

»Ich habe Phillip gedrängt, mir Fotos von Charlotte zu besorgen und mir zu erzählen, wie es ihr geht. Das war der Grund, warum ich damals so verzweifelt war. Ohne ihn erfahre ich doch nichts mehr über mein Kind.«

Lukas spürte Erleichterung in sich aufsteigen. Lindenberg bedeutete ihr also nichts. Es ging um Charlotte.

Clara schniefte in ihr Taschentuch. »Es tut mir so leid, dass ich uns den Abend heute ruiniert habe.«

Lukas strich ihr über die langen Haare, in denen sich Schneeflocken verfangen hatten. »Das hast du nicht«, sagte er ganz leise. »Dieser Abend ist unendlich schön, weil du bei mir bist.«

Dann küsste er sie. Einfach so, ohne darüber nachzudenken.

Kapitel 38

Lindenberg stand am Fenster seines Büros im dritten Stock des Rathauses. Er blickte hinunter auf den Platz, wo die Holzbuden des Weihnachtsmarktes standen. Es war noch zu früh für Glühwein und Bratwurst. Wie ein verlassenes Geisterdorf lag der Platz da, geschmückt mit Weihnachtsbäumen und einer lebensgroßen Krippe, vor der der Stadtrat ein Gitter hatte aufbauen lassen, weil ständig irgendwelche Leute ein Selfie mit sich und Maria oder auch Josef, auf alle Fälle aber mit den Plüschkamelen machen wollten, denen ein Scherzkeks gestern rote Nasen aufgemalt hatte. Auf der Bühne vor dem Rathaus spielten seit Wochen im Stundentakt wechselnde Musiker ab vierzehn Uhr stimmungsvolle Lieder zum Fest. Von *Alle Jahre wieder* bis *Vom Himmel hoch* dudelte es jeden Tag, bis in den späten Abend hinein. Das Wort Erlösung hatte für Lindenberg eine ganz neue Bedeutung bekommen, sobald die Dauerbeschallung endete.

Der Schneefall in der Nacht hatte eine dünne weiße Schicht auf die Dächer der Hütten gelegt. Der Asphalt zwischen den Buden aber war saubergefegt und glänzte im feuchten Schwarz.

Lindenberg hatte schlecht geschlafen. Das passierte ihm selten. Je näher aber der Wahltag kam, umso unruhiger wurde er. Dieses Mal stand für ihn eine Menge auf dem Spiel. Zwar klangen die Umfragewerte vielversprechend, aber Lindenberg war lange genug in der Politik, um zu wissen, wie schnell sich das ändern konnte. Dafür brauchte das Wahlvolk noch nicht einmal einen triftigen Grund. Es reichte völlig, dass es ihn nicht mehr sympathisch fand.

Er musste verhindern, dass die Wahrheit herauskam. Darum war es unbedingt nötig, dass Clara die Stadt verließ. Sie dazu zu bringen würde nicht so einfach sein, denn seit damals hatte sie sich verändert. Und genau hier lag sein Problem. Die Idee, sie mit einem neuen Job zu ködern und gleichzeitig zu erpressen, fand er hervorragend. Eines Niccolò Machiavellis absolut würdig. Dieser Schachzug konnte aber nur wirken, wenn Clara tatsächlich nach Berlin ging. Sicherheitshalber hatte er gleich heute Morgen in der Personalabteilung des Kaufhauses Kohlstedt das Gerücht streuen lassen, es stünden Entlassungen an. Das würde Clara sicherlich einen gewissen Motivationsschub geben, seinem Wunsch nachzukommen.

Jeder Politiker hatte ein paar kleinere oder größere Geheimnisse, weil man auch als Politiker genauso wenig ein Heiliger war wie die Wähler oder die Presse, die stets über ihn urteilten. Nur, und das ärgerte Lindenberg, wurden bei Politikern moralische Standards erwartet, die die andere Seite selber auch nicht erfüllen konnte. Er war nicht besser oder schlechter als der Rest der Nation. Ihn aber würde es die Karriere kosten, wenn seine kleinen Fehler an die Öffentlichkeit kämen.

Clara durfte um Himmels willen nicht mit der Presse reden. Er nahm sich vor, seine Affäre von damals mit kleinen Lügengeschichten bei Laune zu halten.

Da ging hinter ihm die Bürotür auf, und seine Sekretärin trat mit einem Ordner im Arm ein. »Herr Bürgermeister, bevor Sie in die Sitzung des Stadtrats gehen, würde ich Sie gerne noch über Ihre aktuellen Termine informieren.«

Lindenberg öffnete sein Jackett und setzte sich hinter seinen gläsernen Schreibtisch, während seine Sekretärin ihm gegenüber Platz nahm. Sie wusste es noch nicht, aber er würde sie nicht mit in die Landeshauptstadt nehmen, wenn er erst einmal Ministerpräsident war. Solange würde sie brav weiter seine Vorzimmerdame sein und zugleich erhebliche Überstunden machen, um seine wichtigen Wahlkampftermine zu koordinieren.

»Gut, Moneypenny, dann los.« Es gefiel ihm, wenn er sie so nannte, denn dann war er *M*, der Chef von James Bond. Effizient ratterte sie alle Termine herunter, reichte ihm zu jedem einen schmalen Pappordner, in dem alle notwendigen Informationen für das jeweilige Treffen lagen, Namen der Beteiligten, das Redemanuskript, sofern man von ihm eine Rede erwartete, eine Liste mit den Redakteuren aus Zeitung und Fernsehen, die sich für den Termin angemeldet hatten.

»Um halb eins sind Sie zum Mittagessen mit einigen Vertretern der chinesischen Wirtschaftskommission verabredet. Ihr Fahrer holt Sie um zwei ab, damit Sie rechtzeitig zu Ihrem Vortrag über Währungsrisiken vor der IBA kommen. Danach erwartet Frau Odens von TV3 Sie im Kinderheim St. Emmaus für den letzten Teil der Homestory.«

»St. Emmaus?«

»Ja, Ihre Frau meinte, im letzten Teil der Homestory solle man über Sie als Vorsitzenden der Kohlstedt-Stiftung berichten.«

St. Emmaus. Das gefiel Lindenberg überhaupt nicht. Dort war in letzter Zeit nicht alles so rund gelaufen, wie er es sich gewünscht hatte. Vor allem dieser alte Rocker, der im Kinderheim herumschnüffelte, bereitete ihm Sorgen.

»Gut, aber machen wir es kurz. Länger als fünfzehn Minuten gebe ich der Odens nicht. Die müsste mittlerweile genug Material von mir haben. Daraus können die einen ganzen Spielfilm machen.« Er lachte kurz auf, als die Sekretärin schon wieder auf ihre Liste blickte.

In diesem Moment klingelte das Telefon. Lindenberg erkannte im Display die Handynummer seiner Frau. »Danke, wir können gleich weitermachen«, sagte er zu seiner Sekretärin. Er wartete, bis sie den Raum verlassen hatte. Dann nahm der das Gespräch an. »Eva, was gibt es?«

»Was ist in diesem Kinderheim los, Phillip?« Wie immer kam seine Frau ohne Umschweife auf den Punkt. Er wusste, dass er keine Frau geheiratet hatte, die ihren Gefühlen freien Lauf ließ. Sie war rational. Und sie handelte stets ergebnisorientiert. Vielleicht lag es daran, dass sie keine Kinder hatten. Kinder verändern einen Menschen, hatte ihm jemand gesagt. Er vermutete längst, dass Eva sich nur deshalb so kompromisslos für seine Karriere einsetzte, weil sie weder eine eigene vorzuweisen hatte noch als perfekte Mutter auftreten konnte. Dafür war er dankbar, denn ab und an ließ er sich gehen, frönte gelegentlich dem Müßiggang und genoss das Leben. Um große Ziele zu erreichen aber war das der falsche Weg, woran sie ihn immer wieder erinnerte.

»Müssen wir mit Problemen rechnen, Phillip?« Ihre Stimme klang nicht ängstlich, sondern rational, ja, fast schon kalt.

Einerseits beruhigte ihn das, andererseits aber durfte sie keinesfalls herausbekommen, dass der Beweis für eine seiner Affären derzeit in St. Emmaus lebte. »Nein, kein Problem. Ein Kind lief weg und wurde wiedergefunden. Ein dilettantischer Einbruch ohne Beute.«

»Das habe ich gehört.«

»Von wem?«

»Unwichtig. Wichtig ist nur, dass ich dafür gesorgt habe, dass die Homestory über dich dort gedreht wird und eine Woche vor dem Wahltag bei TV3 um halb acht im Programm läuft.«

Lindenberg war beeindruckt. »Wie um alles in der Welt hast du das fertiggebracht.«

»Meine Familie hat Freunde.«

Wieder einmal musste sie ihm unter die Nase reiben, dass er nur in den Kohlstedt-Clan eingeheiratet hatte. Würde er jemals den Respekt dieser Familie oder auch nur seiner Frau haben? Er wusste es nicht.

»Was auch immer in dem Heim gerade schiefgeht, Phillip, biege es wieder hin. Wir können uns schlechte PR nicht erlauben. Wenn es nicht anders geht, schmeißt du diese Henriette Jonas raus.«

»Ja, du hast recht, Eva. Es ist Zeit zu handeln«, stimmte er ihr mal wieder zu.

»Aber diskret. Sei um Himmels willen diskret.« Dann legte sie auf.

Er starrte auf das Telefon. Eva hatte recht, er hatte die Dinge schleifen lassen. Das war unverzeihlich. Jetzt musste er handeln, bevor andere es für ihn taten.

Kapitel 39

Im Wohnwagen war es kalt. Manni brauchte nicht aufzustehen, um nachzuschauen, woran es lag. Die Gasflasche war wieder leer. Offenbar plante die Kälte, sich in dieser Gegend bis in alle Ewigkeiten niederzulassen. Vor ihm auf dem Tisch lagen der Schuppenschlüssel und der Bericht, den Lukas ihm gegeben hatte. Auf den Seiten zwischen den Pappdeckeln stand eine Menge Blabla. Manni wunderte sich, wie wenig sich geändert hatte in all den Jahren. Kinder, die aus dem Heim ausbüxten, weil sie hofften, bei ihren Eltern würde es besser sein, obwohl genau die der Grund waren, warum die Kleinen überhaupt in St. Emmaus gelandet waren. Erzieher, die wussten, dass sie niemals das sein konnten, was die Kinder wirklich brauchten. Und eine Heimleiterin, die es dennoch versuchte. Irgendwie beneidete Manni Henriette. Sie hatte ihre Mission längst gefunden, und wenn er so die Zeilen vor sich las, machte sie es auch ziemlich gut.

»Soll ich dir mal das Bild von der Kleinen zeigen, Beethoven?«

Er drehte sich zur Ablage hinter der Bank, aber der Blechnapf war leer. Nur die leere Socke lag noch drinnen. Manni griff nach der Pappschachtel und schaute hinein. »Jemand zuhause?« Doch auch dort war die Ratte nicht. Das gefiel Manni nicht besonders. Mit wem sollte er denn jetzt reden?

Er nahm den Bericht noch einmal zur Hand. Lena hatte ihren Vornamen vom Jugendamt bekommen. Bald nachdem man sie am Heiligabend vor St. Emmaus gefunden hatte, kam sie zu den

Perlingers, die nur dieses eine Kind haben wollten. Man gab Lena vorläufig den Nachnamen Perlinger, weil es ja nur eine Frage der Zeit sei, bis sie den Namen offiziell tragen konnte. Tja, auch Ämter konnten irren.

Manni fragte sich, woher die Perlingers wussten, dass ein Findelkind in St. Emmaus gefunden worden war. Vielleicht war es durch die Presse gegangen. Auf alle Fälle hatte Henriette sich dafür stark gemacht, dass Lena und die Perlingers zusammenkamen. Die Polizei hatte noch ein paar Monate die Eltern der Kleinen gesucht, aber glücklicherweise nicht gefunden. Lena sollte vorerst bei der Familie als Pflegekind bleiben. Die Kleine schien mit ihren neuen Eltern und den zwei Geschwistern Glück gehabt zu haben, wenn man dem Bericht glauben durfte. Leider endete das Glück, als Frau Perlinger schwer krank wurde. Obwohl Henriette dem Vater alle Hilfe angeboten hatte, die ihr möglich war, brachte er Lena zurück. Es sollte nur auf Zeit sein, aber offenbar gab es schon Überlegungen, die Kleine woanders unterzubringen.

Manni spürte, wie Wut in ihm hochkam. »Ich sag's dir, Beethoven, das hat kein Kind verdient …« Er unterbrach sich. »Ach ja, du bist ja gar nicht da.« Irgendwie fühlte sich der Wohnwagen ohne Beethoven eigentümlich leer an. Wo seine Ratte wohl sein mochte? Es war doch kalt draußen.

Manni versuchte, sich auf die Seiten vor sich zu konzentrieren. Er schaute das Foto von Lena an, wie sie traurig in die Kamera schaute, als wolle sie ihm zeigen, was aus ihr würde, wenn er versagte. Es blieben ihm nur noch wenige Tage bis zum Fest, und er hatte absolut keinen Plan. Henriette wollte oder konnte ihm nichts sagen. Lukas war damals noch nicht im Heim gewesen, als die Kleine gefunden wurde. Lena konnte sich nicht erinnern, und die Polizei wusste, laut den Seiten vor ihm auf dem Tisch, auch nichts. Das überraschte ihn jedoch weniger. Seine Meinung von der uniformierten Obrigkeit war seit vielen Jahren auf dem Abstieg.

Dennoch hatte er sich mehr erhofft. Einzig die Familie Perlinger könnte noch etwas wissen, überlegte er und beschloss, Lenas Pflegevater einen Besuch abzustatten. Dummerweise fand er in dem Bericht keine Adresse der Familie. Verdammter Datenschutz, murmelte er.

Er überlegte, wie er an die Adresse kommen könnte. Leider gab es schon länger keine dieser praktischen öffentlichen Telefonzellen in der Stadt mehr, wo man in einem dicken gelben Telefonbuch nachschlagen konnte. Darum brach Manni auch zehn Minuten später den Schreibtisch in Kurtis Bürocontainer auf. Er würde seinem letztbesten Freund später erklären, warum das unbedingt nötig gewesen war.

Er wuchtete den dicken Wälzer aus dem unteren Fach, ließ ihn auf den klapprigen Schreibtisch fallen, dass der Staub nur so flog, und blätterte vor und dann wieder zurück, bis er den einzigen Perlinger in der Stadt gefunden hatte. Stolz auf seine detektivischen Fähigkeiten riss er die Seite heraus. Jetzt hieß es, irgendwie dort hinzukommen und den Mann auszufragen. Sollte es nicht anders gehen, würde er ihn auch herzhaft in den Schwitzkasten nehmen.

Es war für Lena.

Nach fast zwei Stunden hatte Manni endlich das Haus der Perlingers erreicht. Es war ein einfaches Siedlungshaus aus den Fünfzigern, wie sie in dieser Gegend zuhauf standen. Im Garten lagen allerlei Spielzeuge verstreut und ein aufblasbares Planschbecken ohne Luft, in dem sich eine festgefrorene Pfütze gebildet hatte. Das Gras schien seit langem nicht geschnitten worden zu sein, ebenso die Hecke. Die gläserne Eingangstür zum Haus hatte einen Sprung, der von oben bis unten ging.

Das alles aber sah Manni nicht, als er den unkrautübersäten Plattenweg zum Haus ging. Gerade wollte er den Klingelknopf drücken, da hörte er Stimmen aus dem Inneren. Die Jonas war hier!

Schnell drehte Manni sich um, auf der Suche nach einem Versteck. Hinter dem Familienauto auf der Auffahrt, hoffte er, würde sie ihn nicht entdecken. Schon ging die Haustür auf und Henriette Jonas trat heraus.

Manni machte sich noch kleiner, während er durch die Autofenster Henriette und einen dünnen Mann mit dicken Augenrändern stehen sah. Das musste Lenas Pflegevater sein. Man sah ihm an, dass er mal bessere Tage gehabt hatte. Jetzt beugten Sorgen und Kummer sein Kreuz, als sei er über achtzig. Manni musste sich anstrengen, um zu verstehen, was die beiden sprachen.

»Und Sie können sich nicht erklären, warum er das getan hatte?«, wollte Henriette wissen.

»Nein, es tut mir leid, Frau Jonas, das weiß ich nicht. Er sagte, er täte es aus Mitleid für Lena. Wie geht es ihr? Weint sie? Es tut mir alles so leid, aber es ging nicht anders …«

»Machen Sie sich keine Vorwürfe. Es geht Lena gut bei uns. Sie hat Freunde gefunden und lebt sich ein.«

»Sagen Sie ihr bitte, dass ich sie bald abholen werde«, bat Herr Perlinger noch.

Selbst aus seinem Versteck konnte Manni sehen, wie der Mann mit Tränen kämpfte. Statt einer Antwort reichte Henriette ihm die Hand.

»Sagen Sie mir, wenn ich etwas für Sie und Ihre Kinder tun kann, Herr Perlinger. Und bitte grüßen Sie Ihre Frau im Krankenhaus herzlich von mir. Die Dinge werden besser. Glauben Sie mir.«

Wie ein Automat nickte der Mann. Dann schloss er die Tür,

noch bevor Henriette den Garten verlassen hatte. Manni hielt die Luft an, als sie dicht an ihm vorbeiging.

Er fragte sich, was die Jonas, um alles in der Welt, hier gewollt hatte? Suchte sie etwa auch Lenas Mutter? Etwas sagte ihm, dass sie ihm das bestimmt nicht erzählen würde. Auch hätte er sie gerne gefragt, wer »Er« sein sollte, der irgendetwas aus Mitleid getan haben sollte. Mysteriös.

In dem Moment kam Manni der Gedanke, dass hinter dem Besuch der Heimleiterin vielleicht eine ganz andere Absicht stehen könnte. Ahnte sie etwa, wer die Eltern waren? Oder wusste sie es sogar und wollte es nur vertuschen? Sie war vor fünf Jahren dabei gewesen, als man Lena in der eisigen Nacht fand. Wusste sie, dass jemand ein Neugeborenes vor die Tür legen würde? Hatte darum die Vermittlung so schnell geklappt? Manni wurde schwindelig.

Eines war auf alle Fälle klar: Die Frau hatte ein Geheimnis.

Gut, dass auch er welche hatte, denn sie ahnte nicht, wie dicht er ihr auf den Fersen war.

Manni wartete ein paar Minuten, bevor er sein Versteck verließ. Stöhnend richtete er sich auf. Sein Kreuz knackte verdächtig. Schnell lief er durch das Gartentor zurück auf den Bürgersteig und eilte um die Ecke.

Er sah nicht den dunklen BMW, der auf der anderen Straßenseite stand. Der Fahrer hatte mit eisigem Blick das Geschehen vor dem Haus der Perlingers verfolgt.

Kapitel 40

Was tust du denn da?«, rief Stine und nahm Clara die Bestellorder für die Einkaufsabteilung aus der Hand. Kopfschüttelnd las sie die Zahlen. »Wir brauchen doch keine sechshundert Nintendos mehr vor Weihnachten!«

Clara griff nach dem Zettel. »Sechshundert?« Tatsächlich, sie hatte eine sechs mit zwei Nullen in das dafür vorgesehene Kästchen geschrieben.

»Was ist heute nur los mit dir?« Stine stellte sich vor sie. »Geht es dir nicht gut? Bist du krank? Du siehst blass aus.« Sie beugte sich ein wenig vor. »Ist bei dem Date gestern etwas schief gegangen?«

Clara lächelte bei dem Gedanken an Lukas. »Nein, eigentlich nicht. Es war allerdings recht schräg.«

Funken blanker Neugier schossen aus Stines Blick. »Erzähl.«

Clara strich die Nullen durch. Dann zeigte sie die Order Stine. »Besser?«

»Lenk nicht ab. Sag schon, wie war es.«

»Nett.«

»Nett?«, rief Stine und warf die Hände in die Luft. »Das ist alles?«

Clara nickte und drehte sich fort, um ihrer Kollegin nicht in die Augen sehen zu müssen. Sie hatte Angst, man könne ihr diese entsetzliche Verwirrung ansehen, die sie die ganze Nacht nicht hatte schlafen lassen. Und nun fragte Stine auch noch, was los sei. »Ich weiß selber nicht, was los ist.« Sie wollte zu der neuen Lieferung Bücher hinübergehen, um sie auszupacken, als Stine sie am Arm festhielt.

»Bist du verliebt?«, verlangte sie zu wissen. Deutlich war ein neugieriges Glitzern in ihren Augen zu sehen.

Clara dachte an den Kuss. Noch nie hatte jemand sie so zärtlich geküsst. Es war nicht die Art von Kuss, die nach Sex verlangte. Lukas hatte sie so sachte geküsst, als sei das, was sich gerade zwischen ihnen anbahnte, eine Schneeflocke, die man durch unbedachte Leidenschaft nur zerstören würde. Er hatte nicht gefordert, sondern gegeben. Für wenige Augenblicke hatte ihre Seele Frieden gefunden.

Erst als sie vor Kälte zu zittern begann, hatte er sie nach Hause gebracht. Er hatte nicht mit in ihre Wohnung hochkommen wollen, weil er wusste, dass es zwischen ihnen noch nicht so weit war. Sie war ihm dafür unendlich dankbar, denn seine Zurückhaltung machte ihn und damit den Kuss zu etwas Besonderem.

Ja, sie drohte sich zu verlieben, trotz aller Warnungen in ihrem Kopf, denselben Fehler nicht noch einmal zu begehen. Vielleicht aber war es auch nur Zeit, endlich ein neues Leben zu beginnen und das Vergangene hinter sich zu lassen.

Es war genau dieser Gedanke, der dafür gesorgt hatte, dass sie in der Nacht kein Auge zumachen konnte. Sie musste sich zwischen Lukas und ihrem Kind entscheiden. Wollte sie wirklich ein neues Leben beginnen und in der Stadt bleiben? Dann würde Phillip seine Drohung wahr machen und ihr nichts mehr über Charlotte sagen? Oder wollte sie nach Berlin gehen, um ihrer Tochter näher zu sein? Berlin aber würde bedeuten, dass es mit Lukas vorbei war, bevor es richtig begonnen hatte.

Ohne darüber nachzudenken, was sie tat, schnitt sie mit einem Cutter die Kartons vor sich auf, nahm die Lieferscheine heraus, prüfte den Inhalt und begann die Bücher in die Regale zu stellen.

Da merkte sie, dass Stine hinter ihr stand. Clara hielt inne. »Was ist denn nun schon wieder?«

»*Die kleine Raupe Nimmersatt* stellst du neben *Harry Potter's Halbblutprinzen?* Und dann auch noch verkehrt herum. Hm.«

Clara sah in das Regal vor sich. Tatsächlich, die Titel der Bücher standen auf dem Kopf, das Vorlesebuch für Dreijährige zwischen einem Fantasythriller mit einer Schlange auf dem Cover und dem letzten Potter.

Seufzend schob Stine sie zur Seite. »Ich denke, es ist besser, wenn du nach Hause gehst. Hier machst du mehr Arbeit, als du wegschaffst.«

»Entschuldige.«

»Aber nur, wenn du mir minutiös sagst, was vorgefallen ist.« Sie drehte das eine Buch richtig herum und zog das Bilderbuch für die Kleinen aus der Reihe.

Clara lächelte dankbar, als Stine mit wenigen Handgriffen das Regal in Ordnung brachte und schnell noch einen kleinen Büchertisch mit den Neuerscheinungen zum Fest aufbaute und dekorierte.

»Dieser Lukas ist dir hoffentlich nicht … also, er hat dich nicht gegen deinen Willen … oder?« Stine drehte sich mit einer Glitzergirlande in der Hand besorgt zu Clara um. »Immerhin hat er dich so etwas wie gestalkt. Und irgendwie bin ich ja schuld, wegen der Sache mit dem Automuseum …«

Spontan nahm Clara ihre Kollegin in den Arm. »Nein, hat er nicht. Es war ein wunderschöner Abend, mit Candle-Light-Dinner und allem Drum und Dran.« Sie ließ Stine wieder los.

Überrascht sah Stine ihr ins Gesicht. »Und warum bist du dann so komisch? Ich meine, so richtig verliebt siehst du nicht aus, benimmst dich aber so, als hättest du Schmetterlinge im Bauch.«

»Ich befürchte, aus Lukas und mir wird nichts.«

»Was? Bist du von allen guten Geistern verlassen? Der Typ ist doch irgendwie … nett.« Stine legte den Kopf ein wenig schief. »Und seien wir ehrlich, Schlange stehen die Männer nicht vor deiner Tür.«

»Darum geht es doch gar nicht.«

»Nein?« Stine stemmte ihre Hände in die Hüften. »Worum dann? Ist er nicht gut genug für dich? Trauerst du irgendeinem Ex hinterher?«

»Unsinn. Lukas ist wundervoll.«

»Ja, was ist es denn sonst? Ist er dir zu weich? Stehst du eher auf die Machos? Ehrlich, von denen kann ich dir nur abraten. Wenn es zum Schwur kommt, sind sie die Ersten, die den Schwanz einziehen und abhauen.« Sie schien einschlägige Erfahrungen mit dieser Sorte Mann gemacht zu haben. »Also, nun sag schon, warum du ihn nicht haben willst? Riecht er, oder was?«

»Nein, er ist perfekt, glaube ich.« Clara suchte nach einer Antwort, die sie selber nicht wirklich wusste. Machte sie einen Fehler? Ratlos sah sie Stine an. »Ich kann es dir nicht sagen. Tut mir leid«, murmelte sie und ging. Mit hängenden Schultern ließ sie ihre einzige Freundin stehen.

»Übrigens soll die Hälfte von uns entlassen werden«, hörte sie Stine ihr noch nachrufen. »Das habe ich von der Rittmeier aus der Personalabteilung. Besser, du strengst dich hier wieder mehr an.«

Kapitel 41

Er hatte seinen BMW in einer Seitenstraße geparkt. Mit einem Blick in den Rückspiegel versicherte sich Lindenberg, dass keine Essensreste zwischen seinen Zähnen waren und die Frisur saß. Dann stieg er aus. Bus und Bahn nehmen, das machte sich bei Wählern immer gut, jedenfalls jenen, die die Sendung von der Odens auf TV3 schauten. Also tat Lindenberg, als sei er mit den Öffis gekommen, wie er sie nannte, und nicht mit der Limousine. Natürlich würde er die Wahrheit sagen, sollte man ihn fragen. Die Anzahl seiner Lügen hielt er stets überschaubar, denn er wusste, dass sie früher oder später zurückkehrten. Über alte Kamellen waren schon viele seiner Vorgänger gestolpert. So wollte er nicht enden, und so hatte er sich in den letzten Jahren den Ruf erarbeitet, einer der wenigen Politiker zu sein, die noch verlässlich und ehrbar waren. So sollte es auch bleiben.

Gut gelaunt und mit schwungvollem Gang spazierte er durch das Tor von St. Emmaus. Er bedauerte noch, dass es Winter war. Im Sommer hätte er sein Jackett ausgezogen und lässig, wie Obama, über die Schulter geworfen.

Erwartungsgemäß war die Odens bereits mit ihrem Kameramann da. Lindenberg hatte sich absichtlich ein wenig verspätet, damit man ihn bei seiner flotten Ankunft aufnehmen konnte. Ein guter Auftritt machte nur Sinn, wenn man auch ein Publikum hatte. Überrascht stellte er jedoch fest, dass man nicht auf ihn gewartet hatte. Stattdessen stand der Mann mit der Kamera auf der Schulter einige Schritte vom alten Schuppen entfernt und hielt auf die Journalistin, die von einigen Kindern umringt dastand und mal der einen oder der anderen Rotznase das Mikrofon vorhielt. Alle redeten auf sie ein.

Ein wenig verärgert, dass sein Auftritt unbemerkt geblieben war, jedoch breit lächelnd ging Lindenberg auf die Bande zu. Dabei achtete er darauf, dass sein Konterfei später optimal im Bild war.

»Na«, sagte er und legte seine Hand einem pickeligen Jungen auf die Schulter. »Was geht ab?« Offenbar hatte er nicht den richtigen Slang erwischt, denn alle schauten ihn nur fragend an.

»Und was passierte dann?«, wollte die Odens von den Kindern wissen, ohne Lindenberg zu begrüßen. Sie schien eine bessere Story als ihn gefunden zu haben.

Ein etwas größerer Junge legte sich mächtig ins Zeug, der Frau vom Fernsehen zu imponieren. »Dann hat er die Neue gefunden.« Das Kind wies zum Schuppen hinüber, wo der Kameramann gerade versuchte, durch ein Fenster zu filmen. Jetzt plapperten alle durcheinander. »Ins Krankenhaus haben sie sie gebracht.« – »Fast wäre sie erfroren.« – »Not-OP«, näselte ein Mädchen und nieste in die Runde, ohne die Hand vor den Mund zu halten. Unwillkürlich verzog Lindenberg das Gesicht.

»Und er ist euer Aushilfsweihnachtsmann?« Die Kinder nickten.

Langsam dämmerte Lindenberg, was die Frau gerade interessierte. »Guten Tag, Frau Odens«, unterbrach er sie. »Wir hatten einen Termin.«

»Oh, Herr Lindenberg, verzeihen Sie.«

Unter seinem charmanten Lächeln grummelte Lindenberg leise.

»Ich habe gerade von einer wunderbaren Geschichte erfahren«, erklärte sie ihm. »Mein Sender wird begeistert sei. Wussten

Sie, dass der Weihnachtsmann die kleine … wie hieß sie noch gleich?«

»Jana«, rief ein Kind.

»Nein, Lena«, korrigierte ein anderes.

»Genau, also dass der Mann eine vermisste Vierjährige wiedergefunden hat? Sie ist ein Findelkind. Er rettete sie vor dem sicheren Tod, als er sie im Schuppen fand. Mein Gott, wie romantisch! Die Zuschauer werden es lieben.«

»Ich habe davon gehört. Aber sollten wir nicht mit dem Interview loslegen. Ich habe nur eine Viertelstunde, dann muss ich mit dem Kanzleramt telefonieren.« Natürlich war das eine klitzekleine, aber vertretbare Lüge, die ihm nun hoffentlich die Aufmerksamkeit der Frau sicherte. Außerdem wollte er, dass sie die Sache mit der Kleinen schnell wieder vergaß.

Im selben Moment liefen die Kinder zum Tor, durch das eben ein Mann in Lederkluft hereinschlurfte.

»Da ist er!« Sie nahmen den Alten an die Hand und zerrten ihn zu der Journalistin. Schon kam auch der Kameramann herbeigelaufen.

»Sind Sie der *Herr* …«, kurz ging ihr Blick über Mannis Kluft. Sie korrigierte aber ihre Anrede nicht, »… der das kleine Mädchen gefunden hat?«

»Wer will das wissen?«, brummte Manni und trat einen Schritt zurück. Misstrauisch schielte er zu der Kamera hinüber.

»Ich würde Sie gerne für TV3 interviewen. Natürlich nur, wenn Sie nichts dagegen haben, Herr …«

Mannis Augen wurden schmal wie Schlitze. »Ich habe aber etwas dagegen.« Eigentlich hatte er nur Henriette Jonas fragen wollen, was sie bei den Perlingers zu suchen hatte.

Das hier hatte er nicht erwartet. Gerade wollte er sich durch die Menge drängeln, um in Sicherheit zu kommen, als jemand ihn am Ärmel festhielt. Bevor er die Hand abschütteln konnte, bemerkte er Lena. Sie gab ihm ein Zeichen, dass er sich zu ihr hinunterbeugen sollte. Er zögerte.

Da wies eines der Kinder auf die Kleine. »Das ist sie.« Sofort drehte sich die Frau zu Lena, hockte sich hin und hielt ihr das Mikrofon vor die Nase. Der Kameramann hinter der Journalistin ging in die Totale.

»Du bist also Lena. Und wie heißt du weiter?«

Manni drängte sich zwischen das Kind und die Frau. »Dürfen Sie das eigentlich?«, wollte er wissen.

Die Odens erhob sich verärgert. »Oh ja, Herr Lindenberg hat uns extra für Aufnahmen hergebeten.«

Wieder zupfte Lena an Mannis Jacke. Er beugte sich zu ihr hinunter, wobei er aber mit seinem breiten Kreuz dafür sorgte, dass der Kameramann keine Aufnahmen von seiner neuen Freundin machen konnte. »Was ist denn?«

»Meine Mama hat bestimmt ein richtiges Zuhause mit einem Fernseher«, flüsterte Lena. »Und wenn sie den anmacht, sieht sie dich und mich. Dann sagen wir ihr, wo sie mich abholen kann.«

»Püppchen, das funktioniert nicht.«

»Doch. Du bist der Weihnachtsmann. Auf dich hört sie bestimmt.«

»Aber ich bin doch gar kein echter Weihnachtsmann. Nur eine Aushilfe!«, jammerte er.

Jetzt beugte sich Frau Odens ebenfalls vor. »Wir müssen natürlich erst die Heimleitung fragen, ob wir Sie und das Kind filmen dürfen. Bis dahin können Sie es sich ja noch überlegen.« Sie wandte sich an Lena. »Aber ich bin mir sicher, dass du bestimmt gerne ins Fernsehen kommen möchtest, oder?«

Lena nickte.

Die Sache gefiel Manni nicht. Da er aber die Idee der Kleinen ziemlich gut fand und dies so ziemlich das Einzige war, das ihm noch helfen konnte, sein Versprechen einzuhalten, nickte er nur grimmig. »Aber keine Namen. Ich bin Manni. Das muss reichen.«

Mit zunehmendem Unbehagen beobachtete Lindenberg ein wenig abseits, was da vor sich ging. Da trat Hausmeister Krawutke zu ihm. »Verhaften sollte man das Subjekt«, zischte er und warf seinem Konkurrenten einen verächtlichen Blick zu.

»Ist das der Kerl, von dem Sie mir am Telefon erzählt haben, Krawutke?«

Der Hausmeister nickte. »Frau Jonas muss den Verstand verloren haben, als sie ihn zu uns brachte. Die Kinder brauchen Zucht und Ordnung. Nicht so einen! Wenn Sie mich fragen, Herr Lindenberg, dann ist der Kerl kriminell.«

»Kriminell«, murmelte Lindenberg und verzog sein Gesicht zu einem Grinsen und hatte eine Idee. Er zog sein Portemonnaie aus der Manteltasche und reichte es dem überraschten Krawutke. »Hier sind meine Kreditkarten plus drei- oder vierhundert Euro. Nehmen Sie sich einen Hunderter raus. Dann schmuggeln Sie die Börse in die Jackentasche von dem Penner da drüben. Sobald ich weg bin, warten Sie eine halbe Stunde. Dann rufen Sie die Polizei und sagen denen, wer mir meine Brieftasche geklaut hat. Verstanden?«

Und wie Krawutke verstand. Schnell ließ er das Portemonnaie in die Tasche seines grauen Kittels gleiten und straffte zufrieden seine Schultern. »Jawohl.«

Lindenberg reichte ihm zum Abschied die Hand. »Ich bin froh, dass Sie hier einen Blick auf die Umstände haben und dass ich mich auf Sie verlassen kann. Weiter so.« Fast hätte der Hausmeister salutiert, überlegte es sich aber noch einmal anders und ließ den Arm wieder sinken.

Lindenberg ging zu der Kinderschar hinüber, in deren Mitte der Alte mit der Odens stand und Fragen beantwortete. Er drängelte sich durch die Menge und reichte Manni die Hand. »So, so, wir haben hier also einen echten Helden unter uns. Das wusste ich ja gar nicht.« Er stellte sich dicht neben den Aushilfsweihnachtsmann und lächelte in die Kamera. »Wir sind Ihnen zu großem Dank verpflichtet, Herr …«

»Manni.«

Zufrieden ging Lindenberg einige Minuten später zu seinem Wagen zurück. Es war schon immer seine Stärke gewesen, in ausweglosen Situationen kreative Lösungen zu finden. Mit seiner kleinen Finte würde er verhindern, dass dieser Manni mit der Kleinen im Fernsehen zu sehen war. Schon die römischen Cäsaren wussten, dass man Helden am besten diskreditierte, indem man sie der Schande preisgab. Die Schande sorgte dafür, dass die Heldentat selbst in der Belanglosigkeit verschwand, denn Skandale interessierten die Leute sehr viel mehr. Ja, Lindenberg hatte seinen Machiavelli aufmerksam gelesen.

Keiner wollte etwas von diesem Manni oder dem Kind wissen, wenn der Held in Wahrheit nur ein kleiner Dieb war. Odens würde den Bericht nicht bringen, da war Lindenberg sicher, denn jetzt hatte sie es nicht mehr mit einer romantischen Story und einem Helden zu tun, sondern mit einem Kleinkriminellen.

Lindenberg setzte sich in den Wagen. Er musste nur ein einziges Telefonat führen. Er griff zu seinem Handy und wählte die Nummer der Polizei.

»Lindenberg hier. Ich möchte einen Diebstahl melden.«

Kapitel 42

Henriette sah der Journalistin zu, wie sie Manni und Lena unten im Hof befragte. Sie wusste nicht, ob es eine gute oder eine schlechte Idee war, dem Sender Aufnahmen zu erlauben. Sie hoffte, dass das Heim ein gutes Image bekommen könnte, wenn so ein kleines Weihnachtswunder bei ihnen geschah. Dieses wiederum könnte auch für sie selber von Nutzen sein, denn sollte man sie entlassen wollen, müsste der gesamte Stiftungsrat dafür stimmen, nicht nur der Vorsitzende. Und die Mitglieder des Rates schauten sicherlich auch die Sendung von Frau Odens. Es war also eine strategische Entscheidung, der Henriette eine gewisse verzweifelte Note nicht absprechen konnte.

Erst hatte sie Bedenken gehabt, ob Lena überhaupt mit der Situation umgehen könnte, doch die Kleine schien förmlich erpicht darauf zu sein, gemeinsam mit Manni vor die Kamera zu treten. Tief in ihrem Inneren hoffte Henriette, auch die Mutter der Kleinen möge den Bericht sehen und sich endlich melden. Aber das schien Henriette nicht sehr wahrscheinlich. Dennoch, dachte sie, die Hoffnung stirbt bekanntlich zuletzt.

Sie fragte sich, ob sie eine solche Entscheidung früher auch getroffen hätte oder ob die Umstände der letzten Tage sie verändert hatten. Ja, dachte sie, etwas war anders, seit dieser Manni aufgetaucht war. Jetzt musste sie um ihre Stellung und um ihre Kinder kämpfen. Der Gedanke, jemand anderes könnte in diesem Büro sitzen und die Geschicke der Kleinen leiten, schmerzte sie. Henriette drehte sich um und schaute zu der Fotowand hinüber. Über und über mit Briefen und Bildern, Postkarten und Zeichnungen bedeckt, hingen dort die Beweise, dass sie es immer wieder geschafft hatte, dem harten Schicksal der Kinder eine gute Wendung zu geben. Einzig bei Lena schien sie zu scheitern.

Henriette drehte sich wieder zum Fenster. Unten schloss Hausmeister Krawutke gerade den Schuppen auf und ging mit Manni, der Journalistin und dem Kameramann hinein, während die anderen Kinder sich um Lena scharrten. Vielleicht half der kleine Auftritt vor der Kamera nicht, dass sie ihre Mutter fand, doch schon jetzt schien es zu helfen, dass die Kleine sich einlebte und Freunde fand. So, wie Lena gerade lachte, war Henriette zuversichtlich. Zumindest würde die Aufregung, im Fernsehen zu sein, die Kleine von ihrem Leid ablenken. Manni hingegen schien nicht so glücklich zu sein, dass er im Mittelpunkt stand. Henriette lächelte. Um ihn aber musste sie sich keine Sorgen machen.

Dass sie sich in diesem Punkt geirrt hatte, stellte sich nur wenige Minuten später heraus, als ein Streifenwagen vor dem Tor hielt. Zwei Polizisten stiegen aus, setzten ihre Dienstmützen auf und kamen auf den Hof. Sofort hielt Henriette Ausschau nach Kevin, Mats, Oskar und Olli, über die sie in den letzten Tagen keinerlei Klagen gehört hatte. Sie sah die Jungen durch das Fenster in den Schuppen lugen, wo die Fernsehleute gerade Manni interviewten. Lukas, der bei den Kindern stand, hatte die Beamten ebenfalls bemerkt und eilte ihnen entgegen.

Ohne ihren Mantel überzuziehen, verließ Henriette das Büro und lief in den Hof.

Dort hatten die Polizisten Manni aus dem Schuppen geholt und sprachen jetzt mit ihm, während der Kameramann die Szene festhielt. Aufmerksam hörte die Frau mit dem Mikrofon in der Hand zu, während auch die Kinder alles beobachteten. Die ganze Sache gefiel Henriette überhaupt nicht.

Der Wind pfiff eisig, und sie hatte die Arme um sich gelegt, als sie die Menge erreichte. »Lukas, bringen Sie bitte die Kinder rein. Es ist zu kalt.« Sie drehte sich zu dem Kameramann. »Und Sie hören mit dem Filmen auf.« Der Mann reagierte nicht. »Jetzt!«, fuhr sie ihn in klarer Heimleitermanier an. Dann drehte sie sich zu den Beamten. »Darf ich fragen, was los ist, meine Herren?«

Kurz darauf führten die Beamten Manni ab. Man hatte bei ihm das Portemonnaie von Phillip Lindenberg gefunden.

»Er hat es gestohlen, als sie nebeneinander vor der Kamera standen«, versicherte Hausmeister Krawutke und bot sich als Zeuge an. Manni hingegen beteuerte seine Unschuld, was angesichts seiner Vergangenheit unglaubwürdig erschien.

Henriette konnte es nicht fassen. Warum hatte er das nur getan? Er schien sich seit dem Vorfall bei der Probe doch eigentlich recht wohl zu fühlen, hier, bei ihr, im Heim. Doch eine Stimme in ihr sagte jene harten Worte, die der Wahrheit wohl am nächsten kamen: Manni Semmler war nun einmal ein Dieb. Sie hatte es gewusst, seit sie ihn in der Fußgängerzone beim Klauen erwischt hatte. In dem Alter konnte man nicht mehr aus seiner Haut. Selbst wenn man wollte.

Schweren Herzens drehte Henriette sich herum, um wieder ins Haus zu gehen, als sie Lena in der Tür stehen sah, die mit dem Ärmel ihres Pullis Tränen aus dem Gesicht wischte.

Sie eilte hinüber und nahm die Kleine in den Arm. »Lenalein, das ist nicht so schlimm. Herr Semmler wird bald zurück sein.«

Die Kleine schüttelte den Kopf. »Er heißt nicht Herr Semmler!«, rief sie, strampelte sich frei und lief die Treppe hinauf. Überrascht sah Henriette ihr nach.

Da trat Lukas neben sie. »Für sie ist er der Weihnachtsmann.«

Kapitel 43

So gut es ging, hatte Lukas versucht, Lena zu trösten. Er hatte behauptet, dass es sicherlich nur ein Missverständnis sei, und geschworen, dass Weihnachten in diesem Jahr nicht ausfallen würde. Doch Lena hatte sich auf ihr Bett gelegt, die Puppe an sich gedrückt und geschwiegen. Schweigen aber ist eine schlimme Waffe, die nicht jeder aushalten kann. Nicht so Lukas. Er hatte seine ganze Kindheit in einer Familie gelebt, die schwieg. Man schwieg bei Tisch oder wenn der Vater seinem einzigen Sohn mal wieder belehrende Worte mit auf den Weg gab. Man schwieg, wenn die Mama auf ihrer Violine übte oder wenn Gäste da waren. Andersherum strafte man das Kind mit vorwurfsvollem Schweigen, wenn es nicht tat, was von ihm erwartet wurde. Keine Umarmung, nur Stubenarrest und … Schweigen. Lukas war ein verlassenes Kind gewesen, das selten lachte. Er wusste, wie sich Einsamkeit anfühlte, obwohl so manches Kind in St. Emmaus sicherlich gerne mit ihm, der schönen Villa am Stadtrand, den vielen Reisen und einer echten Familie getauscht hätte. Lange saß er neben Lena und streichelte ihren Rücken. Als er meinte, sie könne eingeschlafen sein, stahl er sich leise aus ihrem Zimmer.

Doch Lena hatte nicht geschlafen. Sie dachte nach. Als sie sicher war, dass der Erzieher, der immer nach Keksen roch, fort war, stand sie auf. Sie holte ihren Plüsch-Rucksack mit dem Teddykopf aus der Ecke, den sie immer mit in den Kindergarten nahm, und stopfte ein paar Dinge hinein, die sie sicherlich brauchen würde. Dann zog sie ihre Stiefel und den warmen Mantel mit der Kapuze an. Sie wickelte ihre Puppe in ein Tuch, damit Püppi auf der Reise nicht frieren musste.

Als alle anderen beim Abendbrot waren, schlich Lena hinaus auf den Gang, lief die Treppe hinunter, schlüpfte durch die Tür in den Hof, wo die Polizisten vorhin den Weihnachtsmann verhaftet hatten.

Kapitel 44

Während die Kinder aßen, ging Henriette unruhig in ihrem Büro auf und ab, immer fünf Schritte, vom Schreibtisch zu einem der beiden Sessel, die vor dem beigefarbenen Sofa standen und zurück. Dabei hielt sie die Arme vor der Brust verschränkt, obwohl ihr gar nicht kalt war. Sie fühlte sich wie ein Löwe im Käfig.

Hatte sie sich wirklich so in Manni Semmler geirrt? Immerhin hatte sie ihm den Schlüssel für den Schuppen gegeben. Sicherlich hätte er dieses staubige Ding, das er Motorrad nannte, mittlerweile stehlen können, wenn er gewollt hätte. Aber die Maschine war noch dort. Das sprach doch für ihn, oder? Warum sollte er eine Brieftasche stehlen, wenn er doch eigentlich das Ding aus dem Schuppen haben konnte? Ging es ihm so schlecht, oder konnte er nur nicht anders, als einer Gelegenheit nachzugeben? Sie wusste es nicht. Eines aber wusste sie: Seit er in ihrem Haus war, liefen einige Dinge mächtig aus dem Ruder.

Glücklicherweise hatte Frau Odens darauf verzichtet, über Manni und Lena oder gar die Sache mit dem Diebstahl zu berichten.

Henriette blieb vor der Fotowand stehen. All die Kinder der letzten Jahre, die ihr noch heute Postkarten schickten oder Fotos … Viele von ihnen machten sie stolz, denn sie hatten die Schule abgeschlossen und etwas aus ihrem Leben gemacht. Ganz selten nur hatte sie sich in einem Kind und seinen Möglichkeiten geirrt. Das war ihr Talent. Sie konnte das Gute in einem Menschen sehen, während der Rest der Welt blind dafür war.

Unsicher glitt ihr Blick über all die Kinderbilder.

Zu ihrem Geburtstag schickten viele ihrer Ehemaligen noch immer einen Gruß, obwohl sie selber schon Eltern waren. Und so mancher kam zum Weihnachtsfest auf ein Stündchen vorbei und feierte mit den Kindern, die heute in ihrer Obhut waren.

Ließ ihr Bauchgefühl nach? Stumpfte ihr Talent ab?

Sie nahm ein Foto von der Wand, das hinter mehreren anderen halb versteckt lag. Es zeigte Lena auf dem Arm ihrer Pflegemutter vor einem Zoogehege. Neben ihnen schleckten die beiden Jungen Eistüten. Ein glückliches Bild. Und doch war im Gesicht Frau Perlingers schon der Schatten ihrer Krankheit zu sehen. Das Bild war drei Jahre alt. Lena hatte sich seither verändert, war ernster geworden. Und dennoch wusste Henriette, dass das Kind es schaffen würde, glücklich zu werden. Sie schob das Bild zurück in den Umschlag und hängte ihn an seinen Platz.

Warum war sie sich bei Lena so sicher? Weil sie viele Jahre Erfahrung mit Kindern hatte. Und Männer, fragte sie sich? Hatte sie sich den alten Rocker einfach nur zurechtgeträumt? Die raue Schale und der weiche Kern? Hatte er sie an ihre Jugend erinnert, als auch sie gerne ein wenig wilder gewesen wäre, als ihre Eltern erlaubt hatten? Sah sie in ihm die Freiheit, die sie nie gehabt hatte und sich später, wegen der Pflicht in ihrem Leben, niemals zugestehen wollte? Immer war sie für die anderen da gewesen.

»Aufhören!«, rief Henriette plötzlich in die Stille hinein und presste ihre Hände auf den fast schon schmerzenden Kopf. Energisch trat sie hinter ihren Schreibtisch und setzte sich auf den Stuhl. Die Dinge waren, wie sie waren. Von all dem Grübeln wurde nichts besser. Dabei gab es eine Menge zu erledigen. Die Arbeit auf ihrem Tisch wurde nicht weniger, nur weil sie sich bemitleidete oder sinnlos hinterfragte. Bei der Polizei würde man beizeiten die richtige Entscheidung über Herrn Semmler fällen. Wenn er gestohlen hatte, musste er dafür geradestehen. Und wenn er unschuldig war, würde sich das Missverständnis sicherlich bald aufklären und er konnte gehen. Ob sie ihn dann allerdings noch in ihrem Haus haben wollte, wusste Henriette noch nicht.

Kapitel 45

Der Weg in das Kinderheim St. Emmaus fiel Clara sehr schwer. Sie hatte sich zu einer Entscheidung durchgerungen, die ihr vernünftig erschien, aber sie hatte mit sich gerungen, wie sie es Lukas erklären sollte. Natürlich hätte sie ihm einfach eine SMS schicken können. Machten es heutzutage nicht viele Leute so, dass sie sich stets den einfachsten aller Wege aussuchten? Anrufen wäre wohl auch gegangen, aber beides fand Clara schäbig und feige. Wenn man einem Menschen schon wehtun musste, dann sollte man die Größe haben, ihn dabei anzusehen. Es war eine Frage des Respekts und des Anstandes.

Clara hatte sich die Worte genau überlegt. Sie würde ihm versichern, wie schön der Abend gewesen sei, ja, dass sie wohl nie wieder ein so romantisches Candle-Light-Dinner erleben würde wie jenes auf dem Schrottplatz. Sie würde ihm versichern, dass er wahrscheinlich das Beste war, was ihr jemals passiert war, dass sie aber eine Stelle in Berlin annehmen würde, um ihrem Kind näher zu sein. Sie hoffte, Lukas könnte es verstehen, selbst, wenn es ihm sehr wehtun würde. Dass er mit ihr in die Hauptstadt gehen würde, glaubte sie nicht. Und Fernbeziehungen waren bekanntermaßen noch schwerer am Leben zu halten als normale Beziehungen. Nein, Clara sah keinen anderen Weg, als die Tatsachen zu nehmen, wie sie waren.

Jetzt fuhr sie mit der Straßenbahn in die Innenstadt. Sie saß am Fenster und blickte zu den Leuten in den Straßen. Viele waren unterwegs, um noch schnell ein paar Geschenke vor dem Fest zu besorgen oder den Kühlschrank mit Leckereien zu bestücken. Vor ihren Mündern fror der Atem zu weißen Wölkchen, während sie von Geschäft zu Geschäft eilten. Die Zeit drängte.

Clara aber würde das Fest wieder einmal alleine verbringen, Kleider nähen und früh schlafen gehen. Den Gedanken, dass Charlotte bald Geburtstag haben würde, versuchte sie, so gut es ging, zu verdrängen. Sie hatte am Morgen wieder einmal eine Geburtstagskarte für ihre Tochter geschrieben, so wie sie es jedes Jahr tat. Dann hatte sie sie in den Karton zu all den anderen Karten und Briefen gelegt, die Charlotte niemals bekommen würde. In diesem Karton lag auch das einzige Foto, das sie von ihrem Kind hatte. Phillip hatte es ihr geben müssen, als sie befürchtete, verrückt zu werden. Er schien Angst gehabt zu haben, dass sie doch eines Tages zu seiner Frau gehen würde. Wie schlecht er seine Geliebte kannte. Niemals hätte sie sich dermaßen erniedrigt. Dennoch hatte sie das Foto dankbar an sich genommen. Sie hoffte, es würden noch ein paar neue Bilder hinzukommen, wenn sie erst einmal in Berlin war.

An jeder Haltestelle kam mit den neuen Fahrgästen ein eisiger Windhauch von draußen herein. Clara kuschelte sich tiefer in ihren Mantel, zog den Schal enger um den Hals. Die Fahrt schien sich unendlich in die Länge zu ziehen. Ihr kam der Gedanke, dass sie einfach aussteigen könnte, um noch einmal genauer über ihre Entscheidung nachzudenken. Vielleicht gab es ja noch eine andere Lösung, die ihr nur noch nicht eingefallen war. Doch sie wusste, dass sie alle Argumente sorgsam genug abgewogen hatte. Darum blieb sie sitzen.

Die Straßenbahn passierte jetzt die Brücke über den Fluss, auf der Lukas sie geküsst hatte. Sie schloss die Augen, als sie noch einmal seine weichen Lippen auf ihren spürte. Damals, es schien ihr unendlich lange her zu sein, hatte es zu schneien begonnen. Sie war sicher gewesen, dass sich sogar der Himmel über den Kuss auf der Brücke gefreut hatte.

Eine blecherne Stimme aus dem Lautsprecher über ihrem Kopf sagte die Station an, wo Clara aussteigen musste. Kurz rang sie ein letztes Mal mit sich, ob sie nicht doch weiterfahren sollte. Trotzdem erhob sie sich, drückte den Knopf an der Haltestange und wartete mit einer Handvoll anderer Leute an der Tür darauf, dass die Straßenbahn zum Stehen kommen sollte. Ein Ruck ging durch den Wagen, der alle Körper leicht in Fahrtrichtung neigte, dann stand die Bahn.

Man wartete, dass die Türen aufgehen würden, doch nichts rührte sich. Jemand drückte noch einmal den Knopf, aber die Türen blieben geschlossen. Verwirrt schauten sich die Fahrgäste an. Einige gingen nach vorne, um beim Fahrer auszusteigen, aber auch dort öffnete sich die Tür nicht.

Der Fahrer schien das Problem bereits bemerkt zu haben, und betätigte einige Knöpfe an seinem Armaturenbrett. Nichts bewegte sich. Von draußen klopfte eine alte Frau mit ihrem Stock gegen das Türglas und rief, sie wolle einsteigen. Die Leute wurden unruhig.

»Warum gehen denn die Türen nicht auf?«, fragte jemand.

Jetzt erhob sich der Fahrer, schob die Kasse zur Seite, trat vor und öffnete einen Kasten oberhalb des Ausgangs. Dort legte er einen roten Hebel um. Ein Zischen war zu hören. Jetzt griff er zum Handlauf und zog kräftig daran. Noch immer rührte sich nichts. Er begann am Griff zu rütteln, doch ohne Erfolg. Leise fluchend ging er zur Tür in der Mitte des Waggons. Wieder zischte irgendwo irgendetwas, als er den roten Hebel über dem Ausgang betätigte. Und wieder rührte sich nichts.

Clara beobachtete seine Versuche und überlegte, ob es ein

Hinweis des Schicksals sein könnte. Vielleicht wollte es nicht, dass sie ausstieg. Ein energisches Klopfen am Fenster war zu hören. Clara blickte auf die Haltestelle hinaus, wo die alte Frau zeterte, man solle sie endlich reinlassen.

Mit roten Flecken am Hals entschuldigte sich der Fahrer bei den Fahrgästen für die Panne und funkte seine Leitstelle an. Dabei murmelte er immer wieder: »Das verstehe ich nicht.«

In diesem Augenblick sah Clara ein kleines Mädchen, das an der Ampel bei der Haltestelle über die Straße ging. Sie schien alleine unterwegs zu sein, denn nirgends konnte Clara einen Erwachsenen sehen. Das kam ihr eigenartig vor, immerhin war es schon dunkel. Und ein Schulkind war die Kleine sicherlich auch noch nicht. Bevor Clara darüber näher nachdenken konnte, öffneten sich plötzlich alle Türen wie von Geisterhand.

»Na endlich«, schimpfte jemand und stieg aus.

Ein wenig enttäuscht, dass das Schicksal es sich wohl doch anders überlegt hatte, stieg auch Clara aus der Straßenbahn. Sie ging zur Ampel, als sie sich noch einmal nach dem kleinen Mädchen umdrehte. Sie sah die Kleine auf der gegenüberliegenden Straßenseite unschlüssig den langen Bürgersteig mal in die eine, mal in die andere Richtung hinunterblicken. Etwas stimmte hier nicht. Hatte die Kleine sich vielleicht verlaufen? Kurzentschlossen drehte Clara sich um und ging zu ihr.

»Hallo du. Brauchst du Hilfe?«

Überrascht schaute das Mädchen sie aus blauen Augen an. »Ich darf nicht mit Fremden reden.«

Die Kleine hatte Sommersprossen auf der Nase, und Clara hätte wetten können, dass ihre Haare rot waren. Blaue Augen und rote Haare waren die seltenste Mischung, die es auf der Welt gab, wusste sie.

Clara ging in die Hocke. »Du bist ein kluges Mädchen. Wenn du aber Hilfe brauchst, darfst du doch jemanden fragen, oder?«

Das Mädchen überlegte. Dann nickte sie. »Ich muss zu den Polizisten.«

Damit hatte Clara nicht gerechnet. »Warum musst du denn zur Polizei?«

»Weil sie den Weihnachtsmann mitgenommen haben. Und wenn ich ihn nicht finde, fällt Weihnachten aus. Und dann bekomme ich nicht meinen größten Wunsch.«

»Hm, das wäre wirklich schlecht. Wie heißt du eigentlich?«

»Das darf ich dir nicht sagen.«

»Schön, dich kennenzulernen Das-darf-ich-dir-nicht-sagen. Mein Name ist Clara.« Sie reichte der Kleinen ihre Hand.

Das Kind zögerte. Dann lachte sie, während sie Claras Hand schüttelte. »Du bist aber lustig.«

»Ja, manchmal bin ich das wohl.«

»Weißt du denn, wo die Polizisten wohnen?«, hakte die Kleine nach.

Clara nickte. »Ja, im Polizeirevier. Aber es gibt viele Polizisten, und darum gibt es auch viele Polizeireviere in der Stadt. – Weiß deine Mama, dass du den Weihnachtsmann besuchen willst? Warum glaubst du eigentlich, dass der Weihnachtsmann bei der Polizei ist?«

Das Mädchen schwieg, und Clara ahnte, dass sie ihren Besuch bei Lukas vorerst verschieben sollte. Erst einmal musste geklärt werden, wo die Kleine hingehörte. Und dann würde sie sie den Eltern zurückbringen, die sich wahrscheinlich schon schreckliche Sorgen machten. »Wohnst du in der Nähe?«

»Sag ich nicht.« Dabei zitterte sie ein wenig, als friere sie.

Clara nahm ihren Schal ab und band ihn der Kleinen um den Hals. »Besser?«

Das Mädchen nickte. »Hast du denn schon Abendbrot gegessen?«

»Nein.«

»Mit etwas Leckerem im Bauch findest du den Weihnachtsmann aber bestimmt schneller«, gab Clara zu bedenken. Sie schaute sich um und entdeckte an der Straßenecke eine Konditorei. Sie hoffte, jemand dort könnte das Kind kennen und wüsste, wo man die Eltern finden würde. »Ich schlage dir etwas vor: Ich lade dich auf eine heiße Schokolade in den Laden da drüben ein. Dort gibt es auch Kuchen. Dann erzählst du mir genau, was passiert ist, und ich überlege, wie ich dir helfen kann. Was hältst du davon, Das-darf-ich-dir-nicht-sagen?«

Die Kleine schaute zwischen der Konditorei und Clara hin und her. Dann nickte sie. »Ich heiße Lena.«

»Hast du auch einen Nachnamen?«

Erst wollte die Kleine antworten, aber dann schüttelte sie den Kopf. »Den habe ich verloren.«

Kapitel 46

Gemeinsam betraten Clara und Lena die Konditorei, die sie mit dem köstlichsten Geruch von Weihnachtsstollen und heißer Schokolade begrüßte. Am Fenster war noch ein kleiner, runder Tisch frei. Sie zogen ihre Mäntel aus und setzten sich. Tatsächlich, die Kleine hatte rotes Haar. Es war ordentlich in zwei geflochtene Zöpfe gebunden mit je einem Haargummi. Erstaunt stellte Clara fest, dass das Mädchen auffallend große Ähnlichkeit mit Pippi-Lotta hatte, die in ihrer Wohnung auf der Sofalehne saß. Als die Bedienung lächelnd auf sie zu kam, bestellte Clara einen Kaffee.

»Und für Ihre Tochter?«

»Das ist nicht meine Mama. Meine Mama holt mich bald ab«, klärte Lena sie auf.

Clara hoffte, dass das stimmen möge, und half ihr bei der Bestellung eines Eises. Außerdem orderte sie noch den versprochenen Kakao mit Sahne für das Kind. »Willst du mir nicht doch sagen, wie du mit Nachnamen heißt?«

Das Gesichtchen verfinsterte sich. »Meine beiden Brüder heißen Perlinger.«

Die neuen Regeln für die Ehe- und Familiennamen hatte Clara noch nie gemocht. Man wusste nie, wer zu welcher Familie gehörte, wenn die Kinder so, die Mutter anders und der Vater noch anders hieß. Verwirrend. Das Moderne konnte manchmal recht anstrengend sein.

»Wohnst du hier in der Nähe?«, wollte Clara noch einmal wissen. Sie war fest entschlossen, Lena ihren Eltern zurückzubringen.

»Ja, da lang. In dem Heim für Kinder.«

Clara glaubte, sich verhört zu haben. »Du kommst aus dem Kinderheim St. Emmaus?« Lena nickte. »Das ist aber ein großer Zufall, denn da wollte ich auch gerade hin. Kennst du den Erzieher Lukas.«

Wieder nickte Lena. »Ich mag Lukas. Der ist nett und riecht nach Keksen.«

Das Kind merkte nicht, wie Clara unterm Tisch eine Nachricht an Lukas schickte. Es erzählte, dass der Weihnachtsmann mit den Polizisten mitgehen musste. Dabei sei er doch nur der Aushilfsweihnachtsmann. »Ich habe gesehen, wie er geübt hat. Aber dann ist er steckengeblieben, und das Fenster hat ihn verhauen.« Lena schüttelte missbilligend den Kopf. »Dauert es noch lange bis Weihnachten?«

»Nein, nicht mehr sehr lange. Warum?« Clara nahm einen Schluck aus ihrer Tasse.

»Weil der Manni das mit dem Weihnachtsmann noch nicht so gut kann. Er muss noch üben.«

Manni, der Aushilfsweihnachtsmann, der für sie und Lukas das Candle-Light-Dinner ausgerichtet hatte! »Du hast recht, Lena«, sagte sie voll Überzeugung. »Wir müssen ihm helfen. Ich kenne ihn nämlich.«

»Ja?« Lenas Augen glitzerten wie kleine Sterne, während sie einen Löffel Sahne in den Mund schob.

»Ich denke aber, dass wir Hilfe brauchen, wenn wir ihn aus dem Polizeirevier holen wollen.«

Lena schleckte die Sahne vom langen Löffelstiel ab. »Okay.«

Clara lächelte die Kleine an, die so unbeirrbar sicher war, dass sie den Weihnachtsmann finden und befreien könnte. Während

Lena den Löffel ein weiteres Mal tief in das Eis tauchte, blickte Clara hinaus auf die Straße und schrak zusammen. Direkt vor dem Fenster der Konditorei stand Lukas und starrte zwischen Lena und ihr hin und her.

»Lukas sieht aus wie ein Fisch«, kommentierte Lena seinen halboffenen Mund. Die beiden lachten, was ihn noch mehr zu verwirren schien.

Die Klingel über der Tür bimmelte, und Lukas trat zu ihnen an den Tisch. Ohne seine Jacke auszuziehen, setzte er sich.

»Ich habe Lena zufällig auf der Straße getroffen«, erklärte Clara und hatte, ohne zu wissen warum, ein schlechtes Gewissen. »Sie will zu Manni.«

Lukas schien einen Moment zu brauchen, dann nahm er Lenas Hand. »Geht es um deinen Wunschzettel?«

»Er hat es versprochen.« Sie schob den halbleeren Eisbecher von sich.

»Aber Lena, ich befürchte, Manni kann deinen Wunsch nicht erfüllen.« Besorgt sah er das Kind an.

»Mag nicht mehr«, sagte Lena plötzlich ganz traurig, und Tränen traten in ihre Augen.

»Ich glaube, Lukas, wir sollten ihr helfen«, flüsterte Clara ihm zu. »Lena wird nicht zurückgehen wollen, bevor sie ihn nicht gesprochen hat. Er ist der Einzige, der ihr sagen kann, dass alles gut wird, egal was sie sich wünscht.« Stumm schüttelte Lukas den Kopf, als wollte er ihr sagen, dass gar nichts gut werden würde. Clara legte ihre Hand auf seinen Arm. »Lass es uns wenigstens versuchen.«

Lukas zögerte. »Lena, weißt du, warum die Polizisten ihn mitgenommen haben?«

Sie nickte eifrig. »Weil sein Schlitten irgendwo stand und er ein Papierkügelchen bekommen hat und der Polizist sauer ist, weil er nun kein Geschenk mehr bekommt. Ich weiß aber genau, was ich tun muss, damit der Polizist nicht mehr böse auf ihn ist.«

Clara lächelte. »Und was?«

»Ich gebe ihm alle meine Geschenke, bis auf das eine.«

»Und welches wäre das?«, wollte Clara wissen und hörte, wie Lukas tief Luft holte.

»Oh, schaut mal!«, rief Lena und rutschte vom Stuhl. »Es schneit!« Sie drückte ihre Nase gegen die Scheibe.

Tatsächlich hatte es zu schneien begonnen. Flocken tanzten vom Himmel herab. Das Schneegestöber glitzerte, sobald es in den Lichtstrahl geriet, der aus dem Fenster der Konditorei auf den Bürgersteig fiel. Schnell bildete sich eine hauchdünne weiße Schicht auf dem Fußweg, den parkenden Autos und der Straße. Schon wollte Lena hinausstürmen, als Clara sie festhielt. »Erst die Jacke und die Mütze.«

Flink drehte sich die Kleine um und zog sich an, während Lukas bezahlte. »Ich lade die Damen ein«, sagte er generös. Bevor sie hinausgingen, hielt er Clara für einen kurzen Moment zurück. »Wir müssen reden.«

Erstaunt sah sie ihn an. Ahnte er, warum sie hier war? Clara schluckte. Lukas warf einen kurzen Blick zu Lena, die bereits an der Tür stand. »Aber nicht jetzt.«

Als die drei in das Schneegestöber hinaustraten, wollte Lena fliegen lernen. Sie stellte sich in die Mitte, nahm Lukas und Clara an die Hand und lief los. »Eins, zwei, drei!«, rief sie laut, dann flog sie an den Händen der beiden hoch in die Luft, juchzte laut und lachte.

Während Clara rannte und Lena immer wieder in die Höhe zog und ihr Lachen hörte, fühlte sie etwas Unbekanntes, tief in ihrem Inneren. Es war eine Wärme, von der sie nicht wollte, dass sie jemals endete.

»Eins, zwei, drei!« Immer wieder und wieder, bis Lukas und Clara nach Luft schnappend stehenbleiben mussten. Lena düste zu einem Stromkasten hinüber, auf dem schon eine kleine Schneedecke lag. Sie nahm den Schnee und warf ihn in die Luft.

»Schneeheflöckchen, Weißröckchen, daha kommst du geschneit …«, sang sie.

»Schön, dass du sie gefunden hast«, flüsterte Lukas Clara zu und legte seinen Arm um ihre Schulter. »Was tust du eigentlich hier? Wolltest du zu mir?« Der Gedanke schien ihm zu gefallen.

Clara nickte. Fragend sah er sie an, aber sie wollte ihm noch nicht von der neuen Stelle in Berlin erzählen. Vielleicht später. »Was wolltest du mir in der Konditorei sagen?«, fragte sie stattdessen.

Er zögerte. »Nicht so wichtig.«

»Guckt mal«, rief Lena ein Stück entfernt. »Ich kann fliegen wie Renate.« Sie hüpfte los, wobei sie mit den Armen flatterte.

Fragend sah Clara Lukas an. »Wer ist Renate?«

»Frag nicht.«

Clara gab ihm einen Knuff. »Nun sag schon, wer ist Renate?«

Ein wenig genervt blickte Lukas gen Himmel. »Es ist ein Rentier, das Manni persönlich kennt.«

Clara lachte über den Witz, während Lena mit dem Schnee vom Sattel eines Fahrrades versuchte, die beiden zu bewerfen.

»Warum ist sie bei euch im Heim?«, wollte Clara wissen. »Ich meine, wie kann man so ein wunderbares Kind einfach weggeben. Oder sind die Eltern tot?« Sie musste an ihre eigene Tochter denken, die irgendwo in Frankreich eine Fremde *Mama* nannte, die weit mehr Mutter für Charlotte war, als sie es selber hätte sein können. Wer war sie, Clara Hansen, sich so über andere Leute zu erheben? Leute, die vielleicht wirkliche Gründe gehabt haben mochten, um ihr Kind wegzugeben. Es tröstete Clara nicht im Mindesten, dass sie damals einen Grund gehabt hatte, der nicht von der Hand zu weisen gewesen war: Es sollte Charlotte in Frankreich besser gehen als bei ihr, der ledigen, jungen und unerfahrenen Mutter. Schnell wischte Clara den schmerzenden Gedanken fort. »Was ist das für ein Wunsch, den dieser Manni ihr erfüllen soll?«

»Das ist ja das Problem: Er kann ihren Wunsch nicht erfüllen. Es ist unmöglich.« Lukas sagte diese Worte mit solchem Ernst, dass Clara begriff, wie endgültig das Urteil war. »Am besten bringen wir Lena zurück und versprechen ihr, dass wir uns gleich morgen um den Weihnachtsmann kümmern werden«, schlug Lukas vor.

Doch Clara sah das anders. »Was hältst du davon, wenn wir zum Revier gehen und nach Manni fragen? Die Polizeistation ist nicht weit entfernt. Das wäre doch ein schöner Schneespaziergang.« Sie wollte Lena nicht gleich wieder verlieren. Und außerdem: Hatte der Schutzengel Clarence in *Ist das Leben nicht schön?* nicht gesagt, man müsse um seine Träume kämpfen?

Lukas zögerte, und sie schmiegte sich an ihn. »Komm schon, nur ein kleiner Spaziergang.«

»Na, gut, ich sage drüben Bescheid, damit man Lena und mich nicht sucht.« Er zog sein Handy aus der Tasche. »Aber nur eine Stunde, okay? Nicht mehr.«

»Eine Stunde. Prima.«

Kapitel 47

Wäre es nach Clara gegangen, hätte der Weg zur Polizeistation endlos sein dürfen. Bald lag so viel Schnee, dass sie sogar einen kleinen Schneemann auf einer Autohaube bauen konnten. Nur mit Mühe hatte Lukas Lena davon abhalten können, dem Schneemann ihren Schal umzubinden, damit er nicht so frieren musste. Der Asphalt auf den Straßen lag jetzt unter einer weißen Schneedecke, über die die Autos nur langsam rollen konnten. Auf einmal war der Lärm der Motoren nur noch ein dumpfes Brummen, lagen die Geräusche der Stadt unter einer dicken Decke. Was die drei auf ihrem Weg zur Rettung des Aushilfsweihnachtsmannes aber immer wieder hörten, war das Lachen und Johlen von Kindern im nahen Stadtpark.

Sie blieben stehen und lauschten. Immer weiter schneite es aus dicken Wolken. Kurz wechselten Lukas und Clara einen Blick, dann nickten sie Lena zu, die wie ein Wirbelwind durch das Tor in den Park hineinlief. »Aber nur kurz«, mahnte Lukas.

Die Flocken hatten den Park in eine weiße Decke gehüllt. Die große Wiese, auf der im Sommer die Leute ihre Bäuche der Sonne entgegenstreckten, lag nun unter einem unberührten Tuch aus Weiß. Drüben, beim Spielplatz, lieferten sich ein paar Schulkinder eine Schneeballschlacht. Andere rutschten mit Schlitten oder ausrangierten Plastiktüten unter dem Po den kleinen Hügel hinunter, der den Park von der Straße trennte. Erste Spaziergänger schlenderten über verschneite Wege, während ihre Hunde durch den Schnee tollten.

Da trat Clara auf die weiße Wiese und legte sich in den Schnee. Sie begann ihre von sich gestreckten Arme und Beine hin und her durch das Weiß zu bewegen. »Lena, schau mal! Was bin ich?«

»Ein Engel! Ein Engel!«, piepste die Kleine vergnügt.

Schon legte sie sich neben Clara und wurde auch ein kleiner Weihnachtsengel. »Du auch, Lukas!«, rief sie. Und Lukas legte sich auf Lenas andere Seite.

Als sie aufstanden, nahm Lukas Lena auf den Arm, damit sie das Werk betrachten konnte.

»Oh, schön«, seufzte sie. »Eine Engelfamilie.«

Jetzt war es um Claras Beherrschung geschehen, und Tränen rollten über ihre Wangen. »Warum weinst du?«, wollte Lena besorgt wissen.

Clara zog ein Taschentuch aus ihrer Manteltasche und schniefte. »Weil der Schnee so schön ist«, log sie.

Tadelnd schüttelte Lena den Kopf. »Da musst du nicht weinen.« Sie strampelte sich von Lukas Armen hinunter und nahm Claras Hand. »Da musst du dich freuen.«

»Das tue ich doch. Ich bin voll von Freude.«

Lena überlegte. »Dann läuft die Freude bei dir oben wieder raus?«

Lukas begann zu lachen. »Genauso ist es, du kleiner Engel. Manchmal laufen die Erwachsenen vor lauter Freude einfach über.«

Als sie bald darauf das Polizeirevier 14 erreichten, blieb Lena stehen. »Ich will da nicht rein«, entschied sie leise.

»Warum denn nicht?«, fragte Clara.

»Weiß nicht.«

Lukas nahm sie auf den Arm. »Wir drei schaffen das, Lena.

Wir gehen da hinein, fragen freundlich nach dem Weihnachtsmann und hören, was die Polizisten zu berichten haben. Ja?«

Lena legte ihre Hände um seinen Hals. »Aber nur ganz schnell.«

Die Polizeiwache hatte einen kleinen Vorflur, hinter dem das eigentliche Revier lag. Dort saß ein uniformierter Beamter an einem Tisch und schrieb etwas in den Computer vor sich. Irgendwo klingelte ein Telefon. Ein Tresen trennte die Polizisten von den Bürgern. Lena war die Wache offenbar nicht geheuer. Ängstlich klammerte sie sich an Lukas. Sie traten durch eine Tür in die warme Amtsstube des Reviers. Gerade als Clara sich bei dem Beamten nach dem verhafteten Weihnachtsmann erkundigen wollte, blieb Lukas stehen. »Frau Jonas, was machen Sie denn hier?«

Hinter der Tür hatte eine ältere Frau gesessen, die jetzt aufstand.

»Nun, das könnte ich Sie auch fragen, Lukas. Haben Sie nicht Dienst? Und was macht Lena hier? Ist etwas passiert?«

Lukas hob die Hände. »Nein, es ist nichts passiert. Lena wollte sich nur nach Manni erkundigen.« Er stellte Clara seiner Chefin vor und erzählte ihr von dem glücklichen Vorfall mit der Straßenbahn. »Wären die Türen nicht blockiert gewesen, hätte ich Lena sicherlich nicht bemerkt«, schloss Clara.

Ernst schaute die Heimleiterin Lukas an. »Sie ist schon wieder weggelaufen?«

»So würde ich es nicht bezeichnen. Sie hatte einfach nur vergessen, Bescheid zu sagen«, versuchte Clara zu erklären.

Henriette Jonas schaute Lena skeptisch an. »Warum hast du denn nicht Lukas oder mir Bescheid gesagt, dass du den Weihnachtsmann besuchen willst?«

»Weil du es mir bestimmt nicht erlaubt hättest«, wisperte Lena.

Die Heimleiterin seufzte. »Das könnte gut möglich sein. Mäuschen, du sorgst wirklich für eine Menge Trubel.« Sie wandte sich an Clara. »Ich glaube, wir müssen uns bei Ihnen bedanken, Frau Hansen«, sagte sie, während sie Lenas Haare streichelte.

»Clara schickte mir eine Nachricht«, mischte Lukas sich ein. »Ich lief dann rüber zur Konditorei an der Ecke, um Lena abzuholen.«

»Sie kennen sich?« Henriette sah zwischen den beiden jungen Leuten hin und her. »Wie praktisch.«

Plötzlich schrie Lena aufgeregt: »Da ist er! Da ist er!« Sie zappelte auf Lukas' Arm und wollte hinunter. Dann rannte sie zu einer weiteren Glastür, die in die hinteren Räume der Polizeiwache führte. Sie versuchte sie zu öffnen, doch die Tür war verschlossen. Gerade führte ein Beamter Manni über den Flur. Er hatte Lena bemerkt. Überrascht sah er zu den anderen. Dann winkte er Lena kurz zu, bevor man ihn in einen anderen Raum schob.

Henriette Jonas trat neben Lena, die kurz davor war, in Tränen auszubrechen. »Alles wird gut. Herr Semmler, also Manni, muss nur noch etwas unterschreiben. Dann kommt er mit uns nach Hause.«

Skeptisch schaute Lena die Heimleiterin an. »Ehrlich?«

»Ganz ehrlich. Es war alles nur ein Missverständnis. Komm, wir setzen uns alle auf die Bank und warten auf ihn.«

Und so setzten sich die Erwachsenen auf die Holzbank, auf der Henriette vorhin gewartet hatte. Lena krabbelte zwischen Lukas und Clara.

»Warum sind Sie hier, Frau Jonas?«, wollte Lukas leise wissen.

Die Heimleiterin setzte sich ein wenig aufrechter hin. »Nun, ich fand ein Portemonnaie auf dem Hof und dachte, es würde Herrn Semmler gehören. Weil er aber mit Lena und der Frau vom Fernsehen beschäftigt war, habe ich die Börse in seine Jackentasche gesteckt. Ich wusste ja nicht, dass das Portemonnaie eigentlich Herrn Lindenberg gehörte.« Sie schluckte.

Lukas drehte ihr den Kopf zu. »Aber Sie waren doch gar nicht in seiner Nähe? Sie waren oben im Büro.« Ein heftiger Schmerz ging durch sein Schienbein, als der Stiefel von Henriette Jonas dagegenstieß.

Der Beamte, der die ganze Zeit an dem Schreibtisch gesessen hatte, kam jetzt zum Tresen. »Frau Jonas, bitte unterschreiben Sie hier.« Er reichte ihr einen Kugelschreiber. Während sie ihren Namen auf das Papier setzte, beobachtete er sie aufmerksam. »Können Sie mir noch kurz sagen, wie das Portemonnaie aussieht, dass Sie fanden?«

Lukas' Gesicht wurde heiß, als er die Frage hörte.

»Braun, Leder, mit einem kleinen Schild vorne.« Sahen so nicht alle teuren Brieftaschen aus? Lächelnd reichte die Heimleiterin, die ihre Kinder immer ermahnte, nicht zu lügen, ihm den Stift.

»Und Sie haben nicht hineingesehen?«

»Ich bin keine dieser neugierigen Alten, glauben Sie mir. Außerdem hätte ich ja sonst gewusst, dass die Brieftasche Herrn Lindenberg gehört. Haben Sie ihn schon informiert, dass sie sich wieder eingefunden hat?«

»Natürlich.«

»Das ist schön.« Noch immer lächelte sie. »Können wir Herrn Semmler jetzt mit nach Hause nehmen?«

Der Beamte riss den Durchschlag des Formulars ab und reichte ihn Henriette Jonas. Das Original legte er in einen Ablagekorb auf seinem Tisch. »Wissen Sie, gute Frau, Herr Semmler ist uns schon lange bekannt. Vielleicht sollten Sie sich einen anderen Weihnachtsmann suchen, wenn Sie verstehen, was ich meine.«

Henriette beugte sich ihm entgegen. »Sie können ja bei uns im Heim den Weihnachtsmann geben.«

Er lachte. »Das würde ich ja gerne, aber ich habe glücklicherweise Dienst.«

In diesem Moment kam Manni durch die Glastür. »Bloß raus hier«, grummelte er.

Lena sprang von der Bank, lief ihm entgegen und ergriff seine Hand. Die anderen folgten dem kleinen Mädchen und dem großen Mann. Draußen atmete Manni erst einmal tief ein. Er schloss die Augen, richtete sein Gesicht gegen den fallenden Schnee und seufzte. Dann sah er Henriette an. »Sie haben gelogen.«

»Stimmt.«

»Für mich.«

Sie zögerte. »Nein, für die Kinder.«

»Ich denke, ich bin der untalentierteste Weihnachtsmann, den Sie je hatten. Warum lügen Sie für mich?«

Sie fummelte ihren Autoschlüssel aus der Handtasche. »Sie sind tatsächlich untalentiert. Aber Sie sind nun einmal das einzige Exemplar, das ich noch vor Weihnachten finden konnte.«

Lena, die zwischen ihnen stand, nickte. »Sie hat sogar den Polizisten gefragt, ob er Weihnachtsmann werden will«, bemerkte sie entrüstet. »Dabei verschenkt der Papierkügelchen für falsches Herumstehen.« Missbilligend schüttelte sie ihre Zöpfe. »Der soll sich aber nicht einbilden, dass Manni ihm ein Geschenk bringt. Stimmt's?«

Fragend sahen die anderen sich an, was das Kind wohl meinen könnte, nur Manni verstand Lena bestens. »So ist es, Kleine.« Und an Henriette gewandt, meinte er nur: »Sie haben einen Polizisten gefragt? Na, Sie müssen ja sehr verzweifelt sein.«

Lukas trat vor. »Bitte, jetzt nicht streiten. Manni ist frei, das Missverständnis geklärt, und wir …«

Manni funkelte ihn an. »Missverständnis? Jemand hat mir geklaute Ware in die Kutte gesteckt, als wäre ich ein Anfänger.« Er schüttelte die Faust. »Wenn ich den erwische!«

»Vielleicht war es eines der Kinder?«, überlegte Lukas.

»Das werde ich noch herausfinden, darauf könnt ihr Gift nehmen!«

Henriette schloss den Wagen auf. »Lena kommt mit mir. Das Kind muss ins Bett.« Tatsächlich gähnte Lena bereits, während sie auf die Rückbank krabbelte und sich wie ein Häschen einkuschelte. Lukas sah sie und musste an Clara denken und die Nacht, in der alles begann.

»Soll ich Sie noch ein Stück mitnehmen, Herr Semmler?«, fragte Henriette.

Kurz überlegte Manni, dann stieg er ein.

Henriette drehte sich zu dem Erzieher. »Lukas?«

»Ich bringe Frau Hansen noch zur Straßenbahn.«

Henriette warf den beiden einen nachdenklichen Blick zu. Dann kam sie noch einmal um den Wagen herum. »Darf ich Sie kurz sprechen, Lukas?« Überrascht ging Lukas ein paar Schritte mit ihr über den Parkplatz. »Ich habe eine Vermutung, wer Manni die Brieftasche von Herrn Lindenberg in die Jacke gesteckt hat. Und ich glaube zu wissen warum.«

Erstaunt blieb Lukas stehen. »Wer?«

»Nicht hier. Bringen Sie Frau Hansen zur Straßenbahn, und kommen Sie dann zu mir ins Büro. Ich werde dort auf Sie warten.« Schon wollte sie zurückgehen, als ihr noch etwas einfiel. »Sagen Sie mal, hat Frau Hansen eigentlich Kinder?«

Lukas zögerte einen Moment. »Eine Tochter. Sie lebt in Frankreich.«

Henriette nickte. Dann ging sie zurück zum Auto, wo Manni mit versteinertem Gesicht wartete. Etwas sagte Lukas, dass dieser aufregende Tag noch nicht zu Ende war.

Kapitel 48

Langsam rollten sie über die weiße Schneedecke zurück nach St. Emmaus. Noch immer fielen dicke Flocken aus dem Himmel über der Stadt. Und obwohl es schon dunkel war, wirkte alles wie verzaubert. Um die Straßenlampen hatte sich ein weicher Schimmer gelegt, in den Fenstern der Leute sah man erste Weihnachtsbäume. Die kleinen Parks zwischen den alten Häusern waren jetzt verwunschene Orte, aus denen jeden Moment Feen treten konnten. Ein märchenhafter Zauber hatte sich auf die kahlen Äste der Bäume gelegt. Unter dem glitzernden Weiß wirkten sie jetzt nicht mehr nackt, sondern erhaben und stolz. Ein weihnachtliches Aufatmen ging durch die Stadt, dass der Schnee nun doch gekommen war.

Einzig bei Henriette wollte sich nicht der Hauch von weihnachtlicher Stimmung einstellen. Das war ihr noch nie passiert. Es fühlte sich wie ein Betrug an ihren Kindern an. Sie wechselte die Spur, als Manni sie unvermittelt fragte: »Warum waren Sie bei diesem Perlinger?«

Überrascht trat Henriette auf die Bremse. Der Wagen kam auf der verschneiten Fahrbahn gefährlich ins Rutschen. Zum Glück waren sie allein auf der Straße. Nach kurzem Schlingern hatte Henriette ihren Corsa wieder unter Kontrolle. »Woher wissen Sie …«

»Fahren Sie etwa mit Sommerreifen?«, unterbrach Manni sie und drehte sich zu ihr.

»Hatte keine Zeit, die Reifen zu wechseln«, entschuldigte sie sich. »Die Winter ist bei uns normalerweise nicht so hart.« Vorsichtig fuhr sie wieder an, wobei die Räder durchdrehten, aber der Wagen dann doch langsam wieder ins Rollen kann. Sprachlos starrte Manni zu ihr hinüber. Weit vor ihnen schaltete die Ampel auf Rot, und Henriette ließ ihr Auto ausrollen, damit sie möglichst nah an der Kreuzung zum Stehen kamen und nicht auf die Kreuzung rutschten. Es klappte.

»Also? Warum waren Sie da?«

Sie schaute ihn nicht an, sondern blickte aufmerksam zum Rot der Ampel hinauf. »Nun, diese Frage könnte ich Ihnen auch stellen.«

»Ich brauchte Antworten, darum habe ich Ihren Bericht geklaut.«

Sie schlug mit der Hand auf ihr Lenkrad. »Wusste ich es doch!« Die Ampel wechselte auf Gelb, dann auf Grün. Henriette versuchte anzufahren. Nur langsam nahm der Corsa wieder Fahrt auf. »Im Bericht steht aber nur der Name der Familie. Nicht ihre Adresse.«

Manni schnaufte verächtlich. »So viele Perlingers gibt es in der Stadt nicht.«

»Was wollten Sie dort, Herr Semmler?«

»Ich habe zuerst gefragt.« Manni verschränkte die Arme vor der Brust.

»Das geht Sie nichts an.«

»Doch, tut es, ich habe nämlich der Kleinen versprochen, ihre Mutter zu finden. Und Sie wollen mir ja nicht helfen.« Als Henriette schwieg, sprach er weiter. »Wie erfuhren die Perlingers damals von Lena?«

»Das darf ich Ihnen nicht sagen.«

»Doch, verdammt!«, zischte Mannis. Erschreckt blickte er kurz nach hinten, aber Lena schlief.

»Wie reden Sie eigentlich mit mir, Sie Flegel?«, flüsterte Henriette zurück.

Manni schnaufte noch einmal. Dann versuchte er es im ruhigeren Ton. »Sie haben auch das Gefühl, dass da etwas nicht stimmt. Sonst wären Sie nicht zu den Perlingers gegangen.« Er musterte sie von der Seite. »Henriette, wir stehen doch auf derselben Seite.«

Sie warf ihm einen kurzen Blick zu. »Hören Sie damit auf.«

»Womit?« Manni klang überrascht.

»Na, mit diesem Blick. Das machen Sie immer, wenn Sie etwas wollen.«

Erstaunt drehte Manni den Rückspiegel zu sich und schaute sich an. »Ach der, stimmt.« Er drehte ihn zurück, so dass Henriette wieder die leere Straße hinter sich im Blick hatte. »Also? Was wissen Sie über Lenas Mutter? Warum verschweigen Sie etwas?«

»Sie klingen wie die Fernsehpolizei«, maulte Henriette.

»Himmel nochmal, nun lassen Sie sich doch nicht alles aus dem Hö… Näschen ziehen!«

Sie warf ihm einen mahnenden Blick zu. »Also gut. Sie geben sonst ja doch keine Ruhe. Die Polizei hatte damals eine Meldung an die Presse herausgegeben. Und darum dachte ich, die Perlingers hätten über die Zeitung von Lena erfahren. Wir waren froh, dass sich die Familie so schnell bei uns gemeldet hatte.« Sie setzte den Blinker. »Als ich mir aber nach Lenas Rückkehr noch einmal den Bericht genauer ansah, stellte ich fest, dass die Perlingers sich bereits gemeldet hatten, bevor die Presse über das Findelkind berichtete.«

»Ach. Woher wussten die Perlingers denn von Lena?«

»Das war ja der Grund, warum ich Herrn Perlinger sprechen wollte.« Wie in Zeitlupe rollte der Wagen in die Straße, in der St. Emmaus lag. Henriette schwieg, bis sie vor dem Tor standen.

Auch das Kinderheim lag unter einer weißen Schneedecke.

In den Fenstern brannten Lichter. Henriette kurbelte das Fahrerfenster herunter. Frische Schneeluft strömte herein. Sie hörten ein paar Kinder im Hof johlen und kreischen, während sie sich gegenseitig mit Schneebällen bewarfen. Aus einem der erleuchteten Fenster sah man die Umrisse eines Kindes, das Flöte übte. Schräge Töne, die mit viel Wohlwollen *O Tannenbaum* hätten sein können, drangen in den Corsa, der unter eben jener Laterne stand, unter der vor wenigen Tagen noch Herr Perlinger geparkt hatte.

Henriette warf einen Blick auf die Rückbank, wo Lena tief und fest schlief. »Er sagte mir, dass seine Frau damals ein Angebot erhalten hätte«, flüsterte sie so leise, dass Manni sie fast nicht verstand. Henriette holte tief Luft. »Jemand bot ihrem Mann einen festen und gut bezahlten Posten an, sofern die Familie ein bestimmtes Kind adoptiere. Herrn Perlinger drohte damals die Arbeitslosigkeit, als die Harkordt-Werke in der Stadt zumachten. Er war fast fünfzig. Da wäre es schwer gewesen, noch etwas Neues zu finden.« Auf dem Hof legten ein paar Jungen eine Glitschbahn an, indem sie immer wieder an einer Stelle entlangrutschten, Wasser drüber schütteten und weiter glitschten. »Damals hatten die Perlingers zwei kleine Jungen. Frau Perlinger aber erwähnte wohl irgendwann mal auf ihrer Arbeit, dass sie gerne noch ein Mädchen gehabt hätte.«

»Wer machte der Frau das Angebot?«

»Ihr Arbeitgeber.«

»Und wo arbeitete sie?«

»Im Kaufhaus Kohlstedt. Sie war die Sekretärin von Herrn Lindenberg.«

»Ach. Der alte Perlinger sollte also einen neuen Job bekommen, wenn man nur die Kleine zu sich nahm.«

Sie nickte.

»Und das Angebot kam direkt vom Besitzer des Kaufhauses, diesem Kohlstedt?« – Sie schüttelte den Kopf. – »Lindenberg?«

»Ja, es sieht ganz so aus.«

»Warum hat der Mann denn so etwas gemacht?«

»Vielleicht tat Herrn Lindenberg das Schicksal der Kleinen leid. Herr Perlinger meinte das jedenfalls. Ich aber denke, Phillip Lindenberg versuchte, sich als besonders sozial darzustellen, denn Lena fiel in genau jene Zeit, als er politische Ambitionen entwickelte und als neuer Bürgermeister ins Rathaus einzog. Auch wenn seine Einmischung nicht öffentlich wurde, kann ich mir doch vorstellen, dass sein scheinbar selbstloser Einsatz für das Findelkind ihm in der Partei viele Freunde einbrachte. Das jedenfalls war meine erste Vermutung.«

Manni überlegte. »Darf man das denn? Leuten etwas versprechen, und die nehmen als Gegenleistung ein Kind auf? Das ist doch fast wie Kinderhandel.«

»Ich weiß nicht, ob man es so sehen kann. Lena hatte es bei den Perlingers wirklich sehr, sehr gut. Und Herr Perlinger bekam tatsächlich einen neuen Posten in einem anderen Betrieb. Den aber verlor er kürzlich, er musste wohl zu oft für die Kinder da sein, seit seine Frau zu Hause fehlte. Ich habe ihm Hilfe angeboten, aber ich denke, es geht ihm nicht um Kinderbetreuung oder Haushalt.«

»Nein?«

»Herr Perlinger ist nach all den Jahren mit seinen Kräften am Ende. Er schafft es kaum, morgens aufzustehen.« Sie seufzte. »Aber mich stört noch etwas ganz anderes.« Sie drehte sich zu ihm. »Herr Lindenberg rief kürzlich ein weiteres Mal bei den Perlingers an und bot viel Geld, wenn sie Lena zurücknehmen.«

»Was hat der Mann geantwortet?«

»Herr Perlinger lehnte ab. Kurz darauf informierte mich der Vorstand, dass man für Lena wohl eine neue Familie in Prag gefunden habe. Eine deutsche Diplomatenfamilie, die ein Adoptivkind sucht.«

»Das geht so einfach?«

»Eigentlich nicht, aber das Jugendamt scheint schon zugestimmt zu haben. Dennoch, irgendetwas stimmt hier nicht.« Henriette legte ihre Hand auf Mannis Arm. »Bitte, das darf niemand erfahren. Vielleicht reime ich mir da auch nur etwas zusammen … Kommen Sie, wir sollten Lena jetzt auch besser ins Warme bringen!«

In Mannis Kopf fuhren die Gedanken Geisterbahn, während Henriette Jonas Lena vorsichtig weckte. Das fühlte sich nicht gut an, denn er konnte keines dieser Gespenster in seinem Hirn fangen.

Draußen öffnete Manni den beiden das Tor. Verschlafen umarmte Lena ihn zum Abschied. »Hast du meine Mama schon gefunden?«, wollte sie mit halb geschlossenen Augen wissen.

»Das darf ich dir doch nicht sagen. Sonst ist es keine Überraschung«

Kopfschüttelnd blickte Henriette zum Himmel hinauf. Dann gingen sie und Lena über den Hof, und Manni sah ihnen lächelnd nach.

An der Haustür drehte sich Lena noch einmal um und winkte zurück. Und dann glaubte er, zu sehen, dass auch die Jonas kurz die Hand hob. Ihm wurde schwindelig, als er sich selber rufen hörte: »Frau Heimleiterin! Ich bräuchte noch ein wenig Unterricht, also so eine Dingsda, na, Sie wissen schon, diese Probe, wegen dem Hohoho-Sagen, und so!«, rief er durch die Zaunstäbe zu Henriette hinüber und schämte sich sogleich für sein uncooles Stottern in Grund und Boden.

Sie drehte sich zu ihm um. »Sehr gerne. Sagen wir morgen?«

Er winkte noch immer, als die Haustür schon längst zu war.

Ein paar Kinder lachten, aber es kümmerte Manni nicht. Mit einem komischen Gefühl im Bauch machte er sich auf den Weg nach Hause.

Er hätte nicht sagen können, wie lange er bis in seinen Wohnwagen im Gewerbegebiet-Nord gebraucht hatte. Es kam ihm wie ein kurzer Moment vor.

Kapitel 49

Lukas ging an Claras Seite, tief in Gedanken versunken. Gemeinsam schlenderten sie Richtung Straßenbahn, genau jenen Weg entlang, den sie kurz zuvor mit der Kleinen gekommen waren. Clara lächelte. Wie lebendig diese Lena war.

»Sie müsste etwa so alt sein wie dein Kind«, unterbrach Lukas ihre Gedanken, als könne er sie lesen. »Wann wurde Charlotte eigentlich geboren?«

Warum fing er jetzt von Charlotte an, fragte sie sich. »Zwei Tage vor Heiligabend. Sie wird heute fünf.«

Sie gingen an der Konditorei vorbei, wo sie vorhin noch heiße Schokolade mit Lena getrunken hatte. »Die Verkäuferin dachte, Lena sei meine Tochter.« Clara lachte. »Lustig, oder?«

Lukas blieb stehen. »Nein, ist es nicht.«

»Wie bitte?«

»Als ich euch durch die Schaufensterscheibe sah, dachte ich erst, ich spinne.«

Skeptisch sah sie ihn an. »Was meinst du?«

»Welche Haarfarbe hast du, Clara?«

»Was soll das?«

»Bitte, sag mir, welche Haarfarbe du hast.«

Genervt riss sie die Mütze von ihrem Kopf, so dass ihre braunen Locken weich über ihre Schulter fielen. »Zufrieden?« Vorwurfsvoll starrte sie ihn an.

»Clara, welche Haarfarbe hast du?«, insistierte er.

Sie setzte die Mütze wieder auf. »Vielleicht mag ich Lena darum. Sie hat rote Haare, genau wie ich es früher hatte.«

»Du färbst deine Haare?«

»Ja, schon seit vielen Jahren. Meine Mutter nannte mich immer ihre kleine hässliche Hexe. Ich habe sie dafür gehasst.« Sie sah in Lukas' entsetztes Gesicht. »Man kann sich seine Mutter nicht aussuchen. Ich denke, ich habe sie zu sehr an meinen Vater erinnert. Er verließ sie, als ich ein Baby war. Außerdem war da der Alkohol. Da sagt man nun einmal Dinge, die man vielleicht gar nicht sagen wollte.«

»Das Schwerste im Leben ist, stark zu bleiben, obwohl man innerlich zerbricht«, sagte Lukas und zog Clara zu sich, um sie zu umarmen.

Doch sie schob ihn fort. »Es braucht dir nicht leidzutun«, meinte sie in einem harten Ton, den sie sich irgendwann angewöhnt hatte, um ihre Seele zu schützen. »Ich verließ meine Mutter, so früh es nur ging. Dann verließ sie mich. Sie lebt heute in Italien oder Griechenland. Keine Ahnung. Wir haben keinen Kontakt mehr, und das ist gut so.«

»Menschen ändern sich.«

Clara zuckte mit den Achseln. »Vielleicht. Aber irgendwann ist es zu spät.«

Er brachte sie zur Haltestelle. Jetzt aber gingen sie nebeneinanderher, wie Fremde. Clara hatte nicht von ihrer Mutter erzählen wollen.

Die Straßenbahn würde jeden Moment kommen. Zu kurz, um Lukas nun auch noch das von Berlin zu erzählen. »Dass Lena rote Haare hat, so wie ich, das ist nur ein Zufall. Viele Menschen haben rote Haare.«

»Rote Haare sind bei uns weniger verbreitet, als du denkst. Gerade mal zehn Prozent der Deutschen haben rotes Haar.«

»Ja und? Dann gehören Lena und ich eben dazu.«

»Die Kombination mit blauen Augen ist aber noch viel seltener.«

Entgeistert sah sie ihn an. »Du denkst, dass Lena mein Kind ist?« Dann lachte sie auf. Das war unmöglich. Ihr Kind lebte bei reichen Leuten in Frankreich. Sie schüttelte den Kopf. »Warum sagst du so etwas Schreckliches?« Tränen traten in ihre Augen, als die Straßenbahn vorfuhr. Ohne ein weiteres Wort stieg Clara ein. Sie hätte ihm die Sache mit Charlotte niemals erzählen dürfen.

Kapitel 50

Ohne den Mantel auszuziehen, lief Clara in ihr Wohnzimmer, riss die Tür ihres Wohnzimmerschrankes auf und holte den Karton heraus. Sie schob die Nähutensilien vom Tisch, die zu Boden fielen. Mit zitternden Fingern stellte sie die Schachtel vor sich hin und zog Charlottes Foto heraus. Sie blickte auf ihr Kind, so wie sie es tausendmal zuvor auch getan hatte. Charlotte war etwa zwei Jahre alt und lachte aus vollem Herzen, während sie aus einem Kissenhaufen lugte, in dem sie sich wohl eben noch versteckt hatte. Die Eltern hatten ihre rötlichen Haare zu zwei pinseligen Zöpfchen gebunden. Sie trug ein rosa T-Shirt mit einem nachdenklichen Winnie Pooh darauf. Zwei nur wenige Jahre ältere Jungen machten freche Grimassen in die Kamera, und Clara nahm an, dass es die beiden Söhne der Familie sein mussten. Aufmerksam betrachtete sie das kleine runde Gesicht des Mädchens und versuchte, sich Lenas Erscheinung in Erinnerung zu rufen. Sie war sich nicht sicher. Sahen sich nicht alle Kleinkinder irgendwie ähnlich? Ja, die beiden hatte rote Zöpfe, aber die blauen Augen von Charlotte waren viel heller und strahlender als jene von Lena. Vielleicht aber lag das auch am Sonnenlicht, das in den Raum fiel.

Phillip hatte ihr das Bild damals geschickt, weil sie einfach keine Ruhe geben wollte. Clara hatte ihm versprochen, sie würde ihn nicht weiter bedrängen, wenn sie erst einmal ein Foto ihrer Tochter hätte. Sie hatte wirklich gehofft, dass ihr das Leben dann leichter fallen würde. Doch das Lachen auf dem Foto hatte den Schmerz nur noch verstärkt.

Clara dachte an die Zeit in dem Privatkrankenhaus, wo sie entbunden hatte. Es war luxuriös gewesen und sehr diskret. Man hatte sie als Frau Lindenberg angesprochen, obwohl doch jeder sehen musste, dass das nicht sein konnte. Keiner hatte Fragen gestellt. Clara sah Phillip vor sich, wie er ihr all die Zettel vorlegte. Immer wieder hatte er sie aufgefordert, zu unterschreiben, weil seine Freunde in Frankreich nicht ewig warten würden.

Sie selbst war keine Zwanzig gewesen, fast selbst noch ein Kind. »Du hast eine Verantwortung dem Baby gegenüber«, hatte er ihr gesagt. »Du musst dafür sorgen, dass es eine Zukunft hat. Eine richtige Familie.«

Lang und breit hatte er ihr zu erklären versucht, dass er sie noch nicht heiraten könne. »Irgendwann bestimmt«, hatte er gesagt. »Aber nicht jetzt. Es ist zu früh.« Damals wollte sie ihm glauben.

Sie war völlig durcheinander gewesen, sie wollte unbedingt das Richtige tun. Und so hatte sie unterschrieben. Doch bald schon kamen ihr erste Zweifel, ob sie nicht einen Fehler gemacht hatte. Phillip hatte sich Mühe gegeben, sie auf andere Gedanken zu bringen. Er war mit ihr für zwei Wochen in den Skiurlaub nach St. Moritz gefahren. Es waren die schönsten Wochen ihres Lebens gewesen, und sie hatte gehofft, sie mögen nie enden. Doch da war diese unaussprechliche Sehnsucht nach ihrem Kind. Und sie wuchs immer mehr.

Dann hatte sie angefangen, Fragen zu stellen. Wo ihr Baby jetzt sei und ob es ihm gut ginge. Er hatte ihr erzählt, die Kleine hieße jetzt Charlotte, und Clara solle aufhören daran zu denken.

Aber die Sehnsucht wurde schlimmer. Sie konnte kaum noch schlafen. Immer öfter weinte sie, scheinbar ohne Grund. Sie hatte ihn gedrängt, ihr etwas über das Kind zu sagen. Unwillig hatte

Phillip es dann auch getan, wohl nur um seine Ruhe zu haben. Er hatte von Charlottes neuem Vater erzählt, der ein alter Studienfreund von ihm war, von den Geschwistern, dem Cockerspaniel der Familie mit dem Namen Bonaparte, von der Mutter, die so gut kochen könne, und dem schönen Anwesen, mitten in den Weinbergen an der Loire. Alles klang, als sei Charlotte in ein Paradies geraten.

Und weil ihre eigene Kinderzeit einsam und schwer gewesen war, gönnte sie ihrer Tochter all das Schöne von Herzen. Niemals würde sie Charlotte das aus egoistischen Gründen nehmen. Trotzdem blieb die Sehnsucht.

Weinend hielt Clara das Foto in ihren Händen. Da fiel ihr tränennasser Blick auf ihr Handy. Es gab nur einen Menschen, der ihr die Zweifel nehmen konnte, die Lukas in ihr gesät hatte. Sie nahm das Telefon zur Hand und wählte mit zitternden Fingern Phillip Lindenbergs Nummer, die sie noch immer auswendig wusste.

Eine blechbüchserne Stimme informierte sie darüber, dass die Nummer nicht mehr vergeben sei. Wütend knallte sie ihr Mobiltelefon aufs Sofa. Natürlich, wie konnte sie nur glauben, dass er das Handy noch hatte! Sicherlich hatte er es gleich in den Müll geworfen, nachdem er damals am Heiligabend mit ihr schlussgemacht hatte.

Clara überlegte, was sie tun könne. Bei ihm zuhause anrufen wollte sie nicht. Die Angst, seine Frau könne am Apparat sein, war zu groß. Dennoch: Sie musste mit ihrem Ex reden. Er musste ihr beweisen, dass Lukas sich irrte.

Clara nahm ihren Laptop auf den Schoß und gab seinen Namen ein. Sogleich erhielt sie eine beeindruckende Trefferliste. Gleich auf Rang eins gab es einen Link zu seiner Website, die offenbar seine Partei betrieb. Ein Blick unter Termine sagte Clara, dass sie Glück hatte. Heute Abend würde er im vornehmen Hotel

Graf anlässlich des Jahresempfangs irgendeines Wirtschaftsverbandes die Hauptrede halten. Clara schaute auf ihre Uhr. Noch hatte der Empfang nicht begonnen.

Sie nahm ihr Handy und rief ein Taxi.

Der Fahrer setzte sie nicht weit entfernt vom mondänen Hotel ab. Das weiße Jugendstilgebäude wurde von Scheinwerfern angestrahlt und wirkte wie das Schloss eines Zuckerbäckers. Der Türsteher in seiner Uniform erinnerte Clara an einen Tannenbaum auf zwei Beinen oder einen goldbetressten Zinnsoldaten. Glücklicherweise war er gerade damit beschäftigt, einer nicht weniger glitzernden Frau aus einem Mercedes zu helfen, so dass er nicht merkte, wie Clara ins Foyer schlüpfte.

Ein Messingschild wies ihr den Weg zum Saal, in dem der Jahresempfang stattfinden sollte. Clara überholte Herren in Smokings und Damen in langen Kleidern. In der doppelflügeligen Tür ging ihr Blick über die üppig geschmückten runden Tische, die im großen Festsaal des Hotels verteilt waren. Viele Leute hatten bereits Platz genommen oder waren in gepflegte Konversation vertieft. Man reichte sich die Hand, verteilte gehauchte Küsschen an die Freunde und vergewisserte sich, dass man unter seinesgleichen war.

Nirgends konnte Clara Phillip entdecken. Sie lief zurück in die Lobby und fragte an der Rezeption. Doch der Concierge konnte ihr nicht weiterhelfen. Wie auch, der Empfang hatte wahrscheinlich nichts mit dem Hotel zu tun. Gerade als sie überlegte, was sie jetzt tun solle, sah sie Lindenberg vor dem Portal aus seinem BMW steigen, während Eva Kohlstedt-Lindenberg die Beifahrertür öffnete.

Clara stürmte hinaus und stellte sich ihrem Exliebhaber in den Weg. »Phillip, ich muss mit dir sprechen«, presste sie hervor. »Sofort!«

Überrascht sah er sie an. Der Blick seiner Gattin hingegen hätte Marmor schneiden können. Clara wusste nicht, ob die Frau gehört hatte, dass sie Lindenberg duzte. Würde sie eine Szene machen? Es war Clara egal.

»Geh schon hinein, Liebste«, sagte Lindenberg zu seiner Frau und reichte einem Bediensteten seinen Wagenschlüssel, damit der das Auto parken konnte. »Es geht nur um die Arbeit. Ich bin gleich bei dir.« Dann zog er Clara grob am Arm mit sich. Clara sah noch, wie seine Frau die Stufen hinauf zur Lobby schwebte und in der Drehtür des Hotels verschwand.

»Du hättest mir deine Entscheidung auch per E-Mail mitteilen können. Oder in meinem Büro anrufen«, fauchte er. »Also, wirst du anfangen oder nicht?«

Im ersten Moment wusste Clara nicht, was er meinte, bis sie sich wieder an den Job in Berlin erinnerte. »Nein, darum bin ich nicht hier.«

»Warum dann?« Er richtete sich zu seiner ganzen Größe auf. »Ich habe für Spielchen keine Zeit.« Er drehte sich von ihr weg, um zurückzugehen.

»Wo ist Charlotte?«

Lindenberg hielt mitten im Gehen inne. Kurz zögerte er, doch dann kam er zu Clara zurück. »Was meinst du damit?«

»Ich will ein aktuelles Bild von meiner Tochter.«

Er schüttelte enerviert den Kopf, wie man es bei quengeligen Kindern tat. »Finde dich endlich damit ab, dass du kein Kind hast. Sie lebt da, wo sie glücklich und zufrieden ist. Sie weiß nicht einmal, dass es dich gibt.« Mit beiden Händen ergriff er Claras Oberarme. »Hör endlich auf!«

»Lass das! Du tust mir weh!«, rief sie und riss ihre Arme fort. »Entweder, du bringst mir ein aktuelles Foto oder …«

»Oder?«, zischte er. »Was oder? Wirst du es meiner Frau sagen? Der Presse?« Er lachte auf. »Glaubst du wirklich, dass heutzutage noch jemand über eine Affäre, die Jahre zurückliegt, stolpert? Kind hin oder her.« Er beugte sich dicht zu ihrem Gesicht hinunter. »Werde endlich erwachsen!« Dann drehte er sich erneut um und ging.

Doch so einfach wollte Clara ihn nicht davonkommen lassen. »Als du letztes Mal bei mir warst, hattest du aber Angst, ich könnte mit der Presse reden. Oder mit deiner Frau.« Er reagierte nicht. Sie eilte ihm nach. Nicht weit vom Eingang entfernt, überholte sie ihn und stellte sich ihm erneut in den Weg. »Sie ist auch dein Kind.«

Er sagte nichts. Gerade als er sie zur Seite schubsen wollte, fügte sie noch hinzu: »Oder ich geh zur Polizei.«

Erstarrt blieb Lindenberg stehen. »Willst du mir drohen? Womit? Affären haben ist nicht strafbar.«

Clara schluckte. Sie hatte den letzten Satz gesagt, ohne weiter darüber nachzudenken, was sie damit meinen könnte. Ein Bluff.

»Du bist irre, Clara, eine dieser Stalkerinnen. Das ist es, was ich der Polizei sagen werde.«

Entsetzt holte sie Luft. Ihre Beine wurden weich, und sie musste sich an der Fassade des Hotels abstützen.

Wütend starrte er zu ihr hinunter. Seine letzten Worte hingen noch in der Luft, als er unerwartet einlenkte. »Okay, damit du mich endlich in Ruhe lässt, werde ich meinen Freund anrufen und fragen, ob du das Kind einmal sehen darfst.«

»Ja?« Das war weit mehr, als Clara gehofft hatte. »Oh, bitte. Ich würde sie auch nur aus der Ferne sehen wollen. Ich muss gar nicht mit ihr reden. Ich kann ja so oder so kein Französisch.« Sie strahlte und zitterte gleichzeitig.

»Wenn er allerdings von dir die Nase voll hat, so wie ich, ist die Angelegenheit erledigt. Du wirst mich endlich in Ruhe lassen, ist das klar?« Sie nickte. »Ich melde mich morgen bei dir.« Dann schob er sie unnötig grob zur Seite und eilte zu seiner Frau, die offenbar wieder herausgekommen war. Mit kalter Miene stand sie vor der Drehtür und beobachtete die Szene.

Erleichtert machte sich Clara auf den Heimweg. Vielleicht würde doch noch alles gut werden. Sie bräuchte nur noch bis morgen zu warten.

Eva Kohlstedt-Lindenberg hatte mehr gesehen, als ihr lieb war. Die Fremde, die bei ihrem Mann stand und auf die er einredete, kam ihr bekannt vor. Sehr bekannt sogar. Es musste diese kleine Verkäuferin von damals sein, die Phillip noch eingestellt hatte, bevor er kurz darauf seinen Posten im Kaufhaus für die Politik aufgegeben hatte.

Er glaubte tatsächlich, sie wüsste nichts von all seinen Affären, aber er irrte, denn er war nicht halb so clever, wie er dachte. Sie hatte auf seinem Handy eine Ortungs-App installiert und wusste stets, wo er war. Phillip war ein Mann, den man an der langen Leine laufen lassen musste, solange es ihm nicht schadete. Wann das war, entschied sie. Jetzt fragte sie sich, ob die graue Maus dort hinten Ärger bedeuten könnte.

Kapitel 51

Seine Behausung war eiskalt. Bei den Kindern und der Jonas ist es eindeutig wärmer gewesen, dachte Manni, als er sich an den Tisch setzte, ohne die Kutte auszuziehen. Irgendwie fühlte sich sein Wohnwagen fremd an. Manni schaute sich um, als wäre er zum ersten Mal hier. Vielleicht sollte er aufräumen? Er seufzte. Nee, das war es nicht.

Der Blechnapf auf der Ablage neben ihm war noch immer leer. Ihm fehlte Beethoven. Und Kurti fehlte ihm auch. Wo war nur sein altes Leben hin? Es war einfach gewesen, nie langweilig. Und jetzt? Die Stille in seinem Wagen gefiel ihm nicht.

Da schoss ihm der Gedanke durch den Kopf, dass Beethoven nicht zurückkam, weil er sich verletzt haben könnte. Oder vielleicht irgendwo eingesperrt war. Oder, schlimmer noch, etwas gefressen hatte, was Ratten niemals fressen sollten. Gift.

Schnell verließ Manni seinen Wohnwagen. Er stellte sich dorthin, wo bis vor kurzem noch zwei Stühle und ein Tisch gestanden hatten. Lukas hatte sie hinter den Wagen gestellt, weil sie für ein Candle-Light-Dinner zu schäbig seien, hatte er gesagt.

Manni rief nach seiner Ratte. Die Holzschnitzel unter seinen Stiefeln lagen jetzt unter einer dicken Decke Schnee. Er wusste, er hätte besser auf Beethoven aufpassen sollen oder ihm öfter mal ein leckeres Stückchen Käse mitbringen können. Ja, er hatte sich nicht genügend bemüht, da war er sicher. Prompt stellte sich bei ihm ein schlechtes Gewissen ein.

Über dem Schrottplatz leuchtete ein voller Mond und tauchte die rostigen Autos mit ihren Schneemützen in ein weißes Licht.

»Beethoven«, rief Manni durch die Nacht, während er an Schrottkarren und Reifenbergen vorbeiging. »Komm zu Papi!« Doch die Ratte ließ sich nicht sehen. Ob die Leute von diesem Partyservice Beethoven verjagt hatten? Immerhin müssen die zwischenzeitlich hier gewesen sein, denn all die geliehenen Sachen waren jetzt weg.

Manni dachte an all die Leckereien, die er für sich und Beethoven an dem Abend beiseitegeschafft hatte. Sie lagen noch immer im Kühlschrank. Lindenbergs Gesicht hätte er gerne gesehen, wenn der die Rechnung sah. Aber selbst der Gedanke daran konnte Manni gerade nicht aufmuntern.

Ziellos ging er umher, hob mal einen Kotflügel an und beugte sich in den leeren Innenraum eines alten Polos. Die Kälte kroch unter die Haut. Halbherzig rief er noch einmal nach seinem Freund. Dann schlurfte er zurück zu seinem Wohnwagen. Vielleicht hatte Beethoven ja ein neues Zuhause gefunden. Manni öffnete die Tür und ging hinein. Unschlüssig stand er vor seiner Plattensammlung. Sollte er die Anlage aufdrehen? Nein, er hatte heute weder Lust auf Lynyrd Skynyrd noch auf AC/DC.

Niedergeschlagen ging er zu Bett und zog die Wolldecke bis zum Kinn. Es sah so aus, als hätte ihn sein allerletzter Freund nun auch verlassen. Genauso, wie Kurti es getan hatte.

Manni fand keinen Schlaf. Immer wieder musste er an die Sache mit dem Portemonnaie denken. Es ärgerte ihn, dass jemand ihm das Ding hatte unbemerkt zustecken können. Natürlich hatten diese uniformierten Hilfssheriffs auf dem Revier ihm kein Wort geglaubt. Wäre die Jonas nicht gekommen und hätte ihre haarsträubende Lügengeschichte erzählt, er würde sicherlich noch immer hinter Gittern sitzen. Dabei musste selbst ihr klar sein, dass er niemals so ein feines Ding besessen haben konnte. Schon gar keines mit Geld darin. Hundert Euro! Was hätte er alles damit anfangen können.

Mit geschlossenen Augen ließ Manni noch einmal die Sache auf dem Hof vor sich ablaufen, als die Fernsehtante ihn kalt erwischt hatte. Wer hatte so dicht neben ihm gestanden, dass er oder sie eine Chance gehabt hätte, das Geld in seine Jacke zu stecken? Ein Schauder lief Manni über den Körper. Er seufzte in die Dunkelheit hinein. Da war der Lindenberg, aber der hatte ihm die Hand auf die Schulter gelegt und war keine drei Sekunden später wieder gegangen. In der Zeit hätte er als Ungeübter keine Chancen gehabt, die Ware zu positionieren. Dass es eines der Kinder gewesen sein könnte, hielt Manni für unwahrscheinlich. Er wusste um seine Wirkung auf sie. Keiner von denen hätte sich so etwas getraut. Auch nicht die vier Sandkistenmachos. Als die Frau wissen wollte, wo genau er Lena gefunden hatte, waren sie alle in den engen Schuppen gegangen. Jetzt, wenn er so darüber nachdachte, war es Krawutke, der sich immer wieder an ihm vorbeigedrängelt hatte.

Krawutke, du Hund!

Und wenn Henriette mit ihrer Vermutung recht hatte, wusste er auch, warum der Hausmeister es getan hatte.

Kapitel 52

Clara?« Überrascht drehte Lukas sich um, als sie durch die Haustür von St. Emmaus stürmte. Er war gerade dabei, mit einer Handvoll Kinder den Türrahmen zur Aula weihnachtlich zu schmücken und ein großes Willkommensschild für den morgigen Tag anzubringen, als Clara in den Flur trat. »Was ist passiert?«

Ohne eine Antwort abzuwarten, reichte er einem der Kinder die große Kleberolle. »Macht kurz weiter. Ich bin gleich wieder da.« Dann ging er zu Clara und zog sie mit sich in den Flur.

»Ist etwas passiert? Du bist kreidebleich«, flüsterte er so leise, dass die Kinder vor der Aula es nicht mitbekamen.

»Gestern sagtest du, Lena und ich hätten eine gewisse Ähnlichkeit.« Sie holte tief Luft. »Ich habe darüber nachgedacht.«

»Und?«

Er sah, wie sie in ihre Manteltasche griff und ein Foto herausholte. »Das ist Charlotte. Sie war damals zwei Jahre alt. Phillip gab mir das Bild, nachdem ich ihm gedroht hatte, ich würde alles seiner Frau sagen.«

Lukas nahm die Fotografie und schaute sie lange an. »Damit ließ er sich erpressen?«

»Es war keine Erpressung. Ich wollte kein Geld. Nur ein Foto.« Sie sah ihn an. »Und, was denkst du?«

Lange sah er das lachende Gesicht auf dem Bild an, als Clara ihm das Foto wieder aus der Hand nahm. »Sehen Kinder in dem

Alter nicht alle gleich aus, irgendwie? Ich meine, dieses süße runde Gesicht, die Kulleraugen, … Das haben doch alle, oder?«

Lukas seufzte. »Das war vor drei Jahren. Eine lange Zeit für ein Kind. Es verändert stark sein Aussehen, die Art, das Leben zu sehen, … einfach alles.«

Ernst schaute er noch einmal auf das Foto. »Du glaubst, er hat dir das Bild eines anderen Kindes gegeben? Warum sollte Lindenberg das tun?«

»Nein, nein, so ist es nicht. Ich will einfach nur Klarheit. Du hast mich gestern so schrecklich durcheinandergebracht. Weißt du, es war gestern so schön mit uns dreien. Es fühlte sich richtig an.« Clara holte tief Luft. »Zu richtig, verstehst du?«

Er nickte.

»Ich will nur die Gewissheit haben, dass das hier meine Charlotte ist. Mehr nicht.« Sie wollte das Bild zurück in ihre Jacke stecken, als Lukas es ihr noch einmal aus der Hand nahm. Kritisch betrachtete er ein weiteres Mal das kleine Mädchen, suchte in ihren Zügen Lena.

»Gewissheit?«, murmelte er. Dann schaute er auf und griff nach Claras Hand. »Komm!« Er eilte mit ihr den Flur hinunter, bis zur Bürotür der Heimleitung. »Es gibt einen einfachen Weg herauszufinden, ob Charlotte Lena ist oder nicht.«

Er öffnete die Tür und zog Clara mit sich hinein. »Frau Jonas ist nicht da, aber das macht nichts.« Vor der großen Fotowand blieb er stehen.

»Was ist das?« Verwirrt schaute Clara auf all die angepinnten Zettel, Umschläge und Postkarten.

»Frau Jonas nennt das ihre *Familienwand*.« Lukas begann, die Papierseiten zu überfliegen, als suche er etwas Bestimmtes. »Hier hängen all die Briefe und Karten, die Frau Jonas von den Adoptiveltern und ihren Kindern bekommen hat. Sozusagen als Motivation.«

»Wow, das sind viele«, staunte Clara.

»Sie ist ja auch schon mindestens drei Ewigkeiten die Chefin von dem Laden hier.« Jetzt nahm er eilig die obere Schicht der Briefe ab und legte sie auf den Tisch. »Schaue nach, ob da ein Brief von den Perlingers dabei ist.«

»Lenas Familie?«

»Ja.« Er legte noch einen Stapel zur Seite. »Die meisten Adoptiveltern legen ein Foto des Kindes dazu. Manchmal schreiben die Kinder auch selber oder malen sich und ihre neue Familie. Wenn wir Glück haben, ist hier irgendwo auch ein Brief von den Perlingers, vielleicht sogar mit einem Foto von damals, als Lena noch jünger war. Wir müssen es nur finden. Dann vergleichen wir die Bilder und wissen mehr.«

Clara verstand. Hastig nahm sie den ersten Umschlag vom Stapel in die Hand, prüfte den Absender und legte ihn dann zur Seite. Schon kam der nächste Stapel von Lukas.

»Wir dürfen nichts durcheinanderbringen«, mahnte er. »Es würde Frau Jonas nicht gefallen, dass wir ihre Ordnung ruinieren. Ich bin mir nämlich sicher, dass sie irgendein System in der Aufhängung hat. Ich kapiere es nur nicht.« Lukas ging systematisch von links oben nach rechts oben vor. Es mussten hunderte Briefe und Postkarten, Zettel und Bilder sein. Als er den vierten oder fünften Stapel auf den Tisch gelegt hatte und sich den unteren Reihen widmen wollte, spürte er, wie sich Claras Rücken versteifte. Er fuhr herum.

Mit zitternder Hand reichte sie ihm einen hellblauen Umschlag.

»Ich traue mich nicht«, flüsterte sie.

Lukas nahm das Kuvert und drehte es um, während Clara ängstlich die Arme vor der Brust verschränkte. Ja, die Perlingers hatten den Brief geschickt. Laut Poststempel musste das im Sommer vor drei Jahren gewesen sein. Eine Zeit, in der Lenas Leben noch schön war und sie eine Familie hatte. Die runde Schrift im Adressfeld war die einer Frau. Wahrscheinlich Frau Perlingers. Sind es nicht immer die Frauen, die Briefe schrieben, ging es Lukas durch den Kopf. Er zog die Seiten heraus. Ein Foto rutschte heraus und fiel zu Boden. Es blieb mit dem Bild zuunterst auf dem Linoleum liegen.

Lukas und Clara starrten es an.

Kapitel 53

Damit diese Probe nicht auch noch platzte, hatte sie ihn sicherheitshalber beim Schrottplatz abgeholt. Als er in ihren Wagen stieg, bemerkte sie sofort, dass er gut roch und seine Haare frisch gewaschen waren. Still lächelte sie vor sich hin, als sie durch die Straßen der Stadt fuhren.

»Muss ich wirklich?«, quengelte Manni zum hundertsten Mal, als sie St. Emmaus erreichten.

»Bitte, Herr Semmler, mir zuliebe.« Henriette schlug die Fahrertür ihres alten Corsas zu, den sie in die letzte Parklücke in der Straße gezwängt hatte.

»Aber er stinkt«, jammerte Manni weiter.

»Ich habe ihn reinigen lassen.« Sanft, aber dennoch energisch schob sie Manni zum Tor hinüber. Heute wollte sie einen letzten Versuch mit ihrem Aushilfsweihnachtsmann starten. Sie hatte sich fest vorgenommen, rücksichtsvoller zu sein als beim letzten Mal.

»Er ist aber viel zu klein«, nörgelte Manni weiter. »Er kneift hier …« Er zeigte unter seinen linken Arm. »Und hier …« Jetzt wies er auf sein Hinterteil.

»Er sitzt perfekt.« Henriette blieb stehen und schaute ihn nachsichtig lächelnd an. »Ich habe noch nie einen Mann gesehen, dem unser Mottenpelz besser stand.«

Manni seufzte. »Also gut, wenn es sein muss.« Er öffnete Henriette das Tor und ließ sie vorgehen. »Bringen wir es hinter uns.«

Sie gingen über den verschneiten Hof, wo gerade einige Kinder einen Schneemann bauten. Ihre neugierigen Blicke folgten Manni, denn er hatte es in der Kinderschar mittlerweile zu einer gewissen Berühmtheit gebracht. Immerhin, so hatten Olli, Oskar, Kevin und Mats beim Frühstück wortreich erklärt, hätte Manni die Neue vor dem sicheren Tod bewahrt, obwohl er eigentlich ein gesuchter Mafiakiller sei, den erst eine Hundertschaft Polizisten hatte überwältigen können, direkt unten im Hof. Und sie, also Olli, Oskar, Mats und Kevin, seien jetzt Teil seiner Gang. Sie könnten auch mit hundertprozentiger Gewissheit sagen, dass Manni niemals einen Kumpel verpfeifen würde! Man dürfe sich nur nicht mit ihm anlegen. »Der macht dich mit seinem Mafiablick kalt«, hatten sie behauptet. Was sie den anderen Kindern nicht sagten, war, dass sie diesen Todesblick beim Zähneputzen vor dem Spiegel schon mal heimlich übten.

Davon ahnten Henriette und Manni natürlich nichts, als sie ins Haus gingen, um die längst überfällige Probe nachzuholen. Im Foyer bemerkten sie den Zipfel eines grauen Kittels, der hinter einer Ecke verschwinden wollte. »Krawutke, du Hund! Bleib stehen!«, rief Manni dem Hausmeister hinterher. Schon wollte er ihm folgen, als Henriette ihn am Arm festhielt.

»Lassen Sie es gut sein. Den nehme ich mir später und in Ruhe vor.«

Zähneknirschend nickte Manni. »Dann bin ich aber dabei.«

»Das ist Ihr gutes Recht.«

Vor der Aulatür sahen sie eine Handvoll Kinder, die sich offenbar bestens mit einigen Rollen Klebeband amüsierten, in das sie sich gegenseitig gewickelt hatten.

»Phorsicht! Tie Jonas isch ta!«, nuschelte ein Mädchen, dessen Kopf mehrmals mit Tesafilm umrollt war. Sie wollte weglaufen, als der Junge neben ihr aufschrie, weil sich der Rest des Klebebands in seinen Haaren verklebt hatte.

»Was soll der Unsinn?«, wollte Henriette wissen. »Wo ist euer Erzieher?« Die Kinder wiesen mit den Fingern Richtung offener Bürotür. Mit schmalen Lippen marschierte Henriette hinüber. Da wurde die Haustür aufgestoßen.

»Manni! Manni!«, brüllten Olli, Kevin, Oskar und Mats, als sie hereingerannt kamen. Außer Atem blieben sie vor Manni und ihrer Heimleiterin stehen.

»Was ist los?«, wollte Manni wissen.

Kevin schubste Olli vor. »Sag du.«

Doch Olli trat einen Schritt zurück. »Nee, mach du.« Er stellte sich hinter Mats, der den Kopf schüttelte und meinte, er hätte doch gar nichts gesehen.

»Was ist?«, fragte Manni noch einmal. Dieses Mal aber so energisch, dass seine Stimme von den Wänden widerhallte.

»Die Neue …«, begann Kevin.

»Sie heißt nicht die Neue«, polterte Manni. »Wie heißt sie?«

Die Jungen wechselten einen fragenden Blick. »Lena?«

Manni nickte. »Richtig. Was ist mit ihr?« Er spürte, dass ihr Puls schneller ging.

»Also, die Lena ist eben in ein Auto gestiegen.«

Manni erschrak. »Erzählt ihr jetzt wieder Mist, oder habt ihr das wirklich gesehen?«

»Ehrlich!« Die vier rissen die Handschuhe von den Fingern und schworen. Kurz lugte Manni auf ihre Rücken, um zu sehen, ob sie logen. Sie sagten die Wahrheit.

»Wann war das?«, wollte Henriette wissen.

»Na, eben. Also vor ein paar Minuten, … glaube ich.« Kevin wirkte unsicher.

»Warum sagt ihr das erst jetzt?«, blaffte Manni sie an.

»Aber, sie ist doch freiwillig eingestiegen«, verteidigten sich die Jungen mit beleidigter Miene.

Manni rannte die Treppe hinauf, um in Lenas Zimmer nachzuschauen, doch der Raum war leer. Einzig Lenas Puppe saß auf dem Schreibtisch. Daneben lag eine Buntstiftzeichnung mit drei Figuren darauf, die sich an den Händen hielten und Flügel zu haben schienen. Eine Sonne lachte auf sie nieder, während Schneeflocken um sie herumtanzten.

Er riss die Schranktüren auf und holte Lenas Rucksack heraus, den er erst kürzlich dort hineingelegt hatte. »Dieses Mal hat sie ihre Abreise nicht geplant.«

Manni wurde schwindelig. Sein Herz raste, und das nicht nur, weil er zu schnell die Stufen hinaufgelaufen war. Es war ein unbekanntes Gefühl, das sein Herz einschnürte und ihm die Luft nahm. Gerade wollte er sich von den Jungen, die mit Henriette in der Tür standen, noch einmal genau schildern lassen, was sie tatsächlich gesehen hatten, als er Lukas und Clara die Stufen herauflaufen sah.

»Was ist mit Lena?«, rief Clara schon von Weitem der Heimleiterin zu. »Wo ist sie?«

Überrascht drehte Henriette sich um. »Frau Hansen, was machen Sie denn hier?«

Clara reichte ihr einen offenen blauen Umschlag sowie einige Seiten handbeschriebenes Papier und ein Foto.

»Das ist ein Brief von Lenas Pflegefamilie, den Perlingers«, erklärte Lukas seiner Chefin.

»Ich weiß. Was hatten Sie in meinem Büro zu suchen?« Henriette war verärgert.

Lukas antwortete nicht auf ihre Frage, sondern erklärte, dass die Perlingers dem Brief zwei Fotos beigelegt hatten. »Im Umschlag aber war nur ein Bild.«

»Ja, und?«

Nun reichte Clara Henriette das Bild ihrer Tochter. »Das ist meine Tochter. Sie heißt Charlotte und lebt seit fast fünf Jahren in Südfrankreich.«

Henriette nahm die Fotos. Das eine zeigte die lachende Lena mit den Perlingers beim Bärengehege im Zoo. Daneben standen die beiden Perlingerjungen und leckten an ihrem Eis. Das andere Bild zeigte Lena mitten in einem Haufen Kissen. Auf beiden Fotos trug das Mädchen denselben Winnie-Pooh-Pulli. Fraglos handelte es sich um ein und dasselbe Kind.

Bestürzt sah Henriette Clara an. »Und das hier soll Ihre Tochter in Südfrankreich sein?« Sie hielt das Bild mit den Kissen etwas höher.

Clara nickte. »Sie wurde zwei Tage vor Weihnachten in einer Privatklinik geboren.«

»Jemand muss das zweite Foto aus dem Umschlag genommen haben, um es Clara zu geben«, meinte Lukas.

»Warum um Himmels willen sollte jemand so etwas tun?« Noch immer starrte sie auf die Bilder und konnte es nicht fassen. »Von wem haben Sie das Foto, Frau Hansen?«

»Der Kindsvater gab es mir«, flüsterte Clara kaum hörbar.

In Henriettes Kopf rasten die Gedanken. Die Person, die das Bild aus ihrem Büro entwendet hatte, musste jederzeit Zugang gehabt haben, um es unbemerkt stehlen zu können. Hier kamen all ihre Erzieher in Frage. Aber auch ein Mann, der sich in letzter Zeit auffallend oft nach Lena erkundigt hatte. Ein Mann, der unbedingt wollte, dass Lena so schnell wie möglich eine neue Familie bekam. Und sei es in Prag.

»Lindenberg?«

Clara nickte. »Eine Affäre. Ich war zu jung, um es zu verstehen.« Sie trat dicht zu Henriette. »Wann hat Lena Geburtstag?«

Henriette seufzte. »Wir haben den Tag, an dem wir sie fanden, als ihren Geburtstag festgelegt. Heiligabend.« Tausend Fragen hätte Henriette Clara jetzt gerne gestellt, aber das musste warten. »Was war das für ein Auto?«, wollte sie von den Jungen wissen.

»Ein schwarzer Mercedes«, meinte Mats.

»Nee, ein blauer BMW«, korrigierte Kevin, und Olli nickte.

»Kennzeichen?«, mischte Manni sich ein. Betreten sahen die Jungen sich an.

»Ein blauer BMW?«, verlangte Henriette zu wissen. »Konntet ihr den Fahrer erkennen?«

»Nein, wir waren hinterm Schuppen«, erklärte Oskar. »Das war zu weit weg. Aber ein blauer BMW war es ganz bestimmt.«

Henriette schaute Manni an. »Phillip Lindenberg fährt einen blauen BMW.« Dann straffte sie ihren Rücken und erklärte, dass sie nun die Polizei rufen würde.

»Unsinn! Bis die in die Hufe kommen, ist der mit Lena schon über alle Berge«, rief Manni und wollte schon die Treppen hinunterrennen. »Das nehme ich in die Hand!«

»Aber wir wissen doch gar nicht, wo er mit dem Kind hinwill!«, rief Lukas ihm nach.

»Ich glaube doch«, antwortete Henriette. »Er will Lena in eine neue Familie in Prag geben.«

Verzweifelt schrie Clara auf.

Henriette erklärte den anderen, dass sie kürzlich mit Lenas Amtsvormund gesprochen habe. »Nachdem Herr Lindenberg ihn besucht hatte, gab es von Seiten des Amtes keine Einwände mehr.«

»Gute Kontakte sind alles«, murmelte Lukas bitter.

»Die Vermittlung läuft über ein anderes Kinderheim der Stiftung in Wysoka«, sagte Henriette. »Es würde mich nicht wundern, wenn die Adoption mit ein wenig Geld und falschen Papieren dort schon längst vorbereitet wurde.«

Der schlimmste Albtraum, den Henriette sich hatte vorstellen können, war wahr geworden. Sie rannte in ihr Büro und riss den Telefonhörer von der Gabel. Dann wählte sie die 110.

Kapitel 54

Die Sekunden wurden zu Minuten und fühlten sich an wie Stunden. Clara lief im Büro der Heimleiterin auf und ab, während Lukas versuchte, sie zu beruhigen.

»Wir wissen nicht, warum Lindenberg dir Lenas Bild gegeben hat. Es könnte sein, dass er überhaupt keinen Kontakt zu deiner Tochter hat. Vielleicht war alles gelogen.«

Entsetzt starrte Clara ihn an. »Alles gelogen? Warum sollte er lügen?« Eine mögliche Antwort überfiel sie, noch bevor sie die Frage ausgesprochen hatte. Ihre Knie wurden weich. »Glaubst du etwa, er hat mein Kind damals gar nicht nach Frankreich gebracht?« Die Luft blieb ihr weg.

Schnell kam Lukas zu ihr und wollte sie in seine Arme nehmen, doch Clara schubste ihn fort. Einem gehetzten Tier gleich, begann sie wieder umherzulaufen.

»Beruhige dich, Clara.«

»Wir müssen sie finden.«

»Nein, nicht wir, sondern die Polizei wird sie finden«, entschied Henriette hinter ihrem Schreibtisch.

Clara schüttelte den Kopf. All die Jahre hatte Lena in derselben Stadt gewohnt wie sie, und sie hatte es nicht gewusst. Hätte sie es als Mutter nicht merken müssen? Bewies die Tatsache, dass sie es nicht gefühlt hatte, dass sie nicht Lenas Mama war? Immer schneller ging sie umher, konnte nicht stehenbleiben. »Wie weit ist dieses Wysoka von hier entfernt?«

Lukas überlegte kurz. »Ich glaube, es liegt hinter der polnischen Grenze, irgendwo bei Posen. Mit dem Auto wäre man wahrscheinlich in fünf oder sechs Stunden dort.«

»Lass uns fahren.« Sie sah, dass er es für eine dumme Idee hielt. »Bitte, Lukas, es ist besser, als hier untätig herumzusitzen. Wenn sie in dem anderen Heim ankommen, müssen wir bereits dort sein. So groß ist ihr Vorsprung noch nicht.«

»Clara, wir wissen doch gar nicht, ob er tatsächlich dorthin fährt.«

Sie presste ihre Hände an den Kopf, weil sie glaubte, er würde gleich zerspringen. »Aber hier zu sitzen macht mich wahnsinnig.«

»Er wird ihr nichts antun, Clara«, versuchte Lukas sie zu besänftigen, doch auch das gelang nicht.

»Nein? Bist du dir da so sicher?« Sie schlang die Arme um sich. »Er hat eine Menge zu verlieren.«

Lukas lachte kurz auf. »Ich bitte dich, heutzutage ist eine Affäre doch kein Problem mehr. Außerdem liegt es Jahre zurück.«

»Ich war siebzehn und er über vierzig. Denkst du wirklich, die Presse würde das nicht ausschlachten? Und wie sieht es mit seiner Frau aus? Ihr gehört das Geld, die Villa, der große Name. Es heißt, sie sei sehr ehrgeizig.« Sie schaute auf den verschneiten Hof hinaus. »Er hat Angst. Und das zu Recht.«

Lukas wandte sich an Henriette Jonas, die die ganze Zeit nachdenklich hinter ihrem Schreibtisch gesessen hatte. »Was denken Sie, wird er tun?«

Die Heimleiterin überlegte eine ganze Weile, bevor sie antwortete. »Wenn all diese Vermutungen stimmen, …« Sie holte tief Luft, »dann haben wir ein Problem. Phillip Lindenberg ist ein Mann, der weiß, wie er bekommt, was er haben will. Er wird kämpfen.« Sie beugte sich vor, stützte die Ellbogen auf die Schreibtischplatte und kreuzte die Finger, als wolle sie beten. »Sollte unser Verdacht zutreffen, dann bedeutet das, Phillip Lindenberg hat vor fünf Jahren ein Neugeborenes vor unserer Tür ausgesetzt. Dafür muss er mit Gefängnis rechnen.« Sie erhob sich von ihrem Schreibtischstuhl. »Er hat nur noch eine Chance, aus der Sache herauszukommen. Lena muss verschwinden.«

Clara schrie erneut auf.

»Nein, nicht so. Er ist kein Mörder. Er wird sie nach Wysoka bringen, wo sich dann ihre Spur verlieren wird.«

»Bitte, Frau Jonas, wir müssen Lena suchen. Ich habe Angst, dass er ihr etwas antut«, flehte Clara.

»Noch wissen wir nicht, ob es der Wagen von Herrn Lindenberg war. Auch das ist nichts weiter als eine Vermutung.« Henriette ging zum Garderobenhaken und nahm ihren Mantel. »Bevor die Polizei Himmel und Hölle in Bewegung setzt, um Lena und den Wagen zu finden, wird sie erst einmal herausfinden wollen, wo Herr Lindenberg sich zurzeit aufhält. Die ganze Angelegenheit könnte auch ein falscher Alarm sein.«

»Das Heim in Prag!«, rief Clara. »Sie müssen dort anrufen und fragen, ob …«

Henriette stellte sich vor Clara. »Das habe ich bereits. Niemand dort ging ans Telefon.« Sie legte ihre Hand auf Claras Arm. »Große Glaubwürdigkeit besitzen übrigens die vier Jungen bei mir nicht. Auch das sollten wir bedenken.«

»Bitte, lassen Sie mich in das andere Heim fahren. Ich werde sonst wahnsinnig.«

»Ich auch, meine Liebe.« Henriette steckte ihr Handy ein und gab noch einige Anweisungen an zwei Erzieherinnen, wie die Polizei sie erreichen könnte. »Und sagen Sie den Beamten, dass wir Richtung Tschechien fahren.« An Clara und Lukas gewandt, lächelte sie. »Schlimmstenfalls machen wir uns gerade schrecklich lächerlich.«

Dann verließen alle drei das Haus.

Als sie über den Hof eilten, um zu Henriettes Auto zu gelangen, drehte sich die Heimleiterin noch einmal suchend um. »Wo ist eigentlich Herr Semmler?«

Keiner von ihnen wusste, wo der Aushilfsweihnachtsmann geblieben war. Vielleicht hatte er die Gelegenheit genutzt, um sich vor der Probe zu drücken oder den Polizisten nicht über den Weg laufen zu müssen, überlegte Henriette. Ein wenig enttäuscht lief sie zu ihrem Auto, das noch immer in der engen Parklücke stand. Lukas, Clara und sie stiegen ein, und Henriette drehte den Zündschlüssel. Doch nichts passierte. Sie versuchte es ein zweites und drittes Mal, aber die Geräusche, die der Motor von sich gab, klangen immer gequälter.

»Nun komm schon!«, schimpfte sie und schlug mit der flachen Hand auf das Lenkrad. »Nur dieses eine Mal noch«, flehte sie ihren Wagen an. Doch der Corsa blieb stumm.

»Wir nehmen mein Auto!«, rief Lukas, der sichtlich nervös hinten mit Clara saß. Schnell stiegen sie aus und rannten los. Henriette sah den jungen Leuten nach, während sie noch einmal den Zündschlüssel vergebens drehte und dabei laut fluchte.

Plötzlich hörte sie ein höllisches Knattern neben sich. Sie fuhr herum und sah Manni, der auf einem Motorrad saß. Er grinste sie an. »Kommen Sie! Die Karre hat's hinter sich.«

Sprachlos betrachtete Henriette die Thunderbird, als Manni ihr auch schon die Tür aufhielt. Er reichte ihr einen altmodischen Helm. »Ich hätte nicht gedacht, dass es noch fährt«, murmelte sie mit Blick auf die knatternde Maschine. Dann setzte sie den Helm auf den Kopf und fummelte nach den Lederriemen.

»Lass mich mal ran«, sagte Manni und beugte sich vor.

»Ich halte es für keine gute Idee, mit dem Motorrad hinterherzufahren«, meinte Henriette und vermied es, in seine Augen zu sehen, während er sich mit dem Verschluss an ihrem Hals abmühte. »Das Wetter scheint mir für eine Spritztour nach Tschechien ungeeignet zu sein.«

»So, so, da wolltet ihr also auch hin.«

»Ja, aber vielleicht sollten wir doch alles der Polizei überlassen.« Sie griff nach seinen Händen, um den Helm wieder abzunehmen.

»Papperlapapp«, widersprach er. »Wir haben eine Mission. Schon vergessen? Und jetzt: Jacke zuknöpfen, Schal feststecken. Gleich wird's arschkalt.«

»Oje«, raunte sie. Dennoch schwang sie ihr Bein über den Sitz und hielt sich an Manni fest. »Wo haben Sie überhaupt das Benzin für die Thunderbird her?« Sie war sicher, dass der Tank des Motorrades all die Jahre leer gewesen war.

Lukas' Wagen bog auf die Hauptstraße ein. Sein Navi bestätigte, dass sie etwa sechs Stunden brauchen würden, bis sie das Kinderheim in Wysoka erreichten. Dann würde es aber bereits tiefe Nacht sein. Clara, die neben ihm saß, knetete ihre Hände. Gerade wollte er einen weiteren Versuch unternehmen, sie zu beruhigen, als der Wagen nicht mehr recht auf das Gasgeben seines rechten Fußes reagieren wollte. Stattdessen wurde die 2CV immer langsamer, und der Motor begann zu stocken.

»Was ist?«, fragte Clara unruhig.

»Ich weiß nicht.« Sein Blick ging zu den Anzeigen am Armaturenbrett. Nur ein einziges Symbol darauf leuchtete. Ungläubig schaute Lukas die Tankanzeige an, die auf leer stand. »Das ist unmöglich! Ich habe erst vorgestern getankt!«

Clara kämpfte mit den Tränen. Er wusste nicht, ob es wegen des leeren Tanks oder allem anderen war.

Da hörten sie ein tiefes Dröhnen schnell von hinten näher kommen. Im Seitenspiegel sah Lukas ein Motorrad. Ein alter Mann saß darauf, dessen weißer Bart im Fahrwind flatterte. Schon raste die Thunderbird an Lukas' Wagen vorbei. Hinten drauf erkannte er seine Chefin. In diesem Moment begriff Lukas, warum die Nadel der Tankanzeige nach links gekippt war.

»Manni!«, brüllte er. »Du Dieb!«

Ohne eine Erklärung riss Lukas sein Handy aus der Tasche und wollte gerade ein Taxi rufen, als direkt eines vor ihnen hielt. Er löste den Sicherheitsgurt und sprang aus seinem Wagen. »Sind Sie frei?«, rief er dem Fahrer zu.

»Das will ich wohl meinen, Lukas. Schließlich hast du mich herbestellt.«

Im ersten Moment wollte Lukas widersprechen, als er seinen Kollegen von damals erkannte. »Amid!«, rief er freudig. Für den jungen Taxifahrer aus Syrien hatte Lukas vor drei Jahren die Tour an Heiligabend übernommen. Damals war Amid zum ersten Mal Vater geworden.

»Steigt ein!«, rief Amid Lukas zu. Schnell stiegen Clara und er ein. »Wo soll es hingehen?«, wollte Amid wissen und schaute zu der blassen Frau. »Was ist denn mit deiner Freundin?«

»Ihr Kind wurde wahrscheinlich entführt.«

Amid riss die Augen auf. »Und jetzt wollt ihr zur Polizei, richtig?«

»Nein.«

»Nein?«

Clara schüttelte den Kopf. »Wir müssen meinen Ex einholen. Er hat meine Tochter in seinen Wagen gelockt und ist weggefahren.«

Kurz zögerte Amid. Dann drehte er seine Baseballcap nach hinten und legte die Hände auf das Lenkrad. »Wohin?«, fragte er, während er einen entschlossenen Blick auf die Straße warf.

»Prag.«

Amid fuhr herum und starrte Lukas an. »Wohin?«

»Wysoka«, erklärte Clara und versuchte zu lächeln. »Wird das sehr teuer?«

Kopfschüttelnd schaltete Amid das Taxameter aus und warf den Gang ein. »Verrückt, aber okay. Die Tour geht aufs Haus.« In einem Tempo, das gerade noch so am Limit des Machbaren lag, reihte er sich in den Verkehr stadtauswärts ein.

Lukas nahm Claras eiskalte Hände. »Wenn wir ihn nicht kriegen, dann die Polizei. Mittlerweile müssten die herausgefunden haben, dass dieser Lindenberg spurlos verschwunden ist. Bestimmt wird man ihn schon bald irgendwo stoppen.« Er versuchte, sie aufmunternd anzulächeln, obwohl ihm selber gar nicht wohl bei der Sache war. Zumindest tröstete es ihn, dass die Polizei versprach, Frau Jonas anzurufen, wenn sie etwas herausfanden. Er fragte sich, was die Beamten von diesem Trip nach Prag wohl halten mochten. Aber irgendwie war ihm das dann doch egal.

Vorne schilderte Amid der Taxizentrale, was er Verrücktes zu tun gedenke und warum. Und vor allem, dass er dafür kein Geld nehmen würde.

»Spinnst du, Amid?«, krächzte eine Stimme aus dem Lautsprecher. Lukas erkannte Syllis Stimme sofort, zigarettenrau und konzentriert, kein Wort zu viel, keines zu wenig. »Wie soll ich das deiner Frau erklären?«

»Sag ihr, dass ich den Lukas im Wagen habe, der damals für mich die Schicht übernahm, als wir unsere kleine Aishe bekamen. Sie wird nichts dagegen haben.«

Im Lautsprecher hörte man ein langes Ausatmen, als würde jemand Zigarettenrauch exhalieren. »Alles klar. Fahrt bis Stendersheim auf der 24. Dann müsst ihr runter. Da ist gerade ein zehn Kilometer langer Stau.«

Ein Kollege von Amid schaltete sich dazwischen. »Nimm nicht die U15, fahre besser in Klein Kerntau ab und dann über die L86 nach Germershausen. Ab da kannst du dann wieder auf die 24 fahren, Amid. Was für einen Wagen sucht ihr eigentlich?«

»Einen dunkelblauen BMW mit einem Kind drinnen«, mischte Lukas sich ein, und Clara rief: »Sie ist fünf Jahre alt, hat rote Zöpfe und heißt Lena.«

Es kamen mehrere Tipps von den Kollegen, welche Route die günstigste nach Wysoka in Prag sei. Einige Taxifahrer, die gerade auf der Ausfallstraße Richtung Osten fuhren, boten sich an, die Augen nach einem blauen BMW aufzuhalten. Nur Sylli wollte wissen, ob die Polizei eigentlich informiert worden sei.

»Ja«, rief Lukas in der Hoffnung, dass die Zentrale es hören konnte. »Aber wir befürchten, dass es zu lange dauert, bis man sich dazu entschließen kann, etwas zu unternehmen.«

»Warum denn das?«, wollte Amid wissen, der bei Tiefgrün über eine Kreuzung raste. Jemand hupte.

Lukas sah Clara fragend an. Bisher wussten nur er und Frau Jonas von ihrer großen, dummen Liebe. Clara nickte, und er drückte ihre Hand, die in seiner lag. »Der Mann ist eine bekannte Persönlichkeit«, hielt er es möglichst vage. »Solche Leute schreibt man nicht einfach zur Fahndung aus oder jagt sie über die Autobahn. Da wird dreimal mehr geprüft als sonst.«

»Verstehe«, sagte Amid.

Sie hatten den Hauptbahnhof bereits passiert, als Lukas noch etwas einfiel. »Sag mal Amid. Was meintest du vorhin damit, dass ich dich angerufen hätte.«

Amid gab gerade Gas, um einen Laster zu überholen. »Na, die Zentrale hat mich doch zu dir geschickt, weil du einen Wagen brauchtest.«

»Ich hatte bei euch aber noch gar nicht angerufen.« Er nahm

sein Handy zur Hand und blickte auf das Display. Nein, er war sich sicher, dass er dort nicht angerufen hatte.

Mit einer Hand reichte Amid einen handschriftlichen Zettel nach hinten, auf den er die Adresse geschrieben hatte, zu der man ihn beordert hatte. »Wenn du es nicht warst, Lukas, dann war es eben jemand anderes.«

Verwirrt las Lukas die exakte Adresse, wo sein Wagen ohne Benzin stehengeblieben war. Daneben stand sein Name. Er überlegte, ob Manni das Taxi gerufen haben könnte. Doch das ergab keinen Sinn, denn Manni hatte kein Handy. Außerdem hatte Manni nicht wissen können, wo der 2CV stehengeblieben war, denn er hatte die Ente bereits überholt. Außerdem musste der Anruf mindestens drei oder vier Minuten vorher in der Zentrale eingegangen sein. Zu dem Zeitpunkt waren sie gerade erst losgefahren. »Eigenartig, sehr eigenartig«, murmelte Lukas.

Allerdings hatte er keine Zeit, darüber weiter nachzudenken, denn mit viel Schwung fuhr Amid nun die Auffahrt zur Autobahn hoch.

Kapitel 55

Zügig glitt der BMW Richtung Frankfurt Oder. Die Kleine war ohne Probleme eingestiegen, als sie hörte, dass ihre Mama am Ende der Reise auf sie wartete.

»Meine echte Mama?«, hatte sie noch gefragt. »Hat der Weihnachtsmann dich geschickt?«

»Klar.« Noch ein Lächeln, und sie war bereit gewesen, mitzukommen. Man musste die Menschen nur reden lassen, um herauszufinden, was sie sich am meisten wünschten. Es war nicht viel nötig, um ihnen die Wünsche aus der Nase zu ziehen. Wünsche, von denen man nun behauptete, sie seien schon fast erfüllt. Niemand, egal ob groß oder klein, dumm oder klug, konnte sich irgendwann mehr dagegen wehren. Und dann taten sie wie Lemminge alles, was man von ihnen verlangte. Eine der vielen alten Weisheiten des Machiavelli.

Das Schnurren des Motors hatte auf das Kind eine beruhigende Wirkung gehabt, denn es schlief bald schon auf der Rückbank ein. Draußen wurde es langsam dunkel. Sie passierten einsame Dörfer, die vergessen an verschneiten Landstraßen lagen, fuhren an Häusern vorbei, in deren Fenster hier und da ein Licht schimmerte. Ansonsten wirkte der Landstrich verlassen. Die Fahrt ging über weiße Hügel und hinein in verschneite Senken, vorbei an Bauerngehöften, die sich in den Winterabend duckten. Hier und da sah man im Wald ein Reh.

Als der Wagen in eine kleine Stadt rollte, geschah, was nicht hätte sein dürfen. Kurz vor dem Marktplatz tauchte plötzlich ein Uniformierter auf. Er hielt seine Polizeikelle hoch und zwang den Wagen zum Anhalten. Ein Streifenwagen wartete auf dem Platz vor der Kirche.

»Sind wir da?« Lena war aufgewacht.

»Leg dich wieder schlafen.«

»Nein, ich will nicht.«

Der Beamte klopfte an das Fenster der Fahrertür.

Schweiß. Angst. Wie hatten sie sie so schnell finden können? Oder war es, weil die Kleine nicht im Kindersitz saß? Jetzt nicht in Panik geraten! Das Fenster fuhr herunter. Winterliche Kälte strömte ins Wageninnere. »Ja, bitte?«

»Wir können Sie leider nicht durchlassen. Ein Schwertransporter wird jeden Moment erwartet. Die Straße muss frei bleiben.«

Erleichterung, dass man sie offenbar noch nicht suchte. »Wird es lange dauern, Herr Wachtmeister?«

Jetzt bemerkte der Beamte Lena. »Die Kleine hat keinen Kindersitz.«

Oh Gott, jetzt nicht wegen so einer Lappalie aufgehalten werden! »Ich weiß. Es ist ein Notfall. Ich bringe die Kleine zu ihrer Mutter. Wir sind auch gleich da.«

Lena nickte eifrig. »Der Weihnachtsmann wartet auch schon auf mich.«

»Nach § 21 Absatz 1a der Straßenverkehrsordnung müssen Sie einen Kindersitz haben. Sonst dürfen Sie die Kleine nicht transportieren. Das ist eine Ordnungswidrigkeit.« Gerade wollte er einen Block aus seiner Tasche ziehen, als Lena aufsprang und durch die Windschutzscheibe zeigte. »Oh, schau mal! Da!«

Eine rote Zugmaschine rollte aus einer der Straßen auf den Marktplatz zu, gefolgt von einem Tieflader, auf dem ein mindestens zwanzig Meter langer Tannenbaum lag. Die Feuerwehr hatte mit einem Kran auf dem Platz bereits Stellung bezogen, um den Weihnachtsbaum aufzurichten. Gebannt schauten die Leute am Straßenrand dem imposanten Schauspiel zu, als der Schlepper im Schritttempo um den Marktplatz rollte. Dabei wippte die Spitze des Weihnachtsbaumes munter, fuhr im Bogen über den Fußweg und warf einen Kartenständer um, der vor einem Kiosk stand. Es schepperte fürchterlich, als der Ständer gegen das Schaufenster fiel. Jemand schrie auf.

Schnell eilte der Beamte hinüber, um dem Fahrer zu signalisieren, dass er so nicht um die Kurve käme.

Der örtliche Spielmannszug, der dem Schlepper mit dem Baum gefolgt war, blieb brav stehen, während er *O Tannenbaum* anstimmte. Die Prozession aus Kindern und Erwachsenen, die hinterhergegangen war, blieb ebenfalls stehen, und alle sangen mehr oder weniger tongenau mit. An offenen Fenstern standen Anwohner und blickten auf den Platz, den schon bald eine imposante Tanne schmücken würde. Vor der Apotheke wurde Punsch ausgeschenkt, während eine alte Frau von einem zum anderen ging, um Gebäck zu verteilen. Ein junger Mann von der Presse fotografierte eifrig das Geschehen, sprach mit Leuten, zog ab und an einen kleinen Block aus der Tasche, notierte etwas und eilte weiter.

Jetzt hatte die alte Frau den BMW erreicht. »Ein frohes Fest wünsche ich Ihnen und Ihrer Tochter.« Ihre Wangen waren so rot wie der Schal, den sie um ihren Hals gewickelt hatte. Sie schenkte Lena ein Lächeln. »Darf ich auch Ihnen einen Bergthaler Tannenbaum schenken?« Sie reichte einen Lebkuchen ins Wageninnere. Sofort griff Lena danach, rief schnell noch ein glückliches Danke und schob den Tannenbaum in ihren Mund. »Hm, lecker«, sagte sie mit vollem Mund.

»Warum wird der Baum erst jetzt aufgestellt? Morgen ist Heiligabend. Das lohnt sich doch gar nicht mehr.«

Die Alte nickte wie ein Spielzeugdackel auf der hinteren Ablage eines alten Mercedes. »Darum sind wir ja heute alle hier. Wir feiern unser kleines Wunder von Bergthal.«

»Wunder?«, wollte Lena mampfend wissen.

»Die letzte Tanne stürzte vor einigen Nächten mitten in der Nacht einfach um«, erklärte die Dame sorgenvoll. »Alle Sicherungsseile waren gleichzeitig gerissen, sagt die Polizei.«

»Ja, und? Das werden übermütige Jugendliche gewesen sein.«

»Nein, die Seile rissen ganz oben, nahe der Spitze. Da hätte man überhaupt nicht hinaufklettern können. Das eigentlich Unerklärliche aber ist, dass in jener Nacht am Himmel eine Leuchtkugel zu sehen war. Wir hatten erst gedacht, dass es eine Sternschnuppe sein müsste, aber das Ding flog nicht geradeaus, sondern schlingerte, als sei es betrunken. Viele von uns haben es am Himmel gesehen. Ich übrigens auch. Niemand kann erklären, was es war, aber alle Bergthaler haben gespendet, damit ein neuer Baum aufgestellt werden kann.«

»Das war bestimmt der Weihnachtsmann«, unterbrach Lena mit glühenden Augen. »Er hatte es bestimmt sehr eilig, weil er meine Mama finden musste. Und dann muss er auch noch all die Geschenke den anderen Kindern bringen.« Jetzt schaute sie ein wenig betrübt. »Das hat der Weihnachtsmann nicht absichtlich gemacht. Er übt ja noch.«

»Bestimmt war das keine Absicht«, lachte die Frau. »Ist ja auch gar nicht so schlimm, denn wir haben ja nun einen neuen Baum, der dazu auch noch viel, viel schöner ist.«

In diesem Moment kam der junge Reporter an den Wagen. Er musste Lenas letzte Worte gehört haben. »Niedlich«, kommentierte er und zückte den Fotoapparat. »Darf ich von Ihrer Tochter ein Foto …«

Da fuhr auch schon die Scheibe surrend hoch. »Du solltest nicht mit Fremden reden, Kleine. Leg dich hin und schlaf. Wir sind bald bei deiner Mama.« Doch Lena wollte nicht schlafen. Plappernd kommentierte sie den schönen neuen Baum und dass er bestimmt bis in den Himmel ging, wo all die Sterne lebten.

Die ganze Prozedur kostete mehr Zeit, als veranschlagt war. Endlich ging es nach fast einer halben Stunde weiter. Schnell verschwand der blaue BMW Richtung Osten in der Dunkelheit. Doch sie würden sicher erst mitten in der Nacht in Wysoka ankommen.

Unterdessen wurde es für Henriette auf dem Sozius recht kalt. Ihre Finger waren bereits taub gewesen, als sie die Stadt verlassen hatten. Sie fragte sich, wie Manni den eisigen Fahrtwind nur aushielt, denn er trug nicht einmal Handschuhe. Geschweige denn einen Helm. Sie versteckte sich hinter seinem breiten Rücken und klammerte sich an ihm fest. Es fühlte sich wie tausend Jahre an, dass sie das letzte Mal auf einem Motorrad gesessen hatte. Aber anders als jetzt war es damals Sommer gewesen, und der Fahrer hatte sich nicht auf derart mörderische Weise zwischen den Autos hindurchgeschlängelt, die im Stau aus der Stadt fuhren. Glücklicherweise waren die Hauptstraßen bereits gestreut, so dass bei diesen halsbrecherischen Manövern die Maschine nicht wegrutschte.

Henriette fragte sich zum x-ten Mal, ob es nicht zu voreilig gewesen war, einfach loszufahren. Vielleicht war es überhaupt nicht Phillip Lindenberg, zu dem Lena ins Auto gestiegen war. Es gab viele blaue BMWs.

Andererseits: Sie erinnerte sich an das Telefonat mit Lenas Amtsvormund. Er hatte etwas vom Wohl des Kindes gefaselt, das an erster Stelle stünde. Und da keine geeigneten Eltern in der

Gegend seien, war ihm das Interesse von Lindenbergs Freunden ganz recht gewesen. Aber eine Familie im Ausland?

Sie ärgerte sich, dass sie Lindenberg nicht zur Rede gestellt hatte. Stattdessen hatte sie sich von ihm einschüchtern lassen. Wenigstens Zweifel hätte sie anmelden sollen. Jetzt musste sie mit den Konsequenzen leben, an deren Ende sicherlich ihre Entlassung stand. Stöhnend schloss Henriette die Augen und hoffte, dass es für alles eine einfache Erklärung gab.

An einer Raststätte hielt Manni an. »Gehen Sie und wärmen Sie sich auf. Trinken Sie etwas Heißes. Wir fahren gleich weiter.«

»Und Sie?« Henriette zitterte vor Kälte.

Manni strich über den Tank des Motorrades. »Diese Schönheit braucht ein wenig Pflege. Öl und Wasser. Ach, hätten Sie vielleicht einen Fuffi, damit ich ihr etwas zu trinken kaufen kann?«

»Der Tank ist schon leer?« Henriette überlegte, dass sie noch keine Stunde unterwegs waren. Sie fummelte ihr Portemonnaie aus der Manteltasche und reichte Manni einen Schein. »Sagen sie ihr, sie soll nicht alles auf einmal vertrinken.« Er lachte. Dann tippelte Henriette zur Gaststätte hinüber.

Als sie eintrat, hüllte eine stickige Wärme sie ein und raubte ihr für einen wohligen Moment die Sinne. Der Gastraum war fast leer, und so konnte sie sich einen Platz direkt an der Heizung suchen. Sie bestellte einen Glühwein mit Schuss. Anders, so befürchtete sie, würde sie die nächsten Kilometer hinter Manni nicht überleben können. Dann zog sie ihre Handschuhe aus und hielt die Finger an die Heizung. Langsam kam wieder ein Gefühl in die Fingerkuppen, auch wenn es sich eher wie tausend Stecknadeln anfühlte. Sie nahm es als gutes Zeichen. Mit klammen Fingern griff sie zum Handy. Mehrmals versuchte sie, die Telefonnummer des Kinderheims zu wählen. Erst beim vierten Mal klappte es. Henriette versicherte sich bei einer der Erzieherinnen, dass im Haus alles in Ordnung war, kein Kind fehlte und alle bereits beim Abendbrot saßen. Sie fragte, ob die Polizei sich schon gemeldet habe. Noch immer hoffte sie, dass alles nur ein Missverständnis gewesen war und die Jungen mal wieder schamlos übertrieben hatten. Es wäre ja nicht das erste Mal gewesen. Doch Lena war nicht wieder aufgetaucht. Und, nein, auch die Polizei hatte sich noch nicht gemeldet.

Als Manni in den Gastraum trat, war es draußen endgültig dunkel geworden. Unterm Arm trug er ein Stoffbündel. »Hier«, sagte er und warf es Henriette auf den Schoß. Fragend sah sie den blauen Stoff an.

»Was ist das?«

»Eine gefütterte Arbeitshose.« Er setzte sich. »Die habe ich eben organisiert. Ist mit Sicherheit zu groß, darum besser über die Klamotten ziehen.«

»Organisiert?«, fragte Henriette misstrauisch. »Sie meinen gestohlen, oder?

»Nicht fragen. Anziehen.«

»Ich ziehe doch nicht die dreckigen Kleider eines fremden Mannes an!«

Manni zuckte mit den Achseln. »Dann eben nicht.« Er trank ihren Glühwein in einem Schluck aus. »Wir müssen weiter.«

In dem Moment klingelte Henriettes Handy. Sie schaute auf das Display und nahm den Anruf sofort an.

»Lukas! Wo sind Sie?« Trotz einer knisternden Verbindung erfuhr sie, dass der Erzieher und Frau Hansen mit einem Taxi auf Schleichwegen Richtung Prag unterwegs waren. »Taxi? Aber das ist doch teuer!«

Lukas ging nicht weiter auf ihren Einwand ein. »Wir vermuten, dass Lindenberg die Autobahnen und viel befahrene Landstraßen meiden wird.« Henriette konnte ihn kaum noch verstehen. Die Verbindung wurde schlechter. Es klang, als hätte er gesagt, sie seien nicht mehr weit von der Grenze entfernt. Vielleicht aber war es auch etwas ganz anderes. Sie konnte ihn nicht mehr fragen, denn jetzt war die Leitung tot. Henriette sah Manni zweifelnd an. »Wir sollten zurückfahren«, meinte sie leise.

Doch Manni schüttelte den Kopf. »Nein.« Er schaute zu ihr hinunter. »Ich bin schuld, habe alles verbockt. Darum muss ich es auch wieder geradebiegen.«

»Sie? Wie kommen Sie denn darauf?«

»Die Probe! Hätte ich nicht so einen Quatsch gesagt, wäre Lena nicht weggelaufen, und ich hätte nicht das blöde Versprechen gegeben, und ...«

»Hätte, hätte, hätte«, unterbrach Henriette ihn und bestellte sich noch einen Glühwein mit Schuss. »Ich sage Ihnen jetzt mal etwas: Sie haben nicht alles falsch gemacht. Im Gegenteil. Es könnte sein, dass Frau Hansen Lenas Mutter ist.«

Mit offenem Mund sah Manni Henriette an. »Diese Clara? Nee, echt?«

»Es ist nicht sicher, aber viele Dinge sprechen dafür, dass man ihr das Kind unter Vorspiegelung falscher Tatsachen abgenommen haben könnte. Ein Test wird uns Antworten bringen. Und die Befragung von Phillip Lindenberg auch.«

»Ha, wusste ich doch, dass der dahintersteckt.« Zufrieden lehnte Manni sich an die Stuhllehne.

Der Glühwein tat Henriette gut. »Ich habe Angst, dass wir mit unserer Mission das Kind in Gefahr bringen könnten.«

Manni schüttelte den Kopf. »Nein, gefährlich wird es erst, wenn ein Polizist auftaucht. Mit uns rechnet der Lindenzwerg nicht. Lassen Sie uns fahren. Ich will dort sein, bevor er auftaucht.« Dann verließ er die Gaststätte, und sie beneidete ihn um seine Zuversicht. Vielleicht musste man manchmal bereit sein, für etwas zu kämpfen, auch wenn es aussichtslos war.

Als sie kurz darauf wieder auf das Motorrad stieg, war ihr

unter der gefütterten Arbeitshose sehr viel wärmer. Ihre Hände steckte sie in Manis Jackentaschen und kuschelte sich unauffällig ein wenig dichter an ihn ran. Sie sah nicht sein Grinsen.

Nicht weit entfernt hüpfte das Taxi über einen Feldweg mit Schlaglöchern und gefrorenen Pfützen. Das Licht der Scheinwerfer hopste über die fast unberührte Schneedecke vor ihnen.

Clara und Lukas drückten die Hände gegen den Himmel des Wagens. Dennoch wurden sie hin und her geschleudert »Sind Sie sicher, dass das der richtige Weg ist?«, wollte Clara von Amid wissen. Sie hatten seit einer halben Stunde kein Dorf und kein Haus mehr gesehen. Stattdessen waren aus den Landstraßen Nebenstrecken geworden und aus denen dann Feldwege.

Amid schwieg. Seine Hände umklammerten das Lenkrad. Die Entführung eines kleinen Mädchens, das kaum älter als seine Tochter war, schien er sehr persönlich zu nehmen. Clara war ihm dankbar dafür. Sie sah aus dem Fenster, wo die tief verschneiten Felder wie ein silbern glitzernder Teppich unter dem sternenklaren Himmel lagen. Der Mond stand hell über einem nahen Wäldchen, als Amid plötzlich bremste. Clara und Lukas wurden noch vorne in die Gurte geschleudert.

»Was ist?«, keuchte Lukas.

Amid wies schweigend mit dem Finger durch die Windschutzscheibe. Vor ihnen, mitten im Licht der Scheinwerfer, stand eine Art kleiner Hirsch und musterte die Insassen des Taxis.

»Was ist mit ihm? Warum geht der nicht weg?«

Amid zuckte mit den Achseln.

»Vielleicht sollten wir ihn verscheuchen?«, schlug Lukas vor.

Amid hupte, doch das Tier bewegte sich noch immer nicht.

Clara schaute aus dem Fenster. Soweit sie es sehen konnte, waren links und rechts vom Feldweg Gräben. Weitere Tiere konnte sie nicht entdecken. Sie öffnete die Tür und stieg aus. Ihre Füße versanken bis zum Knöchel im Schnee, als sie auf das Rentier langsam zuging. Lukas folgte ihr. Etwa fünf Meter vor dem Tier blieben sie stehen. Tatsächlich, es war ein Rentier.

»Husch!«, rief Lukas, und Clara hätte schwören können, dass das Tier grinste.

»Von wo der wohl gekommen sein mag?«, überlegte Clara.

»Vielleicht gibt es hier eine Farm, und er ist weggelaufen. Rentierfleisch soll ja in Berlin der letzte Schrei sein.« Daraufhin schnaufte das Tier, und eine mächtige Wolke strömte aus seinen Nüstern.

Clara lachte leise. »Ich glaube, das hat ihm nicht gefallen.«

»Husch!«, versuchte Lukas es noch einmal und wedelte erfolglos mit den Armen. »Es scheint an Menschen gewöhnt zu sein«, überlegte Lukas.

Dann drehte er sich zum Wagen um. »Amid«, rief er, »hast du eine Taschenlampe?« Clara drehte sich ebenfalls um und sah, wie Amids Kopf auf Höhe des Handschuhfachs verschwand.

»Wenn er irgendwo weggelaufen ist«, meinte Lukas, »dann sollten wir ihn zurückbringen. Freilebende Rentiere gibt es in unserer Gegend nämlich nicht.«

Da tauchte Amids Kopf wieder auf. In der Hand hielt er triumphierend eine Taschenlampe. Doch sein eben noch strahlendes Gesicht versteinerte sich von einem auf den anderen Moment.

»Was ist los?«, wollte Lukas wissen. Fragend schaute er Clara an, die jetzt ihrerseits auf den Weg starrte.

»Der Rentier ist verschwunden«, sagte sie.

»Oh«, bemerkte Lukas zufrieden. »Dann kann es ja weitergehen.« Schon wollte er einsteigen, als Clara ihn am Ärmel festhielt.

»Lukas«, flüsterte sie. »Lukas, schau mal.«

Sie wies zu dem Feld, das unter einer glitzernden Schneedecke lag. »Da sind keine Spuren.« Clara drehte sich zur anderen Seite. »Und da auch nicht.« Sie sah Lukas in die Augen. »Wie ist das Tier hierhergekommen? Und vor allem: Wie konnte es wieder verschwinden?« Gemeinsam standen sie auf dem verschneiten Weg und stierten in die mondhelle Winternacht.

»Der Wind könnte die Spuren verweht haben«, mutmaßte Lukas halbherzig.

»Aber hier ist doch fast kein Wind.«

»Und wenn es hier schon lange gestanden hat?«

Sie gingen ein paar Schritte den Feldweg entlang. Deutlich waren die Spuren im Schnee zu sehen, wo das Tier eben noch gestanden hatte. Doch weder war es über die Felder fortgelaufen, noch fanden sich weitere Spuren vor ihnen auf dem Weg.

»Das gibt es nicht«, murmelte Lukas. »Es kann doch nicht an uns vorbeigeschlichen sein, ohne dass wir das bemerkt haben.«

Entgeistert blickten Clara und Lukas in die einzige Richtung, in die das Rentier verschwunden sein konnte. Hoch über ihnen leuchteten die Sterne, als würden sie sich bestens amüsieren.

»Kommt ihr endlich!«, rief Amid den beiden zu. »Wir müssen weiter.«

Noch einen Moment zögerten die beiden, dann liefen sie zurück zum Taxi. Bald schon hatten sie den Wald erreicht, den Clara in der Entfernung hatte ausmachen können. Sie erreichten eine Straße, die sich durch den Winterwald schlängelte. So schnell es die festgefahrene Schneedecke zuließ, folgte das Taxi dem weißen Weg. Nicht ein Auto kam ihnen entgegen.

Die Zweige der hohen Tannen am Straßenrand hingen tief unter ihren dicken Schneemützen. Ab und an erhellte der Mond ein Stück ihres Weges, tauchte die Welt in weihnachtliches Silber und verschwand sogleich hinter der nächsten Wolke.

Das Taxi wich einer Schneewehe aus, die mitten auf der Fahrbahn lag. »Hier war jemand«, sagte er und wies auf eine einzelne Reifenspur, die durch den Schnee führte.

Clara schnallte sich ab und rückte auf der Bank nach vorn. Sie rollten weiter. »Geht es nicht etwas schneller?«, fragte sie Amid.

Der aber schüttelte den Kopf. »Wenn wir von der Straße abkommen, war es das. Der Schnee ist so hoch, da kämen wir nicht mehr heraus.«

Schweigend fuhren sie weiter. Ab und an glaubte Clara zwischen den Bäumen Rehe gesehen zu haben. Oder waren es Rentiere?

Plötzlich war da der BMW! Er war offenbar auf gerader Strecke von der Straße abgekommen und steckte nun in einer Wehe am Straßenrand.

»Da!«, rief Clara und wies auf das Fahrzeug.

Sobald das Taxi hielt, sprangen Clara und Lukas hinaus. Der Fahrer des Wagens versuchte mit brüllendem Motor, rückwärts aus der Wehe zu kommen, doch die Reifen drehten durch. Clara lief durch den Schnee. »Lena!« Als sie den BMW erreichte, riss sie die Tür auf. Erleichtert sah sie die Kleine, die angeschnallt auf der Rückbank saß und sie freudig anschaute.

»Schau mal! Ich habe einen Tannenbaum geschenkt bekommen.« Sie hielt Clara die Reste eines Lebkuchens hin, von dem der Zuckerguss abgeknabbert war. Ein Meer an klebrigen Krümeln bedeckte die weiße Lederrückbank. Tränen des Glücks schossen Clara in die Augen, als sie die Kleine aus dem Wagen holte.

Unterdessen hatte Lukas die Fahrertür erreicht. »Kommen Sie raus, Lindenberg!«, schrie er und riss die Tür auf. Schon wollte er den Mann am Kragen packen, als er erschrocken innehielt. »Wer sind Sie denn?«

Die Frau hinter dem Lenkrad musterte Lukas von oben bis

unten. Betont langsam schnallte sie sich ab. Dann stieg sie aus. »Mein Name ist Eva Kohlstedt-Lindenberg.« Sie warf einen kurzen Blick zu Clara, die gerade Lena aus dem Wagen hob. »Darf ich fragen, was dieser Überfall zu bedeuten hat.«

Bevor Lukas seine Überraschung überwunden hatte, antwortete Clara für ihn. »Sie haben meine Tochter entführt!« Fest drückte sie Lena an sich.

Mit großen Augen sah das Kind sie an. »Bist du meine Mama?«

Clara nickte nur, sie konnte einfach nicht antworten. Tränen liefen über ihr Gesicht. Da legte Lena ihre Ärmchen um Claras Hals. »Musst nicht weinen, Mama.«

»Sie wussten, dass Ihr Mann der Vater ist?«, wollte Lukas von der Frau wissen.

Verächtlich schnaufte sie. »Natürlich. Mein Mann glaubt, er könne seine Geheimnisse vor mir verbergen. All diese kleinen Affären.« Sie lachte auf. »Ich wollte mich schon vor fünf Jahren von ihm scheiden lassen. Ihretwegen.« Sie warf Clara einen eisigen Blick zu. »Er versprach mir damals, Sie nie wieder zu sehen. Und dann standen Sie gestern plötzlich vor dem Hotel.« Die Frau holte ein Handy aus ihrer Tasche und begann nach einer Nummer zu suchen. »Da musste ich natürlich handeln.«

Clara kam näher. »War es Ihre Idee, Lena in ein anderes Heim zu bringen?«

»Diese Lösung wäre für alle Beteiligten die beste gewesen. Leider hatte Phillip mal wieder nicht den Mumm, um hart durchzugreifen.« Ein Freizeichen kam aus dem Gerät in ihrer Hand, und sie hielt es an ihr Ohr. Jemand meldete sich. »So, nun lassen Sie mich in Ruhe, ich spreche mit meinem Anwalt.« Sie drehte Lukas den Rücken zu. »Dr. von Ramelow? Gut, dass ich Sie erreiche …«

»Wissen Sie eigentlich, was Sie da sagen?«, fuhr Lukas sie an.

In diesem Moment hielt ein Sportwagen neben Amids Taxi.

Die Fahrertür wurde aufgestoßen, und ein großer Mann stürzte heraus. Sofort lief er auf Lukas zu.

»Gehen Sie weg von meiner Frau!!«, brüllte Lindenberg.

Erschrocken hob Lukas die Hände. »Ich mache doch gar nichts.«

Frau Kohlstedt-Lindenberg fuhr herum. Wütend funkelte sie ihren Mann an. »Phillip! Was machst du hier? Und wie kommst du dazu, meinen Wagen zu fahren?«

»Du solltest lieber fragen, woher ich weiß, dass du hier bist!« Er marschierte zu ihr. »Deine bescheuerte Ortungs-App, mit der du mich seit Monaten kontrollierst, funktioniert auch in die andere Richtung. Was tust du hier, Eva?«

»Irgendjemand muss ja deinen Kopf retten!«

Plötzlich kam das sonore Dröhnen eines Motorrades näher. Clara war unendlich froh, als sie Manni und Henriette sah, die von der Maschine abstiegen. Henriette eilte sofort zu Clara.

»Die Polizei hat mich angerufen«, fauchte unterdessen Lindenberg seine Frau an. »Angeblich habe ich ein Kind entführt. Bist du wahnsinnig, Eva?«

Clara, die ihn gehört hatte, drückte der überraschten Henriette das Mädchen in den Arm. »Angeblich?«, zischte sie und ging auf Phillip Lindenberg zu, der gerade seiner Frau das Handy aus der Hand nehmen wollte. Sie schob Lukas zur Seite, der sprachlos die Szenerie beobachtete. »Was meinst du mit *angeblich?*«, sagte sie mit bebender Stimme. Sie stellte sich vor Lindenberg. »Du hast mir damals mein Kind weggenommen. Du hast es ausgesetzt!«

»Unsinn, ich habe dir einen Gefallen getan«, rief Lindenberg und schubste Clara von sich, um seine Frau davon abzuhalten, weiter mit ihrem Anwalt zu sprechen. Clara strauchelte und fiel rückwärts in den Schnee.

Lukas zuckte zusammen, als hätte er einen Schlag in die Magengrube bekommen. »Jetzt reicht's«, sagte er mehr zu sich als zu den anderen. Dann ging alles ganz schnell. Lukas trat vor, ging leicht in die Knie, zog die geballte Faust nach unten und ließ sie mit voller Wucht hochschnellen. Wie ein Stein ging Phillip Lindenberg zu Boden.

Erschrocken trat Lukas zurück und schaute auf seine Faust, von der er eine derartige Schlagkraft offensichtlich nicht erwartet hatte. Die anderen starrten ihn an, während Eva Kohlstedt-Lindenberg ihrem am Boden liegenden Mann einen missbilligenden Blick zuwarf. »Nicht einmal das kannst du«, zischte sie verächtlich und drückte wieder ihr Handy ans Ohr.

Clara rappelte sich auf und fiel Lukas um den Hals, der noch immer benommen dastand. »Danke«, flüsterte sie in sein Ohr. »Er hatte es mehr als verdient.«

Manni, der neben Henriette stand, klatschte in die Hände. »Na, geht doch!«, rief er.

In einiger Entfernung hörte man auf einmal das Jaulen einer Sirene. Schon zuckten Blaulichter zwischen den Tannen auf, als sich kurz darauf ein Streifenwagen näherte. Zwei Beamte entstiegen dem Wagen. Sie setzten ihre Mützen auf und hielten auf Manni zu, der seinen Kopf tief zwischen die Schultern zog.

Hoch erhobenen Hauptes ging auch Eva Kohlstedt-Lindenberg auf die Uniformierten zu. Noch immer wütend folgte Clara ihr. Bevor die Polizisten wussten, was los war, begannen die Frauen bereits, auf sie einzureden. Von Entführung, Körperverletzung, Nötigung, Kindesentzug, Betrug und vielem anderen mehr war die Rede. Am meisten aber irritierte die Beamten, dass Frau Kohlstedt-Lindenberg immer wieder von einer Gruppe Rentiere sprach, die mitten auf der Straße gestanden haben sollte und deretwegen der Unfall überhaupt erst geschehen war.

Henriette, die etwas abseits noch immer Lena auf dem Arm hatte, mischte sich nun auch ein, wollte alles erklären. Alle redeten durcheinander. Zumindest hatten die Beamten von der Suche nach dem Mädchen gehört. Henriette bestätigte mit einem Nicken, dass es die Kleine auf ihrem Arm war, und man legte Eva Kohlstedt-Lindenberg Handschellen an. »Wissen Sie eigentlich, wer ich bin?«, schrie sie und wollte sich zu wehren. Ihrem Mann erging es nicht viel besser, denn er hatte sich mittlerweile wieder aufgerappelt und wollte, vor den Augen der Polizisten, Lukas den Knock-out heimzahlen.

Da wies Lena mit der Hand in den Wald hinein. »Wo geht er hin?«, fragte sie Henriette. Diese drehte sich um und sah Manni, der zu fliehen versuchte. Er hatte die Straße bereits verlassen und stapfte so schnell es ging durch den tiefen Schnee in den Wald hinein, direkt auf eine Gruppe Rentiere zu, die ein Stück entfernt auf ihn zu warten schienen.

»Wollen wir das nicht gemeinsam durchstehen, Manni?«, rief Henriette ihrem Aushilfsweihnachtsmann nach.

Manni blieb stehen und wandte sich zögerlich um. Dabei sah er zwischen den Beamten auf der Straße und den Rentieren hin und her, die neugierig herüberschauten. »Ich habe schon seit Jahren keinen Führerschein mehr«, raunte er Henriette zu. Mit dem Kinn wies er zu den Polizisten.

»Aber, Manni, *ich* bin doch gefahren.« Henriette zwinkerte ihm zu.

Sie würde schon wieder für ihn lügen? »Oje, oje«, murmelte Manni.

»Bitte, bitte lieber Weihnachtsmann. Nicht weglaufen«, wimmerte Lena auf Henriettes Arm.

Manni seufzte. Warum mussten Frauen nur immer so etwas mit ihm machen? Als er wieder in den Wald sah, waren Renate und die Ladys verschwunden. Grummelnd kam er zurück.

Kurz darauf wurden alle Beteiligten mit auf die Wache genommen. Amid hatte gerade noch die Gelegenheit, auf den Sendeknopf seines Handys zu drücken, bevor es in die Stadt zurückging.

Wenige Sekunden später konnte man überall im Netz sehen, wie der Spitzenkandidat Phillip Lindenberg und seine Frau von zwei Uniformierten abgeführt wurden.

Kapitel 56

Leise fielen Schneeflocken vom Himmel, senkten sich auf die weihnachtliche Stadt, umhüllten kahle Äste und nackte Sträucher, zierten Dächer und schmückten den Asphalt der Straßen mit einer dicken Decke winterlichem Weiß. In der Ferne hörte man das Läuten einiger Kirchenglocken. Hier und da eilte jemand durch das Flockengewirr, rollte ein Auto vorüber. Stille lag über allem, nur der sachte Flügelschlag des Heiligen Abends war zu spüren.

In den Fenstern von St. Emmaus hatten die Kinder Windlichter entzündet und brachten das alte Schulhaus zum Strahlen. Das warme Licht der Kerzen fiel auf den schneebedeckten Hof hinaus, wo ein dicker Schneemann stand. Ein Baseballcap auf seinem Kopf trug er verkehrt herum. Spuren von unzähligen Stiefeln im Schnee führten vom Tor hinüber zum Portal, das jemand vergessen hatte zu schließen. Durch die offene Tür hörte man vielzählige Stimmen, die ein altes Weihnachtslied in die Winternacht hinaustrugen. Im Treppenhaus flackerten alle vier Kerzen auf dem großen Adventskranz über der Tür zur Aula.

Im Saal dahinter waren die Stuhlreihen bis auf den letzten Platz besetzt. Der alte Herr Kohlstedt war in diesem Jahr persönlich zur Feier gekommen und saß nun trotzig in der ersten Reihe. Seit gestern wusste die ganze Stadt von dem Skandal um seine Tochter und deren Ehemann Phillip Lindenberg. Stoisch hielt der greise Mann den neugierigen Blicken der anderen Gäste stand.

Neben ihm saß sichtlich nervös und händeknetend Henriette Jonas. All die Aufregungen der letzten Tage hatten verhindert, dass sie noch einmal mit ihrem Aushilfsweihnachtsmann hatte proben können. Es schien, als rechne sie jetzt mit dem Schlimmsten.

Einzig der stellvertretende Bürgermeister, ein gewisser Herr Lange, der auf der anderen Seite der Heimleiterin saß, machte einen gutgelaunten Eindruck. Er war statt Phillip Lindenberg gekommen, der heute früh seinen Posten als Bürgermeister der Stadt geräumt und alle weiteren Ämter in Politik und Partei abgegeben hatte. TV3 hatte ausführlich von dem Skandal und dem kommenden Gerichtsverfahren gegen Lindenberg und seine Frau berichtet.

Es waren noch viele andere Leute in die Aula gekommen. Darunter fanden sich neben Nachbarn und Lehrern aus der Schule auch einige Eltern und Geschwister und Spender sowie eine Menge Neugieriger, die einen Blick auf den mittlerweile bekannten Weihnachtsmann und das kleine Mädchen werfen wollten. Doch es waren die Jungen und Mädchen von St. Emmaus, die heute die eigentlichen Hauptdarsteller sein sollten. Sie hatten sich seit Wochen auf diesen Tag vorbereitet.

Gerade verklangen die letzten Töne von *O Tannenbaum*, als die jüngeren Kinder auch schon begannen, unruhig auf ihren Stühlen herumzurutschen. Doch bis zur Bescherung mussten sie sich noch gedulden, denn jetzt erhob sich erst einmal der Weihnachtsmann von seinem Thron am Rand der Bühne. Er baute sich neben dem deckenhohen Tannenbaum auf, in dem hunderte kleiner Lichter erstrahlten. Manni kündigte nun die alljährliche Geschichte vom Jesuskind an. »Ist dieses Mal aber irgendwie moderner«, warnte er das Publikum vorsichtshalber.

Henriette Jonas sog scharf die Luft durch ihre Zähne ein. Energisch schüttelte sie den Kopf. »Nein! Nicht!«, wisperte sie zur Bühne hinauf, aber Manni ignorierte sie.

Schon trat ein als klassischer Engel verkleidetes Mädchen mit Brille und Zahnspange hinter der Bühne vor. Doch statt des üblichen *Es begab sich aber zu der Zeit, dass ein Gebot vom Kaiser Augustus ausging, dass alle Welt geschätzt würde* … begann ihre Geschichte in diesem Jahr anders. »Josef war mal wieder arbeitslos. Und dann hatte der Vermieter ihn und Maria auch noch vor die Tür gesetzt.«

Entsetzt schlug Henriette Jonas die Hände vor ihr Gesicht.

»Aber Maria war total clever«, fuhr das Mädchen unbeirrt fort. Offenbar erzählte sie die Weihnachtsgeschichte als Engel der Verkündigung mit eigenen Worten, und so mancher im Publikum spitzte zum ersten Mal die Ohren. »Maria hatte nämlich Verwandte in der Nachbarstadt, und zu denen wollte sie noch in dieser Nacht fahren, denn sie war schwanger. Auf dem Weg aber blieb das Auto liegen. Josef hatte vergessen zu tanken …«

Der Junge, der Josef spielte, trat auf. Ihm schien die Ankündigung des Engels nicht recht gefallen zu haben, denn er zischte dem Mädchen zu, dass das überhaupt nicht stimmen würde. »Klar hab ich getankt. Die Karre ist voll Schrott. Da kann ich gar nichts dafür.« Unbeirrt schwebte der Engel von der Bühne.

Nun erfuhren die Leute im Saal, wie schwer es war, wenn man kein Zuhause hatte. »Das muss aber gar nicht so schlimm sein«, erklärte Maria kurz darauf, während sie neben der Krippe hockte. »Wenn man nämlich gute Freunde hat, dann kann einem fast gar nichts passieren.«

Jetzt kamen die Weisen aus dem Morgenland mit zwei Kamelen. Ein munteres Hallo ging durch den Stall von Bethlehem, während die als Kamele verkleideten Jungen nicht recht wussten, wo sie hinwollten. Der rückwärtige Teil eines Kamels meinte, es müsse auf die rechte Seite der Bühne, während sein Vorderteil links entlang gehen wollte. »Ey«, motzte das Hinterteil. Seine Stimme klang genau wie jene von Olli. »Lass das!«

Mats, der den vorderen Teil des Tieres darstellte und dessen Gesicht grau angemalt war, schüttelte seinen Kopf, an den große Kamelohren geklebt worden waren. »Quatsch«, zischte er über die Schulter seinem Heck zu. »Wir müssen da rüber.« Weil seine Arme aber im Kostüm eingezwängt waren, konnte er den Weg mit der Hand nicht zeigen, also machte er einen ganz langen Hals. Das aber half auch nicht, denn Olli konnte ihn ja nicht sehen. Stattdessen zog der ihn jetzt in die entgegengesetzte Richtung, woraufhin Mats ins Stolpern kam und zu stürzen drohte, was wiederum für einen lautstarken Streit zwischen Vorder- und Hinterteil des Kamels sorgte.

Nun mischte sich auch noch der Allerwerteste des anderen Kamels ein. »Los, du … du …« Es zögerte. Schien zu überlegen. »Du dämliches Gesäß!«, hörte man deutlich Kevins gedämpfte Stimme aus dem Kostüm. »Komm endlich rüber!«

Da brüllte selbst der alte Herr Kohlstedt vor Lachen, während Henriette neben ihm sich ebenfalls das Lachen nicht mehr verkneifen konnte. Das Publikum war begeistert. Den Rest des Stückes standen die Kamele maulend am Rand, offenbar waren sie mit ihrer wenig heldenhaften Rolle äußerst unzufrieden. Als die Jesus-Story beendet war, hatte Josef von einem der Hirten einen neuen Job als Türsteher in einem Nachtclub bekommen und Maria Schminktipps von einem der Weisen, der in Wahrheit Rieka hieß.

Es folgten einige musikalische Darbietungen, die hier und da eine extravagante Note aufwiesen, so dass manchem Zuhörer ein Schauder des Entsetzens über den Rücken lief. Unterdessen blieb die heilige Darstellertruppe im Hintergrund stehen, wie ein Tableau vivant, ein lebendes Bild.

Nun verkündete Manni im sonoren Bariton, dass jetzt die Bescherung beginnen sollte. Wieselflink liefen die Kleinen an den Rand der Bühne, stellten sich nacheinander auf und warteten ungeduldig auf ihren Auftritt beim Weihnachtsmann. Glücklicherweise wollte der dieses Jahr niemanden auf den Schoß nehmen. Und auch auf die auswendig heruntergeleierten Gedichte sollte in diesem Jahr verzichtet werden. Einer nach dem anderen trat jetzt vor den Thron des Weihnachtsmannes und wartete auf die eine Frage, die alljährlich gestellt wurde. Nämlich jene, ob man denn auch brav gewesen sei.

Doch auch hier hatte Manni die Regeln geändert. »Sag mir, Kleiner«, verlangte er von dem Jungen vor sich zu wissen, »wer ist dein bester Freund in diesem Jahr gewesen?«

Die Frage überraschte das Kind ebenso wie die Gäste und Henriette Jonas. Der Junge schien nicht recht zu wissen, was er darauf antworten sollte. Die Antwort auf die übliche Frage hätte er gewusst, egal, ob es stimmte oder nicht. Unsicher blickte der Junge zu seinen Freunden, die am Bühnenrand auf ihren Auftritt warteten. Keiner konnte ihm helfen.

»Also? Wer ist es?« Aufmunternd lächelte Manni das Kind an, während das Publikum schweigend zu ihnen aufblickte.

»Du … also Sie, Herr Weihnachtsmann? Oder?«, versuchte der Junge vorsichtig. Immerhin konnte eine falsche Antwort bedeuten, dass man mit leeren Händen von der Bühne ging.

Manni lachte. »Nee, ich bestimmt nicht. Los, versuche es nochmal. Aber schön ehrlich bleiben.«

Der Junge kratzte sich am Hinterkopf. Er schien hin und her gerissen zu sein. Dann aber grinste er. »Ich weiß«, rief er triumphierend. »Spiderman.«

»Na, geht doch«, grinste Manni und überreichte dem Jungen eines der Pakete, die neben ihm aufgestapelt waren. Die Gäste lachten und applaudierten, als das Kind stolz die Bühne verließ. Es folgte ein Rapper, dessen Name wie eine Fastfoodkette klang, eine Meerjungfrau und Super Mario. Dann trat ein Mädchen im Vorschulalter vor Manni. Noch bevor er sie fragen konnte, hatte sie auch schon ihre Antwort parat: »Frau Jonas!«, rief sie laut und winkte ihrer Heimleiterin zu. »Sie ist meine beste Freundin! Und sie riecht so gut.«

Henriette lächelte gerührt und warf dem Kind einen Handkuss zu. Als dann aber mehr und mehr Kinder ihren Namen nannten, war es um Henriettes Haltung geschehen, und sie rang mit den Tränen. Auch Lukas und einiger seiner Kollegen kamen bei der Bewertung der Kinder außerordentlich gut weg. Als Letzte trat Lena auf die Bühne, und es wurde still im Saal, denn ihr wundersames Schicksal hatte sich herumgesprochen.

»Und, kleine Krabbe, wer ist für dich der netteste Mensch in diesem Jahr gewesen?«, wollte Manni von ihr wissen.

Lena schwieg. Mit gekräuselter Stirn überlegte sie lange. Schon wurde es im Saal ein wenig unruhig, als sie plötzlich auf Manni zuging und ihn an seinem Bart zu sich herunterzog. »Das weißt du doch, Weihnachtsmann!« Dann gab sie ihm ein Küsschen auf die Wange.

In einer der hinteren Reihen schniefte eine junge Frau in ein Papiertaschentuch, dass sie gegen ihre Nase drückte. Es war Stine, die Claras Einladung zu diesem Abend gefolgt war. Neben Stine saß deren neuste Eroberung: ein schmucker Adonis mit Drei-Tage-Bart und breiten Schultern. Unauffällig wischte auch er sich eine Träne aus dem Gesicht. Und so manchem im Publikum war, als müsse auch der Weihnachtsmann vor Rührung schlucken.

Dann aber erhob sich der Mann von seinem Thron, um eine Rede zu halten. Dass diese nicht mit der Heimleiterin abgesprochen worden war, konnte jeder hören, als Henriette Jonas ein spontanes »Um Himmels willen!« entfuhr.

Manni ließ seinen Blick über die Köpfe in den Reihen wandern. Dann holte er tief Luft. »Weihnachten«, begann er, und seine Stimme trug bis in die hinterste Reihe, »das kann man nicht kaufen. Weihnachten ist mehr als nur Glitzer und Tand, mehr als nur Handys und Markenklamotten. Weihnachten, das ist hier.« Dabei schlug er sich mit der rechten Faust an jene Stelle, wo sein Herz lag. »Hier drinnen sitzen Liebe und Freundschaft. Und nur aus ihnen macht man Weihnachten. Wer weder das eine noch das andere hat, wird auch niemals wissen, was Weihnachten ist. Egal, wie reich er ist.«

Manni, der Weihnachtshasser, erzählte nun von Freundschaften, die einen durch gute und schlechte Zeiten führen. Freundschaften, die einem auf die Beine helfen, wenn man vergessen hatte, wie es ist zu fliegen. »Das ist Freundschaft! Und wer Freunde hat, hat auch eine Familie. Denn Familie bedeutet Freundschaft, weil beides heißt, dass jeder für den anderen immer da ist. Egal was kommt.«

Er ging zu den Kamelen hinüber, die mittlerweile wieder aus vier Jungen bestanden, zwei Vorder- und zwei verschwitzte Hinterteile. »Habt ihr das verstanden?«, wollte er von Mats, Olli, Kevin und Oskar wissen. Fragend schauten die Jungen sich an.

Als Manni keine Antwort bekam, schob er die vier nach vorne an den Bühnenrand, so dass jeder im Publikum sie sehen konnte. »Freundschaft ist, wenn man als Bekloppter mit anderen Bekloppten viel Spaß beim Beklopptsein hat.« Dabei gab er jedem der Kamele eine freundschaftliche Kopfnuss, die die vier grinsend mit einem erleuchteten »Ach so« quittierten.

»Na, geht doch.« Zufrieden nickte Manni. Dann ging er zu seinem Thron zurück, setzte sich und blickte lange ins Publikum, als müsse er überlegen, ob er den Leuten dort unten etwas Großes anvertrauen sollte.

Was jetzt kam, hatte die Welt noch nicht gehört, und so mancher im Publikum mochte seinen Ohren nicht trauen, als Manni von den wahren Rentieren des Weihnachtsmannes erzählte, die, zum

Erstaunen der Gäste im Saal, allesamt Ladys seien und deren Anführerin die verschnupfte Renate war.

»Die Mädels sind gute Freundinnen von mir, müsst ihr wissen, weil sie mir geholfen haben, ein großes Versprechen zu halten.« Dabei zwinkerte er Clara und Lena zu, die mit Lukas in der zweiten Reihe saßen.

Nicht alle glaubten Manni, doch einige wussten genau, dass jedes seiner Worte wahr war. Lukas und Clara erinnerten sich an ihre geheimnisvolle Begegnung auf dem Feldweg. Und auch im Wald waren Renate und ihre Damen ganz in der Nähe gewesen. Immerhin geschah der Unfall, weil sie sich mitten auf die Straße gestellt und so den BMW in eine Schneewehe geschickt hatten.

Und als Manni von seinem Trip in den Himmel berichtete, war es im Saal mucksmäuschenstill. »Erst ist es ja scheißkalt da oben, aber dann …« – seine Augen leuchteten – »… dann sind da die Sterne! Tausend, ach, was sage ich, Millionen funkelnder Punkte. Und plötzlich habe ich überhaupt nicht mehr gefroren …«, fügte er hinzu, als überrasche ihn das heute noch. Gebannt hingen Kinder und Erwachsene an seinen Lippen, als er das samtschwarze Firmament beschrieb, das silbrige Glitzern und die unfassbare Stille. In diesem Moment flogen sie alle mit Manni über den Himmel, einer wundersamen Weihnachtsnacht entgegen, lehnten sich in die Kurven, und so mancher hatte auch ein bisschen Angst.

Dann war Mannis Geschichte zu Ende.

Doch keiner im Publikum rührte sich. Unsicher ließ Manni seinen Blick über all die Menschen gehen, die ihn so eigenartig ansahen. Fragend schaute er zu Henriette Jonas, die ihn mit tränenglänzenden Augen anlächelte. Hatte er etwas falsch gemacht? Er erinnerte sich an das, was Henriette ihm bei seiner ersten und letzten Probe gesagt hatte. Zaghaft versuchte er ein »Hohoho«.

Und endlich kam wieder Leben in die Reihen. Die Leute

begannen zu klatschen, erhoben sich und jubelten dem Weihnachtsmann zu.

»Na, geht doch«, murmelte Manni zufrieden.

Lachende Kinder tobten durch die jetzt fast leeren Stuhlreihen. Man drängte ins Treppenhaus, wo den Gästen Kinderpunsch und Lebkuchen gereicht wurden, bevor man sich auf den Weg nach Hause machte. Auf den Treppenstufen saßen ein paar Kinder und packten ihre Geschenke aus, die sie bekommen hatten, während Clara von ihrer Tochter an der Hand eilig durch die Menge gezogen wurde. »Schau mal, Mama, wer da ist!«, rief die Kleine, als sie fast die Haustür erreicht hatten. Dort stand Lenas Pflegevater in Hut und Mantel. »Mein Papa-Perlinger! Frau Jonas hat ihn extra für mich eingeladen.«

Auch die Söhne waren dabei, ihre Jacken anzuziehen. Als sie Lena entdeckten, stürmten sie auf die Kleine zu. »Siehst du, Papi«, rief der Größere der beiden, »sie freut sich doch, dass wir gekommen sind! – Los, Lena, zeig uns mal den Weihnachtsmann. Der war echt cool.« Die drei verschwanden in der Menge, ohne sich noch einmal umzudrehen.

Clara hatte sich Lenas Pflegevater imposanter vorgestellt, doch vor ihr stand ein schmaler Mann mit eingefallenen Wangen und müden Augen. »Sie wollen schon gehen, Herr Perlinger? Bleiben Sie doch noch ein wenig. Lena freut sich so sehr, Sie und die Jungen zu sehen.« Sie ahnte, wie schwer es dem Mann fallen musste, mit ihr zu reden. Sie, die Frau, die plötzlich auftauchte und ihm Lena fortnahm.

Herr Perlinger blickte auf seine Schuhe. »Es ist spät. Ich muss die Jungen noch zu ihrer Tante bringen, weil ich morgen sehr früh im Krankenhaus sein möchte.«

»Wie geht es Ihrer Frau?«

»Es wird langsam besser, sagen die Ärzte.« Er knöpfte seinen Mantel weiter zu. »Wissen Sie, eigentlich sollte Lena nur so lange in St. Emmaus bleiben, bis meine Frau zurückkommt. Wir wollten das Kind ja von Anfang an adoptieren. Es kam nur so viel dazwischen.« Clara sah, dass seine Hände leicht zitterten. Der Besuch fiel ihm sichtlich schwer. »Und nun ist Lena auch fort.«

»Herr Perlinger, Sie haben Lena nicht verloren. Ihre Familie wird für immer auch Lenas Familie bleiben. Nur eben ein klein wenig anders.« Sie legte ihre Hand auf seinen Arm. »Ich finde, Herr Perlinger, wir sollten uns besser kennenlernen. Meine Lena hat die wichtigsten Jahre ihres Lebens bei Ihnen verbringen dürfen. Und dafür danke ich Ihnen von Herzen. – Sie hat so viel Gutes von Ihnen erzählt. Von Joschi, dem Hund. Von den angebrannten Nudeln …«

Herr Perlinger schmunzelte. »Das mit dem Kochen klappt jetzt schon viel besser. Und die Jungen helfen ja auch, wo sie nur können.« Er seufzte. »Wissen Sie, eben im Saal, da haben meine Söhne mich gefragt, ob wir nicht auch ein Wunder bekommen könnten. So, wie Lena. Nur ein ganz kleines. Für die Mama.«

»Was haben Sie geantwortet?«

Er schaute Clara an. »Ich habe ihnen gesagt, dass manchmal die Dinge genau dann eine ganz neue Wendung nehmen, wenn man am wenigsten damit rechnet, meinen Sie nicht auch?«

Clara nickte. »Ja. So ist es.«

In diesem Moment kamen die drei Kinder zurück, und man verabredete sich zum Schlittenfahren für den nächsten Samstag im Park.

Lena und Clara winkten den drei Perlingers noch lange nach, als diese längst im Treiben der Schneeflocken verschwunden waren.

»Bist du traurig, weil du jetzt nur noch mich hast?«, wollte Clara von ihrer neugewonnenen Tochter wissen, doch die schüttelte den Kopf. Stattdessen hielt sie ihren linken Daumen hoch und zählte ab: »Ich habe jetzt eine echte Mama, einen Perlinger-Papa, eine Perlinger-Mama, zwei große Brüder und Joschi.« Nun nahm sie die andere Hand dazu und zählte weiter. »Dann habe ich Lukas und den Weihnachtsmann. Der zählt aber für zwei, weil er ja auch noch Manni ist. Das macht dreiundzehnzig.«

»Und du hast zweimal Geburtstag! An deinem echten Geburtstag und heut, weil du damals an Weihnachten gefunden wurdest!«

Mit dieser Bilanz äußerst zufrieden, nahm Lena erneut Claras Hand. »Und jetzt musst du zu Frau Jonas«, erklärte Lena ihr ernst.

»Ach, und warum?« Clara lächelte, während sie von Lena ein weiteres Mal durch die Menge gezogen wurde.

Lena hielt vor der Heimleiterin, die mit dem alten Herrn Kohlstedt und dem stellvertretenden Bürgermeister am Fenster stand und aus einem Becher ihren Punsch trank. Ein Fremder stand bei ihr. »Frau Jonas! Frau Jonas! Hier ist sie!«, rief Lena schon von Weitem.

Henriette drehte sich um. »Ah, Frau Hansen, ich möchte Ihnen jemanden vorstellen.« Sie wies mit der Hand auf den Mann neben sich. »Das ist Herr van Bergen. Ihm gehört die Spielzeugfirma …«

»… Severin, ich weiß.« Clara reichte ihm die Hand. »Wir verkaufen Ihre Puppen in unserer Abteilung.«

Van Bergen lächelte. »So ist es, liebe Frau Hansen. Aber darum bin ich nicht hier. Um ehrlich zu sein, bin ich Ihretwegen hier.«

Überrascht sah Clara Henriette an. »Meinetwegen?«

»Ja. Wenn man mich recht informierte«, fuhr van Bergen fort,

»entwerfen Sie fantastische Modelle für Puppen. Modern. Individuell. Dem Zeitgeist entsprechend, sozusagen.«

Fragend sah Clara zu Henriette. Noch immer lächelte Van Bergen. »Sie erinnern sich an Frau von Sanders?«, fuhr er fort.

Clara legte ihren Kopf zur Seite. »Ja«, sagte sie zögerlich. »Das ist die Dame, die vor einigen Monaten zwei meiner Puppen kaufte.«

Van Bergen grinste. »Sie ist meine Chefeinkäuferin.«

»Oh.«

»Und sie zeigte mir Ihre Puppenmodelle.« Er schwieg, und Clara meinte vor Aufregung umfallen zu müssen. Ihr Herz pochte bis in den Hals. »Ich möchte Sie fragen, Frau Hansen, ob Sie exklusiv für meine Firma hochwertige Kleider entwerfen könnten.«

Bevor Clara antworten konnte, spürte sie, wie sich jemand in ihren Arm hakte. Es war Stine. »Na sag ich doch: die Coco Chanel der Puppen.« Sie gab ihr einen Kuss auf die Wange. »Ich wusste, dass du es schaffst.«

Sprachlos schaute Clara von einem zum anderen.

»Sie müssen sich nicht jetzt entscheiden, Frau Hansen. Lassen Sie uns nach Weihnachten darüber reden.« Er griff in seine Jackentasche und holte eine Visitenkarte heraus. »Rufen Sie mich an.«

»Herzlichen Glückwunsch, Frau Hansen«, sagte Henriette Jonas.

Überwältigt blickte Clara in die Runde, als die Heimleiterin sie zur Seite nahm. »Ich habe für Sie und Lena auch noch eine Überraschung.«

»Oh! Ein Geschenk«, freute sich Lena. »Prima!« Clara merkte, wie ihre Hände feucht wurden.

»Ich habe mit dem Jugendamt gesprochen«, fuhr Henriette Jonas fort. »Es ist nichts dagegen einzuwenden, dass Sie Lena schon heute zu sich nehmen können. Sie brauchen nicht erst auf die offizielle Erlaubnis zu warten. Ich genehmige es.«

Für einen kurzen Moment wurde Clara schwindelig. Tränen traten in ihre Augen. Es schien ihr, als fielen all die letzten Jahre des Zweifels von ihr ab, als durchströme sie eine Stärke, die sie noch nie gespürt hatte. »Danke«, sagte sie mit erstickter Stimme, während Lena wie ein Flummi umherhüpfte und sich freute. »Danke«, flüsterte Clara noch einmal. Aus dem Augenwinkel sah sie Lukas, der sich neben sie stellte.

»Wenn der Trubel hier vorbei ist, bringe ich dir Lenas Koffer«, sagte er leise in ihr Ohr, und Clara nickte. Sie war Mutter. Endlich hatte sie ihr Kind zurück.

Bald darauf gingen Clara und Lena über den Hof, um nach Hause zu gelangen. Einem Zuhause, das Lena noch nicht kannte, aber sicherlich lieben würde. Sie freute sich schon auf all die vielen Puppen in Claras Wohnzimmer.

Noch immer fiel der Schnee in dichten Flocken aus den Wolken. Lena sang ein Weihnachtslied, während sie auf die Pforte von St. Emmaus zugingen. Da entdeckte Clara eine Gestalt, die auf dem Bürgersteig hin und her ging. Sie erkannte den Mann sofort. Erschrocken blieb sie stehen. Lena sah zu ihr hoch.

»Mäuschen, hast du dich eigentlich von Manni verabschiedet?«, fragte Clara ihre Tochter, ohne den Blick von Lenas Vater zu lassen.

»Weiß ich nicht mehr.«

»Dann tue es doch schnell, sonst macht Manni sich Sorgen, du könntest wieder verlorengegangen sein.« Sie spürte, wie sich das Kind aus ihrer Hand löste und zurück zum Haus lief, wo Henriette Jonas und der Weihnachtsmann die letzten Gäste verabschiedeten. Als Lena fort war, ging Clara auf den Mann auf dem Bürgersteig zu.

»Was willst du hier, Phillip? Müsstest du nicht im Gefängnis sein?«

Die Hände tief in seinen Manteltaschen vergraben, stand er vor ihr. »Es tut mir alles so leid, Clara«, flüsterte er reumütig. »Ich habe damals großen Mist gebaut.«

Clara kreuzte die Arme vor ihrer Brust und schwieg. So kleinlaut hatte sie ihn noch nie gesehen. Sie wusste, dass er all seine Ämter hatte abgeben müssen. Auch als Bürgermeister war er zurückgetreten. Und dass er bis vor kurzem als Spitzenkandidat bei den Wahlen angetreten war, hatte sich auch erledigt. Vor Clara stand ein Lindenberg, wie sie ihn noch nie gesehen hatte.

Die Leute, die an ihnen vorbeigingen, warfen ihnen neugierige Blicke zu. Sie wussten, wer er war.

»Wenn du hoffst, Phillip, dass ich meine Anzeige gegen dich zurücknehme …«

»Nein, nein, du hast vollkommen recht. Ich übernehme die Verantwortung für all das.« Er sprach so leise, dass sie seine Stimme kaum hören konnte. »Eins kam zum anderen … Und irgendwann kam ich aus der Sache nicht mehr heraus.«

»Spare dir deine Reue für den Richter.«

»Eva und ich … Wir lassen uns scheiden.«

Clara hörte die Worte, auf die sie so lange gehofft hatte. Sie horchte in sich hinein, ob in ihrem Inneren irgendetwas passierte. Doch da war nichts. Mit zusammengekniffenem Mund starrte sie Lindenberg an.

Der trat jetzt einen Schritt näher. »Können wir nicht noch einmal von vorne anfangen, Clara?«

Als sie schwieg, zog er ein kleines Päckchen aus seiner Manteltasche und reichte es ihr.

»Was ist das?«

»Ein Geschenk für Lena. Sie ist doch auch meine Tochter.«

»Deine Tochter? Nein, Phillip. Vater sein ist etwas ganz anderes als das, was du bist.« Dennoch begriff Clara, dass er sie in der Hand hatte. Sie würde ihm ihr Leben lang nicht mehr entkommen können, denn er hatte recht: Er war der Vater ihres Kindes. Was sollte sie tun?

Besorgt drehte Clara sich um und schaute zur offenen Tür von St. Emmaus, wo Henriette Jonas und Manni im Schein der Lampen die letzten Gäste verabschiedeten. Der Weihnachtsmann hielt Lena auf dem Arm. Beide blickten zu ihr herüber, wobei Mannis Augen eindeutig wütend funkelten. Er schien zu ahnen, was sich hier abspielte, und es gefiel ihm nicht.

In Claras Kopf rasten die Gedanken. Dann traf sie eine Entscheidung. Lächelnd drehte sie sich zu Phillip Lindenberg zurück und nahm ihm das Geschenk aus der Hand. »Nein, wir werden es nicht noch einmal versuchen.« Sie ließ das Päckchen in ihre Manteltasche gleiten. »Wenn Lena es irgendwann möchte, darf sie dich sehen. Bis dahin verschwinde aus unserem Leben!«

Sie rief Lena, die angelaufen kam und die Hand ihrer Mutter nahm.

Ohne ein weiteres Wort ließ Clara Phillip Lindenberg vor dem Kinderheim St. Emmaus stehen.

Kapitel 57

Als in dieser Weihnachtsnacht im Kinderheim St. Emmaus endlich Ruhe eingekehrt war, war es bereits spät. Erschöpft kam Manni die Treppenstufen aus dem ersten Stock herunter. Er hatte mittlerweile den Mottenpelz abgelegt und seine Kutte wieder angezogen.

»Sind die immer so aufgekratzt?«, wollte er von Lukas wissen, der hinter ihm ging.

»Nein, nur wenn der Weihnachtsmann als Rocker verkleidet zum Gute-Nacht-Sagen kommt.« Unten am Treppenabsatz wurden sie von Henriette Jonas erwartet.

»Alles klar an Bord, Chef«, berichtete Manni. »Die Mannschaft schläft.«

Lukas lächelte. »Einige Kinder haben ihm schon mal ihre Wunschzettel für das nächste Jahr gegeben.« Als er Henriettes entsetztes Gesicht sah, fügte er schnell hinzu: »Keine Angst, es sind nur Katzen, Handys und Spielekonsolen.«

»Da bin ich aber erleichtert. Noch so ein Wunder könnte ich nicht verkraften«, meinte sie. Dann wandte sie sich an Manni. »Ich habe übrigens auch ein Geschenk für Sie.«

»Oh«, grinste Manni und glaubte zu wissen, was nun käme. Er und Lukas folgten Henriette ins Büro. Dabei knuffte Manni dem Erzieher strahlend in die Seite.

Henriette nahm hinter ihrem Schreibtisch Platz. »Lieber Herr Semmler«, begann sie. »Bitte beantworten Sie auch mir die Frage, die Sie vorhin den Kindern gestellt haben. Wer ist Ihr bester Freund?«

Überrascht sah Manni sie an. Damit hatte er nicht gerechnet, so viel war klar. Eigentlich hatte er gedacht, dass sie jetzt ihr Versprechen einlösen würde. Aber das? – Was um alles in der Welt plant sie denn nun schon wieder, fragte Manni sich und spürte so etwas wie Enttäuschung in seiner Brust.

»Also?«

Manni dachte an Beethoven, der bis vor kurzem noch sein bester Freund gewesen war, dann aber ohne ein Wort verschwunden war. Wenigstens hatte Kurti sich noch verabschiedet, bevor er ihn hatte hängen lassen. Aber all das schien lange her zu sein. Seitdem war so viel passiert: Lukas, der endlich den Uppercut draufhatte; Lena und Clara; Renate und ihre Ladys; die Kinder von St. Emmaus und die Frau, die ihn gerade so eigenartig ansah und dabei so gut roch. Manni zuckte mit den Achseln. »Keine Ahnung, was Sie meinen.«

»Gut, Herr Semmler, dann helfe ich Ihnen.«

In diesem Moment bemerkte er einen Schatten, der hinter der Gardine hervortrat.

»Kurti!« Ohne nachzudenken, griff Manni nach den Schultern seines alten Freundes und drückte ihn kraftvoll an seine Brust. »Mensch, Kurti.«

Erschrocken darüber starrte der ihn an. »Ist alles in Ordnung mit dir?«

Manni nickte glücklich. Endlich ließ er seinen Freund wieder los. »Wie kommst du hierher? Ich dachte, du hast mich hängenlassen!«

Offenbar mit sich zufrieden, grinste Henriette Jonas. »Wir haben Herrn Albers für Sie in München ausfindig gemacht«, erklärte sie, und Lukas berichtete, dass es in der bayrischen Metropole nur zwei Leute mit dem Nachnamen gäbe.

Kurti lachte. »Deine Frau Jonas meinte, du hättest mich nur grüßen lassen wollen.« Er knuffte Manni in die Seite. »Das habe ich natürlich nicht geglaubt. Wusste doch, dass du mich vermisst. Stimmt's?«

Manni wuschelte durch seinen Bart. »Na ja, so würde ich es nicht sagen. Mit fiel nur ab und an auf, dass du nicht da warst. Mehr nicht.« Er griente seinen allerbesten Freund breit an. »Und warum bist du zurückgekommen? Hast du mich etwa vermisst?«

Kurti rollte mit den Augen. »Gestritten haben die sich! Alle! Mein Sohn, seine Frau, die Kinder. Den ganzen Tag nur Zank und Geschrei. Und dann meinten sie auch noch, ich müsse unbedingt zu ihnen ziehen, weil die Familie doch zusammenhalten solle und ich es dann auch nicht mehr so weit zu ihnen hätte. Da wollte ich nur noch weg.« Kurt wandte sich an Henriette. »Ihr Anruf war meine Rettung, Frau Jonas. Schade nur, dass der Zug Verspätung hatte, sonst hätte ich Manni vielleicht noch als Weihnachtsmann erlebt.«

Mit wuchtiger Hand schlug Manni seinem Freund auf die Schulter, dass der einen Schritt nach vorne stolperte. »Mensch, dann können wir ja doch noch ein Bierchen schnasseln.« Kaum hatte er die Worte ausgesprochen, fiel Manni wieder sein leerer Wohnwagen ein. »Du, Kurti, ich muss dir noch etwas Trauriges sagen …« Er seufzte. »Der Beethoven, der …«

»Oh, das hätte ich fast vergessen«, unterbrach Kurti ihn und griff vorsichtig in die Tasche seines Mantels. »Hab dir noch jemanden mitgebracht.« Die Ratte saß mit munter zitternden Barthaaren auf Kurtis Hand und schaute sich aufmerksam um.

Als Henriette erkannte, um was für ein Tier es sich handelte, sprang sie mit einem Schrei von ihrem Stuhl auf. »Igitt!«

»Das ist doch nur Beethoven«, erklärten ihr die drei Männer im Chor. Schon war die Ratte auf Mannis Hand gesprungen, seinen Arm hinaufgelaufen und hatte auf der Schulter des Rockers Platz genommen, wo sie sich ausgiebig zu putzen begann.

»Auf dem Weg hierher«, erklärte Kurti, »habe ich noch schnell beim Schrottplatz nach dem Rechten gesehen. Und da saß er. Mitten im Schnee. Irgendein Trottel hatte deinen alten Campingtisch so dämlich an den Wohnwagen gestellt, dass Beethoven nicht durch sein Eingangsloch kam.«

Manni warf Lukas einen vernichtenden Blick zu. »Campingtisch? Na, da weiß ich, wer der Trottel ist.«

Beschämt sah Lukas auf den Boden. Doch Manni konnte nicht böse auf ihn sein, hatte er doch jetzt seine beiden besten Freunde wieder. Beethoven begann mit Mannis Hals zu schmusen, als Henriette ihre Stimme wiederfand.

»Hübsches Tier«, krächzte sie wenig überzeugend. »Aber bringen Sie es bitte hinaus.« Vorsichtig kam sie näher und nahm Manni am Arm. »Lassen Sie uns vor die Tür gehen.« Ohne Beethoven aus den Augen zu lassen, schob sie Manni auf den Flur.

»Sie hätten nicht noch einen von diesen Stollen für meinen kleinen Freund, oder?«, wollte Manni wissen, als sie Richtung Haustür gingen. »Er liebte den letzten.« Heute roch die Heimleiterin an seiner Seite nicht nach Veilchen, sondern nach einem Tannenwald im Sommer.

»Ihre Ratte mag Stollen?«

Manni nickte und kraulte seinen Freund. »Ja, er ist ein kleiner Genießer.« Dann murmelte er leise, dass es ein verdammt schöner Weihnachtstag gewesen sei. Es war ein stilles Dankeschön an die Frau, die jetzt die Haustür für ihn öffnete. Sie schien es nicht gehört zu haben, was ihm ganz recht war.

Der kalte Winterwind blies einige Schneeflocken durch die offene Tür ins Treppenhaus herein. Die Fußspuren der Gäste im Hof waren längst zugeweht, und auf der Baseballcap des Schneemannes lag eine weiße Haube.

»Bevor Sie gehen, Herr Semmler, …«

»Ach, sagen Sie doch endlich Manni zu mir.«

Sie lächelte. »Gut. Dann bin ich aber Henriette.«

Er nickte. Und damit sie nicht sah, dass seine Wangen heiß wurden, nahm er schnell seinen Freund von der Schulter und steckte ihn in die warme Jacke, bevor sie sich auf den Heimweg machten.

»Tja, dann noch einen schönen Abend«, sagte er und trat hinaus in die Weihnachtsnacht. Mit einem warmen Gefühl im Herzen ging er über den verschneiten Hof, noch ganz benommen von dem, was passiert war. Schon überlegte er, ob er sich noch einmal umdrehen sollte, weil sie ihm doch noch etwas sagen wollte, als sein Blick zum Schuppen hinüber ging. Da sah er sie! Eine dünne Schneeschicht bedeckte die Thunderbird, die im Schein der Lampe aufgebockt dastand, als würde sie auf ihn warten.

Manni fuhr herum. Dort, im Licht der Tür, lächelte Henriette zu ihm herüber und hielt den Schlüssel für die Maschine hoch.

»Sie gehört dir, Manni!«, rief sie. Dann trat sie aus dem Haus und kam durch den Schnee auf ihn zu. Sie drückte ihm den Schlüssel und die Papiere in die Hand und gab ihm einen Kuss auf die Wange. »Danke, es war wirklich ein wunderschöner Weihnachtstag«, flüsterte sie.

Bald darauf war die Thunderbird knatternd mit Manni in der Dunkelheit verschwunden. Und auch Kurti hatte sich verabschiedet, weil er noch einen guten Freund auf dem Schrottplatz treffen wolle, wie er sagte. Alleine standen Henriette und Lukas in der Tür von St. Emmaus und schauten den Flocken bei ihrem weihnachtlichen Tanz zu.

»Und? Weiß er schon, dass wir einen neuen Hausmeister suchen?«, fragte Lukas sie nach einer Weile.

»Nein, aber er wird der beste Hausmeister sein, den wir je hatten. Der beste Weihnachtsmann ist er ja schon.«

Über die Autorin

Anja Marschall, geb. 1962 in Hamburg, arbeitete als Erzieherin, Pressereferentin, Journalistin, EU-Projektleiterin, Apfelpflückerin in Israel, Zimmermädchen in einem Londoner Luxushotel und Kioskverkäuferin an den Hamburger Landungsbrücken. Sie veröffentlichte mehrere Spannungsromane. *Tage voller Weihnachtszauber* ist ihr erster Roman ohne Leiche. Anja Marschall lebt mit ihrer Familie in Schleswig-Holstein.

ANJA MARSCHALL
Tage voller Weihnachtszauber